两般秋雨盦随笔

[清] 梁绍壬 撰　庄葳 校点

图书在版编目(CIP)数据

两般秋雨盦随笔／(清)梁绍壬撰;庄葳校点. —
上海:上海古籍出版社,2012.12(2023.8重印)
(历代笔记小说大观)
ISBN 978-7-5325-6352-4

Ⅰ.①两… Ⅱ.①梁… ②庄… Ⅲ.①笔记小说-小
说集-中国-清代 Ⅳ.①I242.1

中国版本图书馆 CIP 数据核字(2012)第 044784 号

历代笔记小说大观

两般秋雨盦随笔

[清]梁绍壬 撰

庄 葳 校点

上海古籍出版社出版发行

(上海市闵行区号景路 159 弄 1-5 号 A 座 5F 邮政编码 201101)

(1) 网址:www. guji. com. cn

(2) E-mail:guji1@guji. com. cn

(3) 易文网网址:www. ewen. co

常熟文化印刷有限公司印刷

开本 635×965 1/16 印张 23.25 插页 2 字数 302,000

2012 年 12 月第 1 版 2023 年 8 月第 6 次印刷

印数:6,801—7,900

ISBN 978-7-5325-6352-4

I·2506 定价:58.00 元

如有质量问题,请与承印公司联系

校 点 说 明

  《两般秋雨盦随笔》，清梁绍壬著。梁绍壬，字应来，号晋竹，钱塘（今浙江杭州）人，生于清乾隆五十七年（1792）。他的祖父梁履绳对《左传》颇有研究，著有《左通补释》，以绩学有名乾隆间。梁绍壬濡染家学，能诗工文，曾于道光年间考中举人。他的卒年不详。据道光十七年（1837）他的表兄汪适孙在《两般秋雨盦随笔》的序文中所述，"君之书成，而君之身杳矣"，可知他的卒年当在此以前。

  《两般秋雨盦随笔》共八卷，是一部以记载文学家和艺术家的事迹、评述诗文以及论学考证等为主的笔记著作，内容相当广泛，资料也较丰富，对文史研究者具有一定的参考价值。对于当时的政治、经济情况，本书虽记述不多，但还是有所反映的。例如《鸦片》记述了鸦片的祸害，《洋钱》记述了洋钱在我国的流通情况，《三江赋重》揭露了封建王朝对东南一带人民的残酷压榨，《林抚军奏疏》更全文收录了林则徐在道光十三年所上的江苏阴雨连绵田稻歉收情形的奏疏。这说明作者还是比较关心时政和民间疾苦的。不过，书中也有一些毫无意义的清闲之作，反映了作者的封建士大夫的观点和趣味。

  本书刊本较多，有道光十七年钱唐汪氏振绮堂刊本、文德堂本、光绪十年钱唐许氏吉华室重刊本、光绪十八年铜活字本、宣统元年上海扫叶山房石印本、民国年间文明书局印行的《清代笔记丛刊》本等。这次校点，以吉华室重刊本为底本，并用振绮堂本、文德堂本和《清代笔记丛刊》本进行参校，凡遇异文，择善而从，不出校记。卷二目录中原有《张月娟》一题，但各本均阙文，现将这一标题删去。书中引文错漏，或明显错字，如《佩觿》作者郭忠恕误作郭忠愍，苏辙字号颍滨误作颖滨等，也径行改正。

目　　录

序

　　予中表兄晋竹梁君，以宰相之华胄，膺孝廉之巍科，等身读书，偻指数典，膏肓箴乎经疾，然疑订为史评。凡夫《北梦琐言》、《西京杂记》、《诗人玉屑》、《艺苑金针》以及《七签》、《真诰》之编，《五灯》、《珠林》之册，靡不参同结契，考异名邮。陋小说于黄车，约条抄于青简。入张公之室，记事拈珠；登康生之堂，剧谈著录。成《秋雨盦随笔》若干卷。予受而读之，轧轧乎锦线之抽机，磊磊乎星徽之溢目已。综其全旨，约有四端：一曰稽古，则《经典释文》之遗也；一曰述今，则《朝野佥载》之体也；一曰选胜，则模山范水卧游之图也；一曰微辞，则砭愚订顽徇路之铎也。夫田敏白及，识物昧其名；杨修赤泉，论族紊于系。或目骇豹文之鼠，或口呿同穴之鴒，导鲜通津，佩无迷谷。君则画疑在掌，藏慧以胸。辨子尾之铜盘，搜比干之墓碣。奥如羊续，不误于杕枝；博如马迁，无讥于尸口。岂非事求其实，而解别于常乎？又若见渮柰而不知，问鲁壶而莫对。人非稷嗣，孰究朝仪；地限伦荒，徒工野录。君则沐浴乎家泽，晋接乎祖庭。登多宝之船，咳唾无非珠玉；入众香之国，薰陶尽是旃檀。故能掇英拾华，吐糟弃粕，总四朝之闻见，通万国之语言，绍《矢音》之遗芬，<small>文庄公集名《矢音》。</small>演《謇记》之余绪。<small>谏庵先生有《謇记》。</small>韩家经纬，王氏璠玙，吾于此书，信其济美矣。今夫龙门之作，因阅历而始奇；东坡之文，引江山而为助。士有心通八极，身局一隅者，其所撰著，不过瓮牖之闲评、枫窗之小牍已耳。君则近游吴市，远适燕郊，徘徊善卷之山，洄溯羚羊之峡。盖吾舅氏宦辙所至，君每从焉。借官舍以作书堂，采土风而襄县谱。登高克赋，遇物能名，具升岳浮海之才，为凿险缒幽之致。方音辑去，轶事探来，贤俊咸接其履綦,草木亦助其馨逸。其情畅,其兴豪,此所以纵吻生涛,把金杯而跌宕,锯辞落雪,捉麈尾而流连也乎?至于五门嗷嗷,闻马舍之猪声;三台峨峨,贡虞卿之虾鲊。往往诮深郑酤,毁甚滕屠,矜对镜之青庐,吐烧城之赤舌。君则无心玩世,有意牖民,不删寺人孟子之诗,窃比公是先生之记。而或谓雕刻世态,有干天和;摹绘物情,微伤厚道。是又未知草能指佞,角善触邪者,固不能学味道之模棱,等魏公之妩媚也。嗟乎!秋无可梦,一灯黯淡而摇青;雨最能愁,万叶凄凉而坠碧。君之书成,而君之身杳矣。又况双双鹣翼,听冷月于泉台;君配蕉卿黄夫人撰有《听月楼诗》二卷。藐藐凤雏,少孤星于曙后。极才子伤心之遇,为文人薄命之尤。蚕吐余丝,蠹留剩字,又曷禁拔剑斫地,把笔问天也哉!昔先兄为外大父刊《左通补释》,今予拟为君刻所著述,而以是编先之。零章断简,虽难侔武库之珍;选义考辞,要无愧杂家之作。览之者爱其记丑而博乎,吾恐畏甚口而适适然惊且走也。道光十七年,太岁在丁酉,夏五月朔,表弟汪适孙拜序。

卷一

咏　物　诗

近时诗家咏物，钩心斗角，有突过前人者。扬州张喆士《咏胭脂》云："南朝有井君王辱，北地无山妇女愁。"长洲女士陶庆余《咏鹦鹉》云："一梦唤回唐社稷，千秋留得汉文章。"皆合两典成一联，而雄浑独绝。胶州李霞裳进士《咏甘草》云："历事五朝长乐老，未曾独将汉留侯。"题外使事，尤奇而确。仁和周南卿茂才《咏钱》云："眼孔小于穷措大，面形团似富家翁。"尽相穷形，嬉笑怒骂皆有。钱唐卢小凫布衣《咏夹竹桃》云："佳士性情原烂漫，美人消息总平安。"隽妙之思，令人意远。又相传有《咏新月》句云："映水有钩鱼却钓，衔山无箭鸟惊弓。"可谓刻画入神。至吴江郭频伽明经《咏诗筒》云："之子远行少鸿雁，美人赠我有琅玕。"则如羚羊香象，微妙不可思议矣。

周诗多韵少韵

《周颂·烈文》篇末多一韵，《天作》篇末少一韵。仁和范茂才景福云："移'呜呼前王不忘'六字于'子孙保之'之下，则两篇皆叶韵矣。二诗相连，盖误简也。"说甚精确，具见读书细心。

桑中诗别解

《鄘风·桑中》一篇，《小序》、《集传》皆以为刺淫而作。仁和李海匋学博光壐云："此戴妫答庄姜之诗，所以报'燕燕于飞'一什也。其曰桑中、上宫、淇上者，皆当日话别送行之地也。其曰孟姜者，指庄姜而言也。下二章曰孟庸、孟弋者,庸与弋皆姜氏同姓之国,因怀庄姜而兼及当时之媵妾也。"其说甚新。海匏五经皆有著作,今殁后不知稿尚存否?

张 船 山 诗

张船山太守问陶尝于吴门密蓄一妾,于其夫人游虎丘时,故使相遇于可中亭畔,晤谈许久,而夫人未之知也。太守赋诗云:"秋菊春兰不是萍,故教相遇可中亭。明修云栈通秦蜀,暗画蛾眉斗尹邢。梅子含酸都有意,仓庚疗妒恐无灵。天孙冷被牵牛笑,一角银河露小星。"韵人韵事,足为山塘生色。

集 对

家大人尝集一楹联云:"大儿孔文举,小儿杨德祖;前身陶彭泽,后身韦苏州。"以东坡诗对祢衡传,天然比偶,惜无人能当此语者。

张 仙

吴县蒋国源题孟昶像云:"锦江花草化春烟,蜀主风流绝可怜。赢得美人怀旧宠,赵家宫里祭张仙。"按花蕊夫人入宋,私绘蜀主孟昶像祀于宫中。太宗见而问之,诡其词曰张仙,云祀之可以宜男也。

瓯 北 控 词

赵云松观察戏控袁简斋太史于巴拙堂太守。太守因以一词为袁、赵两家息讼,并设宴郡斋以解之,想见前辈风趣。其控词云:"为妖法太狂,诛殛难缓事:窃有原任上元县袁枚者,前身是怪,括苍山忽漫脱逃;年老成精,阎罗殿失于查点。早入清华之选,遂膺民社之司。

既满腰缠,即辞手版。园伦宛委,占来好水好山;乡觅温柔,不论是男是女。盛名所至,轶事斯传。借风雅以售其贪婪,假觞咏以恣其饕餮。有百金之赠,辄登诗话揄扬;尝一脔之甘,必购食单仿造。婚家花烛,使刘郎直入坐筵;妓宴笙歌,约杭守无端闯席。占人间之艳福,游海内之名山。人尽称奇,到处总逢迎恐后;贼无空过,出门必满载而归。结交要路公卿,虎将亦称诗伯;引诱良家子女,蛾眉都拜门生。凡在胪陈,概无虚假。虽曰风流班首,实乃名教罪人。为此列款具呈,伏乞按律定罪。照妖镜定无逃影,斩邪剑切勿留情。重则付之轮回,化蜂蝶以偿夙孽;轻则递回巢穴,逐狝猴仍复原身。"其罗织之词,虽云游戏,亦实事也。

诗 值 五 千 金

江南昔有贵公子,年少登科。乃翁故肮仕家居,于其公车北上,以五千金遣之。公子赋性不羁,楚馆秦楼,一路挥霍,比至京师,已囊空若洗矣。兼以抱病不得入场,嗒焉若丧,称贷而归。翁初怒其不肖,欲诃责之,及还家,首搜行箧,见诗稿中有二句云:"比来一病轻于燕,扶上雕鞍马不知。"翁且怜且喜曰:"得此二句诗,则五千金花得值也。"公子次科旋中式,入词馆,此可为花柳诸公作一段佳话,今则无此撒漫浪子,并无此跌宕诗人矣。

秦 良 玉 词

尝于友人斋中,见悬秦良玉小像一帧,上钱谢盦先生枚题《金缕曲》一阕,风流悲壮,殆罕其俦。其词云:"明季西川祸,自秦中飞来天狗,毒流兵火。石砫天生奇女子,贼胆闻风先堕。早料理夔巫平妥。应念军门无将略,念家山只怕荆襄破。妄男耳,妾之可。　蛮中遗像谁传播?想沙场弓刀列队,指挥高座。一领锦袍殷战血,衬得云鬟婀娜。更飞马桃花一朵。展卷英姿添飒爽,论题名愧杀宁南左。军国恨,尚眉锁。"

二　名　偏　称

今人二名者,往往于笺牍中单称一字。按晋文名重耳,而《左氏定四年传》,祝鮀述践土之盟,其载书云:"晋重鲁申。"昭二年,莒展舆奔吴,而《传》曰:"莒展之不立。"又《晋语》曹僖负羁,称叔振铎为先君叔振,则割裂之称,由来已久,马迁、葛亮,其滥觞耳。

弄　堂

今堂屋边小径,俗呼弄堂,应是弄唐之讹。宫中路曰弄,庙中路曰唐,字盖本此。

汀　茫

顾亭林先生邃于古音,尝宿傅青主家。一日起稍晏,青主于户外呼曰:"汀茫久矣,犹酣卧耶?"先生怪其语。青主曰:"君精古音,岂不知天本音汀,明本音茫耶?"相与大笑。

辨　姓　诗

潮州太守黄霁青先生安涛,嘉善人,工诗,善滑稽。有同年某投札,误书黄为王。先生作诗答之云:"江夏琅玡未结盟,廿头三画最分明。他家自接周吴郑,敝姓曾连顾孟平。须向九秋寻鞠有,莫从四月问瓜生。右军若把涪翁换,辜负笼鹅道士情。"工整熨贴,风趣独绝。

西　湖　竹　枝　词

陶月山先生文彬,箓村先生之祖也,著有《金台》、《锦城》、《摩云》等集。《西湖竹枝词》二十首，为人传诵。录其三首云："钱唐太守醉西湖，堤上花枝也姓苏。郎是东风侬是草，将春吹绿到蘼芜。""叶叶东风杨柳青，青骢得得傍花行。劝郎收却金丸弹，留个莺儿叫一声。""十景塘边是姜家，小楼斜对木兰花。西邻阿妹声相似，莫误敲门去吃茶。"清丽芊绵，情文斐亹，铁崖诸老不得专美于前矣。

金 元 七 总 管

吾杭清波门外，有庙曰"金元七总管"。姚古芬述其友人陈姓者云："可对'唐宋八大家'。"众赏其工绝。案康熙间徐紫珊所撰碑记，谓神元时人，七者行次，总管其官名也。

金 陵 诗 僧

金陵水月庵僧镜澄，能诗，然每成辄焚其稿。槜李吴澹川文溥录其数首，呈随园先生，先生激赏之。吴谓镜澄宜往谒先生。镜澄曰："和尚自作诗，不求先生知也。先生自爱和尚诗，非爱和尚也。"卒不往。其《留澹川度岁》诗云："留君且住岂无因，比较僧贫君更贫。香积尚余三斛米，算来吃得到新春。""新栽梅树傍檐斜，待到春来便着花。老衲不妨陪一醉，为君沽酒典袈裟。"其风致如此。

武 弁 能 诗

浦情田守戎，尝诵其寅友某《岳王墓》句云："宰相若逢韩侂胄，将军已作郭汾阳。"立论新奇，得未曾有。情田金陵人，余向于吴门响山堂陈氏见之，出诗文稿若干卷见示，多有可观。记其五言绝句一首云："最爱初三月，弯环恰似钩。郎心钩不转，钩起妾心愁。"情词婀娜，绝非弁员口吻。

徐　宝　幢

仁和徐宝幢茂才^{恭俭}，工诗文，年四十，目双瞽，口授经文课徒，家徒四壁，亦文士之厄也。记其《西湖棹歌》二首云："大船埠头杨柳青，小船埠头春水深。劝君莫惜买船费，过却春光无处寻。""钱唐江上大潮多，游客登舟唤奈何。侬自年年弄湖水，生来从不识风波。"音韵深得竹西之遗。

杜　　撰

"青春鹦鹉，杨柳楼台。"司空表圣《诗品》句也。陈曼生司马集二句对云："绿绮凤凰，梧桐庭院。"注云："张子野词。"请曾伯祖山舟学士为书楹帖。学士爱其工丽，欣然书之。后遍查子野词，并无此二句，盖竟属司马杜撰也。才人好事，往往如此。

西　泠　感　旧　诗

姚大升孝廉，江苏人，寓杭，有所眷，留割臂之盟。后随父宦闽，重过武林，访之，则香消已逾岁矣。因赋《西泠感旧》诗四章云："江南荡子恨无家，锦字坊西问狭邪。芜馆秋灯留蝙蝠，荒陵春水没虾蟆。故人尚指楼头柳，渔父空迷洞口霞。辜负沙棠舟上客，酒尊诗卷到天涯。""窈窕文窗启碧轩，美人家近苎萝村。芳兰佩结翻经样，杏子衫娇泼酒痕。斗草人归春绰约，卖花声破梦温存。争知旧日青骢客，哭过枇杷白板门。""楼头别语太凄清，乍似长生七夕盟。绝代可怜人早死，十年未见我成名。临流浅土埋苏小，残月香词唱柳卿。安得并骖瑶岛鹤，苍烟吹破岭头笙。""西泠曲港漾平沙，桥上黄昏噪暮鸦。榆柳洲边新鬼火，桃花门里旧儿家。玉鱼葬合肌犹暖，金蜕魂归月易斜。知否萧郎重到此，短诗和泪泣琵琶。"哀艳之音，令人酸鼻。未半年，姚亦卒。言为心声，固不宜尔也。

拾　没

字典:不知而问曰"拾没"。没,母果切,音么,今北人所谓什么也。

不　惜

草履名"不借",其来已久。按《齐民要术》作"不惜"。黄扶孟云:"当以不惜为是,谓此物极贱,虽履泥湿弃之,亦不爱惜也。"

吕 叔 简 语

明吕叔简云:"今之用人,每恨无去处,而不知其病根在来处。今之理财,每恨无来处,而不知其病根在去处。"二语可为居官、居家者座右铭。

伯 夷 叔 齐

张船山太守在登州府试,以伯夷、叔齐命题。有作八比文者,则伯二比,夷二比,叔二比,齐二比也。先生题俳语于卷上云:"孤竹君,哭声悲。叫一声,我的儿子呵! 我只道你在首阳山下做了饿杀鬼,谁知你被一个混帐的东西,做成了一味吃不得的大炸八块。"可为喷饭。

兰 因 馆

白香山诗云:"钱唐苏小是乡亲。"家在钱唐而墓不在钱唐,竹垞老人辨之详矣。然西泠抔土,千古艳称,官斯土者,一再修葺,借以为湖山点缀,亦何不可? 竹垞必欲夺归秀州,未免已蹈争墩之习。至小青诗云："杯酒自浇苏小墓,可知妾是意中人。"小青为虎林冯氏家姬,虽杂见诸家小说,而衣香鬓影,若有若无,人尚凭虚,墓于何有?乃陈云伯大令文述特筑其墓于孤山之麓,并附以云友、菊香,且为之志以征之,复建所谓兰因馆以实之,可谓极才人之好事矣。咏巫山者不云乎："朝云暮雨连天暗,神女知来第几层。"赋洞庭者不云乎:"日落长沙秋色远,不知何处吊湘君。"引人入胜,正在缥缈,必欲求其人以实之,不几梅鹤笑人耶?然其题咏之作,有不可磨灭者,兹特录其佳句。大令原唱云:"芳姓偶同杨妹子,小名应唤菊夫人。"方稚韦孝廉懋朝句云:"乐府好歌三妇艳,乡亲况有六朝人。"吴飞卿女史规臣云:"桃叶画船题叶女,梅花禅榻散花人。"大令媳汪小韫女史端纪事四首最佳。其诗云:"郑家娇婢解吟诗,和靖风流想见之。遗址误寻高菊硐,翟晴江以菊香墓为高菊硐,臆说也。前身合是谢芳姿。踏青春访琼姬墓,朱竹垞、毛驰黄两先生曾访之。飞白宵题玉女碑。诸九鼎作墓志。更乞茂漪书一过,簪花楷法妙临池。"翁大人乞墨琴夫人楷字勒石。此咏菊香。"焚馀诗草返魂香,遗集真应号断肠。齐国淑妃原著姓,小青,冯姓。蒋家小妹是同乡。小青,广陵人。镜湖桃叶鸥盟远,女弟紫云适会稽马髦伯。画阁梅花鹤梦凉。屏居孤山别业。最忆横波摹小影,眉楼一角写斜阳。"顾眉楼有摹小青小影。此咏小青。"又见杨娃小印红,容华才笔丽惊鸿。容华,杨炯女侄。丛残著录留湖上,诗见张遂辰《湖上编》。轻薄姻缘说意中。李笠翁《意中缘》传奇以杨云友配董香光,谬论也。谢逸画图寒翠晚,谢彬有云友及林天素小像。汪伦潭水夜星空。尝客汪然明春星堂。依然智果西头路,绝胜仙霞万点枫。"云友死,天素返闽中。此咏云友。"碧城坛坫久名家,多少蛾眉礼绛纱。仙子玉炉三涧雪,美人湘管一枝花。隔湖香冢秋飞蝶,映水红楼晚噪鸦。更访吴宫双玉墓,牡丹厅畔竹阴斜。"翁大人近为琼姬、小玉营墓于虎阜塔院牡丹厅下。琼姬,兰间女,名胜玉,又名滕玉。小玉,夫差女,亦名紫玉。四诗典丽风华,洵堪垂远,传之后人,遂成湖山掌故矣。

猪语牛鸣

"公冶长解猪语",见皇侃《论语疏》,可与"介葛卢闻牛鸣"作的对。

须　换　银　米

京师四喜班陈双者，名小生也。年逾四十，将留须，掌班者苦止之，每年愿加包银若干，遂不果留。偶阅《莼乡赘笔》，华亭顾威明，家豪富，性酷好梨园。一日，家演剧，有名旦善装杜丽娘，而已须髯如戟，因强其剃须。乃曰："俗语去须一茎，偿米七石，倘勿吝，乃可从命。"顾抚掌大笑曰："此易事耳。"遂令家人从旁细数，计削去四十三茎，立取白粲三百石送之。须之遭际，亦奇矣哉！

琴　　娘

琴娘者，珠江戴氏妇也。雅善鼓琴，偕其夫游楚南，某中丞耳其名，延请授琴，群姬并从学焉。不二年，中丞卒，戴夫妇遂流落，转辗至浙，往来大姓家，虽略行其道，要非复曩时之尊重。每当酒阑灯炧，缕述旧情，未始不泪涔涔也。余闻而感焉，为赋《金缕曲》二阕云："双泛珠江橹。尽风流，泰娘身样，莹娘眉妩。生小自娴文君技，花底秋桐惯抚。总羞学、寻常菊部。一曲水云潇湘调，竟公然转入临淮府。鹣比翼，凤鸾伍。　　鼕鼕夜静军门鼓。好良宵，阑干月转，花阴亭午。半臂添寒尚书醉，屏后金钗楚楚。齐俯首、邯郸学步。绛帐高谈勾挑法，把霓裳谱作鸳鸯谱。飘泊恨，不须诉。""划地鹃啼血。怪无端，房中曲奏，鼓宫宫绝。华屋俄成山丘感，化去朱门剑舄。有多少、花啼柳泣。何况堂前双飞燕，更谁容重向雕梁歇。飞絮影，化萍叶。　　漂流却向明湖侧。恁匆匆，宫移羽换，珠狼翠藉。旧日鞋尖三千拜，今日鹑衣百结，回首望、侯门天隔。大有水云捶琴意，莽江山重话梁园雪。春梦事，感而述。"嗟乎！始则王侯笑傲，继则宾客飘零，比比是也，独一琴娘也哉？

杨 妃 诗

美人例为人怜，虽至亡国败家，犹有起而原之者。袁简斋先生先开脱杨妃，一则曰："《唐书》新旧分明在，那有金钱洗禄儿？"再则曰："如何手把黄金钺，不管三军管六宫。"赵瓯北先生竟褒奖杨妃，一则曰："马嵬一死诸军退，妾为君王拒贼多。"再则曰："张均兄弟今何在，只有杨妃死殉君。"

世 俗 诞 妄

吾杭清泰门外，有时迁庙，凡行窃者多祭之。济宁有宋江庙，为盗者尝私祈焉。汲县有纣王庙，凡龙阳胥祷于是。颍之卫灵公庙，闽之昊天保庙，亦然。涌金门外有张顺庙，赤山埠有武松庙，石屋岭有扬雄、石秀庙，闽楚多齐天大圣庙，黔中多杨老令婆庙，此皆淫妄之祀。又有谬误者，陈州城外厄台有庙，颜曰一字王佛，即孔子也。北方牛王庙，画百牛于壁，牛王居其中，则冉伯牛也。温州有土地，杜十姨无夫，五髭须相公无妇，于是合而为一，则杜拾遗、伍子胥也。雍丘范郎庙，塑孟姜女，偶坐者乃蒙将军恬也。孤山林和靖祠，塑女像为偶，题曰"梅影夫人之位"。或戏之曰："何不兼塑仙鹤郎君？"世俗诞妄，真是匪夷所思。又凡庙中司事之人，吾乡名之曰"庙鬼"，所作所为，往往戏侮神圣，如关帝手中所执之扇，末署款云："云长二兄大人属书，愚弟诸葛亮。"真堪发噱。又某年吾郡作保沙会，各庙神像俱迎聚于西湖玛瑙寺前，于是诸神持帖互拜。最奇者大士名帖云："愚妹观世音敛衽拜。"尤堪捧腹也。

陶 篁 村

会稽陶篁村先生元藻买墅于西湖葛岭之麓，名曰"泊鸥山庄"。六十余，娶一妾，为馈老计。家曾伯祖山舟学士调以诗云："病来久不见陶潜，隔着重城似隔天。昨夜中庭看星象，小星正在少微边。""闻说蓉江泛橹枝，已成阴后未凉时。一枝椰栗无人管，付与樵青好护持。""不是朝云侍老坡，也如天女伴维摩。对门有个林和靖，冷抱梅花奈尔何？""好将斑管画眉双，莫染星星鬓上霜。比似诗人张子野，莺花还有廿年狂。"此四首随园老人已采入诗话中。复有《再调篁村》二首云："湖光如镜复如奁，中有飞来比翼鹣。恼煞画船楼外泊，红阑添上一重帘。""一幅新翻秘戏图，海棠侧畔老梅株。问年三五盈盈月，不见犹怜况老奴。"先生没后，如君守志不嫁。后四十余年，余与先生令孙春田学博轩游，询之，如君尚在，年已六十余，长斋绣佛，足不出户，每食则设于先生小像之侧，进酒侑食，如事生礼，亦一段风流佳话也。先生工诗古文词，兼长制义，顾南北十上乡闱，不得售。在京师有日者兼精风鉴，谓之曰："君命中金寒水冷，无分功名。虽然骨格清奇，不名世，当寿世也。"使相诸郎，则曰："皆科第中人也。"先生遂绝意进取。二子廷琛、廷琡，先后登甲科，出宰剧县。先生买宅湖山，徜徉诗酒。乾隆甲寅，春田以新补弟子员入场，先生见猎心喜，意欲重携铅椠。诸侄辈止之，不可。戚友咸止之，亦不可。于是春田来奔告于山舟学士，学士往谓之曰："篁村，尔求死耶？何其老而无耻也。"先生曰："吾文兴颇勃勃，故偶作是想耳。"学士曰："是不难，俟首场毕后，君为拟程，吾来同作。"届期，学士偕先生至青云街陶氏书坊接考，知首题为"夫子之墙"一节，两公共砚，凝思论题，举笔文成，皆清微淡远之音。比榜发，则是科中式之文，皆捃摭《尔雅》及《广雅》、《考工》、《三礼》而成者。学士谓先生曰："此中须丹壁垣墉，吾与子黄土颓墙，复从何处讨生活耶？"相与于笑而已。

钱　宗　伯　对

嘉兴钱箨石侍郎载奉命祭尧陵，辨今尧陵之非。既覆命，具折奏之。折计二十七扣，奉旨申饬。又乾隆庚子典江南试，取顾问作解首，三艺皆骈体，经磨勘停三科。京师以二事为对云："三篇四六短章，欲于千万人中，大变时文之体；一折廿七余扣，直从五千年后，上追古帝之陵。"

石　异

宋牧仲《筠廊偶笔》载,有人于归州香溪得一石,大如斗,剖之,得雌鸳鸯石一枚。后复过此溪,又得一石,剖之,得雄鸳鸯石一枚。因琢双杯,宝用之,已奇绝矣。壬幼时尝闻山舟学士云:"有人宝一水石,上作山树形,尾有杜诗一句云:'石出倒听枫叶下。'其人绝爱,行箧中常以自随。一日过黔州某溪,偶于篷窗把玩,失手堕水,因停舟雇人捞取。良久,得一石,大小无异前石,而花纹迥殊,末亦有诗句,则'橹摇背指菊花开'也。再下搜取,复得前石。"此等神物,其生之也奇,其合之也尤奇。

高　小　姊

天启时,御前牌子高永寿,年未弱冠,丹唇鲜眸,姣好若处女,宫中以高小姊呼之。凡宴饮之际,高或不与,合座为之不欢。后端午日,随帝游西苑溺死,见《天启宫词注》。

鳖　子　亹

乾隆中有方伯某公莅浙,见文牍中有"鳖子亹"三字,投牍于地曰:"此明明是亹字,何得误读为门耶?"一吏从旁从容拾牍,援《大雅·凫鹥》之说以进曰:"旧注,亹,音门,谓水流峡中,两峰如门也。"某公怃然曰:"微子几误乃公事,子即吾一字师也。"某公之虚怀,此吏之博雅,人两美之。

讽　刺　诗

讽刺之诗,意不可不露,亦不可太露,故不宜赋而宜比兴也。咏蝉诗云：“莫倚高枝纵繁响，也应回首顾螳螂。”咏瀑布诗云：“流到前溪无一语，在山作得许多声。”咏铁马诗云：“底事丁冬时作响，在人檐下不平鸣。”咏夏云诗云：“无限旱苗枯欲死，悠悠闲处作奇峰。”皆急切言之，而仍出之以蕴藉者。惟仁和单斗南先生咏蚊诗云：“性命博膏血，人间尔最愚。嚼肤凭利喙，反掌陨微躯。”此则痛诋之不遗余力，贪谗之吏，读此能无凛乎？

不　　白

陈太仆句山先生，年逾耳顺，须尚全黑。裘文达公戏之曰：“若以年而论，公须可谓抱不白之冤矣。”

廿　四　堆

越中鹦湖之滨，狮山之侧，俗名廿四堆，皆南宋宫人墓也。山阴邵姜畦先生诗云：“鹦湖湖水明如镜，照出兴亡事可哀。二十四堆春草绿，钱唐风雨翠华来。”余曾过其地赋二绝云：“鹦湖一水近兰亭，浅土埋香尚有灵。当日承恩知未遍，翻从地下傍冬青。”“零落花钿冷翠翘，谁将遗事问前朝。宫人斜外雷塘路，一样伤心廿四桥。”

食　　酒

有阛阓子作日记册云：“某日买烧酒四两食之。”人遂传为笑柄，而不知亦未可非也。《于定国传》曰：“定国食酒数石不乱。”柳子厚《序饮》亦云：“吾病痞，不能食酒。”则酒之言食，其来有自。

方 子 云 诗

歙县方子云僦屋长干，忘情荣利，诗凭意造，近体尤工。五言如

《送夏湘人出关》云："山势盘元气，湖声折大荒。"《舟次》云："石争双派水，云斗雨来风。"《登金山》云："万古不知地，金山如在舟。"《竹林寺》云："石气青楼阁，湖光白古今。"七言如《句曲山》云："双峡束江通楚蜀，万峰送雨落淮徐。"《润州怀古》云："人锄北府新生草，江走南朝旧夕阳。"《舟次即目》云："潮初出海如云白，月乍离山抵日红。"《石湖舟中》云："风急忽疑星欲堕，舟移如与月同行。"《镇海楼》云："急水与天争入海，乱云随日共沉山。"《清凉山》云："高阁红扶临涧树，小亭青受隔江山。"绝句如《长干寺见隔院玉兰》云："粉装玉琢素衣裳，拂面风来特地香。不阻游人阻词客，人间无赖是红墙。"《新月》云："云际纤纤月一钩，清光未夜挂南楼。宛如待字闺中女，知有团圞在后头。"《小亭独坐》云："小亭三面叠云根，坐把浇愁酒一尊。西下夕阳东上月，一般花影有寒温。"风韵独绝。

科 场 对

谢金圃墉、吴玉纶、德定圃保、沈云椒初典试，颇不满于众口，作对云："谢金圃抽身便讨，吴玉纶倒口就吞；德定圃人傍呆立，沈云椒衣里藏刀。"双关拆字，巧不可阶。又浙江乾隆丙子乡试，两主考一姓庄，一姓鞠，庄公颟顸而鞠公不谨。有人集杜句嘲之云："庄梦未知何日醒，鞠花从此不须开。"尤极现成。鞠试毕回京，语陈句山太仆云："杭人真欠通，如何鞠可通菊？"公不答。鞠诘之，公曰："吾适思《月令》'鞠有黄华'耳。"鞠大惭，未几死，人以为语谶云。近有某公分校礼闱，卷中有用《毛诗》"佛时仔肩"者，则批云："佛字系梵语，不可入文内。"复有用《周易》"贞观"二字者，则又批云："贞观系汉代年号，不可入文内。"因有为之对者云："佛时是西域经文，宣圣悲啼弥勒笑；贞观系东京年号，唐宗错愕汉皇惊。"又姚秋农总宪典顺天乡试，有用《尚书》"率循大卞"者，则批云："'大卞'二字，疑'天下'之误。"是科蒋秋吟侍御分校，有用《尚书》"不率大戛"者，则批云："'大戛'二字不典。"因对云："蒋径荒芜，大戛含冤呼大卞；姚墟榛莽，秋农一笑对秋吟。"语妙绝伦，皆可与"左邱明两目无珠，赵子龙一身是胆"，同作科场话柄也。

因 诗 得 赠

三山郑汝昂工诗,贫甚。一相知令广东,郑寄诗云:"三尺儿童事未谙,饥来强扯我襕衫。老妻牵住轻轻语,爷正修书去岭南。"其人得诗,因厚赠之。案《青琐集》载,张球献诗于吕许公云:"近日厨中乏短供,儿童啼哭饭箩空。内人低语向儿道,爷有新诗上相公。"郑诗盖本于此。

张 子 野

宋祁呼张子野为"云破月来花弄影"郎中,此人人知之也。欧阳文忠又呼为"桃李嫁东风"郎中,以子野《一丛花》词有"不如桃李,犹得嫁东风"之句也。见范公称《过庭录》。

火 浣 布

庄芝阶舍人仲方自蜀中归,携火浣布一方,遍示同人,质厚且粗。以手扪之,泠泠然冷湿憎肤,虽入火不燃,而见焰则黑,并无愈濯愈洁之说。考火浣布有三:最上者火鼠之毛所织;其次火木之皮所织,纹理细腻,并出海南诸国;最下则蜀中建昌所出,名曰石绒,生岩隙间,土人采以为布,能去诸物之垢,不可为衣,芝阶所携,即此是也。

苏 州 状 元

本朝殿撰,吴下为多,有苏人以此夸于座中。忽一人冷语曰:"苏州出状元,亦犹河间出太监,绍兴出惰民,江西出剃头师,句容出剔脚匠,物以类聚,无足怪也。"案此戏语,亦有所本。唐王定保

《摭言》载一则云："卢肇初举,先达或问所来,肇曰:'我袁民也。'或曰:'袁州出举人耶?'肇曰:'袁州出举人,亦犹沅江出龟甲,九肋者盖希矣。'"

乳　姑　图

山阴某,忘其姓名,有题《乳姑图》诗云:"儿勿啼,婆婆将与汝枣梨,儿且去骑竹马嬉。儿前牵娘双泪流,东边一只儿要留,口讲指画向婆语,婆婆不小吃乳羞! 婆婆不小吃乳羞!"不铺张尽孝门面语,而描写妮妮之态,自然入情。

宽　恕

唐唐临性宽仁多恕,欲吊丧,令僮归取白衫。僮乃误持馀衣,惧不敢进。临察之,谓曰:"今日气逆,不宜哀泣,向取白衫且止。"又一日,令煮药不精,潜觉其故,乃曰:"今日阴晦,不宜服药,可弃之。"宋王旦局量宽厚,家人欲试之,以少埃投羹中,公惟啖饭。问何不食肉,曰:"我今日偶不喜肉。"一日,又墨其饭。公曰:"我今日偶不喜饭,可具粥。"二公之度相似,凡褊急而苛刻者,可以为法。

代　笔

古书名家,皆有代笔。苏子瞻代笔,丹阳人高述。赵松雪代笔,京口人郭天锡。董华亭代笔,门下士吴楚侯。山舟学士书名噪海内,而从无代笔。汤昼人庶常锡蕃、沈友三明经益颇肖公书,尝为人作字,署学士名,实非代笔也。

镜　听

昆山徐大司寇乾学昆季三人,未第时,除夕相约镜听。乃翁侦知之，先走匿门外，俟三子之出，揖而前曰："恭喜弟兄三鼎甲。"诸子知翁之戏已也，不顾而走。则有二醉人连臂而来，甲拍乙之肩而言曰："痴儿子，你老子的话是不错的。"盖以俳语相戏也。已而果应其言。又钱唐黄文僖公机未遇时，镜听闻二妇人相语云："家有二鸡，明日敬神，宰白鸡乎？宰黄鸡乎？"其一曰："宰黄鸡可也。"机鸡同音，遂以为谶。

瓦　剌

西海有鱼，名瓦剌，其目入水则暗，出水则明。凡物皆动下颏，此鱼独动上腭。见人远则哭，近则噬，故西域称假慈悲者曰瓦剌，制之者惟仁鱼。盖此物遍身鳞甲，刀箭不能入，惟腹下寸许是肉，仁鱼鬐最利，故能克也。仁鱼性极慈，尝负小儿登岸，误毙之，遂触石死，而独能制彼，所谓以至仁伐至不仁也。

无 题 诗

余在京师，凡遇诸伶侑座，酒阑灯灺，往往漠然。人或以矫情讥，或以木石诮，迨然不顾也。一日见某部某郎，不觉倾倒，形输色授，颇难自持，然独茧抽丝，无由作合也。因赋无题二章云："寻到蓬山别有春，好将绮笔写芳因。钩辀格磔浑难语，扑朔迷离两不真。愿作鸳鸯申后约，化为蝴蝶梦前身。玦镮消息全无准，肠断愁红闷翠人。""不沾情处惹情魔，如此相思可奈何！后落梅花酸意透，倒垂莲子苦心多。鸟因衔恨思填海，狐为生疑怕渡河。欲托微波通一语，生防前面有鹦哥。"

赵 篠 珊

仁和赵篠珊先生铭，湖北安陆县知县，以罣误归，一琴一鹤，颇有祖风，担石无储，不改其乐。尝作小词自遣，记其游西溪《齐天乐》云：

"清流澹沱，有一鹭飞来，白头似我。"又《临江仙》咏秋海棠叶云："断肠人不见，留得绿衣裳。"皆绰有风趣也。

和 尚 太 守

王树勋者，山西人，始为京师木兰院道者，后剃发为悯忠寺僧，饶于资，遂潜自蓄发，遵例报捐同知，选授湖北某缺，旋擢郡守。会调繁入京，侍御石公承藻首发其奸，严询得实，遂编管黑龙江，先于刑部衙门前荷校两月，然后发遣。大兴舒铁云孝廉有《和尚太守谣》一篇纪其事，诗长不备录，记其起四句云："弃民为僧如秃鹙，弃僧为官如沐猴，宦成黄鹤楼边住，事败黑龙江上去。"读之失笑。

五 时 衣

今江南人嫁娶新妇，必有五时衣。按《齐明帝纪》："武陵王阅太后遗物，命留五时衣各一袭。"五时者，谓春青、夏赤、季夏黄、秋白、冬黑也。江南沿六朝之遗，故犹有此名。

中 秋 诗

王次农明府辰在京师，集同人赏中秋，限秋字赋诗。有某君句云："十分明月五分秋。"为时传诵。又吾杭同人小课，以月饼命题，姚古芬五律起联云："举头看明月，把酒问青天。"以苏对李，天造地设，黄相圃先生模击节叹赏，以为此题绝唱也。

张 晏 埋 骨

金玉珠宝，无不出土者，故古人戒厚葬也。然亦有时相反者。宋寿州张侍郎、抚州晏丞相俱葬阳翟，相去数里。有盗发张墓，得宝器甚多，遂完其棺，掩覆其穴。继发晏墓，棺中惟木胎金裹带一，盗失望大恚,以刀斧碎其骨而出。一以厚葬完躯,一以薄葬碎骨,事之不可知者也。

干 支 戏

明王完虚中丞点,万历甲辰进士,好谐谑,初仕为邹平知县,与章丘接境。一日,与章丘令相见。令问公年,答云:"乙亥。"回问之,答云:"亦乙亥。"公笑云:"某是邹平一害,兄便是章丘一害。"又有人贺新婚回,人问新人容貌如何,曰:"未言其貌,先言其命,辛酉戊辰,乙巳癸丑。"其人不悟,则曰:"新有妇人,一似鬼丑也。"

名 士 受 窘

达官厌弃名士,名士遂傲慢达官,然亦有时受其窘者。吴江郭频伽麐饮于友人处,有某太史在座,少年甲第,未免意气凌人。频伽语气之间,多所狎侮。太史不堪其谑作而言曰:"频伽先生有何开罪,却句句奚落下官?"频伽曰:"公读书中秘,言当雅驯,奈何以稗史之谈,挂诸齿颊?"太史曰:"《晋书·百官志》:朝士七品以下,不得称臣,但称下官。南、北《史》亦然。某承乏翰林,官止七品,称下官,礼也。先生独未之前闻乎?"频伽惭不能答。

毒 谑

明嘉靖间,一内珰衔命入浙,与司北关南户曹、司南关北工曹饮宴。珰欲侮缙绅,乘酒酣为对云:"南管北关,北管南关,一过手,再过手,受尽四方八面商商贾贾辛苦东西。"此珰故卑微,曾司内阍,工部君所素识者,因答曰:"我须相报,但勿瞋乃可。"遂云:"前掌后门,后掌前门,千磕头,万磕头,叫了几声万岁爷爷娘娘站立左右。"珰怒愤攘臂,至欲自裁,二司力劝而止。虽属毒谑,实侮由自取也。

中庸非孔门书

叶书山庶子谓《中庸》一书,非子思所作。其说云:"伪托之书,罅隙有无心而发露者。孔、孟皆山东人,论事俱就眼前指点。孔子曰:'曾谓太山。'又曰:'太山其颓。'孟子曰:'挟太山以超北海。'又曰:'登太山而小天下。'就所居之地,指所有之山,人之情也。汉都长安,华山在焉。《中庸》引山称华岳,明明以长安之人,指长安之山,其为汉儒伪托无疑。"

阮王二宫保撰联

刘文清公在相位,太夫人九十诞辰,仁庙赐寿,备极恩荣。阮芸台宫保撰联云:"夫为宰相,哲嗣为宰相,历六科之贤孙,又将为宰相,八座声名惊海内;帝祝期颐,卿士祝期颐,合三省之黎庶,以共祝期颐,九旬福寿庆江南。"盖其时文清以两江总督,遥执相权,而洵芳先生已阶至二品也。冠冕堂皇,罕有其匹。庆蕉园宫保镇粤,王省厓尚书_鼎赠联云:"恩衍韦平,祖父子孙三宰相;家传忠孝,弟兄叔伯四将军。"巨制鸿题,足以称其家乘。又先文庄既相后,嵇文恭赠联云:"秋圃黄花韩相国,春风红杏宋尚书。"台阁颂扬,又何其妍丽也。

琵 琶 记

高则诚《琵琶记》,相传以为刺王四而作。驾部许周生先生_{宗彦}尝语余云:"此指蔡卞事也。卞弃妻而娶荆公之女,故人作此以讥之。其曰牛相者,谓介甫之性如牛也。"余曰:"若然,则元人纪宋事,斥言之可耳,何必影借中郎耶?"先生曰:"放翁诗云:'身后是非谁管得,满村听唱蔡中郎。'据此,则斯剧本起于宋时,或东嘉润色之耳。"然则宋之《琵琶记》为刺蔡卞,元之《琵琶记》为指王四,两说并存可也。

毛

《佩觿集》云："河朔谓无曰毛。"今粤中及西蜀皆然。按东坡请人吃毳饭曰："饭也毛，菜也毛，萝葡也毛。"则古人行文往往用之，然犹曰纪载方言，叙述游戏耳。《后汉书·冯衍传》："饥者毛食。"《五代史》："黄幡绰赐绯毛鱼袋。"则典册高文，亦用之矣。

番　枪　子

万红友先生《词律》一书，其辨《洞仙歌》之杂入《丑奴儿》，《揉碎花笺》之为残缺，《祝英台近》、《莺啼序》之别无添字，《三台》之分两段为三段，《笛家》之当移掇句读，细心校订，允推词学功臣。他如《啸余图谱》之复收误收，如《金人捧盘》之即《上西平》，《蝶恋花》之即《一箩金》，《念奴娇》之即《赛天香》，《六丑》之即《个侬》，《高阳台》之即《庆春泽》，《望梅》之即《解连环》，《过秦楼》之即《惜余春》，《雨中花》之即《夜行船》，《玉人歌》之即《探芳信》，《红情》、《绿意》之即《暗香》《疏影》，莫不丑诋之不遗余力，其辨体辨句，可谓精且确矣。然亦有时校勘未精者。律中第十一卷，收韩玉《番枪子》一调，而数阕以后，又收李献能《春草碧》一调，细考字数句法，无不相同。且韩词尾句三字是"春草碧"，而李即以为名，亦犹《贺新郎》之名《乳燕飞》，《水龙吟》之名《小楼连苑》，《临江仙》之名《庭院深深》，偶立新标，并非异制。然则《春草碧》之即为《番枪子》，无疑也。惟有数字平仄稍异，依先生旧例，则当收作又一体，或于韩词旁注可平可仄字样，而以《春草碧》之名附于《番枪子》之下，则事归一律矣。

南　屏　僧

净慈寺主讲明中大恒，善诗画，画笔雅近井西老人，诗五言特隽。《过平和桥》云："鱼虾争小市，鸡犬乱孤村。"《雨中送客》云："落花成小劫，流水悟前因。"皆不愧高人吐属。示寂时寿五十八。辞世偈曰：
"五十八年一报周，谢家活计霎时收。披蓑赤脚千峰去，不问芦塘旧
钓舟。"继之者曰让山篆玉，工隶字。五言句云："凉话竟忘久，松风不
断吹。"是真得静中三昧者。又继之者曰主云际祥，工画淡墨山水。今
主席者曰松光了义，善鼓琴饮酒，画山水，兼工小诗。此外则有万峰庵
之小颠，尤能以游戏具神通者。得毋南屏例得诗僧，其泉石秀灵有以
致之欤？

学　海　堂

阮芸台宫保到处好提唱风雅。道光四年，于广东观音山建学海
堂，仿浙江诂经精舍例也。其地梅花夹路，修竹绕廊，中建厅事三楹，
后有小亭邃室，高依翠岫，平挹珠江，颇极潇洒之致。每月集书院生
童于此，课诗古文词焉。宫保自撰楹帖云："公羊传经，司马记史；白
虎德论，雕龙文心。"极古香古艳之致。

律　中　变　调

旧人咏梅花句云："惟三更月是知己，此一瓣香专为春。"陈子肃
妓馆诗云："青铜三百一斗酒，荔支十八谁家娘？"余姚郑耕馀赠人句
云："人皆欲杀今之白，我醉须埋昔者伶。"嘉兴吴澹川题《周香度诗
稿》句云："抛五斗米就三径，腹万卷书手一杯。"海昌陈益斋句云："古
松奇似老名士，初月媚于新嫁娘。"会稽胡西垞咏蓼花句云："何草不
黄秋以后，伊人宛在水之湄。"又有人咏十月桃句云："刘郎再来岁云
暮，王母一笑天为春。"诸联倔强盘曲，句法新而用意别，皆七律中之
变调也。

索　诗　癖

"尽日觅不得，有时还自来。"贯休觅句诗也，人以为是失猫诗。

"若教解语应倾国,任是无情也动人"。罗隐咏牡丹诗也,人以为是女
障子诗。"树底有天春寂寂,人间无路月茫茫"。曹唐汉武宴西王母
诗也,人以为是鬼诗。"天末楼台横北固,夜深灯火见扬州"。杨蟠咏
金山寺诗也,人以为是牙人量四至诗。"到江吴地尽,隔岸越山多"。
吴僧白塔寺诗也,人以为是分界堆子诗。"上穷碧落下黄泉,两处茫
茫皆不见"。白香山咏杨妃诗也,人以为目连救母诗。"秦地关河一
百二,汉家离宫三十六"。骆宾王咏古诗也,人以为是算博士诗。"每
日更忙须一到,夜深还自点灯来"。程师孟咏所筑堂诗也,人以为是
登溷诗。"王莽弄来仍半破,曹公将去定平沉"。李山甫览汉史诗也,
人以为是破船诗。虽属揶揄,然亦切中。至若和靖先生《梅花》诗云:
"疏影横斜水清浅,暗香浮动月黄昏"。陈辅之以为有类于野蔷薇诗。
夫蔷薇丛生,初无疏影,花影散漫,乌得横斜,是真无理取闹,不待辨
而自明。又有人谓坡公曰:"此二句咏桃咏杏,亦何不可?"坡公曰:
"有何不可,只恐桃杏不敢当耳。"斯言最为冷隽。近有人咏梅花句
云:"三尺短墙微有月,一弯流水寂无人。"语极幽静,有轻薄子见而笑
曰:"此一幅绝妙偷儿行乐图也。"可谓诙谐入妙矣。

老 少 年 诗

赵瓯北先生《咏老少年》句云:"鸡皮三少候,鹤顶百年功。"李散
木先生《咏老少年》句云:"白发上阳重被召,青衿歧路忽登科。"一写
其貌,一写其意。又有人一绝云:"一曲琵琶塞外哀,梦为小草傍宫
苔。秋风系足书传到,犹带阏氏血泪来。"全从雁来红三字着想,巧不
可阶。

治 夔 离

俗凡小儿女喷嚏,呼"千岁"及"大吉"。考《燕北录》,戎主太后喷
嚏,近侍臣僚齐声呼"治夔离",犹汉呼"万岁"也,俗盖本此。

桴　炭

《老学庵笔记》：谢景鱼家藏陈无己十余札，皆托酒务官买浮炭者。浮炭入水即浮，盖即桴炭也。按浮、桴二字，古或通用，观"浮思"《广雅》作"桴思"可见。白香山诗："日暮半炉桴炭火。"则桴炭之称，唐时已有之矣。又蜀人烧竹为炭，亦见笔记。

姚　古　芬

姚古芬伊宪，仁和诸生，工诗赋，九试棘闱不得售。戊子出场，以暴疾卒，亦可悲已！娶秀水朱氏庚垣编修阶吉、颖双侍御遽吉之胞妹。生小工诗，貌亦妍雅。乃结缡未及一年，猝患疯疾，蓬垢独居，时而对影喃喃，时而书空咄咄，顾曚昧之中，犹日诵《文选》《离骚》不去口。古芬百计延治，迄于无功，然终身鳏居，不易其志。曾赋无题四章云："彩鸾六六数双眠，记聘云英已十年，越国村溪看姊妹，汉家楼殿寓神仙。红檐风怯丁冬铁，锦瑟春安子夜弦。指点蓬莱山不远，只教为雨莫为烟。""岂关噩梦召巫医，病从一梦而起。毕竟聪明误可知。人世因缘来鬼妒，女儿心地亦书痴。幻成海蜃空空见，想落杯蛇渐渐疑。不是飞龙真没药，当归情事费猜思。""手把芙蓉读楚骚，一声楼笛下江皋。酒怀蕉萃羞郎索，镜影蓬飞怨伯劳。梦里月干双照泪，天边云阁远题毫。北征杜子归来日，旧绣空江坼海涛。""秋河牛女各西东，掩抑心犀未敢通。杜宇卿为且过鸟，守宫侬亦可怜虫。难消香茗多才福，忍种离支侧挺丛。谁夺王珉好团扇，紫樱花下太匆匆。"读其诗，亦可想其情之不薄矣。

药　转

玉溪生《药转》诗向无明解，江都陈午桥太史笺注，谓闻之朱竹垞云："是如厕之义。"本道书，然亦只五六一联用如厕故事耳。又有以为男色者,亦苦无据。近有注义山诗者云:"此系咏阉人弃私产者,次句换骨者,谓饮药堕之,三四谓弃之后苑,五六借以对衬,结则指归卧养疴也。"此说奇辟,然不知何本。

飞吟亭卢生庙诗

世传吕纯阳应举时,遇钟离子于逆旅,授以仙诀,遂不复之长安。今岳阳飞吟亭,是其处也。有人作一绝云:"觅官千里赴神京,钟老相逢盖便倾。未必无心唐事业,金丹一粒误先生。"针砭处意极正大。有人《过邯郸卢生庙》诗云:"四十年中公与侯,虽然是梦也风流。我今落魄邯郸道,要向先生借枕头。"诙谐处意极洒脱。

中　兴　文　字

宋高宗南渡禅位,太后诏书云:"汉家之厄十世,宜光武之中兴;献公之子九人,惟重耳其犹在。"秦桧在相位,建一德格天阁,有朝士贺以启云:"我闻在昔,惟伊尹格于皇天;民到于今,微管仲吾其左衽。"虽皆不称,然俊伟高华,自是中兴文字。

春　阴　词

吴毅人祭酒词华盖代,然偶以雕琢掩其才气。稚存洪太史评其诗如"青绿溪山,尚未苍古"是已。余谓祭酒著作,以倚声为最,余酷爱诵其《望湘人·春阴》词一阕云:"惯留寒弄暝,非雨非晴,误抛多少春色。半带闲愁,半迷归梦,黯黯蘼芜空碧。阁处云浓,禁余烟重,欲移无力,最晚来、如雪东栏,一树梨花明白。　　辜负饧箫巷陌,已清明时过,懒携游屐。只润逼薰炉,约略故香留得。天涯燕子,问伊来也,可有斜阳信息?听傍人、半晌呢喃,似怨暮寒帘隙。"按《望湘人》上半段第五句,下半段第七句,旧皆有韵,自竹垞先生误之,遂沿讹至今。细腻熨贴,玉田、白石不得专美于前。余向拈此题,曾赋《金缕曲》云:"春在冥濛处。怪东风，无端收拾，蜂情蝶趣。淡煞梨花浓煞柳，娇煞海棠一树。更何俟绿章乞取。庭院深深帘窣地，腻薰炉润，逼沉檀炷，香篆外，逗飞絮。　　佳游已误寻芳侣。好繁华，楼台十里，莺花无主。划厚浓云痴不醒，竟把韶光勒住。更不放，斜阳一缕。梁燕呢喃声不定，似猜详明日风还雨。镇相对，说愁绪。"脱稿颇自惬心，读先生作，爽然失矣。

山　人

明季士大夫多重山人，如陈眉公、王伯毂，皆名噪一时。有黄白仲者，闽人，惯游秣陵，僦大宅以居，以诗自负，好衣鲜衣，曳华靴，乘大轿，往来显者之门。一日，拜客归，橐中窘甚，舆夫索雇钱，则曰："汝日掆黄先生，其肩背且千古矣，尚敢索钱耶？"舆夫曰："公贵人也，无论异五体以出，即空异此两靴，亦宜酬我厚值。"彼此争言不已，一友过而解之曰："一荣其肩，一高其足，两说俱有理，各不受赏可也。"舆夫掩口而去，此事可入笑林。

禁宰犬猪

宋徽宗崇宁间，范致虚为谏议，谓"上生壬戌，于生肖属犬，人间不宜杀犬。"徽宗允其议，命屠狗者有厉禁。明武宗南幸扬州，兵部左侍郎王抄奉钦差总督军务、威武大将军总兵官、后军都督太师镇国公朱钧帖云："照得养豕宰猪，固寻常通事，但当爵本命，且姓字异音同，况食之随生疮疾，深为未便。为此晓谕地方，除牛羊等不禁外，将豕牲不许喂养，并易卖宰杀，如敢故违，本犯及当房家小，发极边永远充军。"古今怪事，无独有偶如此。

群　仙　液

奉圣夫人客氏，命美女数辈各持梳具，环侍左右。偶欲饰鬟，遽挹诸人口中津用之。自云："此方传自岭南祁异人,名之曰群仙液,服之令人老无白发。"见《天启宫词注》。

续 榜 进 士

湖州严海珊先生遂成,雍正二年续榜进士。尝有句云:"彭衙分拜三年赐,绛市俄传六日苏。"运典极天成之巧。

朱 闲 泉 诗

仁和朱闲泉司训人凤,青湖先生之子也。工诗善画,久困场屋,遂改习度支,游粤东为名幕者垂二十年,著有《祖砚堂诗词稿》。余最爱诵其《金陵怀古》二首云:"要典重刊马凤阳,小朝廷上剧披猖。下流地岂唐灵武,伪种人非夏少康。一网尽成罗汉狱,两年空似俳优场。可怜南部烟花录,断送留都土一方。""谁言淮北不须忧,警报时闻急上游。蟋蟀相公空富贵,虾蟆天子太风流。金牌曲谱桃花恨,铁瓮戈沉燕子愁。留得繁华旧明月,照他歌舞十三楼。"沉雄顿挫,音节苍凉。其他佳句,五言如《雾雪》云:"日冷难争色,山明不受烟。"《湖上寓楼》云:"波光沉小艇,塔影压春愁。"《冲泉逭暑湖上白云庵》云:"楼开三面水,风乱一池荷。"七言如《将抵邗上舟中遣怀》云:"吟情似水初分派,归梦如云欲渡江。"《半闲堂》云:"江上生逢汪立信,尊前死别廖莹中。"《临安怀古》云:"塞外已忘援父母,梦中始信索山河。"《寄家信》云:"客路大都多寂寞,旅人强半说平安。"《夕阳》云:"尽多寒色翻鸦背,大有闲心送马蹄。"《送何兰士太守出守宁夏》云:"酒泉太守真名士,水部郎官旧谏臣。"《出都别友》云:"人从漂泊遗鸿爪,天入清寒健马蹄。"《落叶》云:"平野尽消无赖绿,夕阳都作可怜红。"《白楼送别》云:"半幅帆开风五两,一枝笔走路三千。"《南城寓斋》云:"树因驱暑生风叶,蝉已知秋怕雨声。"《塘栖夜泊》云:"雁将来候芦先白,霜到浓时月有烟。"《集湖上第一楼》云:"湖云贴水欲成雨,风叶当窗先借秋。"警炼超拔,皆卓然可传之句也。

狼 跋 鸳 鸯

　　《豳风·狼跋》一篇，诗人比兴以类，奈何以狼比圣，周公虽处危疑，何至如狼之跋疐。蜀人杨少卿民望。云："狼之遇人，先旋绕于人之四旁甚疾，人为之战惧自失，然后食之。诗人盖以狼之跋疐比四国，而周公处其中不惧也。"又《小雅·鸳鸯》一篇注云："鸳鸯于飞，则毕之罗之矣；君子万年，则福禄宜之矣。"夫鸳鸯之罹毕罗，此岂吉祥善事，而以兴主人之福禄。管东溟曰："此刺幽王之诗也。二章一反一正，以为讽谏，于飞则毕之罗之，在梁则戢其左翼，明静者之无咎，动者之有灾也。"二说最得。

李 逊 之

　　羊城旧仓巷花林小玉者，貌不甚佳，而娇小殊甚，双翘之窄，目所未睹。惠州李逊之颇眷恋之，余戏赠四绝云："芳草芊绵易夕阳，枇杷门巷旧平康。分明紫玉钗儿梦，合让风流李十郎。""百啭歌喉一捻腰，媚香扇坠比风骚。销魂最是双莲瓣，风飐蜻蜓立不牢。""门隔王家对仲家，桃源有路认无差。怪他多事闲蜂蝶，误叩柴扉去吃茶。"同寓苏星伯醉中访之，误叩别家之门，大遭辱詈而返。"江上蒲帆十幅悬，酒酣曾否意团圞。君将有事佛山。勾花伴柳休猜我，李下从来不整冠。"

新 婚 词

　　家凫舫兄敏事，眉有断痕。其完姻也，张舫怀茂才玉海作《贺新郎》词调之。记其后阕起处数语云："羊车玉貌真无偶，只微瑕眉峰青处，断云横岫。我有传家京兆笔，先与檀郎补就。"诙谐入妙，可谓雅谑矣。

刘 子 明 语

宋刘十功字子明，隐居不仕，赐号高尚先生。答王子常书曰："常人以嗜欲杀身，以财货杀子孙，以政事杀民，以学术杀天下后世。"此数语甚奇辟。

谢 叠 山 琴

新安吴素江于土中掘得谢文节公琴一张，长三尺四寸，额广四寸，蛇腹断纹，琴背署曰"号钟"，铭曰："东山之桐，西山之梓，合而为一，垂千万古。"分隶凡二十字，下有叠山款识。吴君遍徵题咏，题者不下数百人。原唱四首，余酷爱其第三首云："南渡官家事事非，抱琴人已变麻衣。催来江上潮无信，弹响冬青叶乱飞。青鸟罢歌皋羽泣，黄冠相送水云归。只应一例沧溟外，同调西山赋采薇。"音节清逸，和者皆勿及也。

春　寒

吴县周茂才以丰有句云："晚风吹雨百花残，不典绨袍买醉难。还是去衣还去酒，费人斟酌是春寒。"陈云伯大令文述摄宝山篆，有吏工诗，大令镌宝山诗吏印章赠之。吏有句云："晨爨虚时偏昼永，敝裘典后忽春寒。"两押春寒字，俱有风致。

雷琼道署堂联

广东雷琼道驻扎琼山县，大堂楹联暗藏琼州全府州县名色。其句云："定安全之策，坐镇琼山，开乐会以会同官，统府州县群僚，独临高位；澄迈往之怀，清扬陵水，佐文昌而昌化理，合万儋崖诸邑，共感恩波。"组织极自然之致。

西　楼　记

袁籜庵于令以《西楼记》得名。一日,出饮归,月下肩舆过一大姓家。其家方宴客,演霸王夜宴。舆夫曰:"如此良宵风月,何不唱绣户传娇语,乃演《千金记》耶?"籜庵狂喜欲绝,几至堕舆。真卖菜佣奴,俱有六朝烟水气也。

浓　墨　淡　墨

国朝书家刘石庵相公专讲魄力,王梦楼太守全取丰神,时有浓墨宰相、淡墨探花之目。

象　棋

宋玉《招魂》:"菎蔽象棋,有六簙些。"所云象棋,乃是以象牙为棋子,非今之所谓象戏也。今象戏不知起于何时。刘向《说苑》云:"雍门周谓孟尝君曰:'足下闲居好象棋,亦战争之事。'"似七国时已有此戏。《太平御览》又谓象棋乃周武帝所造,然有日月星辰之象,此复与今之象戏不同。近又有三人象戏,士角添旗二面,在本界直走二步,至敌国始准横行,然亦止二步。去二兵添二火,火行小尖角一步,有去无回。棋盘三角,中为大海。三角为山为城,兵旗车马俱行山城,炮火过海。起手大抵两家合攻一家,然危急之际,亦须互相救援,缘主将一亡,则彼军尽为所吞,以两攻一,势莫当也。故往往有彼用险著制人,而我反从而解之者。夫救彼正所以固我也。钩心斗角,更难于二人对局者。谱见《昭代丛书》。

小　照

小照之例,景则春花秋月,事则弹琴咏诗,千潭一印,已成习套。何梦华丈元锡曾有小影一，绝不布景，已则云帔星冠，内家妆束，题曰："维摩居士现天女身而说法像。"于胶山绢海中，别立一帜。

郭 婆 带

郭学显乳名郭婆带，粤洋巨盗也。虽剽掠为生，而性颇好学，舟中书籍鳞次，无一不备。船头榜二句云："道不行，乘桴浮于海；人之患，束带立于朝。"在洋驿骚多年，官兵莫敢捕治。柏菊溪制军莅任，议主招降。郭率众投诚，予以官爵，力辞不受。于羊城买屋课其诸子，以布衣终，殆盗中之有道者欤？

变 身 韦 陀

雍正中，有番僧号活佛，倨受王公礼拜，绝不为动。惟岳襄勤公钟琪则必先膜手。人问之，答曰："此变身韦陀也。"

葬 说

青田端木国瑚著《葬说》二卷，全以《周易》为经纬。按《文献通考》有《八五经》一卷，八卦五行，相墓书也，则古人已先有言之者矣。

都 畐 盐 阜

都畐二字，畐字音闭，本《周礼》都鄙之旧，从畐，省文也。广东盐店皆称某阜，其实各店大书特书者，悉埠字也。然今日寻常话及畐作闭音，阜作部音，鲜不以为怪者，而究之原本不可不知也，此与浒关作许关，同一沿习。

挽　对

韩芸舫先生克均为福建巡抚，其夫人以四月八日卒于官署。僚属公挽，多主颂扬，先生俱不惬意。制军孙平叔先生尔准一联云："解脱拈花刚佛日，证明因果在仙霞。"韩公见而叹曰："毕竟名士吐属，自与人不同也。"

汪　彦　章

《韩诗外传》云："君子避三端，避武士之锋端，避辩士之舌端，避文士之笔端。"三端之中，笔端最烈，谓其冰霜一语，斧钺千秋也。然亦有时不足凭者，宋汪彦章为南渡词臣弁冕，入《文苑传》，其贺李纲右丞启云："精忠贯日，正二仪倾侧之中；凛气横秋，挥万骑笑谈之顷。既名高而众媚，乃谗就而身危。士讼公冤，亟举幡而集阙下；帝从民望，令免胄以见国人。"其推崇可谓至矣。及李为张浚所诬落职，彦章草制云："朋奸罔上，有虞必去于驩兜；欺世盗名，孔子先诛夫正卯。专杀尚威，伤列圣好生之德；信谗喜佞，为一时群小之宗。"同一人也，前则美谀之如彼，后则丑诋之如此，尚论者将何所适从乎？迄今千载而下，李公之名，争光日月，而彦章则人人知为有文无行之人。此等笔端，不足避而反为助矣。

高　凤　卿

高凤卿名殷，吴妓，寓扬之小秦淮，知文翰，豪爽有丈夫气。其楹帖云："愧他巾帼男司马，饷我盘飧女孟尝。"语颇跌宕。尝病中自画兰竹帐额，题绝句云："袅袅湘筠馥馥兰，画眉笔是返魂丹。旁人漫拟图花谱，自写飘蓬与自看。"遂卒，年未三十也。

蚌　佛

屠琴坞太守倬游真州，寓居楞伽禅院，即东坡先生写经处也。夜梦室中光明，现佛像六七，旦日得半蚌壳，中有七佛像，太守作歌纪其事，一时和者甚众。

四书偶语

诸葛武侯庙集四子书为对云："可托六尺之孤，可寄百里之命，君子人与？君子人也；隐居以求其志，行义以达其道，吾闻其语，吾见其人。"关帝庙对云："乃所愿则学孔子也，知我者其惟《春秋》乎！"义冢对云："掩之诚是也，逝者如斯夫！"当铺对云："以其所有，易其所无，四境之内，万物皆备于我；或曰取之，或曰勿取，三年无改，一介不以与人。"又拄杖铭云："用之则行，舍之则藏，惟我与尔有是夫；危而不持，颠而不扶，则将焉用彼相矣。"俱确切不移。

异　禀

鲜于叔明嗜食臭虫，权长孺嗜食人爪，刘邕之嗜食疮痂，唐舒州刺史张怀肃、左司郎中任正名、李揀之好服人精，贺兰进明好啖狗粪，辽东丹王好啖人血，明驸马都尉赵辉喜食女人阴津月水，南京祭酒刘俊喜食蚯蚓，《二酉委谈》载吴江妇人好食死人肠胃，皆理之不可解者也。

徐文长

会稽家文定公国治里第，在绍兴府城东，地名曲池，明徐文长青藤书屋故址也。中有先生塑像，举家崇祀甚谨。此屋每遇科场之岁，尝有人借寓读书，先生必显灵异。如有人入彀者，则红袍而出，否则青衿也。又曾于萧山王氏见所藏文长小像一幅,方颐广额,白晢朗秀,戴乌巾,衣白袍,斜坐鹿皮裀上,旁侍立一子,自题赞语于上云:"骨法重,躯瓠白,便便经史一百册。须积风,起大翼,最晚明岁此时得。子能和,在阴鸣,复似雨鹳不作鹏。"下有"天池漱仙渭"五字。又一行写"万历乙亥仲秋,绘者沈樵仙也"十二字,书法苍逸,画亦简老。

贡　院　对

杭人观潮,例于八月十八日,盖因宋时以是日教演水军,倾城士女,无不往观,非谓江潮独大于是日也。阮芸台宫保为浙江监临,于行台中题一对云:"下笔千言,是槐子黄时,木犀香候;出门一笑,正西湖月满,东海涛来。"何等风流兴会!又宫保于江西百花洲集一对云:"枫叶荻花秋瑟瑟,闲云潭影日悠悠。"既切西江,又合风景,而成句又在人人意中口中,所谓文章本天成,妙手偶得之也。

题　画　诗

题画之诗,全要逸趣横生,国朝以金冬心先生农为最。其题画马诗云:"芳信传来第几番,双蹄踏遍杏花繁。怪他蹀躞春风里,骑过吾家两状元。"盖一谓金公德瑛一谓金公甡也。因马而思及状元,奇矣;因状元而附入作者,更奇。又有题老马诗云:"玉辔金鞲锦作鞍,嘶风啸月渡桑干。而今衰草斜阳里,只作牛羊一例看。"言之呜咽。又有李鳝者,善画,与冬心先生齐名。画水仙一帧,题诗云:"绝世风姿陈妙常,绝无脂粉杜兰香。最天然处难描画,愁煞苏州陆子纲。"别有风趣,可想其人韵致。

潞　王　琴

吾杭南关权署,为明季潞藩旧邸,见张廷谟府志。本朝定两浙,潞王首先投诚,救免一城生灵,杭人德之,呼为潞佛子。王平生善音律,尝制潞琴数百,编列字号。余曾藏一张,乃第十三号,西斋李大有《清平乐》词一阕咏之。

武 庙 对 联

关帝庙对联,集句则"旧官宁改汉,遗恨失吞吴",最道得壮缪心事出。其次则"汉家宫阙来天上,武帝旌旗在眼中";"吴宫花草埋幽径,魏国山河影夕阳",俱浑成。至撰句最夥,而佳者寥寥。"先武穆而神,大汉千古,大宋千古;后文宣而圣,山东一人,山西一人"。伦拟无惭,允当首屈。又"圣以武成名,刚毅近仁,于清任时和中,更增一席;学于古有获,《春秋》卒业,在《诗》、《书》、《易》、《礼》外,别有专经"。厚重矜庄,工力悉敌。京师前门外侯庙有一对云:"汉封侯,晋封王,有明封帝,圣天子非无意也;内有奸,外有虏,中原有贼,大将军何以处之?"闻此一联为左忠毅劾魏奄时所上,然此乃请命之词,非表彰之语也。曾在武林门外见一对云:"此吴地也,试问孙郎有庙否?今帝号矣,何烦曹氏赠侯乎?"立意甚新,嫌其少庄雅气。至所传侯降乩诸联,同是稗官气太重,为后人伪托无疑。又许州有地曰"辞曹处",有对云:"亦知吾故主尚存乎,从今后走遍天涯,再休言万钟千驷;曾许汝立功乃去耳,倘他日相逢歧路,岂敢忘杯酒绨袍。"全组织本传语,别有机杼。

宋 端 宗 屐 砚

石径尺许,里凹外刓,底有四足,如屐形,一足刻端宗押。相传毗陵唐荆川太史所藏,后其孙孝廉贫甚,有欲购者,请以黄金对值。孝廉摩挲三日夕而后去之。说见陶馨之《屐砚履历》。既归桐乡汪季青舍人,舍人属顾文渊为屐砚斋图,汪苕文有记,沈山子、周青士各有诗。

西 施 诗

袁简斋先生咏西施诗云："妾自承恩人报怨，捧心常觉不分明。"立意既新，措词亦婉。及读毛驰黄先生句云："别有深恩酬不得，向君歌舞背君啼。"觉含蓄蕴藉，较袁更胜。

黄 梅 桥

黄梅桥先生彬，外舅铁年先生胞弟也，钱塘诸生，久困棘闱，四旬外以瞽废。记某年太翁晴江先生卒，山舟学士赙赠，其时仓卒，未有谢柬，梅桥先生自以素笺书之。学士见而藏诸箧中，谓壬曰："我生平睹临松雪书者多矣，未见有如此神似者，汝辈学赵字，以此为金科玉律可也。"梅桥先生今将六旬，尚无恙，居武林门外之夹城巷。

寻 常 音 误

寻常之字，本有专音，古昔之文，或多假借，而习焉不察，信口讹传，未免伏猎金根，贻讥大雅，连蜷雌霓，见笑文人。兹特胪举之，以便初学。飓风，海大风也。飓，音具，误作贝。潢污，积水也。潢，音横，误作黄。鳆鱼，海鱼，即石决明也。鳆，音暴，误作复。峥嵘，山峻也。音橙宏，误作争荣。覆瓿，废纸覆瓮也。瓿，音蒲，误作剖。滑稽，诙谐也。滑，音骨，误作猾。莞然，大笑。莞，音辗，误作展。侯鲭，侯家之馔也。鲭，音蒸，误作精。鼎铛，鼎镬也。铛，音撑，误作当。阌乡，陕州县名也。阌，音闻，误作受。老媪，女老之称也。媪，音奥，误作愠。隽永，言有味而长也。隽，前上声，误作俊。神荼郁垒，门神也。音伸舒郁律，误作本音。暴露，显露也。暴，音卜，误作抱。灾眚，阴阳气乱也。眚，音庚，误作疹。卢、滩、兖州二水名也。音雷雍，误作芦惟。虑虒，邑名也。音卢夷，误作本音。祆庙，胡神庙也。祆，音轩，误作妖。泛驾，马有逸气不循轨也。泛，音捧，误作贩。粮饷，军食也。饷，商去声，误作向。腽肭，肥也。音兀纳，误作温芮。土著，土人也。著，音酌，误作注。冰檗，寒苦也。檗，音柏，误作蘖。口吃,口不便言也。吃,音格,误作吃。悃愊,至诚也。愊,音逼,误作福。狻猊,狮属也。狻,音酸,误作俊。竣事,葳事也。竣,音逡,又音梭,误作俊。郦食其,汉人名也。音历异基,误本音。楚些,宋玉《招魂》助语词也。些,梭去声,误作本字。睚眦,目相忤也。音爱蔡,误作涯疵。驵侩,牙人会两家贸易者也。驵,音掌,误作疽,或作徂。愧恧,惭也。恧,音忸,误作报。靓妆,妆饰明婳也。靓,音倩,误作规。劻勷,急遽也。勷,音穰,误作襄。斡旋,转圜也。斡,音握,误作干。欃枪,彗星也。枪,音撑,误作锵。鄜州,地名也。鄜,音孚,误作鹿。朱提,邑名,地出银,故白金曰朱提也。音殊时,误作本音。屏营,惶恐不安也。屏,本音,误作丙。酗酒,醉怒也。酗,音许,误作汹。孤鹜,鸟孤飞也。鹜,音木,误作务。宓子贱,春秋人名也。宓,音伏,误作密。金日磾,汉人名也。日磾,音密低,误作本字。万俟卨,宋人名也。音木其屑,万俟误本音,卨误寫。李阳冰,秦人名也。冰,音泞,误作本字。樊於期,燕人名也。於,音乌,误作本字。谷蠡,匈奴王名也。谷,音鹿,误作本字。吐谷浑,夷人名也。音突浴魂,误作本音。可汗,戎酋之称也。音克寒,误作本音。甪里先生,汉人名也。甪,音鹿,误作角。曲逆,邑名也。逆,音遇,误本音。嫪毐,士无行者之称,又姓也。音涝蔼,误作廖毒。冒顿,匈奴也。音墨突,误作本音。绵蕝,叔孙通草创习礼处也。蕝,音撮,误作绝。格泽,星名,妖气自地属天也。音霍铎,误作本音。诸如此类,不可枚举,看书细心不师心,则得之矣。

对　联

太白酒楼对云:“我辈此中宜饮酒,先生在上莫题诗。”浑脱无对。又黄鹤楼对云:“楼未起时原有鹤,笔经搁后更无诗。”亦飘忽有致。蟂矶祠对云:“思亲泪落吴江冷,望帝魂归蜀道难。”工稳贴切,独有千古。西湖白云庵月老对云:“愿天下有情人都成了眷属,是前生注定事莫错过姻缘。”以曲对曲,尤极现成。潮州双忠祠祀张、许二公,对云:“国士无双双国士,忠臣不二二忠臣。”本色语颠扑不破。于忠肃公庙对云:“恃社稷之灵,国有君矣;竭股肱之力,死以继之。”古雅切实。史阁部墓对云:“心痛鼎湖龙,一寸江山双血泪;魂归华表鹤,二分明月万梅花。”洒落有致。送子观音殿对云:“我费尽一片婆心,抱个孩儿付汝；你须做百般好事，留些阴骘与他。"佛口圣心，自然入妙。痘神庙对云："溯从前未判妍媸，到此鸿濛开面目；过这关方为儿女，全凭祖父种心苗。"亦亲切有味。广东香山书院对云："诸君到此何为？岂徒学问文章，擅一艺微长，便算读书种子；在我所求亦恕，不过子臣弟友，尽五伦本分，共成名教中人。"措词质而不郢。

过　洋　乐

李竹隐用，字叔大，东莞人，以孝闻。宋末，中国丧乱，竹隐使其婿熊飞起兵勤王。自浮海至日本，以诗书教其国人，皆被化，呼为夫子。及卒，以鼓吹一部，送枢归里，人以为荣。至今会城举殡，必用此乐前导，倭衣倭帽，名曰过洋乐。

孔　万

陈都官尚书孔范与孔贵嫔结兄妹，明丞相万安与万贵妃通族，奸邪行事，千古一辙。又万文康晚年阳痿，得门生倪姓御史海上方，洗之遂起，世传洗鼻御史是也。因以其方进帝，署曰："臣安恭进。"后帝崩，大珰出示朝堂，厉词诮责，文康唯唯。此等谄媚，虽严分宜亦不屑为也。

曲　阜　孔　林

曲阜圣林，相传周公曾卜葬于此。既而曰："吾无德以当之，五百年后，有圣人出而当之。"夫周公之邃于易，精于数，宜其前知若此。厥后孔子之葬，曾子、子贡实主持之。虽后来之神灵屡显，抔土绵长，固由圣德之自承天眷，而二子之相方定穴，尽善经营，固有百倍于后世青鸟之术者。而四方观葬，曾子且谓之曰："圣人之葬人与人之葬圣人也，子何观焉？"其词之谦退雍容若此。可见圣贤无所不学，而又不欲以诡异之说示人也，量顾可及哉？

青　词

青词乃醮坛请祷之词。明世宗朝，大臣词臣悉从事于此，以希天眷，有极工者。曾见一联云："揲灵蓍之草以成爻，天数五，地数五，五五二十五数，数生于道，道合元始天尊，尊无二上；截嶰竹之筒以协律，阳声六，阴声六，六六三十六声，声闻于天，天生嘉靖皇帝，帝统万年。"相传系夏贵溪手笔。

尧舜禹汤所举

宋试士策，以尧、舜、禹、汤所举为问，则皆以四岳、伯益、皋陶、伊尹为对，而不知所问者，汉时阁门谒者四人，四时各有所举，乃赵尧举春，李舜举夏，张汤举秋，贡禹举冬也。见《宋稗类钞》。

乱世之臣识大体

三代以下，乱世之臣识大体者，孔明、王猛二人而已。亮仕汉而心乎汉，猛不仕晋而心乎晋。亮临终不辍伐魏之师，猛临终谏止伐晋之举。其事虽异，其意则同也。此论震泽任心斋兆麟发之，而其说则本于侯朝宗。

借　书

"借人书一痴，还人书一痴。"见杜征南与儿书。后人作借书一瓻。孙愐《唐韵》瓻字注云："瓻，酒器也，大者容一石，小者五斗，古借书盛酒器也。"而黄山谷《借书》诗："时送一鸱开锁鱼。"瓻又作鸱，当别有所本。但痴之易瓻，不知起于何时。余意古人于书，矜重之至，不肯轻易假人，而阴谋者乃设为贿赂以饵之。藏书之人或因良酝可恋，偶尔破悭，未可知也。渔洋《池北偶谈》载，归熙甫与门生王子敬一帖云："东坡《易》、《书》二传，曾求魏八不与，此君殊俗恶，乞为书求之。畏公作科道，不敢秘也。"借书雅人事，乃亦徇势力如此，异哉！

丧 心 语

宋吴伯举守姑苏，蔡京一见大喜，入相首荐其才，三迁中书舍人。后以忤京落职，知扬州。客或有以为言者，京曰："既作官，又要做好人，两者可得兼耶？"此真丧心病狂之语。

博 士 待 诏

博士待诏，皆翰林院官名也。而何以有茶博士、酒博士、算博士之称，剃头匠又有待诏之号，积习之沿，不知何昉。

尼 姑

汉刘峻女出家，乃尼姑之始，而尚未立名。东晋妇人阿藩，习西域之教，始有尼姑之称。何充舍宅安尼，乃尼寺之始。

小 说 传 奇

小说起于宋仁宗时，太平已久，国家闲暇，日进一奇怪之事以娱之，名曰"小说"。而今之小说，则纪载矣。传奇者，裴铏著小说多奇异，可以传示，故号"传奇"，而今之传奇，则曲本矣。

镣 子

《宋稗类钞》："仁宗幸后苑回宫，索浆甚急。宫人曰：'大家何不向外面索，而致久渴耶？'帝曰：'吾屡顾不见镣子，苟问之，则所司必有得罪者,故不忍也。'"始以镣子必是盛酒浆之器,如今铫子、锦子之类,下语所司,乃是主器之人。而杨升庵则曰:"镣子,庖人之别名也。"引军牢牢子为证。以为镣牢音近,义颇牵强。及阅宋陈随隐《从驾记》,载茶酒等班有御燎子之名,此则可为确证。又阅魏泰《东轩笔录》,亦载此事:"帝曰:'吾屡顾不见僚邻女子。'"名色又异。且镣字三处不同,究不知宜何从也。

赵　　普

宋太宗尝与赵普议不合,上曰:"宰相安得如桑维翰者与之议乎?"普曰:"维翰爱钱,陛下恐亦不用。"上曰:"措大眼孔小,苟赐与十万贯,则塞破屋子矣。"此语分明隐刺瓜子金事。

国　　书

《法苑珠林》云:"造书凡三人,长曰梵,其书右行;次曰佉卢,其书左行;少曰仓颉,其书下行。"今国书下行而兼左旋,是又一格也。

滇南不知孔子

滇南人初不知有孔子,祀王右军为先师。元世祖至元十五年,始建孔子庙。

贵　贱　同　诞

《宋稗类钞》:"文潞公八字,洛阳一老人与之符合,而穷达不同。浼一日者推之,是或南北之分,水陆之异,然明年某月,当与公起居饮食,同一享用,不过止九月耳。次年,潞公入洛,欲觅一旧人谈往事,或以老人荐者,公一见大喜,出入必偕,凡官府宴会及亲友招游,亦携以往。公坐右则拐老人于左,坐左则拐于右。九月后,公去洛,而老人之踪迹疏矣。"又宋人小说载,蔡京八字是丁亥壬寅壬辰辛亥,与东京郑粉儿子支干并同。

古 人 名 作

储中子在文云:"陆士衡《五等诸侯论》,苏廷硕《东封朝觐坛颂》,独孤至之《梦远游赋》,韩退之《进学解》、《毛颖传》,孔可之《大明宫纪梦》,欧阳永叔《王镕传》、《王淑妃传》、《伶官传》,苏子瞻《十八罗汉像赞》、《战国养士论》,陈同甫《上孝宗书》,皆得太史公之神,当与《项羽本纪》同读。"李安溪光地云:"辟佛几篇名文,宜汇置一处。范蔚宗《西域传赞》,傅奕《表》,韩退之《原道》、《佛骨表》、《与孟简书》,宋景文《李蔚传赞》,朱文公《释氏论》,合而观之,彼教无所逃罪矣。"

笔 端 刻 薄

赵秋谷始与阮翁相得,后乃龃龉,因作《谈龙录》一编,句句赞,却句句刺,至尖极冷,下笔如刀。推其由,不过因不借声调谱之故,亦何至忮刻如此,然犹曰文人相轻,积习使然耳。至梅圣俞《碧云騢》一书,其于文潞公、范文正公,信口诋污,不遗余力,夫人知为必无之事,而凿凿言之,跃跃书之,究之于二公非有不共深仇,特以怀才不偶,因而归怨宰执,为此丑诋,妾媵婢女之所为,而乃名士为之乎?且迄今千载而下,两公之名,争光日月,而圣俞反因此而共识为有文无行之人,则亦何苦以己矛刺己盾耶?又钱世召《钱氏私志》于欧阳文忠多有微词,而簏钱一事,尤哓哓不休,末乃自露口供,因《五代史·十国世家》痛毁吴越,而《归田录》又未叙文僖美政之故,怨讟之于人,顾不甚哉!总之,发人阴私,攻人暧昧,实则丧人德,虚则丧己名,快一时之笑骂,淆千古之是非,文人最易犯,而实宜切戒者也。或曰:"魏泰所作,嫁名圣俞者。"

三　杨

明永乐宣德间,杨荣、杨溥、杨士奇皆秉钧轴,同在阁中,则参谒者难于称姓,故以东西南位别之。士奇,江西人,故曰西杨;溥,荆州人,荆古南郡,故曰南杨;荣,闽人,闽在京师之东,故曰东杨。亦犹本朝北刘中堂、南刘中堂之称。

墓　树

西湖岳忠武墓,树枝皆北向,人人知之也。韩城有苏属国墓,树枝皆南向,可为的对。

牡　丹

青城山丈人观前,有牡丹二株,一高十丈,号大将军;一高五丈,号小将军。牡丹向比美人,此忽擅阃外之尊,尤为众香国中生色。

簪　花　楼

明武宗幸清江浦,驻尚书金濂第,以后楼居刘美人。刘性爱花,当时供顿必进鲜花朵,日凡数次,后人呼其楼曰刘美人簪花楼。

武　王

孔子以周德为至德,而谓武尽美矣,未尽善也。立言何等婉约!韩文公《伯夷颂》无一词及武王,末乃云:"虽然,微二子,则乱臣贼子接迹于后世矣。"其罪武也,凛然如刀锯斧钺之加,而锋铓不露。至东坡"武王,非圣人也",乃以六字一口道破矣。

江 河 赤 水

江河水赤，名曰"泣血道路"，见晋张华《博物志》。四字觉惊心动魄。

勤 王 兵 解

梁武帝纸鸢系诏，而援卒不来。隋炀帝木鹅系诏，而救兵不至。此天下诸侯解体已久，视等弁髦，更不可以骊山烽火例也。

圣 讳

前代虽未有避圣讳之令，然而日在人心，能无凛凛。唐文宗赐裴度诗："我家柱石裴，忧来学丘祷。"以天子而名圣人，且用其语，故无嫌。韩文公诗："柄用儒术崇丘轲。"王荆公诗："驱马临风想圣丘。"犹云出以庄雅也。至杜子美《醉时歌》："儒术于我何有哉，孔丘盗跖俱尘埃。"以帝王百世之师，呼而侪之于盗跖，可乎？

三 虫

唐咸通中，荆州书生号唐五经，聚徒五百，束修自给，有西河济南之风。尝谓人曰："不肖子弟有三变：第一变为蝗虫，谓鬻田庄而食也；第二变为蠹虫，谓鬻书而食也；第三变为大虫，谓鬻奴婢而食也。"见五代孙光宪《北梦琐言》，说甚解颐。

卷二

周芷卿

周芷卿颐庆，钱唐人，年十六，补博士弟子员，工诗及词，性极风流。有所目成，格不得遂，因赋《西泠惆怅词》，而属余为之序云："山横西曲，绿珠未嫁之年；雨过南园，红豆初生之地。青溪白石，一水通门；碧汉红墙，半天隔路。采蘼芜而不见，赠芍药以无由，此西泠惆怅之词所以作也。芷卿茂才，以卫玠乘车风貌，当陆机作赋年华，偶游西子之湖，忽入东家之里。柴扉白板，相逢一面之缘；油壁青骢，便拟同心之结。而乃东南孔雀，妾是罗敷；西北牵牛，郎非河鼓。拥双楫于十三湾下，桃叶难迎；恨一枝于五百年前，莲花未蒂。然而两情叩叩，一脉依依。愿作鸳鸯，绣上双函之枕；思为胡蝶，飞来百褶之裙。于是雪绛缄愁，云蓝织恨。梦中彩笔，化作烟云；空际华严，弹成楼阁。《青玉案》声声肠断，梅子黄时；碧纱厨黯黯魂销，桐花白后。几家帘阁，遍传绝妙之词；何处阑干，不划相思之字。问柔肠其脉脉，怜弱骨以珊珊。剪来半幅秋江，有谁涉汝？吹皱一池春水，何事干卿？犹复诗托无题，心怀有美。宓妃留枕，陈思设想之词；神女为云，宋玉荒唐之赋。信琅玡之情死，遂湖海之气消，君意缠绵，予怀怅触。吴宫花草，平原十日之留；隋苑笙歌，杜牧三生之梦。偶留鸿爪，遂缚蚕丝，追思椒壁红时，枣帘绿处，钗头赠玉，约指留金，图白傅于屏风，画放翁于团扇。今者柔情似水，软梦成烟。尚怜昔日风姿，枇杷树底；空忆旧时月色，杨柳梢头。仆本恨人，怕听凄凉之笛；卿须怜我，莫吹宛转之箫。"芷卿艳思绮想，终以此等事回肠荡气，不永其年，惜哉！殁后诗稿零落，记其集玉溪生诗三十二首，中有句云："刻意伤春复伤别，可堪无酒又无人。""地下若逢陈后主，人间惟有杜司勋。""神女生涯原是梦，月娥孀独好同游。"真是天衣无缝。又同塾时共作帖体，何星桥夫子娘以"南村诸杨北村卢"命题,芷卿句云:"太真红玉色,少妇郁金香。"运典入化,真粲花妙舌也。

京官苦况

余屡次入都,皆寓京官宅内,亲见诸公窘状,领俸米时,百计请托,出房租日,多方贷质。偶阅《宋稗类钞》,章伯镇学士云:"任京职有两般日月,望月初请料钱,觉日月长;到月终供房钱,觉日月短。"可见此风自古已然矣。

吃　醋

浙江转运张映玑,山东人,性宽和,善滑稽。一日出署,有妇人拦舆投呈,则告其夫之宠妾灭妻者也。公作杭语从容语之曰:"阿奶,我系盐务官职,并非地方有司,但管人家吃盐事,不管人家吃醋事也。"笑而善遣之。

焦烈妇

乾隆元年,宣城陆某,生员也,娶妻焦氏。陆好呼卢,荡其家。一日赌负,将售妻以偿。焦侦知之,赋诗八章,投缳死。邻族鸣于官,题请旌表,得旨褫陆衿,断其八指,一时快之。八诗末首云:"百结鹑衣冷不支,郎归休在五更时。风酸月苦空闺里,犹有床头四岁儿。"言之呜咽。凡嗜博者,可以为戒。

花帘词

吴蘋香女史初好读词曲。或劝之曰:"何不自作?"遂援笔赋《浪淘沙》一阕云:"莲漏正迢迢,凉馆灯挑,画屏秋冷一枝箫。真个曲终人不见,月转花梢。　　何处暮砧敲?黯黯魂销,断肠诗句可怜宵。欲向枕根寻旧梦,梦也无聊。"轻圆柔脆,脱口如生,一时湖上名流,传诵殆遍。自后遂肆力长短句，不二年，著《花帘词》一卷，逼真《漱玉》遗音。《祝英台近·咏影》云："曲阑低，深院锁，人晚倦梳裹。恨海茫茫，已觉此身堕。那堪多事青灯，黄昏才到，又添上、影儿一个。　　最无那，纵然着意怜卿，卿不解怜我。怎又书窗，依依伴行坐。算来驱去应难，避时尚易，索掩却绣帏推卧。"《河传》云："春睡刚起自兜鞋，立近东风费猜。绣帘欲钩人不来，徘徊，海棠开未开？　　料得晓寒如此重，烟雨冻，一定留春梦。甚繁华，故迟些，输他，碧桃容易花。"《南乡子》云："吹到鲤鱼风，凉杀秋花一朵红。怪得黄昏寒又力，濛濛，人在疏帘细雨中。　　香篆裛房栊，倦倚熏篝鬓影松。多事青灯挑不尽，重重，偏向钗头缀玉虫。"《柳梢青·题无人院落图》云："不索烧茶，一重帘卷，几折阑遮。杨柳楼台，桃花世界，燕子人家。　　东风幅幅窗纱，望翠袖非耶是耶？鹦鹉前头，秋千背面，没处寻他。"《如梦令·燕子》云："燕子未随春去，飞入绣帘深处。软语话多时，莫是要和侬住。延伫，延伫，含笑回他不许。"蘋香父夫俱业贾，两家无一读书者，而独呈翘秀，真夙世书仙也。又尝作饮酒读骚长曲一套，因绘为图，己作文士妆束，盖寓速变男儿之意。余为题图有句云："南朝幕府黄崇嘏，北宋词宗李易安。"盖非虚誉也。

寿　联

锡山邹小山先生—桂有门生某，弟兄皆词林，二子并登甲科，而其母则以侧室正位者也。七十诞辰，求先生撰寿言，先生令诸门生拟之，俱不称意。盖不难于颂扬得体，而难于得尊者之口气也。先生自撰俪句云："有子有孙，都成名进士；多福多寿，是谓太夫人。"于是执笔者咸叹服。又张船山太守为吴穀人祭酒太夫人撰寿联："惟善人现寿者相，有令子为天下师。"亦古朴有味。

秋潭二乡先生诗

家秋潭先生，讳文泓，文庄胞叔，钱唐诸生，以文庄贵，遂不乡试，耻以官卷中故也。诗境冲淡孤冷,《垂钓》云:"一溪新涨失前汀,照见青山处处青。香饵自香鱼不饵,钓竿只许立蜻蜓。"《题采芝图》云:"山间石上烂生光,曾受青城道士方。自采自茹还自寿,不来朝市说祯祥。"品致之高,可以想见。二乡先生_{文浣},钱唐布衣,好以俗语入诗,工稳熨贴,人比之杨诚斋。殁后诗稿零落殆尽,仅传剩句,如"天地多情犹与活,江湖何处不容狂。""人间冷语能销骨,夜半清愁直刺心。"又《雨霁》云:"溶溶白满桃花港,郁郁青迷松木场。"《漫成》云:"廉如蜩蚗依然瘦,懒似蜓蚰总不肥。"《不雨》云:"雷声请客空生喜,雨点当官忽散场。"《感怀》云:"愁多不了消除帐,老去难悬回避牌。"皆可诵也。

谢　表

乾隆中,有某镇李总兵,上忽赐以御制诗全部。李谢表中有云:"乍聆天语,真目所未睹之奇;欲赞微词,凛口不能言之惧。"措词得法,适如其分。

典 试 改 充

大学士无锡嵇文敏公_{曾筠},雍正癸卯以河南巡抚即为河南正考官。交河少司寇王公_{兰生},雍正壬子以安徽学政即为江南正考官。典试由外改充,前此未之有也。

圣　童

鄞县全祖谦,谢山太史_{祖望}之兄也。四龄入塾,即通诸经章句。蒋蓼厓先生见而奇之曰:"此圣童也。"一日,戏以小剪剪纸,伤指,感风而病遂笃。临危,于几上大书"鲤也死"三字,而破之曰:"圣人不得有子,圣人之不幸也。"竟卒,止六岁耳。

圈 儿 信

有妓致书于所欢，开缄无一字。先画一圈，次画一套圈，次连画数圈，次又画一圈，次画两圈，次画一圆圈，次画半圈，末画无数小圈。有好事者题一词于其上云："相思欲寄从何寄，画个圈儿替。话在圈儿外，心在圈儿里。我密密加圈，你须密密知侬意。单圈儿是我，双圈儿是你，整圈儿是团圆，破圈儿是别离，还有那说不尽的相思，把一路圈儿圈到底。"无中生有，令人忍俊不禁。

铁 鞋 岭

杭城黄泥潭，上曰铁鞋岭，亦曰铁冶，其实则铁崖也。昔人于此掘得一石，曰"杨铁崖读书处"，故名。其下别有真修庵，旧为海昌查伊璜孝廉别墅，即款留大力将军处也。铁崖岭山麓，相传有败更楼。败更不知何意，或云犹言煞更也。国初毛驰黄先生《吴山踏月记》有"过败更楼叩吴廷彝门"云云，则当时尚有此楼，不知废是何年。又带湖楼在清波门南，明嘉靖三十四年督臣胡忠宪设以备倭寇者，今久废矣。乡先生陈墨樵景钟诗云："清波门外带湖楼，闻说巍巍俯碧流。四面峰峦窗外入，两堤云物望中收。旌旗五色迷春日，鼓角千声壮晓秋。今日荒城访遗迹，斜阳粉蝶动深愁。"又笙鹤楼在吴山城隍庙，羽士陆天乙作，董思翁为颜之曰笙鹤，今亦久废矣。

赵 秋 舲

仁和赵秋舲庆熺，铁岩大空殿最来孙也。性倜傥，工诗词，家贫读书，傲骨风棱，逸情云上。道光辛巳举于乡，壬午连捷南宫，引见归本班铨选，此才不入词馆，惜哉！弱冠时曾随其叔祖筱山大令铭宦游楚北，赋《楚游草》一卷。犹记其《金陵杂诗》十首之二云："璧月姮娥镜殿光,六宫学士女儿妆。南朝才子都无福,不作词臣作帝王。""出身皇觉忽飞升,孙祖传家感孝陵。孙作缁流祖还俗,入山天子出山僧。"议论新警,足以夺目。又在楚时,其所聘室卒,作《续离骚招魂》哭之,词旨悲艳,末题《浣溪沙》一阕云:"检点青衫有泪痕,十年前事最销魂,偏他细雨又黄昏。　　鹦鹉一篇才子泪,桃花三尺女儿坟,不知何处吊湘君?"又《长相思·薄游西湖》云:"苏公堤,白公堤,十里亭台高复低,断桥流水西。　　杜鹃啼,鹧鸪啼,楼外斜阳一酒旗,杨花不住飞。"《苏幕遮》云:"玉阑干,金屈戌,帘外长廊,廊响弓弓屐。鬓影春云衫影雪,如水裙拖,幅幅相思褶。　　阮弦松,笙字涩。心上烧香,香上心先灭。安得返魂枝底叶,便做青虫也褪花蝴蝶。"《生查子》云:"青溪几尺长,中有双枝橹。杨柳小于人,便解留船住。　　歌声遏暮云,酒气蒸香雾。又落碧桃花,红了来时路。"此种小令,柔脆轻圆,酷肖北宋人手笔。

信

今人寄书,通谓之信,其实信非书也。古谓寄书之使曰信。陶隐居云:"明旦信还仍过取。"又虞永兴帖云:"事已信人口具。"又古乐府云:"有信数寄书,无信心相忆。莫作瓶坠井,一去无消息。"皆可证也。高江村《天禄识余》辨之甚详。

十半软半

韦昭曰:凡数三分有二曰大半,有一分曰少半,大半亦曰强半,亦曰太半。又《枚乘传》:尚得十半,谓十分中可冀五分也。白香山诗:"家酿唯残软半瓶。"犹小半也。十半、软半字甚新。

吴台卿

平湖吴台卿先生显德,松圃协揆之侄,山舟学士之甥也。幼聪敏,年十六,受知于提学大兴相国朱公,补博士弟子员,才藻冠时,以为芥拾青紫矣。乃十上乡闱,未离席帽,郁郁不得志,遂遁而学仙,日从事乩鸾,叩长生之术。年未及四十,以病瘵卒。时太夫人寿逾六旬,犹在堂也。学士挽联云:"天道竟何知,不许阿奶留李贺;神仙今安在?翻教老泪哭羊昙。"读之令人酸鼻。

下 第 制 义

举子下第,情状可怜。陈午桥通参鸿未第时,戏为制义二比写之,全套金正希先生德行一节题文句调。其文云:"榜大莫能容,所不得者进士,而于举人无恙也。设诸公非为进士故,挟其文章经义,试帖楷法,以博取人间馆与幕,与一切誊录教习,固自易易,何困阨若斯也,而诸公不愿也。文人无厄地,所自信者学问,而命运则不敢必也。设诸公以不中进士故,当其袍褂靴帽,服饰铺盖,以博相公之一笑,且下及夫清唱鱼池,岂不甚乐,何忧闷若斯也,而诸公不敢也。"沉快之处,令人破涕为笑。忆丙戌下第,寓全浙会馆,叶嵋生明经来为余述之。

吴 公 雅 谑

金棕亭博士兆燕,全椒人,好交结,教授扬州时,四方往来,凡知名之士,无不投见。推襟送抱,文酒流连,殆无虚日。饮馔极丰,或有诮其过侈,类于鹾商,不似广文酋蓿者。兴化谕吴公曰:"师也过,商也不及。"坐客为之哄堂。吴名逢圣,桐城人,后知台湾府。

竹 影 词 人

海昌陈攽贞,工词。有句云:"见他竹影横窗,疏疏密密,总写着个人两字。"杭董浦太史呼为竹影词人。

喝 火 令

汪焜，字宜伯，号忆兰，钱唐人，著《怀兰室词》。有《喝火令》一阕云："弱絮黏红豆，名花委绿苔，一奁秋水镜初揩。闻道香泥旧径，重印凤头鞋。　欲见无端借，相期有梦来，模糊心事系春怀。记得盟时，笑指鬓边钗。记得鬓边钗上，双凤不分开。"旖旎独绝。

条 幅 扇 头 诗

偶见条幅书一绝云："山映帘栊水映窗，浣纱人在苎萝江。年年寒食梨花雨，门掩东风燕子双。"极其风致，惜不知为何人所作。又于扇头见一绝云："一夜东风草剪齐，如丝春雨湿香泥。销魂细柳营前路，半踏弓鞋半马蹄。"亦爱不忍释。询之，知为姑苏翟某所作，惜忘其名。

长 十 八

《花十八》，琵琶曲名，前人诗词中常用之。长十八，草花名也。元葛逻禄《塞上曲》云："双鬟小女玉娟娟，自卷毡帘出帐前。忽见一枝长十八，折来簪在帽沿边。"名色甚新，究不知何花也。

李 后 主 词

南唐李后主词："最是仓皇辞庙日，不堪重听教坊歌，挥泪对宫娥。"讥之者曰："仓皇辞庙，不挥泪于宗社，而挥泪于宫娥，其失业也，宜矣。"不知以为君之道责后主，则当责之于在位之日，不当责之于亡国之时。若以填词之法绳后主，则此泪对宫娥挥为有情，对宗社挥为乏味也。此与宋蓉塘讥白香山诗，谓忆妓多于忆民，同一腐论。

沈去矜卷子

丙戌至京，寓土地庙下斜街全浙会馆，塘栖姚镜生孝廉亦寓焉。一日，出卷子属题，则西泠十子沈去矜先生谦手书诗卷也。先生于顺治乙酉泛棹苏常，时南都新破，百姓流离，目击情形，凄然有感，取是年所作之诗，写成长卷，计古今体诗四十余篇，末缀小跋，字画苍劲，诗格浑成，允为名迹。是卷藏塘栖金氏，姚君部试，托其携入都中，遍征题咏。展卷名公巨卿，山人墨客，诗词歌赋，无美不臻。余为填南北曲一套云："〔新水令〕黍禾荒后蕨薇高，莽乾坤泪痕多少。江山余战伐，发鬓剩刁骚，凤泊鸾飘，留下这磨不灭的遗民数行稿。〔步步娇〕落日姑苏寒山道，小泊停孤棹，见流离战骨抛。叹几劫红羊，歌几回朱鸟，雪涕太无憀，对篷窗写出伤心调。〔折桂令〕这几首过明湖，清泪频飘，恨一时鼙鼓，闲却笙箫。那几首秀水苕溪，扁舟跌宕，短策逍遥。这几首哭忠魂，岳王墓表，吊毅骨，于相祠高。这几首江左萧条，海国游遨，还有那送行感逝，泣青衫死别生交。〔江儿水〕呜咽青陵笛，悲哀赤壁箫。你天涯眼见黄尘扫，你浮生梦醒黄粱觉，你闲身许作黄冠老，幸免白衣宣召，底事神伤，别有这凄凉怀抱。〔雁儿落〕想当年酒三杯，浇来义胆豪。泪千行，流得诗肠燥。橹双枝，撑开战血波。笔千言，写不尽惊心貌。呀！早玉箫声断广陵潮，眼见那边上将军万宝刀，当不起玉弩儿三千搅，留不住金瓯儿一半牢，波也么焦，更谁将东节移王导。悲也么号，赢得个西台哭谢翱。〔侥侥令〕留几幅残笺兼断楮，尽教人短诵又长谣。心香一瓣虔烧，恨不识先生貌，只认得押角的红泥把姓氏标。〔收江南〕待提起昔年遗老呵！笑忠义，枉云高，有几个西山曾赴辟贤诏，有几个北山又被移文诮。怅贞松自雕，叹芳兰自熬，只剩得梅边一集殿南朝。〔园林好〕展遗书龙眠虎跳，诵遗诗鸾姿鹤标，有大节千秋照耀，算兵火不能烧，算纸劫不相遭。〔沽美酒〕喜装签，玉共瑶，喜装签，玉共瑶，留下这伤心一卷续离骚，看故国河山裂纸条，这些些墨藻，问几番零落几搜牢。零落在蛛丝虫爪，搜牢在海绡山胶，看待作兰亭墨妙，何处许茂陵求稿。今日个风凄月寥,茶干酒销,许诗人展图凭吊。〔清江引〕寸金尺璧真堪宝,问何人笔尖儿横扫? 这是那十子内的西泠沈氏草。"

短　　钱

唐元和中,京师用钱,每贯除二十文。梁武帝时,有东钱、西钱、长钱之分,以七八十为一百。《抱朴子》云:"取人长钱,还人短陌。"则晋时似已有之,即今之所谓八扣九扣也。

侄

《尔雅·释亲》篇云:"女子谓舅弟之子曰侄。"引《左传》"侄其从姑"为证。今男子称兄弟之子曰侄,失之矣。兄弟之子当称从子,谓从子而别也。又呼犹子。案,《论语》子曰:"回也,视予犹父也,予不得视犹子也。"则犹子二字,似又可作师呼弟子之称。兄弟之孙曰犹孙,见唐元稹《李公建墓志铭》。

达　　诗

会稽陶菊坡章焕《五十初度》诗云:"纵然便死原非夭,若竟长生也听天。"真是达人之语。又有人《垂老娶妾》诗云:"我已轻舟将出世,得卿来作挂帆人。"感喟处更写得蕴藉。至唐子畏句云:"黄泉若遇好朋友,只当飘零在异乡。"小颠僧句云:"九京多少相知友,道我来迟罚一杯。"虽同一达观之语,而一觉其伤感,一觉其俳优矣。

集　　句

姚古芬尝集旧句云:"北方佳人,遗世而独立;东邻处子,窥臣者三年。"对仗天造地设。又山舟学士尝集《水经注》语云:"帛什理于是山,作金五千斤,救百姓;小夫人以两手,将乳五百道,向千儿。"其语甚奇。

蜘　　蛛

海州蜘蛛怪，不知何代物也。能嘘气为黑风，居民每望见风起如黑烟蓬蓬，则皆严闭户牖，风过乃已。一日，龙击之，雷雨既作，蛛吐丝网，龙窘不得出，格斗凡数十，须臾而濒海皆水矣。始有火龙者二，焚网出龙，蜘蛛遁不知所往。诘旦，于数十里外，有物纵横散落，圆腻色灰，围如人臂，或数寸，或一二尺，金石无所伤，而两头皆焦火痕，盖蛛丝也。大兴舒铁云孝廉有《蛛丝网龙篇》纪其事。

破　　题

商邱安舜庭世凤童子时，向郡守求试。守指路旁"此屋实卖"四字，令作破题。安应声云："旷安宅而弗居，求善贾而沽诸。"郡守首拔之。又有人作"伯夷叔齐"四字破题云："甲子以后无天，首阳之外无地。"亦觉奇伟可喜。

阮 大 铖 祭 文

明沈士柱祭阮大铖文，极狡狯。文曰："某年月日，故降大司马阮公之丧，至自浙东，沈某为文以祭曰：'古称知己，重于感恩，以余观之，岂独恩为知己哉？孔融博文强记，操非不知之；颜真卿纯忠大节，卢杞非不知之；惟知之深，故忌愈切，杀愈速。天下后世但知操、杞妒贤，而不知于两公未始不称相知也。余少贱，未识司马，闻公掇巍科，登华胘，附中常侍势，与士君子为仇。说者遂诋公为假子，导杀正人。余谓不然，逆珰嗣子满天下，得公不加益，失公不加损，效吮痈舐痔之行，媚衔宪握爵之人，具翻江搅海之才，行坠石下井之事，何求不遂，何欲不行，而位不过光禄。雄狐九尾，不得与彪虎雁行，于以知公之迹巧而事拙也。烈皇手定逆案，阅公封事，入赞道列，终身不齿。说者谓公深仇先帝。余谓不然，使先帝悉公才智，复为采录，则恩怨亲仇，与众相忘久矣。惟毅然不摇群论，使公十七年林壑，养鳞甲，丰羽毛，得甘心快意为杀人具者，伊谁之赐耶？于以知公之阳仇而阴德也。公词曲奔走一时，说者谓愤时嫉俗，科诨皆指正人。余谓不然，弘光半载，公涂面登场，自为玩弄，及窜鸠兹，公曰："我必不学伯嚭走钱唐。"无论自比宰嚭，作谶钱唐，一语不出前史，作剧者神子胥之灵，以襥公等谗邪之魄，公目不识史，胸中但有梨园稿本，以国为戏，于以知公之胆大而才小也。公以小怨杀周、雷二公，复兴钩党狱，说者谓公流毒宗社。余谓不然，周、雷亢直，忌者不独公也。公不杀，群小必杀之。即不然，而贤奸并列，邪正不分，终令大厦莫支，狂澜失砥，而后殒命报国。论者不责其见几之不早，即讥其返正之无术，故死于公，犹愈自死也。即同难诸君，雕虫小技，当与草木同腐，天假公手，登弹墨以永其名，虽公为国谋不忠，为身谋不祥，而为诸君子谋则善也，于以知公之事险而意厚也。公闻变倡逃，说者以卖君误国，律与马同罪。予谓不然，公与马密谋定策，如置弈棋。然马贪夫败类，自公出而劝以戕贼毒螫，及悔为所用而事已去。浙东一战，马尚同方合志，不知输诚纳款，公又先马效之矣。使公同受戮西市，一生恶迹，补过盖愆，何委质后方糜烂以死，生与马同丑行，死并不得与马同荣名，天实为之也。公临岩一跌，身首异处，智能保首领于生前，不能全躯于身后，谁分其尸，谁传其首，岂非天哉！于以知公之意狡而神愚也。此五者，人议公险，予为公平之；人议公深，予为公浅之；人议公毒，予为公厚之；人议公巧，予为公拙之。独人高公词曲，予独畜以俳优。谓公以人国侥幸，正坐此病，九原有知，当亦以为知言也。予隔县诸生，不知公何风闻，怨毒为甚。友人曰："君庚午闱后，有人以闱义质公爪牙，君见评阅，当座叱之，其人忿而谒公，借君为质，公于是伏欲杀之机矣。"或又曰："君渭阳侍御，公未第，辱公推分，及公为大行给谏，侍御绝不与通。又，公欲以故人礼遇子，子不屑仕也，公于是又增欲杀之目矣。"夫士睥睨王侯，莫如祢衡，其面辱阿瞒无人礼，而操能容之。若以通家子视余，昔秦桧、胡安国始未尝非同党，及末路败坏，子胡寅、胡宏以和议不合，答书甚严，桧虽心恨，未至于杀也，公何必

欲置予死地耶？然公虽欲杀予，予即未见杀于公，而以称相知，则有窃附古人者。忆党祸初发，公庭语坐客，二沈倔强，必生致。二沈，眉生与余也。夫倔强之名，世所讳，古所尊。公不吝以加之余，公不可谓不知我。自公降后，同人为余动色相戒，余笑曰："公狡狯人也，其于余一发不效，有懈志矣。且自度向以搏象全力，兔尚得脱，今游魂余烬，焉能钩致周内，复陷人罪罟哉？余知公必不为也。"余不可谓不知公。今有人绸缪款洽，而实泛常，公操利刃，设深阱，使我流离琐尾，然犹窃附知己，魂如有灵，当临风一笑也。'"^{文甚长，节录之。}此文嬉笑甚于怒骂，朽骨有知，能无汗沚。

频罗庵挽寿联

山舟学士所撰挽寿联极多，兹择其尤者敬录之："四十年生有自来，身到蓬瀛天遽召；三千里殁而犹视，心伤桑梓母何依。"^{挽汤昼人妹丈，辛未庶常，甲戌未及散馆，没于京师，年四十，生母犹在堂。}"天北掩台垣，见说槐音中夜断；江东失宗衮，心伤荆树一齐摧。"^{挽家文定公，时冲泉弟亦没。}"朝无谏草，家有赐书，卅载清声光简册；公应骑箕，我悲陟岵，一时血泪洒葭莩。"^{挽姑丈张藻川侍郎。}"刘先生之夫人，无惭铭志；宣文君之家法，具在孙曾。"^{挽丁龙泓夫人。}"孝思尽宦海家园，荣亲养亲，一笑生天证佛果；道望齐太山梁木，吾仰吾放，几人入座哭春风。"^{挽庄对樵师。}"青宫授几，洛社图形，官府神仙皆慧业；备达尊三，擅绝诣四，儒林文苑并传人。"^{挽钱萚石侍郎，时以上书房致仕。}"帝界以河，三策勤劳著淮北；臣心似水，四知风节媲关西。"^{挽蓝素亭河督。}"万里儿啼，此日愁攀贤令辙；卅年老泪，隔江空盼少微星。"^{挽陶篁村，时令子官黔。}"名在千秋，服郑说经刘杜史；神归一夕，仙人骨相宰官身。"^{挽钱竹汀宫詹。}"画里传衣，凤契偶同永长老；山中献盖，前尘谁证衲禅师。"^{挽明中和尚。余画过去僧像，师为补衲。又师与先君同在诗社。}"绝笔诗成，写照羼仙，明月清风人已远；平生墨妙，瓣香冰叟，虹楼瀛海世争传。"^{挽孔谷园。殁前，有题苏尺牍诗，"明月清风"，诗中语也。天瓶居士，谷园妇翁。玉虹楼，谷园斋名。瀛海仙班帖，天瓶书也。}"竹萎蕉枯，此日是师真面目；焚香洒水，当年惟我旧朋俦。"

挽佛裔师，次句指恒公寂时。"海邦至竟思贤宰，湖社从今感寓公。"挽华秋槎。"路近西州，争忍重过空洒泪；门荒孟氏，从教明日罢登高。"挽许表母舅，九月八日卒。"一品恩还，魂魄长依华屋；九重念旧，馨香宜彻幽泉。"挽家春淙二兄。"天际彩衣荣右袞，手中色线补垂裳。"寿曹司农令堂八十。"螭坳旧齿符天寿，雁塔新题冠佛名。"寿嵇中堂八十以万寿年生日，重赴琼林。"八座起居，令子宫袍慈母线；重闱燕喜，南阳仙菊北堂萱。"甲寅九月十八，吴年伯母八十寿，令子开藩河南，故用南阳菊事。"盾鼻弓衣，行世文章皆事业；屏风团扇，还山官府即神仙。"寿王述庵八十。"甲子从头开上寿，神仙自古有曾孙。"寿许小范六十，时已有曾孙。"东方先生善谐谑，南极老人应寿昌。"寿赵次乾。

中　书　诗

有人作嘲中书诗云："莫笑区区职分卑，小京官里最便宜。也随翰苑称前辈，且喜中堂是老师。四库书成邀议叙，六年俸满放同知。有时溜平到军机处，一串朝珠项下垂。"形容入妙，南海孝廉谢尧山念功为余言之。

供　春

宜兴砂壶，供春为上，时大彬次之。时壶尚可得，供春则绝迹矣。供春者，《阳羡名陶录》以为童子，查初白词注以为吴家婢也，未知孰是。

御　舟

高宗南巡渡江，于文襄敏中扈跸进诗。时会稽陶篁村先生在文襄幕中，因属其代作。内有句云："千帆飞渡江南岸，一片黄旗识御舟。"文襄击节，惟援笔将飞字改拥字。先生尝语人曰："易飞为拥，便见警跸尊严，此真一字之师也。"

白 撞 雨

凡暴雨忽作,雨不避日,日不避雨,雨点大而疏,粤人谓之白撞雨。土谚曰:"旱禾壮,宜白撞。"见《广东新语》。

珊 瑚 树

吴淞总兵杨华言:"澎湖之南,海清见底,然悬绠百丈不能测也。中有珊瑚树四株,大可合抱,巨鱼数十环之,若典守者然。"

岳 王 诗

向阅某小说,见有咏岳王诗一首云:"臣飞死,臣俊喜,臣浚无言世忠靡,臣桧夜报四太子,臣构称臣自此始。"寥寥数语,用笔严冷之至。

三百三十有三士亭

亭在福州学使者院中,朱笥河先生所建。亭前有石三百三十三峰,每一石镌诸生一人姓名,即其人所献也。

武 陵 娘 子

常德蠡山庙,祀越相蠡,山畔有武陵娘子祠,土人云:"以祀西子也。"

梅 龛 诗 佛

西江吴兰雪中翰嵩梁工诗,高丽使臣得其所著诗,称为诗佛,而筑一龛以供之,种万梅树云。

命

圣人言知命、定命、立命、俟命,而其理究微而莫测也。故孔子卒罕言命。乃世之谈命者,以所生年月日时之干支,合为八字,遂以为命可推测而知。番禺张南山维屏司马作《原命》驳之,其说云:"推年月日始于唐之李虚中,推年月日时始于宋之徐子平。夫言命以干支为凭,亦思干支何自昉乎?昉于唐尧之元,载《通鉴前编》。《本经世历》定为甲辰,《竹书纪年》则以为丙子,《路史》则以为戊寅,《山堂考索》则以为癸未,是则今所据之干支,其为此干支与否,亦尚未可知也,而谓人之命在是,噫其惑也!"此说新快,足破术士之愚。

莫 如 用 猛

天下大小衙署扁额楹联,或意主颂扬,或心存景仰,大抵崇尚宽和,政体然也。独广东东莞县署二门以内,高营绰楔,大书四字曰:"莫如用猛。"为江南仲柘泉明府振履所题。仲公宰是邑,颇有政声,盖东莞之俗,好勇斗狠,急则治标,刑乱用重,亦是权宜之一术。然操切之治,究非常法,此语能吏言之,循吏必不肯言也。大书特书,乌可以示后人哉?闻直隶枣强县署一对云:"苦心未必天终负,辣手须防人不堪。"不知为何人所作,此等居心,则得之矣。

分 茅 硅

吾杭学使署前有石硅,硅上刻"天禄"字,下有云雷文,名"分茅硅"。盖学署初为都指挥府,今官废而硅犹存,土人尚以都司卫名其地焉。

红　豆

葛秋生姑丈^{庆曾}斋中悬一联云："书似青山常乱叠,灯如红豆最相思。"语极清新。青山句秋生自拟,红豆句则许滇生侍讲所对也。又姚古芬丈赠秋生句云："名士青衫千日酒,故人红豆两家灯。"上句豪宕,下句情挚。

木　龙　血

绍兴三江闸,名应宿闸,明郡守汤公所筑。初筑时,水大不得合,祈于神,梦神语曰："若要此闸成,除非木龙血。"寤而不解所谓。适有皂吏名莫龙者,挺身曰："以一命而全数十万人,吾何惜焉!"遂禀郡守,自投于水而闸以成。至今汤公祠犹以莫龙配祀。陶春田广文^轩《应宿闸》诗云："漂流皂吏生前血,成就黄堂死后功。"盖纪实也。

王　廉　访　挽　联

道光乙酉,德清徐倪氏之案,自巡抚以至典史,一城之官处分殆遍。廉使王公^{惟恂}以无术平反此案,遂至自裁。身为三品大员,轻生以殉,识者少之,而其志则可悯也。蔡生甫学士^{之定}挽联云："刚毅木讷近仁,生原无忝;聪明正直而一,没则为神。"

寿　星

临海王芝圃先生^{世芳},生于顺治己亥九月九日寅时。康熙丙辰,从贝子征耿逆,血战斩寇数十人,适贝子遽卒,未及奏功议叙,年四十九始补博士弟子员,继而贡成均,官遂昌司训。乾隆辛巳,蒙恩授国子监司业,庚寅加翰林院侍讲,时已百十二岁矣。当七旬时,孙曾已盛，逮百龄外，曾孙复举曾孙，因赋诗云："身历四朝沾浩荡，眼看七代长儿孙。"盖纪实也。陈太仆句山先生赠诗云："华皓何来云水头，宠加新秩返扁舟。酒钱未卜凭谁与，壶药翻叨为我投。薄宦梦惊山北橄，散仙行逐海东鸥。独留佳话传台阁，曾与耆英大父游。"相传王中年入天台，有人授水二勺，一热一冷。王饮其热者，人或叩之，笑不答，但曰："吾生平无他过人，视声色货利淡而已。"由是人皆以王寿星呼之。又杭有乡民赵振鲸者，嘉庆甲戌一百岁，蒙恩赐六品顶带。山舟学士为书坊对云："身历四朝，太平黎庶；寿登两甲，盛世耆英。"赵来谢时，自江干拿舟入城，泊盐桥，步行至竹竿巷，不持杖，拜跪无所苦，同来者系其长孙，已六十三矣。赵君为人短小，无须髯，好观剧。会里社演剧，赵挺身挨入人丛，有拍其肩者曰："老弟莫用力，我老年人筋骨不耐揉搓也。"赵回视之，其人须发皓然，因问曰："翁年几何？"曰："八十三岁矣。"赵笑曰："然则与我大小儿同年也。"于是闻者哗然。后年百有九岁，无疾而逝。又家接山叔祖，守广西庆源，有蓝祥者，年一百四十四岁，乡人耕凿自安，不谙朝典，叔祖为详请旌褒，恩赐六品顶带，并设宴府堂以待之。其曾元扶掖而来，耳目无翳障，饮啖过人，顾能画人物，因倩其画寿星一幅，寄呈山舟学士。学士题寿星赞百余字，并画勒诸石，今其碑犹存清勤堂中也。

毛　西　河

西河先生凡作诗文，必先罗书满前，考核精细，始伸纸疾书。其夫人陈氏，以先生有妾曼殊，心尝妒恨，辄詈于诸弟子之前曰："君等以毛大可为博学耶？渠作七言八句，亦须獭祭乃成。"先生曰："凡动笔一次，展卷一回，则典故终身不忘，日积月累，自然博洽，后生小子，幸仿行之，妇言勿听也。"又尝僦居矮屋三间，左图右史，兼住夫人，中为会客之所。先生构思诗文，手不停缀。质问之士，环坐于旁，随问随答，井井无误。夫人室中詈骂，先生复还诟之，盖五官并用者。同时萧山包秉德、沈禹锡、蔡用光，皆淹贯博雅，故时有包、毛、沈、蔡之称。后三公皆以诸生老，而先生独名满天下，并三人姓名亦罕知者，亦有幸有不幸也。

同 年 嫂

江山船妇曰"同年嫂",女曰"同年妹",向不解其义,询之舟人,曰:"凡业此者,皆桐庐严州人,故名桐严曰同年,字之讹也。"

尚 絅 堂 诗

阳湖刘芙初先生_{嗣绾},以名孝廉困顿场屋,春官十上,始得抡元,授职编修,十余年而一阶未展,殁于京师,著《尚絅堂诗》五十二卷。五言如《客枕》云:"连天鸡唱乱,到地雁声孤。"《溪路》云:"天寒鱼减脑,月晕蚌添胎。"《白沟河》云:"地余南渡恨,人数北征才。"《宿龙泉寺简周鋗云》云:"古佛与苔绿,病僧如菜黄。"《荀卿墓》云:"三迁齐祭酒,一脉鲁诸生。"七言如《草堂杂诗》云:"贪灌名花延井近,誓删恶竹让墙高。"《佛音阁》云:"野花都已得禅意,山鸟半能呼佛名。"《中秋后一夕独步故园》云:"碧天无语又今夕,红树笑人非少年。"《无题》云:"新样东风吹玉笛,旧家明月在银钩。"《散步》云:"篱花有意争先发,野草无名转后凋。"《病起有怀》云:"好日短于磨剩墨,清宵长似篆余香。"《到庶常馆纪恩诗》云:"人说传灯须选佛,自惭舐鼎便成仙。"《废堠》云:"车犹记里分双只,戍不知更误短长。"《荒墅》云:"赌残绿墅棋都散,卖到青山画亦寒。"《金川门》云:"已见殷汤传太甲,谁知姬旦负成王。"《春暮湖楼》云:"碧槛空时齐放鸭,红楼好处不离莺。"皆可诵也。

卢 费 对

周莲塘大司空_{兆基薨},卢南石少宰_{荫溥代之},费西雍京兆_{锡章}往吊于周,一哭而殂。京师为之对云:"一品头衔让南石,三声肠断失西雍。"属对工绝。

谷　城　诗

李长蘅《谷城口号》诗云："谷城山好青如黛，滕县花开白似银。"渔洋山人酷爱此二句，后过谷城不见一花，因赋诗云："薛北滕南屡问津，远看山色黛痕新。惟余一事堪惆怅，不见花开白似银。"几疑下句有可议矣。先高祖文庄公《东阿旅店题壁》诗云："东阿南望尽模糊，如黛山光黯欲无。我比渔洋更惆怅，风蓑雨笠谷城图。"则上一句又几几乎在可疑可信之间。今读先大父《丙午过谷城》诗："惆怅渔洋句漫猜，看山谷下独徘徊。檀园自是诗中画，滕县花偏为我开。"自注云："余今过谷城，见四围山色，遍野白花，始信前辈诗不妄作，渔洋或非其时耳，遂成二十八字证之。"因思十四字偶然脱口，乃经三四人，经二百余年，始能坐实，可为笔墨中一段佳话也。

贺　知　章

大父《冬夜读诸史提要》诗云："醉里神仙有几人，镜湖未赐敢抽身。墙头喧诉声如海，急杀风流贺季真。"按《唐书》贺知章在礼部选郎，取舍不公，门荫子弟喧闹盈门，知章不敢出，乃舁一梯于后园，出头墙外以决事。康熙辛丑科，李穆堂先生用通榜法，所取皆知名之士，下第者纠众于琐闱外作闹，新进士徘徊门外，无由入谒。或呈一诗嘲之云："门生未必敢升堂，道路纷纷正未央。我献一梯兼一策，墙头高立贺知章。"亦用此典也。

落　英

《离骚》："夕餐秋菊之落英。"洪兴祖补注云："秋花无自落者，当训如我落其实而取其材之落。"或又一说云："访落诗，训落为始，意落英为始开之花。"其说甚新，然以上句堕字意合之，似从前说为是。

嫁

妇人谓嫁曰归，不知男子亦可称嫁。列子云："国不足，将嫁于卫。"注："嫁，往也。"妇人曰归宁。钱起诗："才子欲归宁，棠花已含笑。"则归宁二字，亦可施之男子。蒋子《万机论》云："主失于国，其臣再嫁。"若是则嫁亦可训为仕也。

厶　字

今商贾记帐，银每两换钱若干，或每人分钱若干，每字俱作厶字。按《穀梁》桓二年，"蔡侯郑伯会于邓"。注："邓，厶地。"陆德明《释文》云："不知其国，故云厶地。"厶，古某字也，今借作每字用耳。

商　灯

今人以隐语黏于灯上，曰"灯谜"，亦曰"灯虎"。按《帝京景物略》云："灯市有以诗影物，幌于寺观之壁，名之曰'商灯'。"则此制由来已久矣。

任　邱　边

直隶河间府任邱县边氏，大家也，累世科第不绝，故北闱有"无边不开榜"之谣。有孝廉边君，在京师广座中，一人展问乡里氏族，答曰："某乃任邱边。"盖自矜其门阀无人不知也。俄而回问其人，其人逡巡曰："某乃曲阜孔。"于是孝廉大惭。

赛　鹦　哥

杜鹃花盛行南中，阳羡土人有染成浅绿色者，名之曰"赛鹦哥"。

咏 史 诗

咏史以组织工稳，比拟熨贴为上。秀水王仲瞿孝廉咏秦始皇云："三百童男浮海去，八千子弟过江来。"山阴陈某咏周平王庙云："扫除文武千年业，成就《春秋》一部书。"又咏曹娥碑云："伤心少女随严父，题背中郎诵外孙。"歙县曹俪笙相国咏司马相如云："才子同时夸武帝，美人知己有文君。"扬州闵莲峰咏孔北海祠云："要为鲁国奇男子，不比杨家最小儿。"舒铁云孝廉咏郝经使馆云："北海已闻苏属国，西河犹馆鲁行人。"昭文屈宛仙女士咏汪水云云："祭文已哭王炎午，降表空签谢道清。"以上诸联，或运用见长，或浑脱制胜，皆卓然可传之句也。余有咏周公庙诗句云："一相祸延明叔侄，六官书误宋君臣。"自谓嵚奇，愿以质之大雅。

腋 气

人患腋气，俗谓之狐骚臭，粤人为尤甚。崔令钦《教坊记》云："范汉女大娘子，亦是竿木家，开元二十一年出内，有姿媚而微愠羝。"谓腋气也。

于 庙 祈 梦

毗陵周蓉和先生未遇时，祈梦于忠肃庙，梦神予字一帧，录唐诗云："寒雨连天夜入吴，平明送客楚山孤。洛阳亲友如相问，一片冰心在玉衡。"先生曰："结句是玉壶，何云玉衡？"神曰："玉衡妙，玉壶便不妙矣。"醒而不解所谓。后举博学鸿词，制题为《璇玑玉衡赋》，恍忆前所梦，文思沛然，遂中选，授检讨。所谓玉衡妙也。后历官清要，以宫詹予告，谢恩讫，赐印章一方，出朝视之，其文云："一片冰心在玉壶。"寻思旧梦，忽然惊悸，返第而卒，所谓玉壶不妙也。又韩城相公未遇时，祈梦忠肃庙，至则先有人在焉。问占何事，曰："求子也。"遂并铺而卧。其人梦神赐以竹管二枝,再叩,则曰:"问汝并卧之人。"公梦神与语,叩请终身,则亦曰:"问并卧之人。"寤而各述所梦,公告其人曰:"昔孤竹君有二子,今梦此是佳兆也。"其人喜极,举手加额而祝曰:"愿你状元宰相。"后皆如其言。

门　对

董观桥制府_{教增},金陵人,节钺闽浙,爱西湖山水之胜,买宅于杭城之三拨营,拟解组后作平泉之墅,榜其门云:"圣代即今多雨露,故乡无此好湖山。"妙偶天然,人多诵之。乃未及予告而先生已归道山,所买之宅转售于顾渚茶中翰。易其联句云:"圣代即今多雨露,先生有道出羲皇。"盖其时中翰甫自戍所归来,丁艰后主讲山东历城书院故也。

单　传　句

偶集湖舫,关方谷学博_枞以古人独传名句为令,首举曰:"满城风雨近重阳。"于是有曰:"池塘生春草。"有曰:"枫落吴江冷。"有曰:"空梁落燕泥。"有曰:"庭草无人随意绿。"令官并命饮酒。众问其故,方谷曰:"诸公所举并有全篇,若重阳七字,则自催租败兴以后,不闻有起而续之者,是真千古单传之句也。"于是众乃心服,以次受罚。

袁　赵　蒋

简斋大令、云松观察、苕生太史,一时齐名。桐乡程春庐_{同文心仪}三公,而蒋以未见而没,因绘拜袁揖赵哭蒋图,以志景仰。昭文孙子潇太史_{原湘}则专推袁、蒋二公,其诗云:"平生服膺止有两,江左袁公江右蒋。庐山瀑布钟山云,一日胸中百来往。"钱唐张仲雅大令_{云璈}又瓣香袁、赵二公,颜所居曰"简松草堂",后即以名其诗集。盖性情之地,各有沉溺也。阳湖洪稚存太史_{亮吉}评三公之诗云:"袁诗如通天老狐,醉则见尾;赵诗如东方正谏,时杂诙谐;蒋诗如剑侠入道,犹余杀机。"
洵称确论。稚存先生诗才奇险,好作惊人之句,有人仿其体调之云:
"黄狗随风飞上天,白狗一去三千年。"闻者绝倒。洪聚生平所识诗
人,作为诗评,凡数十家。或问之曰:"公诗如何?"洪自评云:"仆诗如
急湍峻岭,殊少回旋。"

袈　裟　绣　龙

高庙南巡,净慈寺明中上人迎驾。上顾问时,偶以手拍其肩。因
于紫衣肩上绣金龙一团,人咸非笑之,而不知其有所本。宋朱劢所衣
锦袍,徽宗常以手抚之,遂绣御手于肩上。又尝与内宴,帝以手亲握
其臂,因以黄帛缠之,与人揖,此臂竟不动。

八　斗　万　斛

"子建之才八斗,我得一斗,天下共分一斗。"论斗分才,奇矣。
《西堂杂俎》载汤卿谋句云:"古今只有万斛愁,而我独得九千斛。"论
斛分愁,更奇。有曹姓人为彭泽令,其友人赠一对联云:"二分山色三
分水,五斗功名八斗才。"运典恰切。

一　典　两　用

刘越石诗:"宣尼悲获麟,西狩泣孔某。"谢惠连诗:"虽好相如达,
不同长卿慢。"一典两用,摛词错综法也,然此等究不可为法。

赤　子

《康诰》曰:"如保赤子。"《传》曰:"赤子未详何义。"或曰:"始生之
儿,其色赤,故名。"虞兆漋《天香楼偶得》云:"赤、尺古通用,引《文献
通考》'深赤者十寸之赤也'以为证。曰赤子者,言始生小儿长仅一尺

也。"其说颇为有据。

鼻 天 子 陵

始兴县南十三里,有鼻天子陵,相传昔人掘地见铜人数十,拥笏列侍,俄闻墓中击鼓,大惧而返。或曰:"是槃弧坟。高辛有犬戎患,募得犬戎吴将军头者,赐金千镒,邑万家,妻以少女。帝畜犬名槃弧,入山衔一首至,果吴也,遂妻焉。生六男六女,为武陵蛮之始。"杜君卿驳之云:"黄金古以斤计,秦始曰镒。三代分土,汉始分人,古安有万家之封?将军周末官,吴始周末姓,古无是也。且槃弧之讹,因盘古起,今明明曰鼻天子,则不得以槃盘同音为此臆说也。"或曰:"是象墓,象封有庳,庳鼻同音,故名。"然象乃人臣,安得曰天子?或曰:"秦以前百粤盗名,割据之称。"然僭号称王称帝,无称天子者,且鼻字意又何指?凌元驹重订《始兴县志》,断以为盘古之墓,曰:"鼻之为言始也,盘古始为天子,故追尊之也。"盘古本粤产,两广盘姓,皆其苗裔。雄州乡落多盘古仓,会昌盘古山,湘乡古保,雩都盘古祠,荆南北以十月十六日为盘古寿,始兴原属荆州,毋亦其显化之所乎?且古皇墓半在南方,炎帝酃邑,虞舜九疑,皆距不远。至广陵有盘古冢,昔人谓其神假,南海蛮洞中有墓,亘三百余步,则安知鼻天子陵非盘古真墓欤?《通志》又载"铜人搢笏等事,谓浑沌安得有此",其见亦迂。昔鲁共王坏孔子宅,闻金石丝竹声,岂壁中果有此耶?铜人之事,亦犹是耳。据此则为盘古墓无疑。余尝赋《鼻天子陵》诗云:"始兴之兴自何始?王气钟于鼻天子。天子一姓不再兴,始兴剩有天子陵。杨髡之所不能窃,黄巢之所不敢掘。至今龙种远绵延,可有子孙尚隆准?漫将野语记齐东,非族纷纷说犬戎。丝竹居然闻鲁壁,金人无恙出秦宫。吁嗟乎!古来古墓无此古,洪荒以前一抔土。三皇五帝尽耳孙,万岁千秋此鼻祖。"

僧 诵 中 庸

木文和尚有戒行,无锡顾伊人孝廉素与善。孝廉妇疾革,诸医束手,延木文至,并不携经卷佛像。询之,曰:"经须用汝家者。"孝廉曰:"吾家素无经卷。"曰:"圣经足矣,何必佛书?"因与《中庸》,焚香读之,如宣梵呗,三复而去。中夜,妇汗出顿愈。

藩 臬

藩字始见《毛诗》,臬字始见《康诰》。梁沈约齐安陆昭王碑文曰:"藩司抑而不许。"此藩司初见史册之文。《元史》:"至元十四年,奕赫抵雅尔丁为建康道肃政廉访司,始视事,见狱具列庭下,愀然曰:'凡逮至臬司,皆命官及有出身之吏,得情即服罪,无用刑具。'"此臬司初见史册之文。

岳 王 论

吴毂人祭酒《岳忠武论》云:"补已缺之金瓯,论功行戮;返将消之玉弩,为敌报仇。"此联警绝。结句云:"人间之铁案无私,请质东南山行者;天半之神旗高卓,试看大小眼将军。"向特爱其工整,及阅《有正味斋全集》,则此联业已删去,盖谓其落小家数也。前辈之自占文品如此。

干 阿 奶

俗呼干娘之母及姑曰"干阿奶"。按《北齐书·恩幸传》:"穆提婆母陆令萱,尝配入掖庭,后主襁褓中,令其鞠养,呼干阿奶。"此三字之所本也。

跳 行

作书出格曰"抬头",《金石录》称唐之中岳嵩山碑,书皇帝太后,不跳行,不空格。跳行者,抬头也。

添　注　涂　改

乡会试卷于文后写添注涂改字数。按宋咸通中,卢子期著《初举子》一卷,细大无遗,就试三场,避国讳、宰相讳、主文讳,士人家小子弟忌用熨斗时把帛,虑有曳白之嫌,烛下写试无误笔,即题其后云:"并无揩改涂乙,如有,即言字数。"见《容斋随笔》,此科场中添注涂改之所本也。

吴　澹　川

槜李吴澹川文溥著《南雅堂集》,诗宗正始之音,五古以冲淡制胜,七古以健挺见长。录其近体五言,如《隔溪访友》云:"别浦流春水,闲门落古花。"《雨霁》云:"冻水逢春活,疏梅入夜香。"《春日骑马过鲫鱼潭晚憩竹溪寺》云:"马蹄迟落日,人意缓春风。"七言如《登华山》云:"无边紫塞秋风起,一片黄河落照来。"《有赠》云:"独行蓟北山山雪,不见江南树树花。"《秋闱后客徐中丞幕中酒间蒙赏诗句书以志愧》云:"无分秋风吹桂树,浪传疏雨滴梧桐。"七绝如《山塘春思》云:"齐开画阁倚笙歌,一样帘栊映绮罗。底事春风欠公道,儿家门巷落花多。"《渡江》云:"东来两扇布帆轻,每遇风波夜转惊。船底江声篷背雨,旅人听得最分明。"《西湖杨柳词》云:"留人小驻惹人怜,伤别伤春不计年。只管自家枝上绿,那禁吹到鬓丝边。"皆性灵洒落之作也。

见　过　亭

伊犁有见过亭,盖为谪官而设。刘金门宫保过之,题一对云:"过也如日月之食焉,复其见天地之心乎?"运用成语,天造地设。

彭　文　勤　试　题

文勤督学浙江,所命试题,如王二麻子斩绞徒流杖类,俱极巧妙。

一日，至敷文书院课士，山长以有事出院，因出四题，肄业生云"至于岐下"，请考生云"放于琅玡"，肄业童云"馆于上宫"，请考童云"处于平陆"。公谓诸生曰："汝等知今日出题之意否?"对曰："不知。"公曰："横看去。"乃"至放馆处"四字也。又试金华，九学同场，将出题，教职中偶禀他事，语杂仲四先生。公问："仲何人?"曰："武义岁贡，设帐郡斋者。"遂连书九题："武王是也"、"义然后取"、"岁不我与"、"进不隐贤"、"士志于道"、"仲尼之徒"、"四时行焉"、"先行其言"、"生之者众"。合"武义岁进士仲四先生"九字。童生初场，题分四仲："管仲"、"虞仲"、"微仲"、"牧仲"。次场教职中耳语云："今日恐不能再切仲四先生矣。"公即书四题，"大王尊贤"，"西子席也"，补足设帐郡斋之语。覆试总题，"仲壬四年"。仲闻之，谓太守曰："宗师前后试题，胜于为我作传矣。"又试处州初场，府尊不到，委同知点名。次场来谒，公曰："太尊今日才来?"对曰："方从省下来，不获已，故命同知来。"公曰："来与不来，听太尊自便。尚有童生正场，太尊来，益昭慎重。"对曰："敢不如命。"是日，七学出题，自一字至七字止："来"、"医来"、"远者来"、"送往迎来"、"厚往而薄来"、"不远千里而来"、"而未尝有显者来"。经题："七日来复"、"凤皇来仪"、"贻我来牟"、"郯子来朝"、"礼闻来学"。以问答中多来字故也。及试童生次场，府尊奉委上省，仍委同知点名。公笑谓教职曰："太尊今日真不获已也。"题出"又其次也"、"委而去之"、"同其好恶"、"知其所止"、"来者不拒"。其敏慧类如此。又闻某方伯试士命题云："伯牛有疾"、"子路请祷"、"充虞路问"、"康子馈药"、"瞽瞍杀人"、"右师往吊"、"门人治任"。盖其时督学新亡，方伯摄行试事故也。

食　量

诸城刘文清相国，食量倍常，蓄一青花巨盎，大容数升，每晨则以半盎白米饭，半盎肉脍，搅匀食之，然后入朝办事，过午而退。同时尹望山相公，但食莲米一小碗入朝，亦过午而退。然两公同享盛名，并臻耆寿。此如宋张仆射齐贤，每食啖肥猪肉数斤，夹胡饼黑神丸五七两；而同时晏元献，清瘦如削，止析半叶饼以箸卷之，捻其头一茎而食，后亦并享遐龄。盖各人禀赋不同，未可以饮啖论福泽也。

作诗不必识字

《宋书》：沈庆之手不知书，目不识字，世祖逼令作诗，庆之口授颜师伯曰："微命值多幸，得逢时运昌。朽老筋力尽，徒步还南冈。辞荣此圣世，何愧张子房。"庆之常言："众人虽见古今，不如下官耳学也。"北齐斛律金不解书，乃其作《敕勒歌》曰："敕勒川，阴山下，天似穹庐，笼盖四野。天苍苍，野茫茫，风吹草低见牛羊。"为一时乐府之冠。又《随园诗话》载有樵夫哭母作《长相思》词云："叫一声，哭一声，儿的声音娘惯听，如何娘不应？"自然音节，所谓天籁非耶？

混　称

《汉书》注得利曰"乾"，失利曰"没"。今混称乾没为赃入己之称。《说文》：堪，天道也；舆，地道也。今混称堪舆为地理。《尸子》注妇女曰"姑"，儿童曰"息"。今混称姑息曰溺爱。《礼记》疏有才能曰"奚"，无才能曰"奴"。今混称奚奴曰家人。《说文》：贪财曰"饕"，贪食曰"餮"。今混称饕餮曰口馋。《尔雅翼》：妻父曰"婚"，婿父曰"姻"。今混称婚姻曰亲串。诸如此类，不可胜记。

弥　勒　对

某寺弥勒佛殿一对云："年年扯空布袋，少米无柴，只剩得大肚宽肠，为告众檀越，信心时将何物布施？日日坐冷山门，接张待李，但见他欢天喜地，试问这头陀，得意处有什么来由？"禅机活泼，不嫌其俗。

戏　名　对

同人小饮，集戏名对偶为令，兹择其尤工者录之。惊丑《风筝误》。对吓痴。《八义记》。盗甲《雁翎甲》。对哄丁。《桃花扇》。访素《红梨记》。对拷红。《西厢记》。扶头《绣襦记》。对切脚。《翡翠园》。开眼《荆钗记》。对拔眉。《鸾钗记》。折柳《紫钗记》。对采莲。《浣纱记》。麻地《白兔记》。对芦林。《跃鲤记》。教歌《绣襦记》。对题曲。《疗妒羹》。春店《万里缘》。对秋江。《玉簪记》。哭像《长生殿》。对描容。《琵琶记》。败金《精忠记》。对埋玉。《长生殿》。三挡《麒麟阁》。对七擒。《三国志》。逼试《琵琶记》。对劝妆。《占花魁》。打虎《义侠记》。对骂鸡。《白兔记》。看袜《长生殿》。对哭鞋。《荆钗记》。刺虎《铁冠图》。对斩貂。《三国志》。乱箭《铁冠图》。对单刀。《三国志》。拜冬《荆钗记》。对赏夏。《琵琶记》。告雁《牧羊记》。对喉癸。《八义记》。思饭《金琐记》。对借茶。《水浒记》。斩窦《金锁记》。对刺梁。《渔家乐》。投井《金印记》。对跳墙。《西厢记》。送米《跃鲤记》。对拾柴。《彩楼记》。相面《宵光剑》。对审头。《一捧雪》。醒妓《醉菩提》。对规奴。《琵琶记》。盗令《翡翠园》。对偷诗。《玉簪记》。饭店《寻亲记》。对酒楼。《翠屏山》。北樵《烂柯山》。对西谍。《邯郸梦》。落院《绣襦记》。对借厢。《西厢记》。小妹子《时剧》。对胖姑儿。《慈悲愿》。闹天宫对游地府。《安天会》。醉易放易《鸣凤记》。对相梁刺梁。《渔家乐》。大宴小宴《连环记》。对前亲后亲。《风筝误》。

悼　亡　词

项梅侣学正名达与余为总角交，恂恂温雅，正如公瑾醇醪。丙戌成进士，以知县即用。君请于朝，愿就学正本班铨补。舍花封之烂漫，甘槐市之萧条，亦可想其襟怀之冲淡矣。长于制义，尤精算学，闲作小词，极细意熨贴。记其《祝英台近·悼亡》词一阕云："恼蜂情，慵蝶意，春色又如许。愁立苍苔，花影乱深坞，如花人已天涯，花开依旧，争忍见翠围红舞？　　漫延伫，犹记双袖凭阑，冷香上诗句。能几番游，风月竟抛去，只除梦里归来，梦醒何处？重帘外断烟零雨。"

清思婉转，逼真白石遗音矣。

软　金　杯

金章宗有软金杯，乃劈鲜黄橙为之，可与碧筒杯作对。

二　苏

元好问题《苏氏宝章集》句注："长公忠义似颜平原，次公冲淡似林西湖。"此二句未有人称者。

阎　典　史

明季南都亡，江阴阎典史孤城死守两月余，城破殉难，我朝赐谥立祠。祠堂对云："七十日带发效忠，表太祖十六朝人物；三千人同心赴义，存大明一百里江山。"相传临难自题，海昌都湘帆同年峄有七古一篇云："世间有此奇男子，奇男子谁一典史。甘受炮打誓不降，十万军民同日死。孤城斗大鲠喉舌，杀气阴森暑雨雪，百攻百御历七旬，仓廪已空雀鼠绝。坏云压山山为倾，蹈刃如饴无一生，可怜芙蓉好城郭，围城久不破，一僧云："江阴乃芙蓉城，攻蒂则花自落矣。"乃专攻花家坝，城遂破。白昼鬼火寒冥冥。呜呼两京大官恋爵土，如公之官何足数。读史数公同调人，万梅花下一阁部。"湘帆向未知其能诗，南归同舟，得尽读之。《舟中闻雨不寐》云："书无可读灯光灺，醉不成乡酒力微。"《舟中杂诗》云："渔艇归时成小市，断霞明处见孤村。"又云："已分功名鲇上竹，不如归去鸟投林。"《道中和贾兰皋》云："平沙尽处盘孤鹗，远树浓边见一城。"皆清峭拔俗。

金　花　夫　人

广东金花夫人庙最多，其说不一。或曰："金花者，神之讳也。本巫女,五月观竞渡,溺于湖。尸旁有香木偶,宛肖神像,因祀之月泉侧,名其湖曰仙湖。"或曰:"神本处女,有巡按夫人方娩,数日不下,几殆,梦神告曰:'请金花女至则产矣。'密访得之,甫至署,果诞子,由此无敢婚神者。神羞之,遂投湖死。粤人肖像以祀,呼金花小娘,后以其能佑人生子,不当在处女之列,故改称夫人云。"庙碑载,神生于洪武七年四月十七日子时,其时太史奏昴星不见。至洪武二十二年三月初七日午时,夫人卒,始奏昴星复位,盖感星精而生云。或言神系南汉女巫。按会城中故有湖,一曰西湖,一曰仙湖,皆南汉高祖所凿。仙湖之名,非自神始也。且诸书载南汉神女庙,只有谭氏二女及龙母两庙,并无金花神庙,则其说未可信也。明张参政诩诗云:"玉颜当日睹金花,化作仙湖水面霞。霞本无心还片片,晚风吹落万人家。"写得极其缥缈。《广志》言神庙不知始自何时,成化五年,巡抚陈廉重建,嘉靖中魏校毁之,粤人奉神像于南岸石鳌村,其后复建故处,即今仙湖街庙是也。乾隆间,翁覃溪学士方纲视学粤东,适至仙湖街,见男女谒拜,肩舆不能过,怒命有司毁之,于是复奉祀于石鳌村。四月十七神诞,画舫笙歌,祷赛极盛云。

魏 环 溪 语

魏环溪尚书象枢《有庸斋闲话》云:"偶见水与油,而得君子小人之情状焉。水,君子也,其性凉,其质白,其味冲,其为用也,可浣不洁者而使洁,即沸汤中投以油,亦自分别而不相混。油,小人也,其性滑,其质浊,其味浓,其为用也,可污洁者而使不洁,即沸油中而投以水,必至搏击而不相容。"诚名论也。

梁 文 康

粤东梁文康储髫龄时,已具公辅之量。相传幼时两眉俱绿,一日自塾中归,误仆于地。父迟庵掖起之曰:"跌倒小书生。"公应声曰:"扶起大学士。"迟庵与诸子浴于小沼中,出对云:"晚浴池塘,涌动一天星斗。"公对曰:"早登台阁,挽回三代乾坤。"时年才七岁耳,而吐属不凡如此。

河 南 村 狗

广郡窑头村人言,蒙近野诏,字廷伦,亲迎时,妇翁之兄令公口占,以"河南村狗"四字冠于每句之上。公遂吟云:"河汉浮槎到五羊,南风吹送桂花香。村人多少来争看,狗吠仙姬会阮郎。"其妻劝公力学,以雪四字之耻。公发愤,遂成名儒,嘉靖壬戌进士,授翰林,官佥都御史,卒祀乡贤祠。

芙 蓉

岭南木芙蓉,有一日白花,次日稍红,又次日深红者,名曰"三日醉芙蓉"。

宣 德 铜 盘

曾宾谷方伯藏宣德铜盘,方径三寸五分,内刻御制《锦堂春》词云:"映日秾花旖旎,萦风细柳轻盈。游丝十丈重门静,金鸭午烟清。 戏蝶浑如有意,啼莺还似多情。游人来往知多少,歌吹散春声。"宣德七年正月十五日。

文信国绿端蝉腹砚

砚修广各三寸余,受墨处微凹,底圆而凸,象蝉腹沿左边至顶,刻谢皋羽铭云:"文山攀髯之明年,叠山流寓临安,得遗砚焉。忆当日与文山象戏,谱玉莲金鼎一局,石君同在座右。铭曰:'洮河石,碧于血,千年不死丧弘骨。'"款识"皋羽"二字。袁简斋先生贮以檀匣,而识原委于匣盖云:"乾隆丁未十二月,杭州临平渔父网得此砚于临平湖,王仲瞿居士舟过相值，知为文文山故物，以番钱廿元得之，转以见赠。余仿竹垞咏玉带生故事，为作匣，兼招诗流各赋一章。甲寅六月望日，袁枚记于小仓山房，时年七十有九。”

品　　酒

嘉庆癸酉，余偶憩云林寺。次日独游弢光，遇一老僧，名致虚，善气迎人，与之谈，颇相得，亦略知文墨。坐久，余欲下山，老僧曰：“居士得毋饥否？蔬酌可乎？”余方谦谢，僧已指挥徒众，立具伊蒲，泥瓮新开，酒香满室，盖时业知余之好饮也。一杯入口，甘芳浚冽，凡酒之病无不蠲，而酒之美无弗备。询之，曰：“此本山泉所酿也，陈五年矣。老僧盖少知酿法，而又喜谈米汁禅，此盖自奉之外，藏以待客者。”于是觥斝对酌，薄暮始散。又乞得一壶，携至山下，晚间小酌。次日，僧又赠一瓿，归而饮于家，靡不赞叹欲绝。廿年神往，何止九日口香，此生平所尝第一次好酒也。此外不得不推山西之汾酒、潞酒，然禀性刚烈，弱者恶焉，故南人勿尚也。于是乎不得不推绍兴之女儿酒。女儿酒者，乡人于女子初生之年，便酿此酒，迨出嫁时，始开用之，此各家秘藏，并不售人。其花坛大酒，悉是赝本。且近日人家萧索，酿此者亦复寥寥，能得其真东浦水作骨而三四年陈者，已是无等等咒矣。道光甲申，余归自京师，汪小米表弟拉饮庚申酒。庚申酒者，小米令叔眷西先生家所藏者也。眷西尊人旧贮二十坛，殁后，其家亦胥忘之。眷西又汗游十余载，遂无人问鼎。而藏酒之室，又极邃密，终日扃牡，更无人知而窥之者。以故二十年来，丸泥如故。眷西归，始发之，所存止及坛之半。正简斋先生所谓“坛高三尺酒一尺，去尽酒魂存酒魄”是也。色香俱美，味则淡如，因以好新酒四分搀之，则芳香透脑，胶饧盏底，其秾厚有过于弢光酒，而微苦不冽，自其小病，此生平所尝第二次好酒也。仆逢曲流涎，到处不肯轻过，闻之人语云：“不吃奔牛酒，枉在江湖走。”余过其地，沽而试焉。呜乎！天下有如此名过其实，庸恶陋劣之名士乎？论其品格，亦止如苏州之福贞，惠泉之三白，宜兴之红友，扬州之木瓜，镇江之苦露，邵宝之百花，苕溪之下若，而其甜其腻则又过之，此真醉乡之魔道也。而其中矫矫独出者，则有松江之三白，色微黄极清，香沁肌骨，惟稍烈耳。又记某年，余游萧山，梧里主人周姓，名镇祁，情极款洽，作平原十日之留。一日，出一种酒，曰梨花春，俗名酒做酒曰梨花，盖三套矣。余饮一杯后，主人即将杯夺去。主人巨量，止饮二小杯。是日，余竟沉醉一天，因思古人所谓千日九酝者，亦即此类，特其一年三年之醉，则未免神奇其说耳。余居广东始兴一年有余，彼处有所谓冬酒者，味虽薄而喜不甚甜，故尚可入口，中秋以后方有，来年二三月便不可得。询之土人，曰："此煮酒也，今日入瓮，第三日即可饮，半月坏矣。"一日，有曾姓乡绅邀余山中小酌，举杯相劝。余视之，浅绿色，饮之清而极鲜，淡而弥旨，香味之妙，其来皆有远致，诧以为得未曾有。急询何酒，曰："冬酒也。"问那得如许佳？曰："陈六年矣。"余又叩以乡人不能久藏之言，曰："乡人贪饮而惜费，夫安得有佳者。此酒始酿，须墨江某山前一里内之水，不可杂以他流，再选名曲佳蘖，合而成之，何患其不能陈？余家酿此五十余年，他族省穑，不肯效为之也。"余生平所尝第三次好酒也。余三十年来，沉湎于酒，脏腑之地，受病已深，近日损之又损，以至于无，而结习所存，不能忘也，因历忆生平饮境而一纪之。宋俞文豹《吹剑录》云："易惟四卦言酒，而皆在险难。需，需于酒食；坎，樽酒簋贰；困，困于酒食；未济，有孚于饮酒。"可见酒乃人生之至险也，可不戒哉！

前 朝 后 市

宋神宗尝问经筵官，《周官》前朝后市，黄侍讲以王氏《新说》为对，言朝阳事故在前，市阴事故在后，意以为据荆公之学，必然希旨。上曰："不独此也。朝君子所集，市小人所居，有向君子背小人之义焉。"诸臣悚然，大哉王言也！

鸦 片 入 策 题

今年甲午，广东乡试策题第四，民食一道，中一条云："沃土之地，往往植烟草以为利息,甚至取其种之大害于人者而广播之,民不知其敝精力,耗财用,大半溺于所嗜,视其为用,与菽粟等,而且胜之,将何以严其禁而革其俗?"此言内地之乌烟也。此物入于高文典册,前此未有也。

阵 亡 疏 语

宋人荐阵亡将士疏略云:"虎头食肉,彼何人斯?马革裹尸,深负公等。战河南,战河北,毋忘此日之精忠;出山东,出山西,再作明时之将相。"造语真挚,九原应有感激涕零之意。

太 誓

《尚书·太誓》:泰言大也。或曰:"伐商乃太王之志,太公之谋,故曰太誓。"则穿凿矣。

二 我

宋贾魏公为相日,有方士姓许,对人未尝称名,无贵贱皆称我,时人谓之"许我",见宋彭乘《墨客挥犀》。又史延寿,嘉兴人,以善相游京师,视贵贱如一辙,箕踞袒裼,从不称名,称我,时人呼为"史我",乃知若辈亦无独有偶。

玉 髑 髅

有人掘唐明皇坟,出其尸,则髑髅一具,皆化为玉,急为揜之,见《太平广记》,其事甚怪。但小说载明皇假寐西内,李辅国欲谋弑之,以铁椎击其脑不动。明皇曰:"我自服叶法善丹药,骨节寸寸皆化为玉,金石不能伤也。"刺客大怖而退。则其说亦有可证。

瑶 俗

瑶俗负物，男人以肩，女人以首，谓男首系狗王之头，而女肩则高辛公主金肩，故皆贵之。俗夫妇不同宿，择晴昼入山僻处，尽一日之乐，插松枝于路口，曰插青，人无敢继入者。其交也，衔弩裸体，遗精草莽，岚蒸瘴结，是生短狐。

鬼 轻 巡 检

先君宰始兴日，清化司巡检蔡君洗凡廷栋，太湖西洞庭山人也。年七十余，而精神矍铄，饮啖过人，广颡丰颐，耳长过颊，见闻极博，又健于谈，悬河一开，沛然莫御。但谈至兴酣，则支节往往失脱，如天起怪风，民家七只酱缸，吹过江面；又京师西山开煤，穿穴地道，现已穿至某处，道里分刌不差累黍。此等事并非全属子虚，而自彼述之，则一若躬立其旁，而目睹其事者，情状殊可笑也。又喜说鬼，自言生平凡遇鬼二十余次，而与之相搏者亦累累然，从未有为鬼所败者。方谈此时，摹形绘色，数脚论拳，大声发波，险语破石，正其掀髯得意时也。一日方谈，余戏之云："君为鬼所轻矣，待明年升转一阶，必来相报，慎之慎之。"叩其故，余翻宋无名氏《异闻随录》一则示之云："南恩州阳春县，即古春州，有异鬼栖于主簿署，白昼现形，不胜其扰。有斑直者为巡检，初到任，簿招与饮，语及此事，词未毕，而鬼已立于巡检身后，因引手捽之，而鬼仆于地。巡检且捽且殴，鬼顾簿哀鸣求救，乃得脱。其家以为必将迁怒，终夕弗寐，比晓寂然。启户，见壁间大书曰：'巡检粗人，不足较也。'遂绝。"阅毕，诸人无不狂笑哄堂，而蔡君亦捧腹而不能已已。

麻 阳 陋 俗

蔡君又谈一极可笑之事，言湖南麻阳县某镇，凡红白事，戚友不送套礼,只送分金,始于一钱而极于七钱,盖一洋之数也。主人必设宴相待,一钱者止准食一菜,三钱者三菜,五钱者遍肴,七钱者加簋。故宾客虽一时满堂,少选一菜进,则堂隅有人击小钲而高唱曰:"一钱之客请退。"于是纷然而散者若干人。三菜进,则又唱曰:"三钱之客请退。"于是纷然而散者又若干人。五钱以上不击,而客已寥寥矣。此事未见虚实,而穷荒陋俗,容或有之。余思此堂隅高唱者,或犹是古人白席之遗。

天　子　妃

猫别名也,见《鹤林玉露》。盖以武后杀萧妃,妃临死曰:"吾愿生生世世为猫,武为鼠,呃其喉足矣。"此典罕有见人用者。余因思之,虎舅龙妃,可为的对。俗言猫为虎舅,言虎事事肖猫也。

雪月渡江湖

大月渡太湖,大雪渡扬子江,此非常奇景也。余于丙戌北行,旬日间两遇之,因各纪以诗。《渡湖》云:"广寒八万四千户,太湖三万六千顷,姮娥子与洞庭君,良夜迢迢斗清冷。弯弯月子照当头,翦翦春汛不住流,如此烟波如此夜,居然容我一扁舟。"《渡江》云:"樯乌北向不住啼,玉龙满天鳞甲飞。空江浩浩冷逾净,白水不动青山肥。此时微醺中卯酒,我挂轻帆出京口。平视都无鸟鹊飞,远听全静蛟龙吼。炫眼光明四面开,水晶宫阙玉楼台。藏将锦绣江山去,换出琉璃世界来。千叠波争万花白,空中仙人貌姑射。金焦两点斗婵娟,彼也投琼此献璧。嗟我年来守故山,柴门高卧冷袁安。岂知放眼江湖外,如入瀛洲到广寒。篷窗此景难描绘,万顷空濛一尊对。蕉叶拚教醉鹒头,梅花未免辜驴背。萧萧行李冷羊裘,柂触关山万里愁。鹤太襟裾腰太瘦,明朝空自上扬州。"病中追忆旧游,不觉神往,因纪之。

叠　字　诗

诗有一句叠三字者,吴融《秋树》诗"一声南雁已先红,槭槭凄凄叶叶同"是也。有一句连三字者,刘驾诗"树树树梢啼晓莺,夜夜夜深闻子规"是也。有两句连三字者,白乐天诗"新诗三十轴,轴轴金玉声"是也。有一句四叠字者,古诗"行行重行行",《木兰诗》"唧唧复唧唧"是也。有两句互叠字者,王胄诗"年年岁岁花常发,岁岁年年人不同"是也。有三联叠字者,古诗"青青河畔草"六句是也。有七联叠字者,昌黎《南山》诗"延延离又属"十四句是也。至李易安词"寻寻觅觅,冷冷清清,凄凄惨惨戚戚",连下十四叠字,则出奇胜格,真匪夷所思矣。

财　色

古人云:"本富为上,末富次之,奸富为下。本富者,农桑也;末富者,商贾也;奸富者,盗贼也。"又云:"一顾倾城,再顾倾国者,色也。大者倾城,小者倾乡者,富也。财色之际,可不慎哉!"

汤　武

南巢牧野之事,后之人执定"应天顺人"四字,处处为汤武回护而不必也。夫子序《书》曰:"汤胜桀,武王胜殷杀受。"此与《春秋》"许世子止晋赵盾",同一笔法也,曷尝有恕词哉?

识　遗　论　相

宋绍兴中,一纪之中,命相十四,张焘以为言和战纷纷,必无成功。何况明思陵十七年间四十二相,安得不亡耶?

彭生铁杖

"公子彭生红缕肉,将军铁杖白莲肤。"宋人句也,不过咏猪肉包子耳,而造语特奇。

薛　能

先伯祖谏庵先生云:"唐之诗人至薛能而庸妄已极。"尝举其文字之乖戾者而摘论之。昨偶阅其一绝云:"山屐经过满径踪,隔溪遥见夕阳春。当时诸葛成何事,只合荒山作卧龙。"夫以孔明之出,建无藉之业,完托孤之责,以教万世之为人臣者,乌得云成何事哉? 能真庸妄矣!

苏　文

罗大经云:"《庄子》之文,以无为有。《国策》之文,以曲作直。东坡生平,熟此二书,故其为文,横说竖说,无复滞碍也。"朱文公论苏文云:"早拾苏张之绪余,晚醉佛老之糟粕。"有贬词矣。

至圣封号

夫子既殁,历秦、汉、晋、宋、齐、梁、陈、隋未有封号,至唐世始封文宣王。宋神宗欲加尊崇,礼臣定议为至圣元神帝。李邦直曰:"周室称王,陪臣不当称帝。"于是止加"元圣"二字。陈随隐讥之曰:"异代尊崇,何预于周? 邦直之罪,所当笔诛。"愚谓李论甚正。夫子乃万代师表,封帝封王,下侪于城社之神,本轻亵矣,况生而谨守臣节,殁而膺此僭称,夫子必不愿也。故封自以至圣先师最为允当。

中贤亚圣

元仁宗以孔子为"中贤"，唐姚崇遗令以孔子为"亚圣"，不知上等是何人物。

春 秋 人 物

郑子产、晋叔向、士燮、鲁叔孙婼、子家羁、吴季札、卫蘧瑗、齐管夷吾，自是春秋上等人物。齐晏婴、鲍叔牙、晋赵衰、赵武、祁奚、魏绛、秦伯里奚、楚沈尹戍、宋公子目夷、郑子皮、鲁季友、仲孙蔑、卫石碏、公叔发、晋荀罃诸人，亦皆后先竞秀，不可没也。

常 平

惠民之法，莫善于常平，然有法无人，胥归无益。宋陈止斋曰："《周礼》以年之上下出敛法。盖年下则出，恐贵谷伤民也；年上则敛，恐贱谷伤农也。"由此而言，三代之时，有常平之政，而无常平之名。《周官》所言，即常平之法也。

而 已

宋洪俞因论台谏失职疏中，有"款所喜请者，不过谒景灵宫而已"，朝廷遂以为"而已"二字乃大不敬，因镌三官。洪有句云："不得之乎成一事，却因而已失三官。"见《侯鲭录》。及阅《稗史》载云："洪平斋新第后，上史卫王书，自宰相至州县，无不指撼其短。大略云：'昔之宰相，端委庙堂，进退百官；今之宰相，招权纳贿，倚势作威而已。'凡及一职，必如上式，末俱用'而已'二字。时相怒之，十年不调。洪有桃符云：'未得之乎一字力，只因而已十年闲。'"两说未知孰是。大约此公于此二字，用得手滑，即奏章亦不检点，以至终身蹭蹬于两虚字中也。

寿　王　妃

明皇娶杨玉环,乃寿王之妃。《长恨歌》、《连昌宫词》长篇叙事,俱未道及,盖为国讳也。惟李义山云:"龙池赐酒厂云屏,羯鼓声高众乐停。夜半宴归宫漏永,薛王沉醉寿王醒。"虽微露其意,而语极含蓄。宋魏鹤山《天宝遗事》诗云:"红锦绷盛河北贼,紫金盏酌寿王妃。"写得明皇昏庸可笑。魏以宋人而咏唐事,固不嫌如此刻酷也。

书词与史笔迥异

向常论汪彦章之于李伯纪,一启一制,判然如出两人。今读昌黎《上大尹李实书》云:"愈来京师,于今十五年,所见公卿大臣,不可胜数,皆能守官奉职,无过失而已,未见有赤心事上,忧国如阁下者。今年以来,不雨者百余日,种不入土,野无青草,而盗贼不敢起,谷价不敢贵。坊百二十司,六军二十四县之人,阁下亲临其家,老奸宿脏,销缩摧沮,魂亡魄丧,影灭迹绝,非阁下条理镇服,布宣天子威德,其何以及此。"推崇可谓至矣。后作《顺宗实录》云:"实谄事李齐,骤迁至京兆尹,恃宠强愎,不顾邦法。是时大旱,畿甸乏食,实一不以介意,方务聚敛征求,以给进奉。每奏对辄曰:'今年虽旱而谷甚好。'由是租税皆不免。凌铄公卿,勇于杀害,人不聊生,及谪通州长史,市人欢呼,皆袖瓦砾,遮道伺之。"与前书抑何相反若是乎?或曰:"书乃过情之誉,史乃纪实之词。"然而誉之亦太过情矣。三代直道之公,可如是耶?

影妻椅妾

《清波杂志》:太学生吕荣义为上庠录投进诗,有"影妻椅妾"之语,较"梅妻鹤子"更奇。

毕 赵

高宗至临安,问篙工二人姓名,曰:"赵立、毕胜。"高宗大喜,以为中兴可必。宋毕渐及第,赵谂居第二人。报者飞马匆匆,道旁问何人状元,报者探名纸视之曰:"毕斩赵谂。"盖三点模糊也。后赵果以谋逆伏诛。此二姓者,一以示吉兆,一以示凶征,谚所谓口头谶者,果有之耶?

宗 室 诗 词

相传俚诗,有"蛙翻白出阔,蚓死紫之长"一首,乃宋宗室某公诗也。帝在宫方欲灼艾,有宫人戏诵此诗于上前者,上笑不能止,因罢炷艾。宗室之盛者,酣豢富贵,其衰者料量衣食,屏弃诗书,固然其无足怪。《贵耳集》:宋赵介庵,名彦端,宗室中之秀者。西湖词有"波里夕阳红湿"之句。阜陵问谁作,左右告之。曰:"我家里人也会作此等语。"盖深喜之也。

食 其

前汉有郦食其、审食其,此二字意义不可解,何亦相沿取此?宋王楙曰:"大约因慕其为人,如司马相如慕蔺相如之为人,故亦名相如。且名食其者,不独郦、审二人也,前有战国之司马食其,后有西汉之赵食其,必郦、审慕司马之为人,而赵又慕郦、审之为人,故陈陈相因也。"

佛

佛入中国,傅奕、韩退之以为自后汉明帝始。然《魏略·西戎传》曰:"昔汉哀元寿元年,博士景卢受大月氏王使伊存口传浮屠经。"是释氏之经,自前汉已有之。又《汉武故事》:元狩三年,穿昆明池底,得黑灰。帝问东方朔,朔曰:"可问西域道人。"曰:"此劫余灰也。"则佛于武帝时,似已入中国。至薛正己记仲尼师老聃,师竺乾,则似三代已有之,然诞妄不足信也。

诗　祸

《瀛奎律髓》注:钱唐书肆陈宗之起工诗,凡江湖诗人,皆与之善,因刊《江湖集》。宗之有句云:"秋雨梧桐皇子府,春风杨柳相公桥。"哀济邸而讥弥远也。而《鹤林玉露》则以为此诗系太学生敖器之作,句亦小异云:"梧桐秋雨何王府,杨柳春风彼相桥。"盖诗系陈作,而人嫁名于敖者。言者上闻,因命毁《江湖集》版。敖与陈俱得罪,于是诏禁士大夫作诗。器之当韩侂胄秉轴时,《挽赵忠定》诗末二句云:"九京若遇韩忠献,休说渠家没代孙。"韩闻之,居然不罪,而卒不免于诗中得祸,笔墨之间,可不慎哉!诗祸之兴,起于杨恽"南山种豆"之句,自后罹其网者,不一而足,然总因怨望讥刺,有瑕可摘。至于"空梁落燕泥"、"庭草无人随意绿"、"年年岁岁花常发"等句,以好诗而反得奇祸,则又出于意料之外者也。

仁　义

董仲舒曰:"以仁治人,以义治我。"仁字从人,义字从我,恰是天然意义,胜荆公字说之穿凿多矣。

儒作禅语

"居士闻木犀香否?吾无隐乎尔。"此以彼法参我法,故觉其超妙。若吾道中,何必亦效此口吻,贾挺才讲《孟子》,文王以民力为台为沼,而民欢乐之,曰:"此正是丈人屋上乌,人好乌亦好。"犹作引证指点语,于理无碍。或问安定先生胡侍郎:"何谓克己复礼,天下归仁?"胡举邵尧夫先生诗答之云:"门前路径无令窄,路径窄时无过客。过客无时路径荒,人间满地生荆棘。"则竟是参禅矣。又陈洪范问林艾轩祭酒:"圣人之于天道如何?"答云:"恰是恁地未悟。"复问魏聘君国录,答云:"正如京师人卖床帖,恰用得着。"语意虽亦平坦,然岂非岔入话头一路耶?

<h2 style="text-align:center">拘　　泥</h2>

司马温公薨,当明堂大享朝臣,以致斋不及奠。肆赦毕,苏子瞻率同辈往,程颐固争,引"子于是日哭则不歌"为证。子瞻曰:"明堂乃吉礼,非歌之谓也。"颐谕司马诸孤,不得受吊。子瞻戏曰:"颐可谓鏖糟鄙俚叔孙通。"见宋孙升《孙公谈圃》。迂儒拘墟之见,往往如此。且《论语》但云"子于是日哭则不歌",并未云"子于是日歌则不哭"也。如颐言,则是日欢庆,即闻父母之丧,亦不奔耶?多见其窒碍也已。

卷三

黄孝子

仁和黄小松司马_易尊人松石处士_{树穀}，孝子也。父殁于保定，处士走数千里，函骨以归。沙石穿麻鞋，血痕缕缕。有《负骸图》诗云："负骸孤走保阳城，日日愁霖泪雨倾。只有父魂儿命在，夜来同宿昼同行。"其先人官少参者，人呼黄佛儿。处士诗云："为展松楸到梵村，墓门华表百年存。白头老妪遥相指，黄佛儿家七世孙。"处士工铁笔，小松司马继其学。

屈戌

窗门之钩，旧名屈戌。程十然丈曰："戌字当作戍字，戍有守义。屈戍者，屈铁以为守也。"赵秋舲同年云："尤西堂词中，曾以戌字押入遇韵，则训戌为戍，前人已有之矣。"

赵南星砚

余幼时曾见有人持一砚来，上镌赵忠毅公款识，有铭云："东方未明，太白睒睒，鸡三号，更五点，此时拜疏揭大阉，事成铭汝功，不成同汝贬。"当时草劾珰疏，盖用此砚也。

李西斋

李西斋，名堂，字允升，钱唐布衣。为词酷摹白石，著有《梅边笛谱》二卷、《篷窗剪烛集》二卷，久已脍炙人口矣。诗不常作，然间亦一

吟。晚年贫无立锥，逃于曲蘖。道光辛卯，以病殁。汪小米中翰汇其
所作《冬荣草堂诗》，序而刊之。五言如《秋日园居杂兴》云："苔凉无
鸟下，水净见鱼行。"《胡眉峰、朱闲泉、徐西涧登吴山大观台远眺》云：
"云阴含雨过，江气逼人清。"《北郭晚眺》云："客惊秋信早，老爱夕阳
迟。"《晓过南湖》云："岸转入高柳，湖宽无近峰。"七言如《寒食前四日
湖上看桃花》云："柳缘烟岸绿沉树，花拥春山红过湖。"《怀汤典三客
白下》云："绿涨鸭头三月浪，青横驴背六朝山。"《呈吴毅人祭酒》云：
"廿年宦橐新诗本，一领朝衫旧酒痕。"《渡鄱阳湖》云："簑帆出没树中
树，沙岸界画湖外湖。"《张文献公祠》云："手录方呈金镜去，容华已选
玉环来。"皆清丽可诵。王兰泉司寇昶尝题其诗云："吴下沙维枸张冈迹
已陈，兰坻方薰石瓠翁春亦前尘。西泠又见西斋出，始信风骚在逸民。"
其为前辈推许如此。

祭　文

　　祭文之简古者，宋李观祭欧阳太夫人文云："孟轲亚圣，母之教
也。夫人有子如轲，虽死何憾。尚飨。"陆放翁祭朱文公文云："某有
捐百身起九原之心，倾长河注东海之泪，路修齿髦，神往形留，公没不
忘，庶其歆飨。"赵介如祭贾似道文云："呜乎！履斋死循，死于宗申吴
丞相潜；先生死闽，死于虎臣。哀哉尚飨。"明武宗祭靳阁老文云："朕在
东宫，先生为傅；朕登大宝，先生为辅；朕今渡江，闻先生讣。哀哉尚
飨。"此数篇，记十五岁时随长辈葛岭埽墓，先伯祖谏庵公在湖舫述
示，且训之云："闻汝师述汝作文，动辄千言。少年举笔，固以充沛为
主，然不可不知凝炼之法。偶举数则，可以隅反。"今追思往训，而敬
述之如此。

池 塘 生 春 草

　　谢康乐"池塘生春草，园柳变鸣禽"之句，自谓语有神助。李元
膺则曰："余反复观此句，未见有过人处，而誉之盛者，则又以为妙

处不可言传,其实皆门外语也。"案《陶斝集》云:"此句之根,在四句以前,其云'卧疴对空林,衾枕昧节候',乃其根也。'褰开暂窥临'下历言所见之景,至'池塘生春草',知卧病前所未见者,而时节流换可知矣。"此评自是确论。若《吟窗杂录》谓灵运因此诗得罪,遂托以阿连梦中授之。权文公评之云:"池塘者,泉州潴溉之地,今日生春草,是王泽竭也。《豳风》所纪一虫鸣则一候变,今日变鸣禽,是候将改也。"夫锻炼周内以入人罪,亦复何所不可,若以之论诗,则入魔道矣。

胜 朝 奢 靡

严分宜父子擅权,贿赂充斥。然考《天水冰山录》所载,籍没之数,仅黄金三万两,白银二百余万两而已。考刘瑾之籍也,银七千万两。朱综之籍也,银五千万两。魏忠贤之籍也,银三千万两。并见徐树丕《识小录》。则阉寺之贪婪,更百倍于宰执,累朝剥削,末造之贫,兆于此矣。恭读圣祖仁皇帝上谕,言明崇祯时,后宫花粉之资,每岁开支至七百余万两,则其他之奢靡可知矣。思陵崇尚节俭,而积习相沿,犹复如此,国家安得不民穷财尽耶!

纨 袴

晋帝见歉岁民饥,谓左右曰:"何不食肉糜?"辽主见道上饿夫,谓左右曰:"何不食干腊?"千古庸暗,如出一辙。宋蔡京诸孙,生长膏粱,不知稼穑。一日,京戏问之曰:"汝曹日啖米,试问米从何出?"一人曰:"从臼子里出。"京大笑。又一人曰:"不然,我见从席子里出。"盖京师运米,以席囊盛之故也。纨袴不辨菽麦,往往如此。

诗 傍 门 户

吴修龄《围炉诗话》云:"今人作诗,动称盛唐。曾在苏州,见一家举殡,其铭旌云:'皇明少师文渊阁大学士申公间壁豆腐店王阿奶之灵枢。'可以移赠诸公。"此虽虐谑,然依人门户者可以戒矣。

在璞堂老人

仁和方芷斋夫人_{芳佩},勤僖公汪芍坡中丞_新之继室也。工诗文,有知人鉴。乃翁相攸时,携文二首,一为吴颉云修撰,其一则芍坡中丞也。展转不能决,以示夫人。时吴方诸生,汪犹布衣也。夫人阅吴作曰:"是当早发,然英华太露,诚恐不寿。"阅汪作曰:"此大器也,然须晚成。"翁遂舍吴而议汪。后吴果大魁,官位不显,且未享遐龄。汪则扬历中外,阶至一品。夫人生一子二女,富贵寿考,今则孙阶之兰玉森森矣。余为夫人之再从弥甥,幼时得侍謦咳,言论挥霍,旁若无人。晚年尤喜作擘窠大字,笔力出入襄阳,一洗脂粉气象。嘉庆丁卯,山舟学士重宴鹿鸣,赋诗四章,和者不下百余人。夫人时年八十,和诗三章,评者以为诸人皆勿能及。夫人享年八十二岁,有《在璞堂稿》行世。夫人媳王氏,名德宜,松江人,亦工诗,侍夫人日,屡有唱和。夫人既殁,家政一委之姬妾,日则弹琴咏诗,焚香礼佛而已。著《语凤巢诗稿》。记其金陵诗二句云:"啼鸟犹呼奈何帝,居人尚说莫愁湖。"跌宕之致,可以想见矣。

京 师 梨 园

京师梨园四大名班,曰四喜、三庆、春台、和春。其次之则曰重庆,曰金钰,曰嵩祝。余壬午年初至京,当遏密八音之际,未得耳聆目赏。次年春,始获纵观,色艺之精,争妍夺媚。然余逢场竿木,未能一一搜奇也。丙戌入都,寓近彼处,闲居无事,时复中之。四班名噪已久,选才自是出人头地。即三小班中,亦各有杰出之人,擅场之技,未可以邵下目之。此外尚有集芳一部,专唱昆曲,以笙璈初集,未及排入各园。其他京腔、弋腔、西腔、秦腔,音节既异,装束迥殊,无足取焉。表弟苏蔚生雅有今乐之好,取自四喜以下七班,某日至某园,一月之中,周而复始,谱为小录一编,界以乌丝之阑,装以红锦之裹,题其签曰燕台乐部,分日下梨园,录而属余为之序云:"首善繁华之地,太平歌舞之时,几处旗亭,能讴《水调》,谁家箫鼓,不按《凉州》。既纸醉以金迷,复花交而锦错。楼台十二,一时卷上珠帘;裙屐三千,几个偷来铁笛。固已猜疑长乐,仿佛广寒矣。爰有家居浙水,人号斜川,爰当定子之筵,屡顾周郎之曲,衫裳偶傥,襟袖温存。每当灯酒良宵,春秋佳日,今雨旧雨,无花有花,未尝不高倚阑干,俯临珠玉。评量粉黛,环肥燕瘦之间;品藻冠裳,贾侫江忠之列。红牙拍去,青眼搜来,莫不采菲无遗,存花有案。爰集都下名班,曰四喜、三庆、春台、和春、重庆、金钰、嵩祝,分隶七部,合汇一编。排如春水鱼鳞,准递年年之信;序似秋风雁翅,不愆月月之期。其间粉墨登场,丹青变相。铜琶铁板,大江东高调凌云;翠绕珠围,小海唱低歌醉月。选声选色,取貌取神,宜喜宜嗔,可歌可泣。于是按图集锦,照谱征花,看来欲遍长安,佳处争传日下。群仙簇彩,大罗自有因缘;一佛拈花,下界都来供养。亦足遍邀袍泽,同听《霓裳》也已。其他舞彩之行,尚有集芳之部,然而此曲只应天上,序班未遍人间,不隶梨园,难归菊部。爰已同于割玉,情匪类于遗珠。至若赵北新音,秦西变调,仰天抚缶,但唱呜呜,匝地繁弦,惟闻艾艾,已同郐下,概比郑声,凡此旁搜,俱不赘列。顾或者恨撷芳玉籍,未识雏莺乳燕之名;采艳金台,不书董袖鄂香之事。岂知酒阑灯灺,茶熟香温,但陈玉笥之新编,不类燕兰之小谱。然而三年宋玉,好色虽异于登徒;十五王昌,薄幸迥殊乎崔灏。使仅阑凭依袖,亦知眼过烟云;倘教钗挂臣冠,未必心同木石。而兹者寄情丝竹,用佐琴樽,聊寄娱耳之资,不叙销魂之事云尔。"

银　　杯

孙雨人学博同元,家藏宫僚雅集酒器,以白金作耆杯,如梅花形,重二十八两有奇,外界乌丝,内镌诸公姓氏、名号、爵里于底,以量之大小分属焉。首汤潜庵斌,河南睢州人;次沈绎堂荃,江南华亭人;次郭快圃棻，直隶清苑人；次王昊庐泽宏，湖北黄冈人；次耿逸庵介，河南登封人；次田子湄喜礿，山西代州人；次张敦复英，安徽桐城人；次李山公录予，顺天大兴人；次朱即山阜，浙江山阴人；次王阮亭士禛，山东新城人，共计十事。

理 学 偏 僻

王荆公以《春秋》为断烂朝报，不列六经。程伊川以《资治通鉴》为玩物丧志，禁人勿习。讲理学者，偏僻往往如此。

青 躬 道 人

仁和王健庵先生，随园老人之甥也。家贫，以诸生老。治诗，格不求高，而专事精洁。《偶成》云："萝添老树衰时叶，云补青山缺处峰。"《自遣》云："妻兼婢事休嫌懒，女比儿柔不厌多。"《咏鼠》云："怪它两眼小于漆，长看世人梦未醒。"颇得元人风味。晚年自号青躬道人。或问其故，曰："无米无穴，精穷而已。"其风趣如此。

仔

粤俗呼泥腿曰"滥仔"，呼幼稚曰"小仔"，呼幼女曰"柳阴仔"，呼使女曰"美仔"，呼十岁内男女曰"囟门仔"，呼纨袴曰"阿官仔"。案，仔即崽字，音宰。《水经注》云："娈童丱女，弱年崽子。"是其所本。至北人则以为骂詈之词，与"羔子"、"蹄子"等矣。

碧 城 仙 馆 诗

陈云伯大令《碧城仙馆诗》，是其少作，皆香奁侧艳之词，后刻《颐道堂全集》，大半删去。犹记其《无题》二句云："七十鸳鸯同命鸟，一双蝴蝶可怜虫。"余幼时酷爱诵之。

频 罗 庵 主

释氏呼木瓜曰"频罗"。吾家堂前有一株，盖前代树也。山舟学士因自号频罗庵主。公性淡荣利，且自以鲠介不谐于俗，丁艰后，遂引疾不出。乾隆二十五年，孝圣宪皇后八旬万寿，公入都祝厘，迎驾次，上顾见曰："汝来乎？"公奏言："臣足疾未痊，祝圣母万寿后即回籍。"时太仆陈句山先生与公同列，退而诧谓公曰："顷上方向用，何自退若是？"公曰："实有足疾，何敢欺也。"时陈以恩重不得乞身，故送公之行，有句云："莫怪老羸慵折柳，对君惭汗出如浆。"纪实也。五十五年，祝高庙八旬万寿，有劝公必谒时相者。公毅然不顾，即日出都。《家居赋答友》二首云："卅年蒲柳早衰芜，壮不如人况老乎！苦笋硬差良有愿，葫芦依样已难摹。休言报国文章在，只合投闲草木俱。物不答施天地大，始终惭负是顽躯。""北望君门首重回，一门三世荷栽培。臣心不似蓉菹草，天意须怜拥肿材。絮已沾泥飞不起，豆和灰冷爆难开。他生愿作衔环雀，再上觚棱高处来。"公平居俭于自奉，一冠数十年不易，生平不好内，不喜饮宴。故随园老人赠诗有"一饭矜严常选客，半生孤冷不宜花"之句。不为人祝寿，壬子七十诞辰，设凶具于门以谢客。故自述诗有云："老夫自祝飞光酒，一具桐棺万楮钱。"道其实也。嘉庆十六年冬，公患发疽，危笃中见有人持楹帖入，其句云："万里烟云开瘴户，一天风雨护神炉。"病遂愈，因自号新吾长翁。九十诞辰，张岐山问荣寿联云："人近百年犹赤子，天留二老看元孙。"人赏其工。公配汪恭人，长公一岁，先公二年卒。公挽联云："一百年弹指光阴，天胡此靳？九十载齐眉夫妇，我独何堪！"公以嘉庆乙亥七月十五日卒，年九十三。殁前数日，手书讣稿，遗命不治丧，不刻行状。同里众绅士挽联云："朵殿奉丝纶，四百纸述事记言，史馆犹传大手笔；明湖思俎豆，九十载清风俭德，邦人长想古衣冠。"大吏以公品望，矜式士民，题请从祀乡贤，得旨俞允。入祠之日，倾城会送，前此无其盛也。

作 诗 取 法

驾部许周生先生尝语余云："孔子曰：'温柔敦厚，诗之教也。'近人作诗，温柔者多，敦厚者少。"至哉斯言。又闻之先辈云："凡押哑韵而能响者，其人必贵；押险韵而能稳者，其人必夷。"亦是名论。

枕 代 头

明熊经略廷弼既逮入狱，其卧处有一藤枕。每晚人静礼北斗，则取此枕焚香供焉。已而刑有日，神色不变。就刃时，奉传首九边之旨，西曹郎俄录其首，则空无所有，惟见一藤枕，大骇，相戒勿泄。亟报魏阉，大索不得，遂秘其事。而九边所传之首，实非经略真颅也。此事甚新，见始宁陈氏《秋曹日录》。

张 讱 庵

张讱庵，又姓韩，甘肃人。状貌修伟，膂力绝人，遨游江浙间，每来西湖，则必寓余家之葛林园。一肩行李，无傔从。善饮啖，斗酒兾肩，未尝告饱，蔬菜脱粟，未尝苦饥。所识多两江知名士，与之谈，述宋、元、明季事甚悉。至本朝掌故，则某年奉某上谕，行某事，某官治某省，损益某政，元元本本，纤巨靡遗。尤好谈兵，酒酣以往，言年岳西征事，须眉俱跃跃也。一日，忽来别曰："家有老母，年逾九十，书来趣归，行有日矣。"问："何不早归？"曰："实不相隐，某少年亡命，浪迹江湖，今时移势易，仇家物化，无批根者，愿及未填沟壑，至父母邦而首丘焉。"遂遍别所知而去，去时年已七十余，今不知尚存否也。

惩 矫

雍正间，学使某公以清厉自矜。一日，有业师来求佽助，以清贫辞。师㬟之,某公具以入告。上恶之,传旨申饬,命藩库扣学政养廉银五百两与其师,天下快之。

痘 疹

痘疹,李时珍以为始于马伏波征武溪蛮,染此疾归,名曰"虏疮",不名痘也。《文苑英华》:莆田黄滔《陈先生集序》云:"陈黯幼能诗,十三袖诗一通,见清源牧。时面豆新愈,牧戏之曰:'藻才而花貌,胡不咏之?'黯应声曰:'玳瑁应难配,斑犀定不加。天怜未端整,满面与装花。'"此尚咏豆痂,非面麻也。旧有新婚词云:"高卷珠帘明点烛,请教菩萨看麻胡。"近又有人句云:"不是君容生得好,老天何故乱加圈。"则竟咏面麻矣。

侮 圣 非 贤

王莽处处比周公,王安石事事学《周礼》。王莽曰:"天生德于予,汉兵其如予何?"王安石曰:"天生黑于予,澡豆其如予何?"可怜周公、孔子,千古为两个姓王人薅恼。又宋淳熙中,监察御史陈贾奏理学欺世盗名,乞加摈斥。太学诸生为之语云:"周公大圣犹遭谤,伊洛名贤亦被讥。堪笑古今两陈贾,如何专把圣贤非?"从来怪事,无独有偶如此。

荆 钗 记 祭 文

《荆钗记》传奇王十朋祭江,其祭文云:"巫山一朵云,阆苑一团雪,桃源一枝花,瑶台一轮月。妻阿,如今是云散雪消,花残月缺。"按此词亦有所本。孙季昭《示儿编》云:"北朝来祭皇太后文,杨大年捧读,空纸无一字,因自撰云:'惟灵巫山一朵云,阆苑一堆雪,桃园一枝花,瑶台一轮月,岂期云散雪消,花残月缺。'时仁宗深喜其敏速。"案此词浮艳轻佻,施之君后,失体已甚,乌可为训。钱竹汀宫詹云:"大年死于天禧四年，其时仁宗未即位也。章献之崩，大年死已久矣。"则其为委巷不经之谈无疑。

青芙蓉阁诗

桐乡陆杉石太守元铉所著也，咏史之作最擅长。《吊史阁部》云："父老尚思宗大尹，江山空恨孔都官。"《吊蔡中郎》云："幽囚未肯宽司马，直笔何堪失董狐。"《邯郸道中》云："间道何年归白璧，游仙有客梦黄粱。"《咏汾阳王》云："世望中兴无此速，天私奇福到公全。"《长安怀古》云："一代乱源方镇表，千秋法鉴寺人诗。"《咏狄梁公》云："淫鬼千年求食少，公门一代得人多。"《马伏波祠》云："粤国战功横海大，汉廷家法寡恩多。"宏词肃括，皆卓然可传之句也。

丞 相 胡 同

京师绳匠胡同，又名丞相胡同，严分宜之赐第在焉。毗连半截胡同，中有一宅，旧为海昌查小山所居，今归吾乡大银台姚公亮府祖同。宅内听雨楼者，东楼赏鉴书画处也。曲槛长廊，宏梁巨础，规模轩厂，罕有其伦。堂之东隅，地有巨窖，甃以青砖，扃以石户，严关铁牡，启之深邃不可测，盖当日藏弄珍异之所也。或曰："其时京攸秉轴，贿赂充斥，有暮夜夤缘者，往往于地中纳约。"理或然欤。

漱玉断肠词

《漱玉》、《断肠》二词，独有千古，而一以"桑榆晚景"一书致诮，一以"柳梢月上"一词贻讥。后人力辩易安无此事，淑真无此词，此不过为才人开脱。其实改嫁本非圣贤所禁，《生查子》一阕亦未见定是淫奔之词。此与欧公簸钱一事，今古晓晓辩论，殊可不必。不若竹垞翁之直截痛快曰："吾宁不食两庑豚，不删风怀二百韵也。"

背　苏　州

杭俗仕女，向梳高髻，近则低鬋，盖苏式也。时谓之"背苏州"，颇雅而谑。余戏作《背苏州歌》云："吴鬖且莫唱，越髻且莫讴，四座静勿哗，我歌背苏州。苏州肌理嫩如水，苏州颜色烘如蕾，相君之背亦风流，时样妆梳斗娇美。灵蛇新式到杭州，日日凝妆上翠楼，明月圆时休正面，懒云堆处莫回头。妆台软掠轻梳罢，留与南朝周昉画。山眉水眼且休论，雾鬖风鬟已无价。吁嗟乎！粉颈香肩骨肉匀，摹来背面果然真，只愁一顾倾城处，仍是西湖画里人。"

拍　曲　几

卢代山岱，钱唐人，住山儿巷，抱经学士之族也。家藏葡萄藤小几一张，云是洪昉思拍曲几，其指痕犹隐隐焉。余二十年前，曾在外舅黄铁年先生家，见《昉思度曲图》，毛西河、高江村诸巨手俱有题咏，山舟学士为跋识数语，归于洪氏，今不知尚存否也。昉思先生传奇《长生殿》之外，尚有《天涯泪》、《四婵娟》、《青衫湿》三种，今其稿犹存黄氏，盖先生为文僖相国孙婿也。

密　蔷　薇

嫁女送亲，所在皆然，广东顺德县为尤甚。凡来者环立门外，主不迎送，亦不供茶酒，名之曰"密蔷薇"，其名色甚新。

补　子

品级补子，定于洪武，行于嘉靖，仍用至今，汪韩门《缀学》言之详矣。刘若愚《芜史》称宫眷内臣，腊月廿四日祭灶后，穿葫芦补子；上元，灯景补子；五月，艾虎毒补子；七夕，鹊桥补子；重阳，菊花补子；冬至，阳生补子；此则在品服之外，随时戏为之者。至李闯制补服，以云为品，一品一云，九品九云，伪相牛金星所定，真槐国衣冠也。

病 诗 挽 联

周生先生病中尝语余云："夜来得句，颇切近状：厌闻家事常如客，爱看名山悔不僧。"后阅《鉴止水斋》无此二句，盖得句而未成篇者。先生殁前三日，自撰挽联云："月白风清其有意，斗量车载已无名。"是能了然于去来者矣。

荔 支

余向慕岭南荔支之美，戊子二月至广州，三月至潮阳，其时荔支尚未实也。偶于大令王潜庵先生_{鼎辅}席上谈及之，先生曰："子毋然，荔支于北不如葡萄，于南不如杨梅，徒浪得虚名耳。"余初闻而未信，比还至惠州，舟中啖之，果然，乃知先生之语真定评也。因为诗纪其事，中有句云："媵来西域才为婢，卖到南村合是奴。"

端 午

宋璟八月五日千秋表云："月维仲秋，日在端午。"是知凡月五日皆可云端午，不必专指五月矣。盖端者，始也，首也，犹今言初五也。

顾 受 笙

嘉善程上舍_{亭治}困场屋，乾隆辛卯题诗号壁云："油幕轻明不障寒，未灰蜡炬泪难干。中秋一片团栾月，已在风檐九度看。"读之怃然。然人犹无恙也。若我顾受笙表兄_均，亦复九度秋闱，道光辛卯八月十五夜，以疾卒于号舍。余作挽联云："矮屋痛长眠，文战呕心，竟尔修文归地下；良宵惊恶耗，月圆撒手，从今赏月怕秋中。"呜呼伤已！

受笙生平专攻制艺,诗亦间作,没后二年,余归自粤,令弟星符以其遗稿一册,属余点定,略摘一二,以存豹斑。《勖星符益生两弟》云:"忆到从前悔浪游,韶华浑似水东流。天涯漫怨无青眼,门内将何慰白头。万里独看边月苦,十年应念夜台幽。衣单我亦悲秋冷,各有伤心莫倚楼。"盖受笙与星符同母,时萱堂已去世十年,而益生尊人渚茶先生方谪戍乌鲁木齐也。沉挚之语,读之酸鼻。其他断句,如《青浦舟中》云:"和风皴野水,破网熨斜曛。"《旅感》云:"读史不多休吊古,学诗虽好易伤时。"《即事》云:"藏枝小鸟间关语,破浪老渔拨剌鸣。"《方夔梅太守招赏牡丹,即席用吴榖人祭酒水绘园看牡丹韵,兼怀令兄莲舫先生宣府》云:"有酒得依金谷例,看花翻忆玉关人。"皆可诵也。

南 梁 北 孔

曲阜孔谷园先生继涑刻《玉虹楼鉴真帖》数十卷。先生之书,瓣香天瓶居士。高庙东巡,临书以进。上熟视曰:"好像张照。"同时梁文山明府巘亦学张书,故世有南梁北孔之目。今人以南梁为山舟学士,误矣。

卢 沟 桥

关之为暴,自古而然。天下之关,以卢沟桥为最。凡入都者,自巨公大僚,以至商贾百姓,莫不倾筐倒箧,勒索多方。惟乡会士子,例不稽察,然见行李稍多,亦必索取酒资,至三至再。丙戌会试,余偕黄阆甫明经同行,大车二辆,早发长新店,比至桥,刚辰巳之交。关上见箱笥稍多,任意讨赏。余以问心无愧,听其嘈杂,再三剔蹶,赠以青蚨四百片,行进彰义门,已交未正矣。余戏作七古一首纪其事云:"东方昧昧鸡既鸣,膏车秣马重前征。行行三里复五里,大桥已向卢沟横。我遵公车之旧例,检点文凭付书记。关吏见我书箱多,疑我其中有他意。我乃下车陈其情,一词上达君且听:既无胡椒八百斛,又无瓜金一十瓶,车中本非郑商人,褚中安有晋知嚳。问我南来何积蓄?才八斗，愁万斛，书数十卷诗百幅，脚下缁泥三寸足，面上黄尘三斗扑，其余零星敝衣服，例所勿征君且莫。吏乃向我前置词，索我一斤两斤之酒资。却笑行装太萧索，请言其苦君勿嗤。我上扬州只一宿，不见腰缠并无鹤；我向袁江三踯躅，未闻馈贶嗟垂橐；千山万水一吟身，十日三餐九吃粥。今日春明襆被来，空余一钵沿门托，却有二百青铜钱，赠君小饮黄垆边。明知未足饱欲壑，聊以馀润分书田。吏前睨视久不报，欲接不接心口较，暗思措大总穷酸，买菜添来亦可笑。我窥其意无他疑，加以一倍任取携。书生已是大破费，当作犒师十二之牛皮。吏闻我言心悄悄，急取文书放关早。车声隐隐过桥来，一鞭直指长安街。"

陈　眉　公

陈眉公在王荆石家，遇一宦问荆石曰："此位何人？"曰："山人。"宦曰："既是山人，何不到山里去？"盖讥其在贵人门下也。俄就席，宦出令曰："首要鸟名，中要《四书》二句，末要曲一句合意。"宦首举云："十姊妹嫁了八哥儿，八口之家，可以无饥矣，只是二女将谁靠？"眉公曰："画眉儿嫁了白头公，吾老矣，不能用也，辜负了青春年少。"合座称赏，宦遂订交焉。铅山蒋苕生太史《临川梦》院本内有《隐奸》一出，刻意诋毁眉公，出场诗云："妆点山林大架子，附庸风雅小名家。终南捷径无心走，处士虚声尽力夸。獭祭诗书充著作，蝇营钟鼎润烟霞。翩然一只云间鹤，飞去飞来宰相衙。"亦谑而虐矣。

墨　派　滥　调

制义中有所谓墨派者，庸恶陋劣，无出其右。有即以墨卷为题，而作二比文嘲之者："天地乃宇宙之乾坤，吾心实中怀之在抱。久矣夫，千百年来已非一日矣。溯往事以追维，曷勿考记载而诵诗书之典籍。元后即帝王之天子，苍生乃百姓之黎元。庶矣哉，亿兆民中已非一人矣。思入时而用世，曷勿瞻黼座而登廊庙之朝廷。"叠床架屋，的有此病，然其句调圆熟，则当日之所谓弸中彪外者也。

诗 求 新 异

某作诗,力求新异,有句云:"金欲二千酬漂母,鞭须六百挞平王。"语奇而殊无理。此与"青溪二千仞,中有两道士"何异?又有句云:"芍药花开菩萨面,棕榈叶散夜叉头。"风趣差胜。

崔 红 叶

昔有崔黄叶,王桐花之弟子也。近崔曼亭观察次子瘦生《如梦令·红叶》词云:"为爱吴江晚景,渡口斜阳相映。点水似桃花,无数游鱼错认。风定,风定,一样落红堆径。"洪稚存太史呼为崔红叶,可与陈帘钩廷庆、鲍夕阳以文并传。

老 先 生

新选广东韶州府仁化县李某,贵州人,由进士截取者。初谒上官,称老先生。朱翰臣中丞桂桢奏请改教回籍。按龠州《觚不觚录》:"外省司道称巡抚曰'老先生',称按院曰'老先生大人'。"则渠似亦不为无本。

五 官 并 用

昆山朱厚章,字以载,沈归愚尚书亲见其令二人各操纸笔,朱口授,一成四六序,一改友人长律,而手自书《孝子传》。序与长律皆工,所书传无一脱误,殆五官并用人也。以鸿博征,惜未试而卒。

闺 秀

昔人云:"女子无才便是福。"然今之闺秀,比比是矣。有某公语云:"闺秀之诗,其寻常者无论,即使卓然可传,而令后之操选政者,列其名于娼妓之前,僧道之后,吾不知其自居何等也?"此言虽刻酷,而亦有理,愿以告玉台之治诗者。

谢 道 韫

道韫当孙恩难作,神色不变。及闻夫与子皆死,乃命婢肩舆抽刃出门,遇贼手刃数人,遂被掠。外孙刘涛才数岁,贼欲害之。道韫曰:"事在王门,何关他族,必其如此,宁先见杀。"恩顿改容释涛。及道韫嫠居一室,节终其身,智勇坚贞,巾帼丈夫。世但传雪庭联句,步障解围,失之远矣。

柳 如 是

柳如是本姓杨,见钮玉樵《觚剩》。又别号影怜,见《珊瑚网》。

黄 子 未

黄子未若济,嘉善人,潮州太守霁青先生之胞弟也。不求仕进,专事讴吟,与频伽郭先生昆季相友善,著《百药山房诗稿》。《夏日漫兴》云:"新僮驯习如调鹤,旧稿安排似补琴。"《秋日游徐氏池亭》云:"柳如写影欹池面,鹤似闲吟步径中。"《社日》云:"客都别去花为伴,春到浓时草亦香。"《夏夜》云:"桃笙久卧如冰滑,纨扇新题有墨香。"《晨起》云:"荷叶两枝摇水鸭,桐花一树闹山蜂。"《草阁》云:"溪边云隔前村雨,树杪帆飞别浦潮。"《信江书院题壁》云:"雨足一江春水碧,风甜十里菜花黄。"《湖楼小饮同宋大作》云:"一塔斜阳颓老宿,半堤疏柳画秋娘。"皆精炼可法。

蕉 叶

广东东莞呼奴之大者曰"蕉叶",其说甚新。邑某宦,好交游,客恒满座。一仆俊雅，好谈议，每当挥麈，仆必儳言，主频怒以目，夷然不顾也。一日，主诫之曰："座中皆士大夫，汝臧获，焉得置喙？倘仍前辙，决不汝贷矣！"仆唯唯。又一日，座客评花并及叶之大小，有谓橘叶至大，有谓莲叶至大，仆屡欲辨驳，因惮主括囊。既一客吟曰："遍索群芳谱，轮囷叶数莲。谁还能撷取，开橐赠金钱。"仆闻之，张目视主人曰："任由夕烹于鼎，亦必摘取第一等者，以伸奇卉之气。"因指画客前曰："《草木状》云：'蕉叶长一二尺，或七八尺。'然则荷叶非大，蕉叶之大，乃无伦耳。"群客哗而起曰："是也！吾辈何俱不忆及也？"各厚赐之。

绝　唱

"昨宵疑有雨，深院更无人。"商宝意先生令爱咏苔诗也。"流水杳然去，乱山相向愁。"仁和女士孙秀芬咏夕阳诗也。可为二题绝唱。

乩示闱题

嘉庆丁卯，浙江乡试，有人以闱题叩乩仙，批云："内一大，外一大，解元文章四百字。"及出题，乃"天何言哉"三句。一大者，天也；内外者，题内题外也；四百字则明指四时百物矣。

洋　钱

粤中所用之银不一种，曰连，曰双鹰，曰十字，曰双柱，此四种来自外洋。曰北流锭，曰镪，此二种出自近省，皆乾隆初年以前所用。其后外洋钱有花边之名，来自米时哥。又有鬼头之名，来自红毛，亦谓之公头。夷国法，嗣王立，则肖其像于银面。《史记》所谓安息国，以银为钱，钱如其王面，王死，转效嗣王面是也。福公康安节制两粤，爵嘉勇公。有司以公头之名犯公爵，禁之，令民间呼为番面钱。以画像如佛，故又号佛番。南、韶、连、肇多用番面。潮、雷、嘉、琼多用花边。粤中用钱，千敲百凿，率皆烂板。其发江、浙者，曰出舱光板，无一椠痕，每圆以广平称之，足重七钱二分。以寻常通用烂钱易之，每圆加二三分、四五分不等。仁和周南卿茂才《咏洋钱》句云："一种假情留半面，十分难事仗圆光。"写得不黏不脱。

耻认祖宗

文丞相云："莆田有二蔡，一派出君谟，一派出京、卞，京、卞子孙惭其先人，多自诡为君谟后。犹今无锡秦氏，的系会之之后，然无不诡为淮海裔孙也。"奸雄之名，虽子孙亦避忌之，可畏哉！

诋毁东坡

朱子以蜀洛之故，甘心苏氏，其与汪尚书书云："苏氏之学，害天理，乱人心，妨道术，败风教，不在王氏之下。其徒秦观、李廌，皆浮诞轻佻，士类不齿。"丑诋如此，抑何忍也？

海 忠 介

忠介无子，相传天启间，有秀才作文祭之，有句云："谁谓公无子，天下之忠臣孝子，皆公子也。谁谓公无孙，天下之直臣慈孙，皆公孙也。"将焚之，有风自天而下，撤其文而去。按《纲鉴辑略》，天启元年，荫名臣海瑞子晏入监，则公有子矣。钮玉樵《觚剩》谓崇祯间，公之孙名祖述者，造船载货出洋，遂得上天，则公有孙矣。疑族人为公立嗣，未可知也。

老 少 同 榜

谢立山启祚，高要诸生，年九十四，始领乾隆丙午乡荐，赐翰林院检讨。秋闱口占云："行年九十四，出嫁弗胜羞。照镜花生面，光梳雪满头。自知真处子，人号老风流。寄语青春女，休夸早好逑。"恒以"半百子孙图"五字，合成一"寿"字赠人。及百二岁，相国朱公珪以闻，诏加编修，赐寿宇昌文匾，时人荣之。是科番禺刘朴石先生_{彬华}，年十五，老少一榜同登，至今传为佳话。

黄石斋断碑砚

曾宾谷方伯于广陵市上，得一砚，系坡公题墨妙亭诗。断碑一片，广三寸七分，长三寸四分，存十六字，凡四行。一行曰"吴越胜事"，一行曰"书来乞诗"，一行曰"尾书溪藤"，一行曰"视昔过眼"。以背面作砚，右偏之上，刻断碑二隶字，下刻"道周"二字印篆，左刻竹垞铭曰："身可污，心不辱，藏三年，化碧玉。"为八分书。

集　　虚

乡城聚众贸易之处，北人曰"集"，从其聚而言之也；南人曰"虚"，指其散而言之也。宛丘有地，名羲神实。罗苹《路史注》："实者，对虚之名。天文，旗中四星为天市，其中星多则实，虚则耗，神农所在，人民常实，非若虚岂，朝实而暮虚也。"

酒　树　糖　树

缅甸有酒树、糖树。酒树实如椰子，剖之皆酒，色莹白而甘，能醉人。糖树细叶柔干，以刀刺其本，涓涓不已，色味如饧，食之令人饱。见《怡亭杂记》。

瓶　水　斋　诗

大兴舒铁云孝廉，名位，字立人，寄居于吴。诞之夕，母沈梦一僧，手折桂花从峨嵋山来，故小字犀禅。十岁下笔成章。父翼，官广西河池州知州。南邦入贡，随父出镇南关迓使者，赋铜柱诗相赠答。弱冠登贤书，屡游戎幕，以母老不屑就升斗。九上春官不得志，遂绝意进取，奉母以居。母殁，以哀毁卒。与昭文孙子潇太史、秀水王仲瞿孝廉相友善。法时帆祭酒式善尝作《三君咏》以赠之。著《瓶水斋诗集》。赵云松先生跋其诗云：“开径如凿山破，下语如铁铸成，无一语不妥，无一意不奇，无一字无来历，能于长吉、玉溪之外，自成一家。”龙雨樵先生跋其诗云：“他人之诗有六家，铁云则兼有三长。他人之诗有四声，铁云则兼有五音。他人之诗有唐、宋、元、明，铁云则兼有《离骚》八代。”其为前辈心折如此。诸体中七古为最，如《破被篇》、《张公石》、《任城太白酒楼》等作，直是前无古人，后无来者。兹录其七言近体，如《落花》云：“珠玉九天残咳吐，江湖满地旧文章。碧憎霍霍双鹰眼，红踏荒荒四马蹄。”《曲阜拜圣人林下》云：“劫火红烧秦月令，史才青削鲁春秋。出家仙佛开生面，入彀英雄到白头。”《夷门怀古》云：“六国输赢归妇女，一关开闭老英雄。”《金谷园》云：“名士十年无赖贼，美人双泪有情侬。”《汴梁宋故宫》云：“湖上春寒天水碧，帐中酒热帝衣青。”《卧龙冈》云：“两表涕零前出塞，一公安乐老称藩。”《剑阁》云：“一枝草送姜维去，半夜毡拖邓艾来。”《皋亭山》云：“一树凤皇收王气，半堂蟋蟀死秋声。”《书仲瞿经解各说后》云：“壁中丝竹红羊劫，殿上文章白虎通。”《书〈壮悔堂文集〉》云：“南部烟花歌伎扇，东林姓氏党人碑。”《仓圣祠》云：“从此鸳鸯多识字，只留獬豸与驱邪。”《赠吴毅人祭酒扬州》云：“残梦已赢楼薄幸，老成犹见殿灵光。”《屠琴坞大令贻〈是程堂诗集〉》云：“一官百里江淮海，三绝千秋书画诗。”《题蒋秋浦侍御》诗云：“三百里中黄歇浦，一千年后白香山。”《七夕》云：“岂有牵牛笑妃子，漫云顾兔悔嫦娥。”诸联戛戛独造，真无一语拾人牙后慧者。

梧　　桐

江西峡江县玉笥山，某姓别业在焉。树木茂密，中有梧桐一株，尤翘出林表。夏月，人每纳凉其下。一日为迅雷所拔，根底有锡十余斤，清泉一洼，澄澈如镜。解其木，中成雷天大壮卦象，点画分明，片片无异，亦一奇也。

子　同　生

偶见有作灯谜者，"公与文姜如齐，齐侯通焉"，射《四书》一句："然则有同与。"心思颇曲折，惜乎有伤忠厚。案桓公六年，经书"九月丁卯，子同生"。《穀梁传》曰："志疑也。"朱子驳之曰："圣人一笔一削，堂堂正正，岂有以暧昧之事疑其君父者。"其说是也。然愚谓十一公之生，皆不特记，而独于庄公记之，其中岂无深意？文姜淫乱，越境成奸，恐后之读史者，或有嬴吕之嫌，故特于十八年夫人姜氏如齐之前，大书特书曰："子同生。"以明其的系吾君之子，故曰志疑者，非以传疑也，乃以释疑也。《诗》曰："展我甥兮。"《春秋》曰："子同生。"皆别嫌明微之要旨也。

闺　秀　诗

嘉兴徐简，字文漪，吴于庭副室也。诗云："沉香亭子玉勾栏，植遍名花次第看。第一莫栽红芍药，此花开日已春残。"立意甚新，无人道过。山阴王思任女端淑，字玉映，长于史学。翁尝抚而语之曰："身有八男，不及一女。"著《吟红集》。萧山毛西河选浙江闺秀诗，独遗之。王寄诗云："王嫱未必无颜色，其奈毛君笔下何？"用典恰合。山阴祁忠愍公女德茝，字湘君，《临镜》诗云："一奁秋水寒无影，十样春山淡有痕。"丰神绰约，齿颊生香。姊德渊、德琼并能诗，忠愍家子弟美丰仪，故其时有祁门男子尽佳人、妇女皆才子之目。

诙　谐　本　色

诙谐词语必须本地风光，方可解颐喷饭。有笔客生一子，丰硕肥满，或戏之曰："羊毫兔毫，加工选料，此家用货，非比卖门市者，安得不佳?"又有书客举子,酷似乃翁,一人熟视之曰:"原板初印,神气一丝不走,其非翻刻赝本,盖可知也。"又有一厨司举一子,形貌甚黑,人曰:"此非炭火烟煤之气,即是油盐酱醋之精也。"闻者绝倒。

宋　玉

有客至澧州,见宋氏家牒,言宋玉,字子渊,号鹿溪子,可补纪载之缺。

小　救　驾

广东始兴,民俗剽悍,寻常出入,男带刀,女带锥,无人无之。又有鸳鸯小匕首,藏于胸次,名曰"小救驾"。事虽悖而号则甚新。

苏　芷　香

苏芷香校书,吴门人,貌娟秀而性极孤冷,流寓于杭之西湖。李小牧茂才丙颇眷恋之,令弟听松茂才寅为画梅花便面,题一绝云:"西泠曲港断桥边,冷抱烟霞不计年。指点孤山三百树,此花曾受小青怜。"语极庸峭。

十　些

查伊璜孝廉家僮侍婢,解音律者十人,悉以"些"呼之,时称"十些"。有云些、月些二僮,尤聪俊,能记孝廉诗。乞书者命二些诵而书之,名曰"活锦囊"。

葛　秋　生

葛秋生庆曾,仁和诸生。人极醇讱温雅,工诗古文词。顾久踬场屋，郁郁不得志，江淮游幕，益复无聊，终以病瘵卒于家。四壁相如，遗稿率多散佚。犹记其《早秋即事》二绝云："磁缸雨过小盘蜗，圆蕊微黄叶半遮，道是今年浚湖后，渔人都卖水蓣花。""曙风吹影堕残红，乱飐檐前铁马撞，约看牵牛花早起，竹阴深处去开窗。"诗境清绝。秋生向设帐于横河桥治中许小范先生<small>学范</small>宅中，薄游以后，感今追昔，因绘横桥吟馆图，属同人题咏。余为赋《买陂塘》词一阕。同年赵子秋舲题南北曲一套最佳。其词云："〔新水令〕莽天涯，何处挂诗瓢，瘦书生，鬓丝吟老。江湖寻旧梦，风雨感离巢。十载横桥，今日个才画出停云稿。〔步步娇〕记当初载酒元亭，同倾倒，问字师安道。<small>时受业戴九桥先生，因九桥亦在许氏安砚也。</small>金兰簿订交，砚北花南，一例儿排年少。顾影换青袍，翠生生都似春来草。〔折桂令〕畅好是嫩年华，过眼如潮，秋去春来，柳又千条。百忙中跳上征桡，两处相思，红豆灯挑。这壁厢风尘懊恼，那壁厢书札迢遥，故人儿几个云霄，几个蓬蒿，一霎时赌酒评花，倒做了雨散云飘。〔江儿水〕吴市空弹瑟，秦楼待引箫，念家山忽作思亲操。束琴书，试鼓回波棹，返乡园，好比投林鸟，一任那雪泥鸿爪，亏的杼下流黄，博得个萱花微笑。〔雁儿落〕再休提踬名场，剑气消。说什么困寒毡，心绪槁。你看有的是痛黄垆玉树凋，有的是走京华花插帽，但诗成且倚玉笙调，但酒来且索金樽倒，兴来时齐向白云嘲，闷来时共对青天啸。花朝，放明湖双桨好；寒宵，拥红炉合座邀。〔侥侥令〕重开新画阁，再整旧书巢，喜荷衣叉手诸郎少，浑不是感离群，赋寂寥。〔收江南〕呀！我也把十年前事，话今朝，记风檐立雪订深交，不多时桃花三月广陵潮，叹生成蕙泣兰啼料，向潇湘走遭，向潇湘走遭，苦煞我一灯秋雨续《离骚》。〔园林好〕盼鱼书，长江路遥；忆朋侪，离魂暗销，依旧的南飞鹊噪。重把臂，饮醇醪，重识面，赠琼瑶。〔沽美酒〕望横河水一条，望横河水一条，认桥边许丁卯，他是裙屐风流甲第高，没些儿尘扰。王摩诘更相招，把闷愁怀，毫端轻扫；离别恨，画里勾消。索旧雨，题诗须早；倩新知，补吟亦妙。你呵！擘名笺，乌阑自钞；爇名香，银炉自烧，这图儿须索自收藏好。〔尾声〕从今不恨知音少，拚个烂醉狂歌也意气豪，你看那一树藤花开泛了。"

致赵秋舲书附来书

余戊子春至粤，是岁冬忽患咯血症，幸而无恙。次年春间，故乡戚友喧传余于十月二十四日已死。秋舲闻之，为位而哭。迟之又久，始知其讹，因以书来示余。余报书云："秋舲同年足下：仆以伯伦嗜酒之身，忽得长吉呕血之疾，空江冷署，一病经年，意将物化蛮邦，长与故人生死辞矣。乃春蚕未死，尚许牵丝，而秋雁遥来，欣逢剖素，注存而外，兼述异闻。猥以春来王粲之不归，讹传海外东坡之已死，风言影语，莫识来因，一介鲰生，何忌何惜！夫彭殇等视，颜蹠不齐，达者观之，讵有欣畏。所可喜者，良朋爱我，痛哭湖山，较之生索挽歌，寿陈楮具者，更饶风趣。知交之涕泪，荣于流俗之揄扬多矣。微之垂死，病中得读香山笔札，如投灵药，如赐神针。大夫《七发》之笔，痼疾全除；记室一檄之文，头风顿愈。生死肉骨，肺膈铭之。往岁长安之行，仆非游倦，顾瞻时势，进取良难。厥有数端，请陈其略。夫玉雕楮叶，寸阴不废其功；虻视车轮，三载必专其力。仆溷迹尘埃之内，置身案牍之旁，柔史刚经，久沦肺腑，秦章汉律，渐入膏肓。加以役志锥刀，瘁形筹尺，而谓挟货殖之传，可游琼苑，持名法之学，能贡玉堂乎？此其尼行之故一也。矧夫公车竞发之时，甫当仆病未能之日，虽卷葹未死，难忘向日之诚，而蒲柳将零，敢作抟风之想？叫鹧鸪而南飞翼倦，望燕鸿而北向心惊，势难握铅椠以登程，载刀圭而就道。岂有嘶风病马，能随良御先驱；而喘月胡牛，敢望相公垂问者乎？此其尼行之故二也。且夫远游者必饰裘马，挟策者不废金资，苟宦囊之稍赢，庶行囊其克壮。而乃官清似水，事集如云，开门有烂用之钱，扣箧无盖藏之贶。晏子卅年之狸制，已付债家；孟光百岁之荆钗，胥归质库。雀皆罗尽，蚨不飞来，势难分老亲鹤俸之肥，作游子貂裘之费。此其尼行之故三也。而况有资成季子之行，无人于缪公之侧，老父性高简略，雅厌纷纭，乘厩内之家驹，不知牝牡，徙床头之阿堵，绝口钱刀。使左右不有亲臣，将筹画重劳长者。公私交瘁，栽花之鬓易皤；服事徒虚，寸草之心更歉。此其尼行之故四也。然而志慕风云，气留湖海，扪王猛裈间之虱，尚爱高谈；听刘琨枕上之鸡，犹思起舞。时当明圣，敢高在涧之思；倘遇旁求，又见辟门之典。意欲重鞭赭白，复踏软红，跌宕燕南，遨游赵北。倘再秋鸿铩羽，病鹤雕翎，然后服末路之盐车，计身后之酱瓿，区区者志，茫茫者天，如彼如斯，能耶否耶？若夫花天酒地，追东阁之曩游，冷雨凄风，记西窗之往事，某年某月，如梦如云。今者病废文长，悲凉藤馆；徐宝幢恭俭。风流姚合，惆怅蓉城。姚古芬伊宪。王乔控鹤于海边，王紫卿廷垣。葛洪采药于江上，葛秋生庆曾。聚如萍絮，离若参商。而吾两人者，昔为蛮驱之依，今作燕劳之避。湖边杨柳，难牵别绪而来；岭上梅花，孰寄离情而去？加以蛮方恩厕，下邑周旋，劳心极绌之度支，蒿目无情之牒牍，俗尘斗扑，雅韵云消，盍陈偏隅积弊之风，以渎他日贤侯之听乎？墨江当冲北道，扼要南方，孖水岑山，绝少和平之气；蛮花犵鸟，全非妪煦之春。以故林密藏奸，草深聚匪，盟香会火，开来一县白莲；摹帛妖旗，飞出满城黄鹄。花巾扎额，绣铁横腰，每当月黑风高，山深水曲，蚁屯估客，千艘捆载而来；乌合幺么，一网搜牢而去。虽复屡惩重法，严示明条，而乃朝令悬头，夕祸旋踵。其民情之剽悍，有如此者。今夫吏为社鼠，役是城狐，所在皆然，于斯为甚。阳作官之牙爪，阴与贼为腹心，每当密捕渠魁，细研胁党，秋毫察处，泥首者未毕其词；春色藏时，属耳者早通其信。术偏工于纵虎，师早漏于多鱼。然犹故示先机，虚耗在官之费；私开法网，广搜买命之钱。于是晋未兴师，秦先遣谍，青虫变幻，化为蝴蝶而飞；黄雀深藏，返被螳螂之诱。其胥役之诪张，有如此者。至若郑居两大，敢辞玉帛牺牲；齐出一军，例献资粮扉屦。然而大官一饭，中人十家，缝染酒浆，非时之需必备；翟闾炮辉，惠下之泽无虚。大舟舳而小舟舻，十夫推而百夫挽。盘匜载路，鲁馈吴师者百牢；委积连云，晋馆楚毂者三日。又况劣弁之贪饕无厌，鹜已献而索凫；豪奴之喜怒难防，狐作威而假虎。或至莠言自口，蜚语成灾。其供亿之纷繁，有如此者。且夫绅士为里党观型之地，巨室为国家藏富之区。无如吞噬成风，桀骜积性，乡邻一攘窃之细，束缚而诬以强梁；家庭一诟谇之微，风影而攻其帷薄。无故因人子弟，勒取赎之多金；有时戕及祖宗，发已埋之朽骨。律例之所难逭，神鬼之所不容，而乃比比皆然，时时习见，难成信谳，孰挽刁风。其薄俗之浇漓，有如此者。际此蛮隅，又当瘠壤，佩韍都尽，簸挶徒虚。当局者既费运筹，旁观者亦难借箸，愁城兀坐，乐境全非。矧仆自遘疾以来，从事耆苓，小除曲蘖，学苏公之量，不过三蕉，登张子之筵，怕尝九酝。用是逸情顿减，狂兴都消，心冷如灰，肠枯若井。虽复偶拈楮墨，闲事讴吟，而寒暄酬赠者居多，图绘性灵者绝少，欲如尔日之雨窗选韵，雪舫联诗，月榭填词，风帘读曲，岂可得哉？岂可得哉？此仆所以梦寐追寻而形神飞越者也。足下以优闲之岁月，乐潇洒之琴书，荡风雅之襟怀，养循良之体度。语道德则关西夫子，论经济则江左夷吾。未栽满县之花，先负力田之米，德门悬榜，孝友可风，陋室泐铭，书律兼读。此日宜风宜月，置君于阮咸谢朓之流；他年为雨为霖，期尔以卓茂刘宽之治。勤修令德，勉之！勉之！秋风以凄，行矣自爱。"又此信之前，曾有诗二十八首，寄以代札，备录之以见两人之交谊。其诗云："我北君在南，我南君又北，君自在故乡，我翔南北翼。故乡好湖山，不能与君陟，异乡好江山，不能共君识。相思复相思，耿耿在胸臆，何当樽酒欢，乡味试莼鲫。"其一。"去年辞帝京，重九黄花秋，归来刚十月，湖上开芙蓉。陆家旧酒炉，一次欣相从，陈家旧酒炉，有约难相逢。中间七八面，未尽倾离悰。君怀似鹤懒，我性如云慵，加以两三旬，风雨疏其踪。去日苦太短，倏忽成残冬。"其二。"残冬十二月，游子将南征。西窗小话别，风雪送我行。我行至江口，行李累不轻。十三停桡待，十四返楫迎，十五蟾兔满，柔橹离江城。"其三。"四日严州山，六日龙游路，加以五日期，行抵西安渡。一滩复一滩，滩滩逢水怒；一山复一山，山山被云妒。写我风雨怀，疗我烟霞痼，篷窗了无事，酒渴骥奔赴。复有老坡仙，蕉叶不知数。谓姨丈苏子斋太守。醉狂醒亦狂，怀抱各倾吐。"其四。"平生惯行役，南北车驱之。风饕兼雪虐，未尝逢雨师。何期常山道，忽遭痴龙痴，自辰以至酉，大雨兼寒飔。沿山八十里，及半日已迟，改尖以为宿，饥寒苦可知。安得卜子夏，假盖无吝词，绝似曹阿瞒，赤壁逃兵时。"其五。"翼日天乃霁，晓发玉山驿。行行重行行，已届小除夕，遂为饯岁计，旅店得安宅。人生本如寄，矧乃远行客。眷属厂开筵，亲朋团作席，忽忆岁辛巳，与君得同舶。爆竹满扬州，三更轰饮剧,记否雪泥中,有此鸿爪迹。"其六。"春王月二日,挂帆发西江。广信至河口,河口下弋阳。贵溪三百里,彭蠡环湖塘,湖水清且平,一夕抵南昌。扁舟泊江渚,高阁瞻滕王,帝子不可见,才子不可望。水天混一色,四顾空茫茫。"其七。"西江文才薮,其人峻且洁。逶迤至庐陵,山水乃秀绝。水纡徐为妍,山卓荦为杰。由其水纡徐,笔乃作委折;由其山卓荦,气乃奋激烈。永叔得其品,文山得其节,迄今数百年,影事空飘瞥。问山山暗痖,问水水呜咽,皋羽如意残,处仲唾壶缺。"其八。"百里复百里,万安还万安,万安县进滩。莫击三千水,须防十八滩。下水舟行易,上水舟行难,水小介于石,水大观其澜。丁宁众篙师,过此而朝餐,忽见沉舟破,坎坎置河干。"其九。"昔过天妃闸,闸上水如驶,今过天柱滩,滩上石如齿。履险贵得夷,入生乃出死,寄语操舟人,风波不足恃。短绳上下牵,长篙左右使,其退已盈尺,其进不及咫。我辈论前程,坎坷亦如是,世人用机心,险巇甚于此。"其十。"赣州至大庾,计里三百三,看山复看水,如饮能沉酣。其山耸空翠,其水拖软蓝,其花艳桃李,其木纷楩楠。颇闻厥土瘠,县官苦难堪,始信佳山水,富贵人不谙。"其十一。"梅岭一重关,其形若剑阁,一峰锐且高,一峰削而落。两峰相去间,七扶五扶博。何年六甲开?何时五丁凿?中间一径通,人行蟹郭索。马后飞雪花,马前绽桃萼,始信南北分,此一大关钥。"其十二。"平生看画图,厌见大青绿。窃谓山水清,不应如此俗。今日广州来,丽景亲寓目,峰峰瘦且皱,树树绣以缛;一水漾玻璃,群山环碧玉,尚觉所见画,设色苦不足。安得仇唐笔,到处写一幅。"其十三。"山之至奇者,莫若观音岩,其山在英德,壁立万仞坚。临水一石罅,小艇通其前,沿缘蚁行进,九曲如螺旋。中有两重屋,石栈相钩连,须臾透光亮,见水复见天。石壁削而峭,正出如飞檐,钟乳一一垂,倒挂珍珠帘。江波流浩浩,泉水鸣溅溅,两声相应处,微妙何人诠?此时凭虚立,已若凌云烟,尚须十倍之,甫得臻山尖。注目一仰望,势若将崩填,猿猱不可上,鹰隼不得骞,但觉半空际,掷下青花莲。"其十四。"迤行入峡江,中有飞来寺,较之灵鹫峰,未便遽轩轾。亦有冷泉亭,寒冽不可试。雄奇出天然,幽秀在其次。健哉李小牧,先登快拔帜,余亦从之行,步步惧颠踬。盘旋陟其巅,扪碑剔藓字,微闻飞鸟声，罡风刷云翅。"其十五。"广州好荔支，我来犹未熟，青蕉叶成林，红棉花在木。最妙黄皮橙，其味清且郁。亦有素馨花，其气幽以馥。槟榔好风味，实绀叶深绿。枇杷桃李等，一一已盈掬。惟笋则不佳，毋乃出苦竹。"其十六。"韶华刚二月，此地已溽暑。不见红杏风，但见黄梅雨。我从极北来，骨相寒几许，忽而冷水浇，忽而沸汤煮，窃恐外病来，握冰兼置褚。安得内丹成，婴儿共姹女。"其十七。"二八侑酒鬟，佳者连城璧。大或鬟笼头，小亦发垂额。葱指何纤纤，莲翘何窄窄。浮蚁频生潮，啭莺喉按拍。惟当兰言吐，钩辀而格磔，将毋床笫间，亦须置重译。一笑谢佳人，无言情脉脉。"其十八。"始兴苦差役，其地当繁邮。民气更剽悍，厥性好斗殴。《周官》言理财，储蓄须充周。孔门贵折狱，两造必立囚。何图蕞尔邑，在在难应求。所出倍所入，瓶耻而罍羞。所杀非所犯，李去而桃留。近闻有啸聚，行劫兴戈矛，督师去剿抚，未得诛其酋。老亲闻是事，未任心先忧，晨昏趋侍下，何以宽亲愁？"其十九。"行役复行役，行踪本无据，甫从广州来，又向潮州去。时奉严命至潮。潮阳王大令，哲嗣我姑婿。藉彼海水宽，涸鲋望挹注。迢迢二千里，迅速敢犹豫，未识代筹者，可能借前箸。"其二十。"韩公贬潮州，苏公居惠州，我途所必历，遗迹堪遄搜。谷雨后七日，片帆发江头，上水复上水，日日看罗浮。所恨尘事扰，不能着屐游。孤篷一何闷，以酒浇其愁。迤行十二日，登陆而舣舟。"其二十一。"秦岭家何处，蓝关马不前，当时偶然作，千载讹乌焉。我来云横处，十里皆山田，须臾至山顶，舆夫各息肩。峨峨刺史祠，入庙展拜虔，中间塑公像，立马悬崖巅。旁有二侍者，僵冻状可怜，壁间貌湘子，鹤氅何翩翩，口横一枝笛，足下生云烟，颇如剧所演，度叔桃林边。公志在辟佛，公心岂慕仙，香火类优戏，毋乃诬前贤。况复蓝关地，实在秦西偏。考公集中此诗，作于陕西。胡为好事者，移而至南天。"其二十二。"歧岭下水舟，舟行一何疾，迅速至潮州，为期止五日。尚须渡重洋，卅里附海舶。自梅溪渡至潮阳，历海面四十里。书生一寸光，大地许蠡测。屈指到明晚，行事可以毕，嗟余半年来，行程七千七。得诗刚百篇，饮酒过三石，拉杂书报君，愧乏纪游笔。"其二十三。"吾兄拥皋比，一卷不释手，谋食养老亲，持家仗健妇。季弟近何如？弱女今安否？去年嫂弥月，璋瓦未分剖；今年定育麟，举家开笑口。昔我出京时，进士选丁丑，究须几鹧蟀，方得印悬肘？倘有双鲤鱼，一缄须报某。"其二十四。"最忆是姚合，谓古芬。今年赋闲居，可有问字者，牵羊造其庐。诗兴定不减，酒怀复何如？中年不得意，冷抱一卷书。秋风使者来，艺海搜璠玙，庶几协泰占，拔茅连其茹。"其二十五。"许劭滞京国，吉斋。王乔去天台，紫卿。葛洪客江左，秋生。项斯走燕台。梅侣。落落此数子，往日俱同侪，一旦尽分袂，各在天之涯。倘有相见者，为我道离怀，并祈述近状，可以佐酒杯。"其二十六。"城西黄阆甫，城北朱二泉，瑶墀、瀛。二君皆有书，各膢以数篇。劣札走蛇蚓，露封呈君前，请君寓目后，一一加封钤。并烦颖士奴，分致双鱼笺，归来酬酒资，三百青铜钱。"其二十七。"我趁梅开来，我待梅开去，未知能与无，迢迢故乡树？乡树不可望，于此且小住，岂不思奋飞，沾泥已如絮。扬州鹤不肥，罗浮蝶何趣，区区一第名，得失岂吾虑。"其二十八。

附别后秋舲来书

晋竹仁弟同年：判袂年余，有记忆而无笔札，非疏也。心所欲言者，笔足以达之，心所欲言而不能言者，笔不足以达之。加以人事变迁，心绪恶劣，以此沉吟呎毫，欲缄辄止。故君致两缄，而仆无一字也。书窗日暖，请详言之。自吾弟赴粤后，即已岁暮，俗务沓来，入春又不接信，未知何日抵署，抑尚逗留西江，故不能函也。入夏梅雨连绵，炎日如火，从游者文可寸计，终日拈管批抹，犹恐不及，故不能函也。七月杪，始奉惠书，并读好诗，秋风拂拂，纸上生凉，即拟报赠，而诗思为帖括所涩，故不能函也。场事毕，文债完，拟将吾弟诗与同人遍阅，以知旅况，而古芬于出闱之夕，猝疾长逝，惊魂骇魄，顿觉身如槁木死灰，故又不能函也。自后嗒焉伤逝，而犹有私望者，春闱在迩，吾弟当买棹旋杭，庶可秉烛寻欢，一倾积愫。后晤君修，始知不果成行，缩地无术，故欲函而仍不能函也。去岁无日不在阻风中酒中，而最奇者莫如年下一事。祀灶日，过阆甫处，忽传言吾弟有少微星陨之说，归家一恸，哽不成声。事固可疑，然因古芬之死，已信天于才人，本不甚惜，此情此理，当或有之。是后无日不痛君，亦无日不梦君，故除夕阖宅欢腾，而我独神亡质在，梅酸莲苦，方寸自知。正月初，又为人作伐，旋赴剡江，回家接君第二函，喜动眉宇，深恨何处忌才人，作此恶语。然无此波折，一年之积闷难消，且无以见他日相逢之乐耳。秋生、紫卿去年因考回乡，相会吴山，约试竣作湖上游，不料旬日中四人已亡其一。才奇命薄，莫过古芬。秋闱报罢，彼此星散。近闻秋生客海州，亦复卧床不起。因思人生中年以往，有哀无乐。颇思十五年前，君家诗社，姚家酒社，飞觞选韵，张宴评花，方谓此乐，吾辈未艾。不意转瞬飘零如此，旧游如梦，恨不登凤皇山顶，搔首问天。然使当世而有吾两人在此，乐终有望也。惟愿天涯珍重，仆亦同之。吾弟诗绝艳矜才，惟稍有袭迹之病，近则格律老成，卓然一家。墨江差役烦多，吾弟维持左右，分所当为，惟椿庭得能迁调，吾弟仍宜作长安之行，世俗固非所愿，然有不得不为者。如我将来，亦出一辙，性情同者，当不河汉斯言。兄景况如常，家用日剧。丁亥腊月二十七夜，内子举一男，现才牙牙学语。老母康健，弟妹无恙。故乡诸友，啸云不获见，受笙、寻园偶见，梅侣彼此欲见而不得见，阆甫不时常见。附陈近状，不尽言宣。此信到日，迅赐回音，勿以疏懒而报之也，幸甚！幸甚！庆熺顿首。

祈　梦

杭城于于忠肃公庙祈梦，苏人于况太守庙祈梦，京师于二相公庙祈梦。二相公，子游、子夏也。二贤掌梦甚奇。又《封氏闻见记》言，雍丘妇人多于孔庙祈子，且有露形登夫子之堂者，此事更奇。

麻　蛋　烧　猪

煎堆一名麻蛋，以面作团，炸油镬中，空其内，大者如瓜。粤中年节及婚嫁，以为馈遗。德清余半眉軟曾以八律咏之，警句云："安得规模如此大，不堪心腹竟全空。""四面圆光皆客气，一番投赠半虚花。"

又粤俗最重烧猪，娶妇得完璧，则婿家以此馈女氏，大族有用至百十头者，盖夸富也。如不致送，则媒氏随押妆奁，背负其女而归矣。其他赛愿敬神等事，率皆用之。最足奇者，观音诞辰亦荐此品，岂佛门清净之戒，不到南天欤？

钞　　法

崇祯十六年，欲行钞法，以流贼渡河乃止。其时建议，有九妙十便之说。一曰造之之本省，二曰行之之途广，三曰赍之也轻，四曰藏之也简，五曰无成色之好丑，六曰无称兑之轻重，七曰无银匠之奸偷，八曰无盗贼之窥伺，九曰不用钱用钞，其铜悉铸军器，十曰钞法，民间货卖，并可不用银，天下之银，竟可尽入内库。嘲之者曰："一二袭取，三四实政，五六民不欺，七八世无盗，九强十富，策果大奇！"

哲　那　环

凡僧人偏衫，肩下有大环，名曰"哲那环"。见郑元祐《遂昌杂录》。

字　音　假　借

流连二字，可作留联，《琴赋》："乍留联而扶疏。"络绎二字，可作骆驿，后汉《郭伋传》："骆驿不绝。"干支二字，可作幹枝。浩瀚二字，可作皓旰，《瓠子歌》："皓皓旰旰兮间殚为河。"邱阜二字，可作魁父，《列子》："子之力不能损魁父。"潦草二字，可作恅愺，《文赋》："恅愺烂漫。"浮图二字，可作苏涂，《后汉书》："马韩诸国，各以一人主祭天神，又立苏涂。"踢蹋二字，可作局迹，夏侯太初文："岂其局迹当时。"周章二字，可作辀张，《南史·桓康传》："欲辀张，问桓康。"差池二字，可作柴池，相如赋："柴池茈虒。"甘脆二字，可作甘毳，《聂政传》："朝夕得甘毳，可以养亲。"逡巡二字，可作侵寻，《史记·汉武帝纪》："始巡郡县，侵寻于太山。"剥落二字，可作暴乐，《尔雅》："毗刘，暴乐也。"黾勉二字，可作闵免，见《谷永传》。酩酊二字，可作茗饤，梁简文曰："刘尹茗饤有实理。"纡回二字，可作迂威，六朝诗"山径转迂威"。藏弆二字，可作臧去，《陈遵传》："与人尺牍，皆臧去以为荣。"慨慷二字，可作凯康，《神女赋》："心凯康以乐欢。"逍遥二字，可作消摇，《湘烟录》："庄子逍遥，古作消摇。"及锋二字，可作及蜂，《韩信传》："及其蜂东向，可以争天下。"依稀二字，可作瑗𤥢，《海赋》："瑗𤥢其形。"率尔二字，可作帅尒，《甘泉赋》："帅尒阴闭。"唐突二字，可作荡突，柳宗元《晋问》："荡突碑兀"；又作砀突，马融《长笛赋》："奔遁砀突"；又搪揆，子建《牛斗诗》："行至土山头，欻起相搪揆。"担荷二字，可作儋何，《国语》："负重儋何。"依回二字，可作猗违，《孔光传》："猗违者连岁。"支吾二字，可作枝梧，杜诗："陶谢不枝梧。"造次二字，可作草次，《春秋》隐四年注："草次之期。"寂寞二字，可作家漠，《楚词·远游》："野家漠其无人。"首鼠二字，可作首施，《汉书·邓训传》："小月氏胡，虽首施两端，汉亦时收其用。"幕府二字，可作莫府，《李广传》："莫府省约文书籍事。"麾下二字，可作戏下，《史记·项羽纪》："诸侯罢戏下，各就国。"憔悴二字，可作蕉萃，《左传》："虽有姬姜，无弃蕉萃。"眉妩二字，可作眉诩，《汉书·张敞传》："京兆眉诩。"大风可作大凤，《史记》："缴大凤于青丘。"他如佺偬可作控总；著雍可作祝犁；矫饰可作桥饰；甲坼可作甲宅；冯夷可作冯迟，又可作冰夷；胭脂可作䏶赦；扶苏可作榑匹；委蛇可作袆隋；蟾蜍可作詹诸；否嗇可作遴啬；含糊可作啁嗢；蹰躇可作迟仁，又可作跢跦；提携可作偎偳；孚尹可作娑筠；陆浑可作贲浑；盘桓可作畔桓；浿滩可作芮汉；揖让可作揖攘；斒斓可作幽敤；号咷可作嘷啁；鼋鼍可作鼋鳝；伛偻可作蟪蝼；衾裯可作衾帱；肺腑可作肺附；供张可作共张；归藏可作韪匪；凤皇可作朋皇；性情可作牲悊；洞庭可作铜庭；骨朵可作脉朏；龃龉可作锄锯；蜗牛可作瓜牛；亮阴可作梁暗；怂恿可作总臾；阒冗可作阒茸；强圉可作强梧；渤海可作贲海；中允可作中遁；爵盏可作雀钱；曼衍可作曼羡；罔两可作方良；惝恍可作敞㤪；影响可作景䪨；坎窞可作歁窜；迢递可作迢遰；抑戒可作懿戒；照耀可作照燿；容貌可作颂皃；柔兆可作游姚；轚笑可作㑁笑；

博浪可作博狼；惆怅可作倜傥；俎豆可作柤梪；獯鬻可作荤粥；天竺可作身毒；踟蹰可作趑趄；局踏可作趑趄；孕育可作娠毓；亭毒可作亭育；仿佛可作俩佛；密勿可作蠠没；披拂可作被袯；开闭可作阊阖；凹凸可作容窊；鸢雀可作鸢鴘；陌落可作伯格；阡陌可作仟佰；玄默可作横艾；酬酢可作仇柞；澹泊可作憺怕；糟粕可作酒魄；垠堮可作鄞鄂；磅礴可作旁魄；踊跃可作踊趭；寥落可作牢落；恐喝可作愚猲；奄忽可作飚飂；月窟可作用𧏡；鬑发可作浘泼；杪忽可作翿忽；馆粥可作键𩞁；箓竹可作篆薄；霖霖可作溟沐；孤竹可作觚竹；四渎可作四窦；昭穆可作佋穆；鬼谷可作鬼臾，又可作鬼容；盥漱可作涫涑；冲澹可作神禫；要妙可作窈眇；节操可作节敫；近唁可作迎迓；遁宭可作逐窘；扼腕可作扼掔；简在可作简裁；璀璨可作萃蔡；冶媚可作蛊媚；逸豫可作佾忬；勴厉可作夔厉；魑魅可作离录；累赘可作诿诿；瘴气可作鄣气；泄柳可作世柳；尚䌹可作尚蒜；泰丙可作裔𩞁；陈宝可作陈宋；獬豸可作觟虒；蓓蕾可作琲珊；梁父可作亢父；苤苣可作桴苢；许子可作邧子；终南可作终隆；欢兜可作鹠呅；骅骝可作华聊；裨谌可作卑湛；沉潜可作湛渐；徜徉可作方羊，又可作常翔；帆樯可作帆𦁁；卞和可作弁瑞；滹沱可作亚驼，又可作滹池；伶伦可作泠纶；萧条可作霄霓；秋千可作鞧䡊；寂寥可作淑湫；芊绵可作瑈眠；蹒跚可作槃散；乌孙可作户孙；翩翻可作翩幅；氛氲可作樊蕴；婴孩可作膺孨；沉灾可作沉蕾；荆舒可作荆荼；喔嚅可作岩呅；流苏可作颡园；雕菰可作安胡；须臾可作须摇；揶揄可作歈歈；埽除可作骚除；须眉可作须麋；栖迟可作徲迡；雨师可作宋荠；枓希可作斗献；辛夷可作新雉；嗟咨可作嗟资；屠维可作徒维；四肢可作四肤；园公可作圈公；黄钟可作圜钟；苹峰可作粤峯；乌江可作湿江；曲江可作曲红；旄蒙可作端蒙；蛟龙可作蚨龙；西施可作先施；塘陂可作唐波；罘罳可作桴思，又覆思，又罘罳，又穿思，又浮思。诸如此类，不可胜数，盖古音多假借也。

象　牙

象牙性坚，而制器者雕镂山水人物，细入毫发。闻之匠氏云：“凡牙锯解之后,醋浸经宿,则软如腐。雕成,再以木贼草水煮之,则坚如故矣。"物理相制,有不可解者。

钓　台　诗

钓台诗云:"云台争似钓台高。"此七字最浑成。翻其意者云:"不有云台诸将在,钓台亦在战争中。"佳则佳矣,然此乃驳前诗之诗,非咏钓台诗也。范文正诗云:"子为功名隐,我为功名来,羞见先生面,黄昏过钓台。"不铺张而景仰之意自见。方正学诗云:"去邪当远色,治国先齐家,如何废郭后,宠此阴丽华? 糟糠之妻尚如此,贫贱之交可知矣。羊裘老子早见几,却向桐江钓烟水。"正襟危坐而谈,自是第一等议论。至罗泌诗云:"一着羊裘便有心,虚名浪说到如今。当年若着渔蓑去,烟水茫茫何处寻?"虽属翻陈出新,未免寻瑕索垢。余最爱唐权文公诗云:"心灵栖灏元,缨冕犹缁尘,不乐禁中卧,却归江上村。潜驱东汉风,日使薄者淳,焉用佐天下,持此报故人。"为得温柔敦厚之旨,此题绝唱也。

绝　人　太　甚

昌谷之集,崔生投溷而勿传;香山之诗,李相掩卷而弗视。恶其人,遂恶其诗。赵王收解系,见水中之蟹而愤生;忠敬恶诸桓,见木旁之姓而亦怒。恶其人,并恶其姓,真退人坠渊心地。

割　裂　题

鲍觉生先生桂星督学河南,出题每多割裂,士子逐题作诗嘲之云:"礼贤全不在胸中,纽转头来只看鸿。一目如何能四顾,本来孟子说难通。"顾鸿。"世间何物最为凶,第一伤人是大虫。能使当先驱得去,其余慢慢设牢笼。"驱虎。"广大何容一物胶,满场文字乱蓬茅。生童拍手呵呵笑,渠是鱼包变草包。"及其广大草。"屠刀放下可齐休,只是当年但见牛。莫谓庞然成大物，看他觳觫觉生愁。"见牛。"礼云再说亦徒然，实在须将宝物先。匹帛有无何足道，算来不值几文钱。"礼云玉。"古来惨刻算殷商，炮烙非刑事可伤。不见周文身一丈，也教落去试油汤。"十尺汤。"没头没脚信难题，七十提封一望迷。阿伯不知何处去，剩将一子独孤恓。"七十里字。"秋成到处谷盈堆，又见渔人撒网回。不是池中无别物，恐防现出本身来。"谷与鱼。"纸上筌蹄迹可求，葩经专纪草春秋。一生最怪莺求友，伐木都教影不留。"兽草。"真成一片白茫茫，无土水于何处藏。欺侮圣人何道理，要他跌落海中央。"下袭水。"拣取明珠玉任沉，依然一半是贪心。旁人不晓题何处，多向红楼梦里寻。"宝珠。"但凭本量自推摩，果是真刚肯怕磨。任你费将牛力气，姑来一试待如何。"坚乎磨。

诗　学　太　白

仁和宋茗香先生，诗学太白，极有神似者。如《过仙人拍手崖》云："天仙大笑来人间，可怜天上无青山。白榆如钱落我手，安得琼楼亦卖酒。看山把酒乐如何，不比仙宫礼法多，时乎时乎仙亦不可以蹉跎。"《招叶二青游天台》云："索君笑，赠君言，我能使君再少年。铜山若肯尽沽酒，九万仙人齐拍手，一朝饿死夫何有。我今未死君又来，相与挈樏游天台。笑口且共桃花开，桃花飞落掌中杯，照我颜色如红醅，今日少年若长在，古之少年安在哉？"

荆　轲　诗

金匮徐镕庆大令，诗才卓荦，有语不惊人死不休之意，有《玉山阁稿》。洪稚存太史评其诗如"神女散发，时时弄珠"。记其《易水怀古》一篇云："秦皇按剑吞诸侯，燕丹太子思报仇。荆卿慷慨以身殉，临行更请将军头。将军断头头不落，背有人头血漉漉。倒悬双眼看荆轲，不到咸阳不瞑目。咸阳宫阙郁崔嵬，列戟如山九殿开，一道白虹穿白日，荆轲含笑捧头来。将军头对秦皇面，督亢图穷匕首见，此时秦皇手无剑,十万貔貅不上殿。殿下负剑频诏王,王却击轲轲入创。匕首不利药囊利,人术虽疏亦天意。呜乎天意帝秦不可回,君不见渐离之筑张良椎。”奇气郁勃,读之可下酒一斗。

异　物

竹米可以救荒,榆面可以入馔,此菽粟外之食也。冰丝可以成缯,火毛可以织布,此蚕桑外之衣也。雪蛆可以疗疾,银蛀可以煎镪,此动植外之用物也。

武　成

前明番禺庞一嵩先生言:“《周书·武成篇》当以古武成为正。盖书名武成,纪功也;所以首惟一月,至于征伐商,略提用武之始。厥四月哉生明,至大告武成,总叙武功之成。既生魄以后,则因诸侯朝会,而示以继志述事之故,以见伐商不违乎先。底商以后,则因百神祭告,而述商逆周顺之故,以见伐商不违乎神。既戊午以后,则覆说用武之详,以明篇首于征伐商之意。乃反商政以后,则言功成治定之事,以终大告武成之意。书有纲领,有条目,先略后详,反始要终,浑浑全全,脉络通贯,不必挨顺时日,而时日有可考,此所以为古人之文也。宋儒所更定者,如今人做供招,但知挨年顺月,流水说下,殊非文法,亦昧武成名篇之旨。余谓宜从古文,不必有所更定也。”先生之说如此,识以俟讲求经学者。

青　州　从　事

世说桓公有主簿,善别酒,佳者曰“青州从事”,恶者曰“平原督邮”。青州有齐郡,平原有鬲县,言好酒下脐,恶酒凝鬲也。从事美官,督邮贱职,故以为比。而徐彭年《家范》云:“其子问青州从事谓何? 曰:‘《湘江野录》:青州从事,古善造酒者。’”此又一说也。

物　　性

食物中性最固者蜜，故蒸玉面貍及黄爵，必以蜜涂之，虽沸炸而其膏不走也。最融者酥，故烹熊掌必佐以此，以其柔而善入也。

武　人　口　吻

宋党太尉令匠写真，写成视之，怒曰："我前画大虫，犹用金箔眼，我便消不得一副金眼睛？"见江邻几《杂识》。安禄山以樱桃赐臣子，作诗曰："樱桃满筥筐，半青一半黄，一半与怀王，一半与周贽。"或请易下二句以押韵，禄山大怒曰："我儿岂可使居周贽之下？"见《鹤林玉露》。吕文德起土豪，为大将，至保傅，然愚鄙不识字，每佯痴，好无礼士大夫，又不肯拜先师。每曰："他不曾教我识字。"见《黄氏日钞》。张献忠尊梓潼帝君为始祖，命翰林作册文，皆不称意，乃自作云："你姓张，咱啰子也姓张，咱与你今日连了宗罢。"见《绥寇纪略》。武人口吻，可笑如此。

岩　　墙

陈大昕好饮。一夕，与一同僚席中谈及知命者不立于岩墙之下。其人曰："酒亦岩墙也。"陈遂断酒终身，可谓立地成佛矣。

骟

骟马宦牛，羯羊阉猪，镦鸡善狗净猫，皆阉也。见《朧仙肘后经》。马曰骟，亦曰犗。见《说文》。

诸　葛　锅

平谷县乡民掘地得一釜，以凉水沃之，忽自沸，遂投以米，即熟，下有"诸葛行窝"四字。乡民以为有宝,碎之,其釜夹底中有水火二字。见《代醉编》。

龟 鱼 佩

唐百官佩金鱼,武后朝佩金龟,或曰:"唐姓李,故以鲤鱼为瑞;后姓武,故以元武为瑞也。"其说甚新。

威 德 入 人 心

今人道及关壮缪、岳忠武之名,则自然凛栗,威之在人心者远也。论及诸葛孔明、司马君实之死,则自然流涕,德之入人心者深也。

词 曲 取 士

相传元人以词曲取士,而考选举志及典章,皆无之。或另设一门,如今考天文算学一律,特以备梨园供奉耳。惟试录中一条云:"军民、僧尼、道客、官儒、回回、医匠、阴阳、写算、门厨、典雇、未完等户,愿试者以本户籍贯赴试。"僧道应试,已属可笑,尼亦赴考,更怪诞矣,此不可解。

纸 月

汉冀州从事郭君碑:"大荒载纸月戊申。"纸月甚奇,隶书以为不详所出。山舟学士《日贯斋涂说》云:"纸字当即子字,犹是之为氏,非之为飞,皆见汉志汉碑,古字音通也。"

虚 字 入 诗

"翁之乐者山林也,客亦知夫水月乎?""并舍者谁青可喜,两家之竹翠交加。""不可以风霜后叶,何伤于月雨余云。""何草不黄秋以后,伊人宛在水之湄。"皆以虚字入诗,天然生动,又一格也。

胡　旦

宋胡旦少有俊才,尝曰:"应举不作状元,仕宦不至将相,虚生也。"后虽魁天下,终以忤物不显。晚年目疾闲居,一日史馆共议作一贵侯传,其人少贱屠豕,以为讳之非实录,书之难措词。问旦,旦曰:"何不云某少常操刀以割,以示宰天下之志。"闻者叹服。

诗用俗称呼

《甲乙剩言》载一御史中丞除夕诗,中有"荆妻太太"之句,人以为笑。白乐天诗:"惟有夫人笑不休。"司空图诗:"姊姊教人且抱儿。"亦嫌过俗。

叠句单传

赵高相秦,指鹿为马,指蒲为脯,指牛为犬,今人但知"指鹿为马"一句。孔子读《易》,韦编三绝,铁挝三折,漆书三灭,今人但用"韦编三绝"一句。

享国之久

商中宗享国七十五年,三代以来此其最久。春秋杞桓公姑容在位七十年,后此无之。

昼　寝

宰予昼寝,侯白《论语注》及李习之《笔解》俱作昼寝解。许周生先生云："《南史》何尚之为侍中在直,颜延之以醉诣焉。尚之望见,便阳眠。延之发帘熟视曰:'朽木难雕。'"则六朝旧解,俱作昼寝无疑。

校　　人

校人掌马之官,校人职曰:"家四闲,马二种。"子产位上卿,宜有掌马之人,生鱼畜池,亦不过见校人付校人耳。朱子《孟子》注又另撰一主池沼小吏之名,恐无所据。

下　　官

下官二字,向知起于六朝,不知先见于《汉书》曰"下官不职"。

辨 名 非 字

旧以阿衡伊尹,尹非名,字也。祭公谋父,谋父非名,号也。皆非。《太甲篇》:"惟尹躬先见于西邑夏。"《国语》:谏征犬戎,祭公自称其名谋父于穆王之前。君前臣名,其非字明矣。

易 安 词

易安《一剪梅》词起句"红藕香残玉簟秋"七字,便有吞梅嚼雪,不食人间烟火气,其实寻常不经意语也。

阌 门 踦 闾

阌门而与之语,见《公羊》;踦闾而语,见《国语》,皆隔门限说话也,若今内外帘官然。

汗青杀青

《青溪暇笔》："古著书以竹，初稿书于汗青。汗青者，竹皮浮滑如汗，以其易于改抹。既正，则杀青而书于竹素。杀，音赛。削也，言去青皮而书竹白，不可改易也。"此说极明畅近理。而或者曰："以火炙竹令汗，杀青杀，音煞写书，谓之汗青。"说殊扭捏。

小县少古迹

广东肇庆府开平县，于国初始分置，割新会、恩平、新兴三县而成者。水曲山深，羌无古迹，城南六十里，有地名苏渡，云坡公贬海南，自惠之琼，道经新会，值江潦暴涨，乃从山僻小径取道，故开平有苏渡，因公所过而名之也。又离城百里马山，有陆秀夫墓。按新会、潮州俱有陆秀夫墓，《通志》亦两存之。而邑志乃力辨张、陆殉难之处，皆在崖山，即今崖门。崖门去开平最近，故墓以此为真。夫以远近争虚实，其说殊杳渺。总之，弹丸小邑，僻陋自惭，盖不得不为此巧偷豪夺之行也，一笑。

急语成话柄

有人久病，其子多方请医，服药罔效，势迫危殆。闻一名医自京师至，急自往延之，约以即日过胗。医曰："尊翁久病，恐入膏肓，晚生薄才，未必有挽回之力，奈何？"其子曰："大人虽卧床日久，未遇扁、佗，今必须先生一行，死马当活马医可耳。"闻者绝倒。

短小人词

友有咏短小人《黄莺儿》一阕云："矮子寸三高，进阴沟，插雉毛，鹅黄蚕茧烟毡帽，扇箍儿束腰，拐杖儿灯草，梨园檀板棺材料。定睛瞧,重阳白菜错认做老芭蕉。"

名姓在五十笔外

友人有以此为令者,或云习凿齿,或云谢灵运,或云苏蕙兰,余独举萧鸾。盖三字者尚多,而两字者则竟寥寥也。次又以三字不满十笔为限者,仅有人举士子孔、子人九二人。

毒　药　库

宋政和初,上始躬揽权纲,御马新巡大内,至后苑东门,有一库无名号,乃贮毒药之所也,前代用以杀不廷之臣者,诏命罢之。见陆放翁《避暑漫钞》。内言药共七等,鸩鸟犹在第三,其上有手触鼻嗅而立死者,更不知何药也。

卷四

邵 飞 飞

邵飞飞，福州人，或云西湖女子也。幼孤，其季父授以诗书。稍长，能吟咏。及笄，以才色闻。里中有求之者，其母辄曰："吾女当随贵人，焉能为牧猪奴配？"王师讨闽寇，总制幕宾罗某者，道经其居，见飞飞浣衣湖畔，惊为绝色，乃遗母千金，以继室为词。既归，大妇悍妒不能容，使阍奴强妻之。弱质苟延，香魂旋化，作上下平韵三十绝句以见志。兹录其数首云："荻帘日影自迟迟，乱绾乌云掠鬓丝。羡杀隔邻谁氏女，金钱闲掷买胭脂。""白云缥缈望中迷，独倚窗前掩面啼。万里漂零亲念否？碧梧不是凤皇栖。""哕声猁语听多般，翻道他人缺舌蛮。怅望夕阳芳树外，娇莺嘹呖话家山。""挑灯含泪叠云笺，万里缄封报可怜。为问生身亲阿母，卖儿还剩几多钱？""想后思前恨转加，误人都是浣溪纱。既然负却当年意，何必寻春到若耶！""柳色青青咏汉南，树犹如此我何堪。输他邻妇无思虑，碗大葵花满髻簪。""北地风高凛冽严，漫天风雪压前檐。炕头不是金炉火，马粪如香细细添。"诸篇怨而涉怒，闻者伤之。

鸦 片

鸦片产于西番，彼处名为合甫融，见徐伯龄《蟫精集》。向止行于闽、广，今则各省并皆渐染。其类有三：一曰公斑，出明雅喇；一曰白皮，出孟买；一曰红皮，出曼达喇萨。乌土为上，即公斑。白皮次之，红皮又次之。红皮又有三种：花红为上，油红次之，别出吗喇及盉叽哩者，名鸦屎红，见杨秋衡《海录》；又名阿芙蓉，见李时珍《本草纲目》。凡内洋载鸦片之船，曰趸船。省城包卖之户，曰窑口。其往来交土之

船,曰快蟹艇,亦曰扒龙艇。贩烟者俱在零丁洋。近年每岁来二万余
箱,乌土约八千箱,每箱约八百圆。白皮约一万三千箱,每箱约六百
圆。红皮约二千箱,每箱约四百圆。计岁耗洋银约一千五百万圆。
嘉应州吴石华学博兰修《弭害文》辨之甚详。且近时内地俱有能种者,
在浙者曰台浆,在闽者曰建浆,在蜀者曰葵浆。耗精伤财,废时失业,
莫此为甚。余曾有《鸦片篇》一首云:"窄衾小枕一榻铺,阴房鬼火红
模糊,中有鸢肩鹤背客,夜深一口青霞呼。非兰非鲍气若草,如胶如
饧色则乌,或云鸟粪或花子,运以土化抟泥涂。加以水齐炮制法,文
火武火煎为酥,清光大来渣滓去,炼金而液成醍醐。此品来自西域
地,居奇者谁番贾胡,朝廷严禁官晓谕,捆载来若牛腰粗。关津吏胥
岂不觉,偷而赂者千青蚨,况复此辈尽癖嗜,一见宝若青珊瑚。近闻
中国亦能制,其物愈杂毒愈痛,吁嗟黄金买粪土,可为痛哭哀无辜。
颇闻此物妙房术,久服亦复成虚无,其气既窒血尽耗,其精随失髓亦
枯。积而成引屏不止,参苓难起膏肓苏,可怜世人溺所好,宁食无肉
此不疏。典裘质被靡不至,那顾屋底炊烟孤,噫嘻屋底炊烟孤,床头
犹自声呜呜。"有江南程某者,已成大瘾,既而悔之,然不能戒,因作洋
烟诗十数首。内有句云:"不觉渐成长命债,岂知早受一灯传。"言之
呜咽。又装烟之管,俗名曰枪,价有昂至数十金者。有人句云:"此与
杀人凶器等,不名烟袋故名枪。"警绝。

四　海

花有海字者,皆从海外来,海棠、海榴是也。又海红花即山茶
花,海桐花即七里香,吴陆子渊尝植四花于圃,建亭其中,名四
海亭。

竹　楼

常州府署中,有竹楼一所。某太守题一对云:"未知明年在何处,
不可一日无此君。"集句天成,且的是官斋中语,故妙。

锥 刀 砚

家秋潭先生于所亲家见一砚，石质细润，良材也。其家不之贵，用以覆瓿，且磨刀锥，伤痕数处。先生乞归，名锥刀砚，镌铭其旁云："磨刀则磨，磨锥则磨，磨墨则磨，磨人则磨。"

范 增 诗

钱舜臣咏范增诗云："暴羽天资本不仁，岂堪亚父作谋臣。尊前若遂鸿门计，又一商君又一秦。"陈中孚咏范增诗云："七十衰翁两鬓霜，西来一笑火咸阳，生平奇计无他事，只劝鸿门杀汉王。"二诗痛快，可括东坡《范增论》一篇。

艮 心 居 士

艮心居士，舅氏华荔生先生别号也。先生讳文楑，字绣之，号荔生，又号冬玉，行九，少余二岁。幼与余同学，不屑沾沾于帖括，因改习名法度支，顾亦以繁重厌弃之。因小就书记，游江西，游广东，游浙江，虽各有际遇，而糊口之外，内顾维艰，以故郁郁不得志。辛卯之冬，以患发疽，卒于象山县署，时年甫三十七，无子，以兄子为嗣。生平好吟咏，所存不多。没后为收其遗稿，残笺断楮，多半漫糊。《感怀》云："春水自深非借雨，秋云渐薄不关风。"《冬柳》云："依依老去风情减，絮絮飞来雪色寒。"《梅雨》云："乱如人意添愁重，酸入天心洒泪多。"《美人风筝》云："红粉亦能通线索，青云何必不裙钗？"又绝句云："泼墨天容吝晚晴，冷吟闲醉未分明。年来别有闲愁绪，不种芭蕉听雨声。"皆可诵也。

金 铃 小 犬 图

先伯祖谏庵公藏明世宗所画金铃小犬图一帧，秀丽明媚，想见几暇宸翰之精。下缀七言绝句二首云：“猎罢西山万马屯，不教狐兔占秋原。金铃小犬虽无力，此际还知报主恩。”“小吠花阴为守宫，苍鹰搏击志相同。君恩已是难酬报，况复图形纪汝功。”末署曰“臣嵩奉敕谨题”，居中御印篆“天河钓叟”四字，世宗别号也。《书画谱》载明宣、宪、孝三宗能画，而世宗无闻焉。得此可补纪载之缺。考嘉靖号尧斋，万历号舜斋，天启号禹斋，嘉靖又号雷轩，又号天河钓叟，俱见《万历野获编》。

对　月　曲

赵秋舲《对月曲》内《江儿水》一支云：“自古欢须尽，从来美必收。我初三瞧你眉儿斗，我十三窥你妆儿就，我廿三觑你庞儿瘦，都在今宵前后。何况人生，怎不西风败柳！”初三三句，未经人道。

好　名

杨铁崖至嘉禾，选同人诗，夜已半，闻门外剥啄声，启视，则皆禾中能诗者也。人人持金缯，均乞留其诗。杨笑曰：“生平三尺法尚可假借，若诗文则心欲借眼，眼不从心，未尝敢欺当世。”遂运笔批选，止取鲍恂、张翼、顾文奕、金炯四首。诸人相顾错愕，固乞宽假，至有涕泣长跪者。遂俱挥出门外，闭关藏烛曰：“风雅扫地尽矣。”随园老人选诗，丹阳贡生何震负诗一册，踵门求见曰：“苦吟半生，无一知己，今所望者惟先生，是以求教。若先生亦无所取，则某将投江死矣。”先生大骇，为称许数联，欣然而去。己不能传而求附人以传，好名之心，亦良苦矣。

西　厢　记

《琵琶记》影借中郎，《荆钗记》污蔑十朋，夫人知之。至双文之事，风流话柄，千古艳称，然考《旷园杂志》，载唐郑太常恒及崔夫人合葬,墓在淇水西北五十里,即古淇澳地。明成化间,淇水泛溢,土崩石出,秦给事贯所撰志铭在焉。志中盛称夫人四德咸备,则《会真》一记,特寓言八九耳。又兖州阳谷县西北,有西门家,大姓潘、吴二氏自言,是西门妻吴氏、妾潘氏族,见《香祖笔记》。小说所记,或亦风影其词欤?

山　　歌

山歌船唱有极有意义者,如"南山脚下一缸油,姊妹两个合梳头,大的梳个盘龙髻,小的梳个杨烂头"。前人谓其始同终异,以比性本善而择术遂分也。吴船山歌云:"月子弯弯照九州,几家欢乐几家愁,几家夫妇同罗帐,几个飘零在外头。"音调悲惋,闻之令人动羁旅之感。台州塘下戴氏将败,童谣云:"塘下戴,好种菜,菜开花,好种茶,茶结子,好种柿,柿蒂乌,摘了大姑摘小姑。"音节真如古乐府。又儿童扯衣裙相戏唱曰:"牵郎郎,拽弟弟,踏碎瓦儿不着地。"《诲乌录》曰:"此祝生男也。踏碎瓦,禳之以弄璋;牵衣裙,禳之以衣裳;不着地,禳之以寝床。上二句祝多男,下一句祝其不生女。"寥寥三语,囊括《斯干》,后二节诗甚奇。吴斧仙名峻,杭府人,作山歌云:"吴山脚下唱山歌,山色弯环双黛螺。天上月儿糖饼样,中间不信有姮娥。"痴语亦有致。

听月楼诗

亡室黄孺人,名巽,字顺之,号蕉卿,萧山训导黄公超女,文僖相国七世孙女也。年十九,来归于余,醇谨恭俭,族戚无闲言。丁亥之冬,余侍家大人入粤,孺人以母病不能从。次年冬,余忽患咯血症,孺人闻而心惊,间关度岭,乃未及半年,猝得风疾,沉绵床第一载有余,竟尔不起。余作挽联云:"四千里累尔远来,父在家,母在殡,翁姑在堂,属纩定知难瞑目;廿三年弃余永诀,拜无儿,哭无女,继承无侄,盖棺未免太伤心。"实事实情,不自知其言之悲也。孺人受外姑雷夫人教,

解吟咏,著《听月楼稿》,喜读元人诗,故所作多与之相近。《偶成》云:
"滑芴春笺临晋草,玲珑小几供唐花。"《寄颖卿妹萧山》云:"家远愁看
花姊妹,病多难配药君臣。"《不寐》云:"蛮语闹于牛马斗,鸡声难若凤
鸾鸣。"《病中偶成》云:"竹径乱敲风似翦,蕉阶不住雨如麻。"《丙寅除
夕》云:"百年已过六千日,一饮真须三百杯。"《咏手炉》云:"却为摩挲
知冷暖,偶从翻覆见炎凉。"《呈程十然丈》云:"帷绛经言飞白字,杀青
史笔比红诗。"《雨后看山》绝句云:"玻璃水镜净于揩,螺髻多从雨后
开。无数青山青不够,暮云添出一峰来。"《湘湖采菱曲》云:"吴江女
儿采莲花,凌波绰约如朝霞。越江女儿采菱角,隔水轻盈笼芍药。儿
家生小湘湖边,只种秋菱不种莲。种莲莲子心中苦,剥菱菱实心中
甜。湘湖一夜西风紧,三五鸦鬟荡双艇。戏牵菱叶钓竿丝,笑指菱花
镜奁影。采菱菱角红,颊晕双涡浓;采菱菱角绿,眉痕两峰蹙。菱根
丛杂菱刺多,纤纤素手临清波。鲤鱼风起芙蓉外,蝉鬓生寒可奈何?
春风采莼莼欲小,秋风采菱菱渐老,年年春去又秋来,不及儿家颜色
好。采菱复采菱,菱船四面来前汀。湖水净逾碧,湖山瘦且清,双桨
只在波中停。菱歌静后不知处,却向湖头浣纱去。"诗二卷,未暇付梓
也。遗稿重翻,曷胜於邑!

苏 杭 游 女

苏人风俗,凡妇女下山,舆夫每倒抬而行。有人句云:"妾自倒行
郎自看,省郎一步一回头。"杭人风俗,凡妇女游湖,每逢上岸,观者如
堵。有人句云:"郎自乞晴侬乞雨,要他微雨散闲人。"二语俱极风致。

告 墓 文

先曾祖少司空,以乾隆五十八年葬于江干之诸桥,窆事皆山舟学
士经营,有告墓文云:"呜呼! 雁行中断,荆树半摧,境有幽明,情无睽
隔。忆昔童年丧母,吾两人如形影之相依;壮岁登朝,吾两人亦驱驰
之相负。自宦分中外,合少离多,迨病滞乡间,我南尔北。方冀归田

有日,白首同依;何图先我云亡,黄肠空递。悠悠逝水,寂寂荒祠,妇殁早殡于前楹,岁久未安乎幽室。维兹山名百子,筮协龟从;所奇事隔廿年,珠还剑返。地师无媒而自至,山灵虚席以相迎,似有数存,岂非天幸!赐茔在望,魂依吾父吾母之前;上冢所经,我先尔子尔孙之列。从此幽灵永奠,同穴相庄,庶慰予心,定邀神佑。呜呼!阿兄老矣,泉台之相见有期;吾弟闻乎,华表之来归何日?哀哉尚飨!"沉痛之语,令人酸鼻。窀穸之役,先大父夬庵公躬亲畚挶,乃卜葬甫终,而大父亦病而长逝矣。学士挽联云:"齿发已如斯,泉下相寻知有日;丹铅俨然在,箧中忍展未完书。"次联所云,以大父所著《左通》未曾卒业也。迄今四十余年,《左通》一书借表弟汪小米中翰远孙之力,亦已付刊,敬翻手泽,曷胜泫然!

马　字

马字之为用不一,然不外记数、象形二义。礼投壶,请为胜者立马。今俗猜枚之物曰拳马,衡银之物曰法马,赌博之子曰筹马,又以笔画一至九数曰打马子,此皆记数之马也。木工以三木相攒而歧其首,横木于上以施斧斤,谓之作马。插秧之杌名秧马。《周礼》:"掌舍设梐枑再重。"注:"行马也。"又俗于纸上画神佛像,祭赛后焚之,曰甲马。又都会水陆之冲,曰马头。又三弦上承弦之物,曰弦马。净桶曰马子。此皆象形之马也。惟檐铁曰铁马,船舱内边门曰马门,则又不知何所取义。

书　中　绝　句

董东亭癸酉闱后,从市上买旧书数种,内有《文中子》一本,涂乙狼藉,于夹叶中得方寸纸,蝇头书二绝云:"一树桃花卧绿芜,春阴帘外雨模糊。宵来乡思知多少,又听东风舞鹧鸪。""垂杨蹴地绿丝齐,绣阁无人落燕泥。闲倚熏笼思往事,冷香和梦过横溪。"款曰"淞云",盖闺人之作也。

摸 秋

鸠兹俗,女伴秋夜出游,各于瓜田摘瓜归,为宜男兆,名曰摸秋。

横 看

古人览书,五行十行并下,皆言直看也。韩宗伯菼撰昆山徐大司寇行状云:"公与姜太史宸英观古碑,碑甚高,公令人扶掖升高,横阅之,已又横阅其中间,复俯而横阅其下截,遂乃尽举其辞。姜大惊,以为绝才无对。"

舜 兄

舜妹敤手,舜妃癸比,俱有明征。《越绝书》:"舜兄狂弟傲。"又《尸子》云:"舜事亲养兄,为天下法。"舜兄不可考,二书不知何据。

古 人 名 字

仓颉帝姓侯名刚,见古篆文。许由字武仲,见《庄子释文》。伯夷名允,字公信,叔齐名智,字公达,见皇侃《论语疏》。仲雍字熟哉,见《史记》注。后稷字度辰,见《路史·后纪》。箕子名胥余,见《庄子·大宗师》。比干名胥余,见《尸子》。瞽瞍名槐,见孙海门《稽古名异录》。纣字受德,见《汲冢周书》孔晁注。微仲名泄,字子思,见《家语本姓解》。商均名章鶈,见《金楼子》。巫咸名诏,见《庄子·天运》。朱张字子弓,见《释文》王弼注《荀子》。弦高字随牛,见《淮南说林》。祁奚字黄羊,见《吕氏春秋·去私》注。羊舌大夫姓李名果,见闵二昭三疏。老聃名元禄,见《路史》;又名乾,字元杲,见《前凉录》。介之推姓王名光,见方氏《通雅》。易牙名亚,见孔疏。晋解扬字子虎,见《说苑》。孟懿子字子嗣,林放字子邱,并见《闽中金石记》仓颉庙碑。吾党直躬姓石名奢,见《韩诗外传》。公冶长名芝,见《论语疏》。漆雕开名凭,字子修,见宋杨简《先圣大训》白水碑。扁鹊名少齐,见《周礼疾医释文》。宋仲几字子然,见《春秋分记》、《通志·氏族略》。文种字少禽,见《文选》陆机《豪士赋序》注。孟子字子居,见《礼部韵略》及颜师古《急就章》注。陈仲子字子终,见《列士传》。告子名胜,字子胜,见陈琳《为曹洪与魏文书》。伯乐姓孙名阳,见《庄子疏》。荀卿名况,见刘向《荀子序》。

贾 秋 壑

贾似道初入相,有人赋诗云:"收拾乾坤一担担,上肩容易下肩难。劝君高著擎天手,多少旁人冷眼看。"盖久知其相业之不终矣。在位时,曾令人贩盐百船,至京师卖之。有人赋诗云:"昨夜江头长碧波,满船多载相公醝。虽然要作调羹用,未必调羹用许多。"又行推回田亩之令。有人赋诗云:"三分天下二分亡,犹把山河寸寸量。纵使一丘添一亩,也应不似旧封疆。"又行立士籍之法。有人赋诗云:"戎马掀天动地来,襄阳城下哭声哀。平章束手全无策,却把科场恼秀才。"又荆襄方危之际,汪紫原以三策投似道,一谓抽内兵过江,或百里,或二百里,置一屯,皆设都统,七千里江面才三四十屯,设两大藩府以总之,缓急上下流相应;二谓久稽使者,不如遣归,唊缓师期;三谓若此二者均不可,莫若准备投拜。贾得书大怒,罢汪归金陵。不数月,北兵渡江,九江以下皆失守。有人赋诗云:"厚我墙垣长彼贪,不然衔璧小邦男。庙堂从谏真如转,竟用先生策第三。"五诗皆轻倩浅易,然的是杭人轻薄口气。

四 书 对

某太守,清苑人,曾令泾县,颇贪酷。一日辰起,见厅事帖一对云:"彼哉彼哉,北方之学者,何足算也!戒之戒之,南人有言曰,其无后乎?"

李 秋 雁

李纫兰女史佩金江苏长洲人，山阴何公子仙帆之配也。工词，著《生香馆集》，逼真漱玉，年三十余卒。杨蓉裳农部芳灿之夫人为之序，孙古云袭伯均次而刊之。李又有《秋雁》诗四首，中有句云："偶听弓弦惊寤寐，久疏笺字报平安。筝无急柱宁辞鼓，琴有哀音未忍弹。"不脱不黏，幽怨之思，溢于言表，真名作也。江南人呼为李秋雁。

晏 元 献 诗

元献尝举其得意句示人云："梨花院落溶溶月，柳絮池塘淡淡风。""楼台侧畔杨花过，帘幕中间燕子飞。"谓的是富贵人吐属是已。然余尤爱其"已定复摇春水色，似红如白野棠花"、"楼台冷落收灯夜，门巷萧条埽雪天"。愈冷淡，愈风流，而又绝无衰飒气，真有福泽人语也。

江 城 梅 花 引

词中《江城梅花引》一调最难措手，长句转接处易俚，一病也；短句重叠处易滑，二病也；两段结处易涩，三病也；措语类曲，四病也。康伯可"娟娟霜月"，千秋绝唱，罕有嗣音。顷得郭频迦麐一阕云："一重方空一重纱，采莲花，采菱花，爱住吴船，生小号吴娃。墙内红楼楼外水，有明月，照鸳鸯，宿那家？那家那家，在天涯。　雨又斜，云又遮，听也听也，听不到一曲琵琶，渐渐西风秋柳不藏鸦。欲倩西风吹梦去，还只恐，梦魂中，太远些。"音节和缓，情景迷离，真合作也。

安 公 子

家构亭制府肯堂《石幢居士吟稿》二卷，已付刊久矣。此外尚有诗余十数首，以未成卷帙，不能付梓。内有《安公子》一阕云："不道春归也，一春飘泊名花谢。风雨妒花飞片片，可怜狼藉。愁得我瘦无半把春难借，肠九曲独立回廊下。更萦怀抱，彻耳莺啼，声声娇姹。待把流莺骂，骂时休想莺儿怕。离怨系来心里病，画工难画。他自过曲台芳榭闲消夏，更不管零落蔷薇架。恨云恼月，者样痴情，向谁同写？"情致缠绵，敬为录而存之。

对　联

偶见剃头铺一对联云："到来尽是弹冠客，此去应无搔首人。"工雅浑切。又大道边茶亭一对云："四大皆空，坐片刻无分尔我；两头是路，吃一盏各自东西。"浅语颇有禅理。又吾杭涌金门外藕香居茶室对云："欲把西湖比西子，从来佳茗似佳人。"集坡诗恰切，可入西湖志余。

梁瀛侯语

瀛侯先生《日省录》云："天下无难处之事，要两如之何；天下无难与之人，要三必自反。"二语似旧而实新，似迂而实切。

读　书

渊明读书不求甚解，是涵养性情事。孔明读书略观大义，是讲求经济事。冥心躁气者不得借口。

孔　子

《清净法行经》称孔子为光净童子，《造天地经》以孔子为儒童菩萨，《酉阳杂俎·玉格》以孔子为玄宫仙真，《灵位业图》以孔子为太极上真君，援儒入墨，殊属可笑，然侮圣亦甚矣。

花　押

安禄山押山字,以手指三撮,见曾慥《类说》。王荆公押石字,性急潦草,人以为类反字,见《石林燕语》。韦陟五云体,亦是花押。陈仲醇云:"钟离权花押,作一剑形。"见《香祖笔记》。是神仙亦有花押也。

苏　绣　鞋

明苏子平衡《咏绣鞋》句云:"南陌踏青春有迹,西厢立月夜无声。"人以苏绣鞋呼之。古人诗云:"愿得将身化锦鞋。"此公何其旖旎也!然以此得名,较之鸳鸯鹧鸪,风斯下矣。

别　号　小　照

近俗市侩牙人,俱有别号,后生小子,并画小照。舒铁云怀王仲瞿诗云:"文如谢灵运,武如郭子仪,有名而无字,古人亦大奇!后世好标榜,称谓日日新,走卒号居士,达官署山人。相如商傅说,将如汉马援,版筑非自图,云台未尝见。后世重形貌,画像日日增,男女竞红绿,富贵私丹青。我爱王仲瞿,其人无他殊,既不取别号,亦不画小照。"

香　市

西湖昭庆寺山门前,两廊设市,卖木鱼、花篮、耍货、梳具等物,皆寺僧作以售利者也。每逢香市,妇女填集如云。孙渊如观察诗云:"丝带束腰绵衬额,游廊叉手走东西。"描写下路妇人,形景如绘。

梁　秋　草

高叔祖午楼公，讳梦善，文庄胞弟也。年十五举于乡，六上春官不第，出宰直隶蠡县，卒于官，著《木雁斋诗稿》。《秋草》诗最传诵，警句云："马散玉关肥苜蓿，月明青冢冷琵琶。"时呼梁秋草。

王　伯　縠

王山人伯縠诗云："山上杜鹃花作鸟，墓前翁仲石为人。"有人戏效其体嘲之云："身上杨梅疮作果，眼中萝卜臀为花。"闻者绝倒。盖王时患恶疮，而一目又微障，故云。

联　　谱

狄武襄不祖仁杰，郭崇韬哭拜汾阳，人之贤否，自是不同。张献忠僭号于蜀，追尊梓潼帝君为始祖，盗贼之行，悖谬固不足责，若唐有天下，以老子为始祖，何亦诞妄乃尔耶？余家旧遭回禄，谱牒无存，先胄遥遥，已不可考。忆在京时，有人以梁鸿、梁灏为问者，余笑应之曰："硕德巍科，不敢扳扯，惟绿珠、红玉，千古风流，当认为远代闺秀耳。"

烟　波　钓　徒

圣祖幸海昌，捕鱼赐群臣，各赋诗谢恩。查初白先生末句云："笠檐蓑袂平生事，臣本烟波一钓徒。"词意称旨。忽内侍传语云："宣烟波钓徒查翰林。"盖同时有声山学士，故以诗别之。此可与"春城无处不飞花韩翃"作的对也。

蔡　木　龛

　　蔡木龛布衣煜，钱塘人也。居于武林门内之斜桥河下，身为醝务司会计，而往来皆文士。家贫，爱客若性命。室无应门五尺之童，惟一老妪给事。门悬竹梆一事，客至击之，则此妪启扃而出。内门设题名簿，凡访者先书姓氏焉。登其堂，修洁无尘，茗碗熏炉，位置贴妥，酒谈茶话，客便是从。性不爱花而爱草，墙阶盆盎悉植之，所植之种，芊绵娟秀，而莫呼其名者，不知凡几。则寻常种类，一经是翁浇灌培植，鲜媚迥异凡恒。尤酷爱翠云草，卧榻之院，宽可数弓，贴地平铺，一碧无隙，每当夕阳新雨，望之如西洋翠罽盖。贮水之筒，扫叶之帚，去秽之纱囊，无一时离手也。翁不作诗而善谈论，腹笥极博，嫉恶如仇，有所白眼者，出一语必刺入骨。又好游谈，一丘壑之胜，必穷其境而后已。性又极介，不妄取与，而待人接物，则仍煦煦作春气，殆市隐之流欤。木龛有小照一帧，诸人题遍，尚余尺幅，时余客京师未归，木龛曰："当俟晋竹归来，属其补题。"讵意余于六月十九日归家，而翁已先五日溘逝矣。其倩婿何叔明携图来，为述其遗意，余题《金缕曲》一阕云："市隐风流绝。展遗图琳琅满纸，纸留一隙。闻说先生曾有语，待我归来赘笔。讵咫尺音容顿隔，恼煞石尤风太利，竟迟帆五日成长别。思往事，泪沾臆。　　须眉矍铄犹如昔，恁匆匆红尘撒手，鹤笙吹彻。天上尽多瑶草种，绝胜人间春色，要一一待公手植。识字打钟原本分，说径山曾托前生钵。翁临殁，自言前生为径山僧。泡梦语，感而述。"

程　十　然

　　程十然起振，仁和布衣，居忠清里之双眼井巷。性通脱，善谐谑，少游宛沂间，出入群公卿门。劝之仕，且助之资，夷然不屑也。有老母，归而课徒奉甘旨。好弹琴，受教于李玉峰先生，尽得其法。尤善制琴，座侧斤锯彩䌷，无不毕具。尝得一旧琴曰春风，其声清越无匹，因自制曲曰《烈风雷雨颂》，非至交而知音者，勿与弹也。好读《春秋》，著《春秋正义》一书，荟诸说而折衷之。尤精历算诸学。酒量不洪，而雅好持杯，每酒酣以往，议论风生，相知中少所许可，有合意者，则又性命之。年七十，丁母忧，以毁卒。无子，亦可哀已！余尝欲为程、蔡二君作合传而未果，因兼述其梗概如此。十然尝诵其玉峰师绝句一首云："十里五里出门去，千峰万峰任所之。青溪无言白云冷，落叶满山秋不知。"诗境超绝。

山现字画

广东肇庆府三十里外，有山名茶托冈，绝壁上现"父母"二字，四面树木丛杂，而字画中寸草不生。又葱利武口寨石上，有花如堆心牡丹，枝叶缠绕，虽精于画者不能及。或以物击碎其花，拂拭复见。又永州苏山石以水淋之，锯破，其像有观音、弥勒、寒山、拾得，又有"天下苏山"四字。

诗家烘托法

《咏老马》诗云："齿长几何君莫问，沙场旧主早封侯。"不言老而老字自见。《咏方镜》诗云："秋水一泓明见底，照来谁有面如田？"不言方而方字自见。此所谓烘云托月法也。又有人《咏一丈红》诗云："五尺阑干遮不住，尚留一半与人看。"以五尺剔出一丈，更妙。按一丈红，即蜀葵花也。

小　颠

西湖诗僧小颠，预治槥具，署一小扁，题曰："阿呀。"又于所居山房榜一联云："老屋将倾，只管淹留何日去？新居未卜，不妨小住几时来？"其风趣类多如此。诗则冲淡之中时见奇峭，有《万峰山房稿》。

薛白杨唐

康熙中，毗陵四书家，薛璿、白某、杨大鹤、唐某。时有"薛白杨唐"之目，可与"苏黄米蔡"作的对。

云起石

天台齐息园宗伯主讲敷文书院时，每当山雨欲来，云气瀜起，必识其处。及霁，随一童往锄之，辄得一石，上有古篆云字，积久至盈箧。最后得一石，上有"天台丈人"四字，状若雕刻，自此遂不复见，而先生亦不久归道山矣。异哉！山长马秋药先生履泰课士，尝以云起石为题咏其事。

莲笠

《六砚斋笔记》曰："莲初出水，为骤雨所霖，辄中夭。因出新意，剪荷叶线缝之，作兜鍪状，名曰莲笠。雨则遍覆之，较锦帐覆牡丹，尤为韵致。"

饿乡记

漳浦蓝鹿洲先生鼎元杜门讲读，岁饥，作《饿乡记》云："醉乡、睡乡之境，稍进焉，有饿乡，玉、苏二子所未曾游也。风土与二乡上下，但节尚介，行尚清，气尚高，又二乡所未逮也。昔伯夷、叔齐造是乡，爱不忍去，乡人留奉为主，凡过客，悉禀命别去留。孔子适陈，道经是乡，夷郊迎甚恭，以主位让。孔子不顾，然亦重趄其意，偕弟子停骖七日。其后曾参、原宪辈，尝窃往游，与夷、齐甚相得。於陵仲子矫廉于齐，投是乡三日。夷曰：'辟兄离母者，非吾徒也。'仲子惭而去。汉周亚夫弃通侯尊，徒步款门。夷曰：'莽夫岂足居此！'然来者不拒，因别筑数楹居之。未几，而幸臣邓通贸贸然往。夷大怒曰：'吾乡干净土，竖子敢来相辱！'命扑杀之。而延晋处士陶潜，高风涤秽，然潜性放诞不能安，每越境与王无功游，夷亦不禁。梁武迫侯景，逃是乡，夷不纳，固请乃可，卒免侯景刃。夷惧为天下逋逃薮，乃集乡人，更训典，严条约，凡贱隶鄙夫，富贵庸人，亡命至止，悉拒不纳。自是游者日以众，不得入者亦日以多。其敬礼周旋，去来任意者，若唐韩愈、宋吕蒙正，代止数人。元之初，谢枋得至焉，夷、齐乐其同志也，倚为性命交。近世士大夫，罕有得其门而入者。吾友黄越甫尝游是乡，归言佳胜。余初未信，比偕越甫同往，未半途，觉道路险巇，复勉进，忽气象顿宽，别有天地。山茫茫，水淼淼，人浑浑噩噩，三光飞弹，大块转圆，俯视王侯卿相，持粱齿肥，俗孰甚焉！夷、齐为余言：'天将有意斯人，必先使历是乡以增益之。'余笑不信，但乐其乡之不余拒也，辄数日一往，往则与夷、齐上下千古，深以为独得之秘，恨王、苏之不获从吾游也。"鹿洲先生，雍正间人，以明经宰广东，政有循声，甫署广府而卒，有集二十卷行世。

橘　　红

世传化州橘树，乃仙人罗辨种于石龙腹上，共九株，各相去数武，以近龙井略偏一株为最。井在州署大堂左廊下，龙口相近者次之，城内又次之，城以外则臭味迥殊矣。广西孝廉江_{树玉}著《橘红辨》，谓橘小皮薄，柚大皮厚，橘熟由青转黄，柚熟透才转黄。闲尝坐卧树下，细验其枝叶香味，明明柚也，而混呼之曰橘，且饰其皮曰红，实好奇之过云。

菩　提　叶

嘉庆丁巳六月，广州飓风大作，光孝寺菩提树皆拔起。中丞陈公_{大文}命树工栽之，培以豆谷腴泥，树复生，年余复槁。寺僧乔庵离相往南华寺分其种，仍栽故处，今翘然葱茜矣。按《五代·僭伪传》，乾德五年夏，光孝寺菩提树为大风所拔。南汉林衢《光孝寺》诗云："旧煎诃子泉犹冽，新种菩提叶又繁。"据此则树已屡易，非复达摩手植矣。

麻 疯 女

粤东有所谓麻疯者，沾染以后不可救药，故随处俱有麻疯院。其间自为婚配，三世以后，例许出院，以毒尽故也。珠江之东有寮，曰疯墪，以聚疯人。有疯女貌娟好，日荡小舟，卖果饵以供母。娼家艳之，唆母重利，迫女落籍。有顺德某生见女，深相契合，定情之夕，女峻拒不从，以生累世遗孤，且承嗣族叔故也。因告之疾，相持而泣。生去旬余，再访之，则女于数日前为生投江死矣。生大恸，为封其墓，若伉俪然。番禺孝廉黄蓉石玉阶作歌纪其事云："花田一夜吹香雪，病叶狂花正愁绝。疯人有女初长成，貌似夭桃心似铁。扁舟学泛石城霞，错被旁人艳色夸。绮籍耻登南部记，丽词羞唱后庭花。人似江流留不住，黄金断送蛾眉去。回首哀哀母氏恩，晨昏谁复珍馐具。枉说佳人是可儿，啼饥消尽旧腰支。枇杷花发难通屐，杨柳春浓懒画眉。凤城年少慕倾城，闻道珠江有丽卿。冀北马空真少偶，花南鸟哢况多情。阿娇早把多娇重，绿珠不惜明珠奉。知命从教诵小星，背人好把衾裯送。情根难断意缠绵，妾负君情两可怜。流传三叶歌《苤苢》，懊恨更番事管弦。语入郎心心已槁，盈盈泪堕郎怀抱。桃叶江心欲渡难，莲香卷内因君恼。一从分作两鸳鸯，镇日怏怏病掩房。已拚精卫终填海，无复啼鹃哭望乡。香魂泯灭蛟龙守，水仙为伴湘妃友。消息惊传太瘦生，断肠人似牵丝藕。鬓影钗光尚宛然，招魂剪纸向江天。几时得遂三生约，再结韦家后世缘？"余谓此女不独于生有情，兼且造福无量，盖不欲以病躯贻害他人也，真是放下屠刀手段。蓉石年逾弱冠，工诗古文词，先君壬辰分校秋闱所得士也。

复 姓

孟昶时，翰林学士范禹偁冒姓张，天成中登第复姓，上郡守启曰：

"昔年上第,偶标张禄之名;今日故园,复作范睢之裔。"引用独切。

庸主知人

蔡京立党碑,徽宗允之。然宴会强蔡攸饮酒,攸辞以酒力不胜。帝曰:"就令灌死,亦不至失一司马光。"是亦知君实之贤也。秦桧力主和议,言于帝曰:"方今天下须南人归南,北人归北。"帝曰:"朕北人将安归?"桧语塞。是亦知会之之奸也。乃知之而犹溺之,此其所以为庸主也欤?

鼻子

今俗詈人奴曰鼻子,不知何据。按王伯厚《汉制考》云:"始生子曰鼻子。"又民母,嫡母也;支婆,庶母也,见汉服虔注。

反切

反切之学,近日罕有讲求者。三家村课徒,以两字颠倒相呼,可得本音,此欺人之谈也。不知双声,不能反切,不辨字母,不知双声。辨字母不难,只要练得口吻熟耳。大兴李氏《音鉴》一书,极明白晓畅,玩之当自得也。

眉子砚

陶绥之,会稽人,篛村先生之侄也。因其祖为广西司马,遂寄籍广东番禺县,补博士弟子员。人极淳朴,酷好风雅,尝得叶小鸾眉子砚一方,腰圆式,面有犀纹,形如半弯新月,背有跋云:"舅氏从海上获砚材三,分致予兄弟。琼章得眉子砚,缀以二绝云:'天宝繁华事已陈,成都画手样能新,如今只学初三月,怕有诗人说小蟾。''素袖轻笼金鸭烟,明窗小几展吴笺,开奁一砚樱桃雨,润到青琴第几弦。'"下署曰"己巳寒日题",印章"小鸾"二字。按此诗《反生香集》中失载,惟近日陶凫乡太守有《咏眉子砚》词,所记正与之相同。绥之得此,遍征歌咏,裒然成册。余为填《摸鱼儿》词一阕归之。册中余最爱诵郎苏门太守葆辰三绝云:"仙迹留传未肯销,摩挲片石也琼瑶。不然铜雀台前瓦,谁更春深忆二乔。""一握端溪玉不如,再休想像画眉初。自传晚镜偷窥戒,不写黄庭便紫书。""尘愿都从佛法抛,更无恨上月痕梢。先生若为修眉史,竟与《心经》一例抄。"又吴石华学博兰修《疏影》词云:"三生片石,有黛痕隐隐,依旧凝碧。字瘦如人,诗靓于春,都是可怜香泽。昙花悴后瑶琴冷,共一缕玉烟萧瑟。最伤心细雨樱桃,又过几回寒食。 犹记疏香旧事,小鬟初画了,无限怜惜。煮梦年华,写韵风神,转盼已成今昔。彩鸾未许人间嫁,更莫问蓬莱消息。算只有眉月婵娟,曾照那时颜色。"

三家店题壁诗

先大父己丑出京,过三家店,见壁间题五绝句云:"十载长安蔟泪痕,几将心事托朱门,非关老大无车马,自恋三生旧石魂。""回文织锦苎萝纱,底道天津是姜家,红豆落时郎有意,为侬飞雨洗残花。""休将颜色共人争,莫问章台旧日名,从此铅华冰雪净,幸随司马老长卿。""地北天南有尽头,离魂愁垒望中收,纵教尘污花纱绣,不数飞英逐水流。""同云缥缈朔风高,脱尽烟花梦自遥,怕说天津桥上月,多情惟有广陵潮。"下署"天津薄命女左手书"。大父和诗云:"古墙尘网笔踪昏,无限芳情动旅魂,人事左来书亦左,留将右手拭啼痕。"

灯 谜

近人作灯谜,心思突过前人,以余所闻之佳者备录之。朗诵《史》、《汉》。有班、马之声。松子。父为大夫。直把官场作戏场。仕而优。红旗报捷。克告于君。分明《周易》语,却是楚骚心。象曰郁陶思君尔。止子路宿。季氏旅于泰山。打胎。既欲其生，又欲其死。一乘轿子两人抬，跷脚跟班随后来。或安而行之，或利而行之，或勉强而行之。怕妻羞下跪。懦夫有立志。四个头，六只眼睛，四只手，十二只脚。牛羊父母。前头吹笛子，后面敲破锣。鱼丽于罶鲿鲨。挑灯闲看《牡丹亭》。光照临川之笔。士曰既且。言游过矣。第二个士曰既且。又先于其所往。鸣金收军。使毕战。君子从来陋巷居，小人偏得住华庐。若将四角齐声去，两处园亭尽是虚。好恶。核。果在外，仁在其中矣。鸦。爵一齿一。先生不知何许人也。师与有无名乎。灶妾。纳诸厨子之房。千不是，万不是，总是小生不是。平旦之气。七月七日长生殿，夜半无人私语时。玉环同知。昱。下上其音。佯。何可废也，以羊易之。晋襄公。爷字。赋得偃武修文，得闲字。败字。春雨连绵妻独宿。一字。正月小，二月小，三月小。人字。十字在口里，无头又无尾，若作田字猜，便是呆秀才。鱼字。夫妻猜拳，一个叫五，一个叫八马。语字。左看三十一，右看一十三，合拢来看三百二十三。非字。两个男的，两个女的，两个活的，两个死的，两个有名字的，两个没名字的。华周杞梁之妻。如夫人。其称名也小，其取类也大。一鞭残照里。马儿向西。连元。又是一个文章魁首。禽。会少离多。亥。一时半刻。掠。半推半就。太史公下蚕室。毕竟是文章误我，我误妻房。幺二三四六。才有梅花便不同。似曾相识燕归来。永不忘在王家。主器莫若长子。笾豆大房。游方和尚庙无人。所过者化，所存者神。颜渊喟然叹曰："仰之弥高，钻之弥坚，瞻之在前，忽焉在后，欲罢不能，既竭吾才，如有所立，卓尔，虽欲从之，末由也已。"前诱后诱。事父母几谏。子规。浣花草堂。杜宇。一个大，一个小，一个跳，一个跑，一个吃人，一个吃草。骚字。天上碧桃和露种，日边红杏倚云栽。凌霄花。节孝祠祭品。食之者寡。王不留行。孟浩然。跪池。后来其苏。张别古寄信。货郎儿一封书。佛骨表。是愈疏也。睢阳城。巡所守也。国士无双。何谓信。朱笔写词字。未同而言，观其色赧赧然。梁冀飞章白太后。疾固也。或正面见长，或假借示巧，诸法略备，皆卓然可传之笔也。

天 下 大 师 墓

京师西山天下大师墓，竹垞先生以为是房山僧塔，后人附会之为建文帝墓也。国初沈方舟先生_{用济}诗云："曾闻近迹入禅关，身似浮云到处闲，解道龙蛇潜草野，何年弓剑傍桥山？缁衣那有中官识，御马谁迎老佛还？一自樱桃无荐地，肯留青树在人间。"曰曾闻，曰解道，曰那有，曰谁迎，曰肯留，皆故作疑词，以著《致身》《从亡随笔》等书之伪，真诗史之笔也。方舟又有《咏思陵》句云："一剑割将公主爱，九门报道寺人开。"语极悲壮。

飓　信

粤中濒海多风，正、二、三、四月发者为飓，五、六、七、八、九月发者为台。台甚于飓，而飓急于台。习海道者，设为占候之法，或按节序，或辨云物。正月初四日为接神飓。初九日为玉皇飓。_{此日验则一年皆验。}十三日为关王飓。二十九日为乌狗飓。二月初四日为白须飓。三月初三日为元帝飓。十五日为真人飓。二十三日为妈祖飓。_{即天后诞辰也。凡真人报多风，妈祖报多雨。}四月初八日为佛子飓。五月初五日为屈原飓。_{系大台之句。}十三日又为关王飓。六月十三日为彭祖飓。十八日为彭祖婆飓。二十四日为洗炊笼飓。_{自十二日至二十四日皆大台句。}七月十五日为鬼飓。八月初五日为大台句。九月曰九降。_{自初一日起至十八日止往往风迅发不常。}十月初一日亦为大台句。十八日为弥陀飓。十二月二十四日为送神飓。舟行大洋，飓可支，台不可支，盖飓散而台聚也。

拂水山庄

国初以来，咏拂水山庄诗者多矣，总弗如查初白先生"生不并时怜我晚，死无他恨惜公迟"二句，为得温柔敦厚之旨。昔虞山之入我朝也，思欲秉钧衡，专史席，乃二者皆违其愿，故率多感愤之词。陈卧子题壁诗云："黑头已自羞江总，青史何曾借蔡邕。"真诗史也。虞山晚年家居，与当轴一张姓者饮宴，剧演《烂柯山·悔嫁》，刘氏白语中有云："你如何嫁了张石匠？"以张公在座，伶人遂改张为王。钱因拍案击节曰："得窍阿得窍！"俄而刘氏复白云："你如何负了朱氏？"张亦拍案聱蹙曰："没窍阿没窍！"钱大恶。又钱一夕于门外闲步，衣一轻衫，圆领窄袖，盖燕居之服，就料改为，未及全易者也。一秀士趋过之，谓曰："老先生可谓两朝领袖。"谑亦虐矣哉。

韵　兰

　　韵兰者，京师春台部中名旦也。色艺冠绝一时，顾性傲睨，少所青眼。孝廉某君，极眷恋之，形相色授，颇见妒于同侪，而捉月盟言，誓同枯菀，盖不仅被中之鄂，花底之秦焉。年十九，以瘵卒。某君哭之恸，赋《惜兰词》二十章，征同人哀诔，而属余为之序云："桃开千岁，人间为短命之花；昙现刹那，天上乃长生之树。从来朝露，本苦无多；况属彩云，尤其易散。然而水莲泡幻，达观久付虚空；泥絮沾濡，情种能无抑郁也乎？如春台部兰郎者，泥巢乳燕，花苑灵狸。家住玉钩斜，骑鹤下翩翩之影；善歌《金缕曲》，啭莺闻呖呖之声。芳名则雅爱兰香，绝调已盛传杨叛，固已蜚声乐籍，驰誉燕台矣。爰有浙西名士，久噪雕龙；日下寓公，新来鸣鹤。偶顾绿幺之曲，顿生红豆之思。于是众里目成，暗中心许。赭白马城头蹀躞，公子相逢；金错刀袖底铿锵，美人赠我。每见潘车掷果，携手相将；保毋鄂被薰香，销魂真个。妒之者以为失身之凤，爱之者以为比翼之鹣。而乃长乐难期，短缘已促。杏林深处，难探及第之花；芍药开时，原是将离之草。于是数声杜宇，一阕阳关，方期玉玦之分，以冀金镮之合。孰意杨花命薄，桐树生孤，莲苕侬心，菖蒲郎面，此也秋雨卧相如之病，彼也春风作王粲之游。既而长剑归时，大刀唱后。不惜黄金似土，来作缠头；岂知紫玉成烟，已伤委骨。用是怆怀珠璧，堕泪琼瑰。犹思人约黄昏，去年元夜；依旧门临碧水，今日桃花。早已平量恨海之波，待涸爱河之水矣。然而空谁非色，短岂殊修，使问天果属有情，得知己死可不恨。向使郎果金台终老，落拓梨园，玉籍长留，沉浮菊部。将春残杨柳，飘零京兆之眉；秋后莲花，憔悴昌宗之面。未必氋氃潘貌，能销黯黯江魂，则与为弥子瑕之色衰，毋宁作卫叔宝之看杀。而况樱桃一曲，芳名总在

人间；霓羽千秋，旧谱已归天上。以视桃笙秋老，断袖先凉，萧瑟风
悲，买丝谁绣者，一则名花似草，一则弱絮留萍，如彼如斯，孰得孰失？
乃我友怜香情重，破璧神伤，缠绵则玉藕牵丝，惆怅而金荃赋什。顾
或者谓终宵角枕，空生秋士之悲；一集香奁，究损冬郎之德。既蜂腰
之中断，何雀脑之思深？岂知钗挂臣冠，宋玉原非好色；酒黏郎袖，欧
公亦自多情。而况书剑漂零，檀槽知遇。岂有生前倚玉，曾留春帐之
情；殁后沉珠，不吊秋坟之魄者乎？由是敷陈丽藻，抒写哀思，乞我弁
言，题之卷首。化笔墨烟云而如画，请看北苑春山；悟迷离扑朔之非
真，试读《南华·秋水》。"

重宴鹿鸣纪事

　　嘉庆丁卯，山舟曾伯祖重遇鹿鸣盛典，亲知子侄，咸以呈请转奏
为言。公曰："吾以世受国恩之人，偷安五十余年，无万一之报，在家
即其罪，许在家即其恩，焉敢复生冀幸耶？"固请，不获命，事几寝矣。
祭酒吴毂人先生适自维扬归，以为言于公必不可，乃合绅士数十人具
呈曰："呈为桑梓耆英，科名人瑞，公吁具题，恳请恩准重赴鹿鸣事：窃
以人惟求旧，当思前辈之典型；礼重兴贤，正借群伦之冠冕。恰支干
之周市，秋试应期；喜福寿之曼延，春风到座。既振羽仪于先路，宜光
樽俎于今朝。如原任日讲官起居注翰林院侍讲梁同书，黻冕承华，诗
书炳美。宰相世系之表，具在史官；郑公通德之门，推于梓里。久膺
华选，早历清班。读中秘之书，蹑裾鳌禁；领内史之职，珥笔螭坳。洎
乎引疾丘园，养疴林薮。子羽勿由之径，春草自生；晏婴已敝之裘，冬
月犹拥。犹复文驰玉软，群钦骚雅之才；墨蘸金壶，人慕晋唐之格。
信是翁之矍铄，实一代之灵光。兹者祥届丁年，花开乙榜。剩郄林之
一，心尚留丹；歌《鹿鸣》之三，诗仍肆雅。袍如立鹄，只添冰样之头
衔；身早登龙，合认烧余之尾段。伏愿甄以耄学，降礼耆年，当德星垂
曜之期，扬寿世作人之化。用光奏牍，俾与宾筵，庶招蓬苑之神仙，来
作儒林之领袖。一名漫居乎先甲，请看老桂之荣；万物乐得其由庚，
预庆斯文之瑞。谨呈。"呈既上，巡抚清公奏稿曰："浙江巡抚清安泰

谨奏：为耆绅重遇鹿鸣，恳恩预宴，以光盛典事：窃据藩司崇禄详据杭州府钱唐县详称，查有该县在籍翰林院侍讲梁同书，现年八十五岁，于乾隆十二年丁卯科中式本省举人，届本年丁卯浙江乡试之期，已历周甲，应请循例重赴鹿鸣恩宴等情，具详前来。奴才查梁同书系木天旧籍，林壑高踪，年已近乎期颐，科再逢乎丁卯。是皆圣朝重熙累洽，蕴为休征；皇上雅化作人，蒸成异瑞。遴佳辰以令宴，耄耆增逾分之荣；偕硕德以登筵，科目获非常之幸。奴才不敢壅于上闻，为此恭折具奏，伏祈睿鉴。"旋于八月二十三日奉上谕："据清安泰奏，浙江在籍翰林院侍讲梁同书，系乾隆丁卯科举人，本年又届丁卯乡试，恳请循例重赴鹿鸣筵宴一折。梁同书系原任大学士梁诗正之子，早登乡荐，供职词垣，归志林泉，年臻耄耋。兹届周甲宾兴，欣逢礼宴，洵属科名人瑞，允宜特沛恩施，用光盛典。梁同书著赏给侍讲学士衔，重赴鹿鸣筵宴，以示朕加惠耆臣至意，钦此。"公拜命后，于次日恭诣万寿宫谢恩讫，归来随具谢状云："原任日讲官起居注翰林院侍讲梁同书，呈为恭谢天恩，恳请据情转奏事：本年丁卯科浙江大比之期，距乾隆十二年同书乡举之岁，花甲一周，鹿鸣再赋。恭承大中丞以科名盛事，破例上闻，特蒙我皇上念纶阁旧臣，推恩下逮，于本月二十三日接奉谕旨：'梁同书系原任大学士梁诗正之子，著赏给翰林院侍讲学士衔，重赴鹿鸣筵宴，以示朕加惠耆臣至意，钦此。'即于次日恭诣万寿宫，叩头谢恩讫。窃念同书世受国恩，身叨门荫，清书散馆，大考迁官。在京供职，两充分校入闱；以病告归，三度祝釐赴阙。无健飞之翮，翻怯风抟；非中伐之材，徒虚匠顾。长愿为太平歌咏之民，岂复有非分恩华之想。乃今锡之礼宴，宠以清阶。俾蓬藋余生，重沾雨露；桑榆晚景，益被光华。里党传为美谈，士林纪为荣遇。惟是衰屡筋力，不克匍匐殿廷，遥望九重，螳忱莫达。用抒寸牍，葵向难名。为此具呈，伏求代奏，不胜感激之至。"是年九月九日揭晓，十三日礼宴，是科典试为万和圃侍郎承风、吴荷屋编修荣光。先期仁和县送仪注单云："本年乡试有原任日讲官起居注翰林院侍讲梁，重赴鹿鸣筵宴，应送金花台盏，表里宴席，照例备办外，届期朝服诣抚衙，俟主试茶毕，侍讲梁乘舆由中门入，堂檐降舆，各大人出迎檐下，行宾主礼，相揖毕，藩、臬、运三司监试提调各道下，俱相揖毕，杭州府引新举人上堂排班，侍讲梁另设拜单，望阙谢恩。其筵宴位次，设于堂之东北隅。"是日倾城士女，夹道环观，公归赋纪恩诗四章云："姓名何意达天闻，白发重新拜宠光。使者并修前辈礼，阿婆又入少年行。三杯婪尾陪烧尾，一番登场等戏场。可惜弟兄双折桂，北枝今日不齐芳。舍弟冲泉，于是科登顺天榜。""自分西湖作钓徒，帽箱绶笥久模糊。公裳点检烦朋旧，篮舆萧疏笑仆奴。流水再经人面改，夕阳虽好日轮徂。怪他市上人如蚁，不看郎君看老夫。""诏许归来五十年，此身早荷主恩偏。不图旧籍蓬山上，又领新班阆苑先。天上谪仙宫锦贵，山中宰相白衣传。臣今耄矣难言报，一炷心香祝圣虔。""前贤十度赋嘉宾，康熙丁卯周天相、丙子吴大炜、甲午范承式、癸巳钱宗墅、丁酉赵世玉、雍正癸卯陈克镐、乙酉吴嗣富、乾隆乙卯冯浩、戊午顾光、范崇榮。我占人间分外荣。老妇喜叨加命服，衰翁且博上铭旌。比还九转才初转，若话三生又一生。养就百年无用物，要将歌啸答升平。"四诗既出，一时和者不下数百人。先是七十余岁时，至南屏山上冢，偶见土人方姓，悬画一帧，乃装裱康熙二十六年丁卯科题名录，距公乡举之岁，恰当花甲一周。公因题五古一篇于其上云："我年二十五，卯岁领乡荐。上溯六十年，此榜实羔雁。忆予堂谒时，群集随诸彦。领袖鹤发翁，岿然如鲁殿。谓录中四十三名周公天相，钱唐人。风貌既甚古，章服亦不贱。私窃问姓名，爱莲分一瓣。少年曾筮仕，秩视诸侯半。杜诗县实诸侯半。归卧田里间，后生蔑由见。恭逢盛典举，重预嘉宾宴。今复卅载余，翁久随物变。即予同年生，八九已露电。乃于山人庐，忽睹纸半片。上镂千佛名，一佛曾识面。当时取士严，额仅逾大衍。副榜一至十，同考十二县。衡鉴堂中人，氏号一一缮。不独脚色详，次第具乡贯。字迹颇工整，首尾无漫漶。想见诒卖时，狼藉坊市遍。此纸过百年，独再优昙现。异哉方山子，拾得常自玩。藏弄等吟笺，装背作画卷。某也后进人，彰美在所先去。索书五字诗，留下一重案。"自康熙丁卯至嘉庆丁卯，距一百二十年，而以乡人片纸之收藏，隐为之兆，公于无意中而见之，而题之且叙及周翁重宴一事，若作后来人之左券也者，抑何奇欤？

诗 忌 正 论

陆稼书先生《南村寨佛寺》诗云："亦是聪明奇伟人，能空万念绝纤尘。当年可惜生西土，未听尼山讲五伦。"议论自是绝顶，然未免道学气太重。又元人《牡丹》诗云："枣花似小能成实，桑叶虽粗解作丝，惟有牡丹如斗大，不成一事又空枝。"此种翻新，殊煞风景。即如姮娥、织女，原属子虚，而妙论奇思，澜翻不已，必欲力辨其诬，大可哂也。

李 袁 轻 薄

李笠翁十二种曲，举世盛传，余谓其科诨谑浪，纯乎市井，风雅之气，埽地已尽。偶阅董阆白《莼乡赘笔》载，笠翁之为人，性龌龊，善逢迎，常挟小妓三四人，遇贵游子弟，便令隔帘度曲，捧觞行酒，并纵谈房术，诱赚重价。盖其人轻薄，原于天性，发为文章，无足怪也。又撰《西楼记》之袁于令，为人贪污无耻，年逾七旬，犹强作少年态，喜纵谈闺阃，淫词秽语，令人掩耳。后寓会稽，暑月忽染奇疾，口中痒甚，因自嚼其舌，片片而堕，不食不言，二十余日，舌本俱尽而死，绮语之戒，其罚如此。夫洪稗畦《长生》一曲，卒伤采石之沉，汤玉茗文章巨公，四梦之成，特其游戏，乃犹以《牡丹亭》口业，相传永堕泥犁，况下此者乎？

昆 明 池 对 联

云南昆明池大观楼对联，每联长至九十字，孙髯翁所题。其句云："五百里昆池，奔来眼底。披襟岸帻，喜茫茫空阔无边。看东骧金马，西翥碧鸡，北走长蛇，南盘舞鹤，骚人韵事，何妨选胜登临，趁蟹屿螺洲，梳裹就烟鬟雾鬓。更蘋天苇地，点缀些翠羽丹霞。莫辜负四围香稻，万顷晴沙，九夏芙蓉，三春杨柳；数千年往事，注到心头。把酒临风,叹滚滚英雄谁在。想汉习楼船,唐标铁柱,宋挥玉斧,元跨革囊,伟绩丰功,费煞移山气力,尽珠帘画栋,卷不尽暮雨朝云。便断碣残碑,都付与苍烟落照。只赢得几杵霜钟,半江渔火,两行秋雁,一叶扁舟。"长句硬盘,如僧绰之棋,累而不坠,真杰笔也。

滕王阁黄鹤楼对联

滕王阁千古名胜,对联佳者绝少。惟商丘宋牧仲先生一联云:"依然极浦遥天,想见阁中帝子;安得长风巨浪,送来江上才人。"吐属名隽,且见贤公卿爱才之度。湖北黄鹤楼对云:"何时黄鹤重来,且自把金樽,看洲渚千年芳草;今日白云尚在,问谁吹玉笛,落江城五月梅花?"俊逸清新,独有千古,后有作者,亦如崔灏题诗,诸人搁笔矣。

诗 宗 唐 音

诗宗唐音,固也,然使自唐至今,千篇一律,有何意味?且宋之为宋,元之为元,正以其各具面目,方见天地文运,变化无穷。若必尽法乎古,则何不一一而绳以汉、魏、六朝,且何不一一而绳以三百篇、十九首乎?昔人谓诗盛于唐,坏于宋,刘后村则云:"宋诗突过唐人。"斯言亦未免偏激。方正学诗云:"前宋文章配两周,盛时诗律亦无俦。今人未识昆仑派,却笑黄河是浊流。""大历诸公制作新,力排旧业祖唐人。粗豪未脱风沙气,难诋熙丰作后尘。"正学瓣香东坡,故有此语,然足以针砭墨守盛唐者。

巍 字 改 书

天启朝魏珰生祠遍天下。山东巡按李精白祝词云:"尧天巍荡,帝德难名。""巍"字,"山"移下书,惧压上公之首,此等谄媚,真是想空心血者。

地　窖

萧山县内西河下,酒铺中有一地窖,石门封锁。曾有人入视之,内有朱漆巨棺一,石桌、石床备具,棺左右有油七缸,浅已过半,灯火尚明,人为添油而复闭之。相传为宋万俟卨墓。奸邪残魄,千载犹存,亦理之不可解者也。

副车诗下第诗

有人六赴乡闱,仅得一副榜。有句云:"祁山事业怜诸葛,博浪功名笑子房。"运典大方。又仁和缪莲仙艮下第诗有句云:"妻子望他龙虎日,科名于我马牛风。"亦极工趣。

三十六江楼

广东广州府三水县江口,有行台,旧为督臣阅兵驻节之地,后迁于肇庆府,其址遂废。芸台宫保改为书院,规模极其宏壮,飞阁临江,题曰三十六江楼。盖谓北江所汇者九,浈江、始兴江、墨江、锦江、翁江、麻江、滃江、政宾江、苍江也。西江所汇者二十七,北盘江、南盘江、龙塘江、思览江、牂牁江、柳江、漓江、郁江、浔江、西洋江、洛青江、驮蒙江、黄龙江、橘江、荔江、藤江、绣江、横槎江、邕江、秋风江、贺江、新江、白马江、金城江、绿瓮江、蕉花江、武阳江也。诸江之水合流于此,故以为名。可与二十四桥、十四妆楼同为诗料。

鬼　诗

"流水涓涓芹努芽,织乌西飞客还家。荒村无人作寒食,殡宫空对棠梨花。"此鬼诗中之最峭者。"盘塘江上是儿家,郎若游时来吃茶。黄土覆墙茅盖屋,门前一树马缨花"。此鬼诗中之最逸者。又姚古芬丈尝诵其江南杨姓友人鬼春词句云："数点鬼灯移近岸，夜深苏小踏青归。"设想幽绝。

行 比 伯 夷

《橘颂》云："行比伯夷。"有以此命题者，汤昼人庶常锡蕃句云："叟真称大老，奴肯附新王。土贡犹怀夏，山呼讵改商。"巧不伤雅，落落大方。

菱 落

菱角最易落，故谚曰"七菱八落"。前人以对"十榛九空"，工切无比。又粤人呼荸荠曰马蹄，以对龙眼，亦甚工也。

村 学 诗

海昌郭臣尧好为俳体诗，所著名《捧腹集》。有村学诗云："一阵乌鸦噪晚风，诸徒齐逞好喉咙。赵钱孙李周吴郑，天地玄黄宇宙洪。《千字文》完翻《鉴略》，《百家姓》毕理《神童》。就中有个超群者，一日三行读《大》、《中》。《学》、《庸》也。"末句趣甚。

会 馆 对

广东武林会馆，在归德门外晏公街。吾杭商贾于此者，醵金创建。既落成，属余撰戏台对云："一阕《荔支香》，听玉笛吹来，遍传南海；双声《杨柳曲》，问金尊把处，忆否西湖？"书此者，李听松也。

朱侍御奏疏

道光癸巳，京畿荒旱，各官倡义劝捐。有潘仕成捐银一万二千

ᵕ

两,蒙恩赏给举人。嗣浙江叶元塐、江苏黄立诚陆续捐输,亦照例赏给,阁臣遂欲永以为法。侍御朱公嶰奏云:"窃惟赏赐者,劝善之经;科目者,求贤之道。国家设科取士,三年大比,录其文艺优长者,贡于春官,名曰举人,诚盛典也。上年畿辅荒旱,收成歉薄,节荷皇仁浩荡,赈粜频施,小民已无虞失所。嗣以日久用繁,各官倡议劝捐。本年二月,据潘仕成捐银一万二千两,蒙恩赏给举人,一体会试,此皇上逾格之恩施,亦一时从权之至计,原未尝著为定例也。且潘仕成本系副贡,去举人一间耳。赏给举人,是于破格之中,仍寓量才之意,斟酌而行,岂漫然哉?厥后叶元塐、黄立诚陆续报捐,经巡视给事中顺天府尹奏请议叙,蒙敕下大学士军机大臣会议,遂乃比照银数,请赏举人,虽曰以昭画一,然于圣主慎重名器之心,因时权衡之道,要未能深详体究也。若因此遂成定例,臣窃谓适足生富家侥幸之心,而阻寒儒进修之志。向来捐例,京官自郎中,外官自道府以下,皆准捐。至清要衙门,非举人出身者,不得与焉。官可捐而出身不可捐也。今以捐银捐赈之故,而得为举人,则未登仕版者,将可报捐中书;已列部曹者,又得保送御史。竞趋捷径,滥厕清班,欲肃官廉,亦已难矣。况准其一体会试,则得陇望蜀,谓举人既可幸邀,进士何难弋获?于是买通关节,雇请枪替,各种弊端,在所不免。臣故曰生富家侥幸之心也。至单寒下士,既不能鲜衣华服,奔走形势之途,又不能遵例纳财,置身通显之地,其所以系属心思,鼓舞才力,孜孜以穷经砥行为务,而未甚厌弃者,良以举人一途,为进身之阶耳。今若以多士进身之阶,为一时劝捐之计,不论学问之浅深,但较银数之多寡,如能累万,不啻升三,一经报呈,便同登第,文章不足为贵,科名亦觉其轻,识趣日卑,术业渐废,臣故曰阻寒儒进修之志也。颇失士望,徒生幸心,以为故常,未见其可。论者但以请赏花翎,未便率行议准,因而请赏举人,不知花翎举人,均为圣朝名器。而细按之,则花翎,实器也,举人,虚名也。实器以待有功,虚名以彰有德,互为表里,未可低昂。彼输财助赈者,急公好义,固不可不量加鼓励。然在士庶,或酌给匾额,或议叙职衔;在官绅,或予以升途,或准其加级,已足示鼓励而劝捐输矣。若请赏举人,则所得无几,所伤实多,应请旨饬下顺天府五城及各省督抚,嗣后地方偶遇水旱偏灾，如有捐输应奖之处，概不准援引成案，冒请赏给举人，庶经制定而人绝妄心，流品分而士多励志。而于劝善赈民之道，仍未有碍也。"疏上，奉旨："所奏甚是，可嘉之至。"仰见圣主明聪，名臣风格，谨识录之。

陈 小 鲁

陈小鲁^行，仁和布衣，负才跅弛，嗜酒，工长短句。家贫，训蒙卖字以自给。性孤介，不谐于俗，坐是益困顿，日泥饮垆头，有伯伦荷锸之风。道光乙亥，竟以病酒，卒于友人黄山渔家，贫无以敛，同人助之殡葬。一女，曙后星孤，寄居外家。予为搜辑遗稿，积五六年，得如干阕，汇而刊之。词出入苏、辛，小令酷肖板桥。《鬲溪梅令》云："庭前竹树报平安，不平安，一夜西风吹折两三竿，缺中来远山。 古人只道出门难，入门难，江北江南也作故园看，玉门何处关？"《太常引·答陈月墀》云："蒲帆十幅挂江干，来倚我危栏。受得一宵寒，便说到灯残梦残。 入门风月，出门烟雨，无意上吟坛。指点与君看，杨柳外青青远山。"《浣溪纱·怀董九九》云："一世杨花二世萍，无疑三世化卿卿，不然何事也漂零。 掬水攀条无别意，百般怜惜汝前生，何人知我此时情。"《太常引·水上人家》云："水天水地水人家，水上做生涯。一二亩蒹葭，七八亩菱花藕花。 蒹葭活火，菱香藕熟，湖水可煎茶。秋梦有些些，只不管朝云暮鸦。"诗非其所长，然间亦一作。如《寄友》云："我家门外鸡枫树，不见君来不肯黄。"《杂诗》云："宝刀若赠黄衫客，定斩无情李十郎。"亦琅然可诵也。又小鲁好以俗语俗字入词，余付梓时，悉删汰之。有"貂裘换酒醉言"一阕，久脍炙诸友人口，以余汰去，颇怅怅。因亟录之，其词云："觉得魂儿骤，梦初醒，被池冰冷，一灯红瘦。斗大眼花看不定，撑下床来行走。似颠倒风前杨柳，渴杀刘伶难忍耐，索茶汤笑向妻开口。妻不语，两蛾斗。 苍天生我卿知否？早安排几千万石，无愁春酒。明日杏花村里去，还要尽情消受。待记取归来时候，跌进门来须照管，玉纤纤扶住劳卿手，直睡到百年后。"

三　虫

《道德篇》："聋虫虽愚，不害其所爱。"聋虫，鳖也。又马亦称聋虫。《抱朴子·广譬篇》："晋文回车于勇虫。"勇虫，螳螂也。张衡赋："刚虫搏击。"刚虫，鹰也。

土　语　入　诗

古人"姊隅跃清池"，以蛮语入诗。"误我一生踏里彩"，蒙古语入诗。今李宁圃太守《潮州竹枝词》云："销魂种子阿侬佳，开襆千金莫浪夸。高卷篷窗陈午宴，争看老衍貌如花。"注，六篷船呼幼女曰阿侬佳，梳拢曰开襆，呼婿曰老衍。舒铁云《黔苗竹枝词》云："马郎房底好姻缘，偻指佳期不计年。插遍青山黄竹子，哝哝还索鬼头钱。"注，俗结婚于邻建空房曰马郎房。合卺三日，女归母家，或半年一返，女父母向女索头钱，不与，或改嫁。有婿女皆死，犹向女之子索者，则谓之鬼头钱。凡人死，其生前所私男女，各插竹于坟前祭焉。"山房缥缈际青天，百尺梯头踏臂眠。才到三更春梦觉，泪花一斗听啼鹃。"注，克孟牯羊亲死不哭，跳舞浩歌，名曰闹尸。至明年闻杜鹃声，则举家号恸，悲不自胜，曰："鸟犹岁至，亲不返矣。"先大父《题汪亦沧日本国神海编》云："贡院繁华系客情，朝朝应办几番更。筵前只爱红裙醉，拽盏何缘号撒羹？"注，贡院者，彼邦馆唐人处也。佐酒者，号曰撒羹。"胶青拭鬓腻髹鬟，妾住花街任往还。那管吴儿心木石，我邦却有换心山。"注，妓所居之山曰换心山。

一　杯　羹

有人作《太上皇》诗云："得意斯为天下养，失时要作一杯羹。"刘芙初编修《咏陈平》云："笑问社中分肉手，如何处置一杯羹？"二诗读之，真堪失笑。又孙子潇太史《芒砀怀古》诗云："威加四海诛元功，羹分一杯弃而翁。君不见蛟龙白日与媪遇，龙种何曾属太公?"奇论辟空，得未曾有。

竹 衫 瓶 菊

王香雪州佐乃斌《咏竹衫》句云："六月最宜君子服，三秋还叠女儿箱。"周南卿茂才三燮《咏瓶菊》句云："白水订交真耐久，黄金垂尽易生寒。"各有风致。俱李小牧云。

规 矩 草

热河避暑山庄苑墙之外，草皆滋曼，一入苑内，则弥望蒙茸，如铺绿罽，人呼为规矩草。

临 终 对 句

淳安方朴山先生病革时，弟子咸在。有二人私语曰："水如碧玉山如黛，以何为对?"先生枕上闻之曰："可对云想衣裳花想容。"言毕而逝。

党 奸

王莽篡汉，刘歆作符命。司马篡魏，阮籍作《劝进文》。王世充篡隋，孔颖达草《禅议》。大儒名士，何不爱其羽毛若是?

量 人 蛇

广东琼州有量人蛇，长六七尺，遇人辄竖起，量人长短，然后噬之。土人言此蛇于量人时，鸣声曰"我高"，人亦应声曰"我高"，蛇即自坠而死。

果 下 豹

果下马，果下牛，人皆知之。惠州罗浮山巅有兽小如猕猴，名果下豹。

城 隍

城隍二字，始于泰之上六。《礼》："天子大蜡八，伊耆氏始为蜡。"注，伊耆，尧也。蜡神八，水庸居七。水，隍也；庸，城也。《春秋》："郑灾，祈于四鄘。宋灾，用马于四鄘。"鄘、墉、庸同。由此推之，祀城隍盖始于尧时。城隍之有庙，则始于吴。《太平府志》云："城隍庙在府承流坊，赤乌二年创建。"其后祀之者，则见于六朝，如北齐慕容俨以祀城隍破梁军是也。他如韩昌黎、张曲江、李义山、杜文贞，俱有祭城隍诗文。五代钱镠，有《重修墙隍庙记》，以城为墙者，避朱全忠父名也。其封城隍为王者，见于后唐废帝清泰元年；封城隍而及其夫人者，见于元文宗天历二年。洪武初，诏天下府州县建城隍神庙，封京城隍为帝，开封、临濠、东平、和滁为王，府为伯，县为侯。至以神鬼为城隍者，见于《苏缄传》，缄殉节于邕州，交州人呼为苏城隍。其后范旺守城死，邑人为像城隍以祭。本朝查初白先生言："今江西城隍为灌婴，杭州城隍为南海周公新。其他如粤省以倪文毅为城隍，雷州以陈冯宝为城隍，英德以汉纪信为城隍，诸如此者，不可胜纪。"按城隍乃主城郭之神，而世传为治阴间之事，则又见《夷坚志》。今七月二十四日为都城隍诞辰，相传是日为筑城之始云。

白 鸽 标

粤有白鸽标之戏。标主以《千字文》二十句为母，每日于二十句散出二十字，令人覆射。射中十字者，予以数百倍之利。其余以次而降，四字以下为负。其法以二文八毫钱为一标，由此而十而百而千，悉从人便。其名有一炷香、八搭二、九撞一，大扳罾、小扳罾、河汊、百子图等目。谓之鸽者，凡鸟雄乘雌，鸽则雌乘雄，且性喜合，以八十字之雌，而合十字之雄，最易合者也，义盖取此。

种　　痘

种痘始于宋真宗朝王旦，其后各相授受，以湖广人为最。今西洋夷医呧哈吱善种痘，法以极薄小刀，微剔儿左右臂，以他人痘浆点入，不过两三处，越七八日即见点，比时行之痘大两倍，儿无所苦，嬉戏如常。夷言本国虽牛马亦出，恒有毙者，因思此法，由牛而施之人，无不应验，于是其法盛传。然又必须此痘浆方得，他痘不能，故互相传染，使痘浆不绝，名曰牛痘，诚善法也。又有所谓神黄豆者，产滇之南微西彝中，形如槐角子，视常豆稍巨，用筒瓦火焙，去黑壳，碾细末白水下之，可除小儿痘毒。服法以每月初二、十六日为期，半岁服半粒，一岁一粒，递加至三岁三粒，则终身不出矣。或曰按二十四气服之，以二十四粒为度。

金　兰　会

广州顺德村落女子，多以拜盟结姊妹，名金兰会。女出嫁后归宁，恒不返夫家，至有未成夫妇礼，必俟同盟姊妹嫁毕，然后各返夫家。若促之过甚，则众姊妹相约自尽。此等弊习，虽贤有司弗能禁也。李铁桥廉使沄令顺德时，素知此风，凡女子不返夫家者，以砵涂父兄目，鸣金号众，亲押女归以辱之。有自尽者，悉置不理，风稍戢矣。

三　江　赋　重

江南之苏、松，浙江之嘉、湖，江西之南昌、袁、瑞等府，赋重于他处，人皆曰此明太祖恶张士诚、陈友谅，因而仇视其民也，而实不尽然。盖其害实起于宋之官田，迨有明中叶，复摊絜官田重赋，并于民田，遂贻祸至今。考官田民田之分，二者本不相同。官田输租，民田纳赋，输租故额重，纳赋故征轻。宣和元年，浙西平江诸州，积水新退，田多旷业。当时在廷计利诸臣，献议募民耕种，官自收租，谓之官田。厥后加以籍没蔡京、王黼、韩侂胄等，又充逾限三分之一之田，尽属之官，而官田于是乎浸广矣。沿及元世，相沿不革。元末张氏窃据有吴，又并元妃嫔亲王之产入焉。明祖灭张氏，其部下官属田产，遍于苏、松。明祖既怨张氏，又籍其田，并后所籍富民田，悉照租额定赋税。正统时，巡抚周忱奏请减官田额，又奏官田乞同民田起科，部议格不行。嘉靖中嘉兴知府赵瀛请以官田重赋，摊絜于民田而均之。赵固以官田民田，有同一丘而税额悬殊，故创并则之议。不知官田自当减赋，民田不可增赋。同时苏、松亦仿其议，奏请允行，自是官田之名尽去，而民田概加以重赋。我朝平定江南，以万历时额赋为准，时已无复有官民之分。但官田虽减，犹未为轻，民田既增，弥益其重。然则江右、南昌、袁、瑞浮粮，所以早蒙豁免者，由官田名额未除，苏、松、嘉、湖浮粮所以难邀蠲除者，以官田名额既去，均于民田之赋，竟指定为正供，不复推求往时摊絜之故。韩世琦、慕天颜先后披陈，卒格不行。雍正二年，特恩除苏州额征银三十万两，松江十五万两。乾隆二年，又除苏州额征银二十万两，民力固可稍舒，然旧额太重，虽屡减仍无益也。如有为民请命者，诚能缕述其所以然之故，知宋不括官田，则无此重赋，明不摊絜民田，则亦无此重赋。为今之计，莫若均赋一法，请即以苏、松邻壤，东接嘉、湖，西连常、镇，相去不出三四百里，其间年岁丰歉，雨旸旱溢，地方物产，人工勤惰，皆相等也。以之较常、镇赋额，则每亩浮加几倍。宜查常、镇之额，按其最重者，定为苏、松、嘉、湖之赋，则用以指陈入告，以普朝廷惠爱东南氓庶之至意，则百世蒙其福矣。

浑　不　似

琵琶古名枇杷，又名鼙婆，昭君常用琵琶坏，令胡人改为之而小。昭君笑曰："浑不似。"后讹为"胡拨四"，又讹为"虎拍思"，又讹为"琥珀思"，纷纷聚议，其实即琵琶一物也。

迦陵填词图

陈其年填词图，一时题者，名作如林，卷尾有裘文达公曰修五绝句。其一首云："卷中诗伯首渔洋，诸子飞腾各擅场。一事难忘惆怅处，不将余潘貌云郎。"读之忍俊不禁，不意此老亦风趣乃尔！

王　紫　稼

渔洋山人称李琳枝为真御史。李巡按江南日，有优人王紫稼及三遮和尚淫纵不法，皆仗毙之。王紫稼者，即龚芝麓、吴梅村、钱虞山、陈迦陵诸公所咏王郎者也。

李　郎

毕秋帆尚书沅李郎之事，举世艳称之。袁大令、赵观察俱有《李郎曲》，而袁胜于赵。余最爱其中一段云："果然胪唱半天中，人在金鳌第一峰。贺客尽携郎手揖，泥笺翻向李家红。若从内助论勋伐，合使夫人让诰封。"写得有景有色，溧阳相公呼李郎为状元夫人，真风流佳话也。

介　甫　东　坡

王荆公极其佩服长公，见尖叉雪诗，诧曰："东坡使事，乃能如此神妙耶？"指"冻合玉楼寒起粟，光摇银海眩生花"二句，以示其婿蔡卞。卞曰："此不过形容雪色耳。"公曰："尔何知？玉楼肩名，银海眼名，并见道书，故佳也。"又荆公在蒋山，有人传东坡表忠观碑草稿至。公熟读数过，谓座客此文系何体，叶致远曰："不知其体，要是奇作。"蔡元庆曰："直是录奏状耳，何名奇作？"荆公笑曰："诸公未知，此太史公二五世家体也。"盖于文字之间,沆瀣如此。后因字说,渐至龃龉,遂尔成隙。荆公固执拗,坡翁亦多所狎侮,坦白人遇忮刻人,安得不贾祸耶?

明 妃 诗

明人《昭君》诗有云:"君王莫杀毛延寿,留画商岩梦里贤。"高季迪以为绝工,王阮亭以为村学究语,两朝诗老,孰非孰是?

因 诗 得 妇

明王子宣旬《宫词》云:"南风吹断采莲歌,夜雨新添太液波。水殿云廊三十六,不知何处晚凉多?"仁和解元俞友仁见而悦曰:"此其得意句也。"遂以妹妻之。以二十八字得妻,甚奇,然亦正复不愧。

荐 书

四岳举舜数语,千古荐书之祖也。曰:"父顽母嚚象傲,克谐以孝,烝烝乂,不格奸。"帝询以天下之才,岳对以匹夫之行,后世奏章如此,鲜不以为迂矣。妙在尧立时俞允,以为父子兄弟二伦,确乎可信矣。于是妻之以二女,复事之以九男,以观其夫妇、朋友二伦,然后进于君臣。由是五伦备矣。乃历试诸艰,畀以神器,何其慎重也! 然后知大圣人之知人用人,其超越寻常如此。

伶 俐 不 如 痴

向在友人家,见一阳羡砂钵盂,用以为水注,旁缀一绿菱角,一浅红荔支,一淡黄如意,底盘一黑螭虎龙,即以四爪为足,下镌"大彬"二字,设色古雅,制度精巧,而四物不伦不类,莫知其取义。后询一老骨董客,谓余曰:"此名伶菱俐荔不钵如意痴螭。时大彬、王元美旧有此制。”乃知随处皆学问也。

狐仙能画

北地多狐仙，人家往往有之。晓岚纪宗伯在滦阳，寓楼颇多，闻有善画者，先生盛具酒脯而祷焉。祷毕，铺笺纸三十幅于几上，并附一诗云：“仙人自古好楼居，文采风流我不如。新得吴笺三十幅，可能一一画芙蕖？”越三日而登楼视之，则已设色完好矣，遂携而下，复以酒果祀之。

长　生　殿

黄六鸿者，康熙中由知县行取给事中入京，以土物并诗稿遍送名士。至宫赞赵秋谷执信答以柬云：“土物拜登，大稿璧谢。”黄遂衔之刺骨。乃未几而有国丧演剧一事，黄遂据实弹劾。仁庙取《长生殿》院本阅之，以为有心讽刺，大怒，遂罢赵职，而洪昇编管山西。京师有诗咏之，今人但传“可怜一曲《长生殿》”二句，而不知此诗有三首也。其云：“国服虽除未满丧，如何便入戏文场。自家原有些儿错，莫把弹章怨老黄。”“秋谷才华迥绝俦，少年科第尽风流。可怜一曲《长生殿》，断送功名到白头。”“周王庙祝本轻浮，也向长生殿里游。抖擞香金求脱网，聚和班里制行头。”周王庙祝者，徐胜力编修嘉炎是日亦在座，对簿时赂聚和班伶人，诡称未与，得免。徐丰颐修髯，有周道士之称也。是狱成，而《长生殿》之曲流传禁中，布满天下，故朱竹垞检讨赠洪稗畦诗，有“海内诗篇洪玉父，禁中乐府柳屯田。《梧桐夜雨》声凄绝，薏苡明珠谤偶然”《梧桐夜雨》，元人杂剧，亦咏明皇幸蜀事。之句，樊榭老人叹为字字典雅者也。

考　差　会　课

京师考差之年，各衙门诸老先生亦有诗文会课之事，亦犹士子之乡会试也。道光壬午,余寓京师苏子斋姨丈宅。一日,先生邀同部七人晚饭,约以日晡即至,各作试帖一首,题为"左右惟其人"。迨上烛缴卷者,仅有四人,内于公克襄一首,记其中四句云:"辅也还兼弼,臣哉即是邻。是谁肩厥辟,惟汝翼斯民。"以肩翼二字贴左右,何等浑脱大方!

卷五

在疢记

明忠庄朱公，讳之冯，字德止，号勉斋，京师人。官中丞，殉甲申之难。著《在疢记》，中多粹语。有云："隐恶扬善者圣人也，好善恶恶者贤人也。分别善恶无当者庸人，颠倒善恶以快谗谤者小人也。"

宗彝

思南石阡一带山中，产兽曰宗彝，类狝猴，巢于树，老者直居上，子孙以次居下。老者不多出，子孙居下者出，得果即传递至上，上者食，然后传递至下。先儒谓："先王用以绘于尊者，取其孝也。"

同姓

张献忠乱蜀，焚毁城市祠庙，惟梓潼七曲山张亚子庙，盛有增饰，且追尊帝君为始祖。遇张桓侯庙，亦不敢毁。唐黄巢之乱，屠戮无算，然独厚同姓。如黄姓之家，及黄冈、黄梅等县，皆以黄字得免。盗贼之行，如出一辙。然今人之暴富贵而即忘其族里者，殆盗贼之不若矣。

治中

官名治中，中字多读如字，非。《周礼·天官》："凡官府都乡州及都鄙之制，治中受而藏之。"郑司农曰："中者，要也。谓职治簿书之要也。"则中字宜与中伤、中酒等字同音。

脱十娘顾二娘

王阮亭先生诗云："樽前白发谈天宝,零落人间脱十娘。"注,金陵旧院有顿、脱诸姓,皆元人,后没入教坊者。江宁脱十娘者,年八十余尚在。万历中,北里之尤也。陈句山先生诗云："谁将几滴梨花水,一洒泉台顾二娘。"注,顾二娘,吴门人,善制砚,住专诸巷。

六　女

广州顺德县李氏,简姑、定姑、介姑、洁姑、寅姑、璇姑遭滇寇之乱,誓志同死,连臂投渊。见渔洋山人《池北偶谈》。然广郡六贞女,事不止此。康熙丙辰,逆周入寇,顺德有伍某者,知陈村生员李朝宗有同堂女六人,年及笄,皆殊色,因勒其家为富户,派助兵饷,使人谓李曰:"以六女归伍,事必解。"六女知不免,一夕,同赴水死。六尸浮出,面色如生,遂合葬于龟山之阴。事闻,下伍于狱,瘐死。又增城黄灿阳妻汤氏,及其弟一初之女,曰慎、曰志、曰爱,及庠生森然之妹,曰可再、曰虾,汤孀守,与五女共处楼中。崇祯戊辰,贼黄仲积攻楼,汤与五女坠楼死。邑令方大猷有诗纪之。顺治癸巳,李定国攻新会荼塘诸乡,治战舰应之,定国败走。藩兵至,侦知李良宰富,诬其通寇,使游檄索金即免。李靳不与,兵围其居。李有六女,登楼自缢,良宰坠楼被杀。乾隆丙申三月,贼众劫新会邝佳俸家楼,时有女邝兰娘、胡鹤娘、胡寅娘、胡带娘、廖宽娘、邝妹娘,惧辱坠楼,人呼"坠楼六贞女"云。

躲　破　鼓

昔有人养二猿,牝者甚淫。一日失牡,叫号不已。主人遍觅不得,翼日乃出自破鼓中。故今号人之避内差者,曰"躲破鼓"。

上　舍

明初,一上舍任都掌院,群属忽之。约二三新差巡按者领教,掌院厉声云:"出去不可使人怕,归来不可使人笑。"闻者凛然。

桂　花　新

蒋苕生太史《空谷香》传奇,鲁学连《移官》出内《桂花新》一支云:"山平水远出桐江,柔橹声中过富阳。塔影认钱唐,何处是故人门巷?"叙自严州至省城,光景历历,如在目前。余久羁岭表,梦绕家山,一再诵之,悠然神往矣。

挽　联

姨丈苏子斋先生绛初入翰林,继擢御史,镌级,捐复员外,补刑部湖广司,转郎中,出为山西朔平府知府。丁母艰起复,简山东青州府知府,卒于官。家大人在粤接讣,命壬为挽联云:"侍直西清,珥笔西台,又尽职西曹,出治懋勋猷,两省春风思太守;耗传东浙,心伤东鲁,奈身羁东粤,招魂长叹息,一江秋水哭先生。"又同年徐秋厓孝廉廷烺会试场中得病,十四日而殁于邸舍。余代家叔小槎比部作挽联云:"十四日病莫能兴,幸乔梓相依,属纩尚能亲含玉;令嗣访斋亦因会试在京。三千里没而犹视,痛桑榆垂暮,倚闾空自盼泥金。太翁来若先生,年八十余,犹在堂也。"

文　庄　奏　语

先文庄公在政府,一时援引,如陈句山太仆兆仑、孙虚船通议灏,皆名宿。或有以公庇护同乡言于上。一日,召公谓曰:"人言尔庇护同乡,自后有则改之,无则加勉。"公顿首对曰:"臣领皇上无则加勉之训。"时服其有体。

孙征君语

苏门孙征君钟元先生_{奇逢}尝题壁云:"人生最系恋者过去,最希冀者未来,最悠忽者现在。"此三语真世人药石也。

志 哀

先君疾终开平官舍时,不孝甫会试下第旋里,惊闻凶耗,匍匐南来,含殓未亲,罪难擢发。鸳湖陆琴台先生_{咸高}时在幕中,掌书记,赋《台城路》挽词二阕云:"春残忽尔维摩扰,林禽正呼归去。_{君时有归田之意,缘遘累未果,至暮春疾作,乡心更切。}遄重千钧,载无片石,相对只增愁绪。刀圭何补,恨秦缓来迟,玉楼先赴。_{省医至,已不及矣。}化鹤飞凫,送君魂返古杭渡。 甘棠歌遍岭峤,看碑题堕泪,奚减羊祜。甲第箕裘,宰官衣钵,况有传经小杜。_{谓嗣君晋竹孝廉。}真无憾处,尽撒手红尘,游神紫府,满目悲凉,弥留无半语。_{君临终与家人无一诀别之词。}""知君一去无依恋,凄凉殡宫谁奉?下第刘蕡,思亲仲子,可有夜来凶梦?_{晋竹时赴试未回。}关山阻壅,只寡鹄孤鸾,据床啼涌。更是伤心,左家娇女雪衣送。 萍踪飘散太促,想芙蓉幕卷,情绪千种。寄白堂闲,_{苍城署厅之额曰寄白堂。}拈红会散,六十二旬欢纵,余尤谊重。感伯也当年,榜花曾共。_{太翁夬庵先生与先胞伯戊申同榜。}两世科名,_{君又与星楼家兄同年。}抚棺增一恸。"情真意挚,令人哀感,谨泣而志之。

竹 枝

岭南竹枝词多矣,余最爱彭羡门先生一首云:"妾家溪口小回塘,茅屋藤扉蛎粉墙。记取榕阴最深处,闲时来坐吃槟榔。"风韵独绝,绰有古音。

胸　襟

陈同甫作忠臣论,以武庚为忠臣孝子之首,此言必有为而发,盖讥高宗之缓于复仇也。又高宗定都临安,同甫醉中睨视之曰:"决钱江之水,城可灌也。"明祖定都金陵,姚少师作诗曰:"萧梁事业今何在?北固青青眼倦看。"帝王创建,虎踞龙蟠,自以为子孙万世之业。而二人者,直以草芥视之,其胸襟为何等耶?

废　纸

萧山蔡荆山茂才出示册页一本,其中所潢褙者,乃成化时某县呈状一纸,万历时某科题名录一纸,崇祯时某家房契一纸,隆庆时某年春牛图一纸,宣德时某典当票一纸,弘治时某姓借券一纸,天启时某地弓口图帐一纸,景泰时某岁黄历太岁方位图一纸。数百年废物,以类聚之,亦入赏鉴,可谓极文人之好事矣。

父 子 异 趣

曹操杀孔北海,禁其文,其子丕独爱之,令天下有上融文章者,辄赏以金帛。蔡京立党碑,禁苏、黄文字,子絛论议,专以苏轼、黄庭坚为本。宣和五年,或言于上,奉旨落职。赵明诚,赵正夫挺之子也。正夫恶党人,明诚撰《金石录》,每遇苏、黄片纸只字,必收藏,以此失爱于正夫。权奸之势,可以倾朝野,而不能得之于家庭,亦异矣哉。

兄 弟 异 趣

曹丕篡汉,陈思王植变服而哭。司马炎篡魏,习阳亭侯顺叹曰:"事乖唐、虞,而假为禅名。"遂悲泣废黜而卒。王荆公行新法,弟平甫颇不直之。一日，荆公见吕惠卿，平甫于内吹笛。公使人谓曰："请学士放郑声。"平甫使人答曰："请相公远佞人。"宋郊为相，俭约自奉。弟祁为学士，游宴奢豪，以十重锦幛覆屋，为长夜之饮。郊使人谓曰："寄语学士，记当日读书某山，夜半啜冷粥时否？"祁答之曰："传语相公，试问当日夜半啜冷粥，是为甚的？"同气之不同志趣如此。

居官不听子弟言

明耿定向《先进遗风》云："杨文定公溥执政时，其子自乡来省。公问曰：'一路守令闻孰贤？'对曰：'儿道出江陵，其令殊不贤。'公曰：'云何？'曰：'即待儿苟简甚矣。'乃天台范理也。文定默识之，即荐升德安府知府，甚有惠政。夫居位者方以趋奉之勤惰疏密，张我威福，其子弟即借父兄之势，以吓当路，而父兄即听子弟之言，以寄耳目。文定不私其子，反以此重其人，所以励官方者在此，所以垂家法者亦在此。"呜呼，贤矣！

温 伊 初

温伊初训，粤东嘉应州长乐县人也。道光乙酉，撰拔贡生，壬辰举于其乡。是科先君分校秋闱，其房师某公以此卷示先君。先君曰："此必长乐温某也。"揭晓果然。故伊初于先君，有知己之感，执弟子之礼甚恭，著有《登云山房文稿》，纯学昌黎。又《梧溪书屋诗》四卷，不屑屑作宋元以后语。有七古一篇，纯用盲左，语颇奇恣。其题云《余赠铁孙雪庵诗有武库森然排甲戈句今铁孙赠余诗纯以兵喻复效其体奉酬》。诗云："徐君治诗如治兵，穷兵日日寻战争。兵连祸结无时已，坐令两国荒春耕。余与铁孙皆以舌耕。翩然大师复加我，畏君之威请行成。室如悬罄野无草，一任强敌来纵横。焚舟济河秦师锐，闭关塞窦晋国惊。悉索敝赋虽已罄，有死不甘城下盟。华元登床见子反，析骸易子抒其情。请君退师三十里，哀怜敝邑许之平。溯惟首祸始何人，实我小国敢自矜。余先以诗赠铁孙。息侯伐郑不量力，宋公厕伯徒虚名。漫云匹夫不可狃，岂知大国宁敢轻。窒皇蒲胥车剑及，组甲被练千百并。左广右广次第驾，上军下军迤逦行。莒麰纺绩城可度，堇父悬布堞再登。井湮木刊陈何酷，斩祀杀厉吴正勍。华泉取饮两骖绁，炊鼻下车一足鬵。背城一战吾倘能，休兵三驾君已嬴。果然牛瘠豚能偾，始信鸡斗雄先鸣。嗟我与君匹楚晋，城濮鄗邲胜败更。欲效向戌弭兵法，玉帛相见交于庭。止戈为武绎古义，散厥马牧之郊坰。却忆南山射虎将，来诗言访雪庵。力能饮石谁抗衡。请君更张十万弩，我从壁上瞪双睛。月过上弦利行师，试执同律听军声。"

柏　相　诗

柏鞠溪节相总制两江，与河督陈公凤翔意见不合，遂相倾轧。陈公奉旨革职，并荷校河干，旋以愤卒，一时不免物议沸腾。柏公作《感怀》诗四首云："淮甸云沉月上迟，夜寒独坐梦醒时。霜欺短鬓愁低首，花放长檠笑展眉。棋局定能淆黑白，蛙声那复问公私。路人万口惊相告，鼠穴牛车事亦奇。""狂花满眼哄沉醨，说鬼谈禅异所闻。镜里无形难觅影，峰头有石易生云。服辕老马愁前路，铩羽秋鸿感旧群。箕斗插檐天尺五，自扶筇杖看星文。""胶漆雷陈托旧盟，相逢一笑素心倾。平生自诩汪汪度，宇宙曾垂矫矫名。海市幻成楼有象，并刀剪处水无声。著书辨谤浑多事，付与千秋月旦评。""懒从龟策问行藏，尺短何能较寸长。只恐身名终碌碌，空令岁月去堂堂。忘家久作离尘想，多病难寻辟谷方。作梦游仙心境朗，五云楼阁气苍茫。"事虽不纯，而诗则名贵可诵。

喜　鹊

明东阿于慎行《穀山笔麈》云："窦参为相，其族子名申者，为给事中，招权受赂。参每迁朝士，常与申议，申因先报其人，时以喜鹊目之。及参赐死，申亦杖杀，喜鹊亦自不吉如此。今之卿相子弟为喜鹊者,可以戒矣!"此语甚新。

魔　浆

梁武帝断酒肉文云:"酒是魔浆。"可与"福水"二字的对,盖一颂一戒也。又谚谓酒曰:"其益如毫,其损如刀。"旨哉斯言。

纨　袴　传

三原孙枝蔚豹人《少年行》云:"少年不读书,父兄佩金印,子弟乘高车。少年不学稼,朝出乌衣巷,暮饮青楼下。岂知树上花,委地不如蓬与麻。可怜楼中梯,枯烂谁论高与低。尔父尔兄归黄土,尔今独自当门户。尔亦不辨亩东西,尔亦不能学商贾,时衰运去繁华歇,年年大水伤禾黍。旧时诸青衣,散去知何所。簿吏忽升堂,催租声最怒。相传新使君,怜才颇重文。尔曾不识字,张口无所云。卖田田不售,哭上城东坟。昔日少年今如此,地下贵人闻不闻?"云间孙铉批曰:"此诗可为纨袴子作传。"

马　坡　巷

马坡巷,近东花园,为上马坡;北抵清泰门,为下马坡,旧名马婆巷。元奉化戴帅初《戊戌清明杭邸坐雪》绝句云:"思乡处处只愁生,正好春游又不晴。雪似梨花云似柳,马婆巷口过清明。"盖巷犹南宋时名也,见厉樊榭《东城杂记》。

私　蓄

明程至善《无颜录》云:"父母富,其子私蓄不可无。无者,非败子即呆人也。父母贫,其子私蓄不可有。有者,非逆子即忍人也。"先大父夬庵公云:"亲富而有私蓄,必能俭约自处,省缩赢余。若假亲名以谋非分之财，据为私蓄，或至贻父母恶名，则其罪亦与逆子、忍人等矣。”

帝王言动

宋艺祖夜半思食羊肝，左右曰：“何不言？”帝曰：“若言之，则大官必日杀一羊矣。”宋仁宗游幸上苑，偶患渴，屡顾铫子不得，遂隐忍入宫。渴甚索饮，左右问：“何不言？”帝曰：“言之，则必有得罪者矣。”明武宗在宫中，偶见黄葱，实气促之，作声为戏。宦者遂以车载进御，葱价陡贵数月。明穆宗偶思食果馅饼，来日御膳房起面者，剥果者，制糖者，开支至五千金。帝笑曰：“只须银五钱，便可在东华门口买一大盒矣。”盖帝在潜邸，早稔其价也。朝廷之一言一动，其不可忽如此。

难博学

杭董浦太史世骏记问渊博，乡人难以俗字，竟无以对，传为话柄。考《江行杂录》载：“鸣条山有余庆寺，司马温公一日省墓至寺中，父老五六辈请曰：‘某等闻端明在县，日与诸生讲，村人不及听，今幸为略说。’公即取《孝经·庶人章》讲之。既已，复前曰：‘自《天子章》以下，各有《毛诗》二句，此独无，何也？’公默然谢曰：‘生平虑不及此，当思所以奉答。’父老出语人曰：‘吾今日难倒司马端明矣。’”王渔洋云：“闻耿道见说，古本《庶人章》末有诗二句云：‘昼尔于茅，宵尔索绹。’”又孙退谷古本《孝经》与今本迥别，附记。

蒙古儿

市井以为银之隐语。按国书，“蒙古原作银解”。盖彼时与金国号为对耳。《一文钱》传奇《罗梦》出云：“蒙古儿，觑着他，几多轻重。”谓元宝也。

清 勤 堂 随 笔

先文庄公在朝日,蒙赐御书清勤堂额,敬悬里宅,昭示子孙。夫处家以清,则凡屋舍之朴,服御之俭,饮食之菲,燕会之薄,以至锥刀之利不争,便宜之事不占,皆清也。处家以勤,则凡朝夕之省,祭飨之节,教诲之严,诵读之密,以及交接之礼必周,奔走之事必任,皆勤也。居位之轨范在此,治家之楷模亦在此。昔高庙作怀旧诗,其《先臣》一首云:“奉职恪且勤,居家俭而省。”真知臣莫若君矣。公有随笔五则,敬录于左。

大司农赵恭毅云:“世著清操,衣冠俭素,下体不着寸丝尺纴之饰,江南贤达,往往效之,于俗有益。”

陶石篑云:“世族只为体面二字,凡应酬日用,必须华赡。因之日事典卖,使祖业荡然。逢人乞贷,使亲友畏避。居官则窃帑藏,腠间阎。居乡则事居间,恣渔猎。身心劳瘁而弗辞,名行隳裂而不惜,己之体面,终不能顾,岂非大错。”

从来蓄珍异之物,未有不招尤贾祸者。即藏名人字画以传子孙,亦非贻谋之道。门祚少衰,往往世家求索,虽与佳者,辄疑非是,受累不一而足,可勿鉴哉!

粉墨登场,所费不资,致滋喧杂之烦,殊乏恬适之趣,且招盗诲淫,为患不止一端,士大夫所当永戒也!

朱文端相国,自奉甚约,抚浙时,饬所部凡婚嫁丧葬,贫富各有品式,务崇朴实,勿事华靡,宴会则簋极于五而止,时翕然从之。汪西昆云:“吾邑素风古朴,自陆比部多冠盖交,豪华相炫,遂靡然一变。今冢宰王公,率先复古。往时宴客必盛馔,今以公教,虽三肴,客不怪也。往婚娶,楼船箫鼓竞以夸胜,自公不举乐,不张红,遂相率而改其旧习。公见人厚款,则觍然起。见人炫服,则愀然忧。每与人言,节俭一端,不但可以裕财惜福,寡欲清心,且免妄求横取,人品贤否,每系乎此。谆谆往复,绅士多承其教焉。”

黄　蓉　石

番禺黄蓉石孝廉_{玉阶}，弱冠即有声庠序，四方名士，多与之游。道光壬辰举于乡，先君分校所得士也，貌温雅，工诗古文词，所著《蓉石诗钞》，仅窥四卷，非全豹也。录其《读邝湛若赤雅有怀》三十三首之六云："莫将遗俗笑狂奴，妙舞天魔兴不孤。怀远巴人空有泪，日南野女本无夫。山坳冷笑啼钩鹎，水面含沙怯短狐。面代髑髅椰酿酒，尚留时节祀盘弧。""怜他攻掠苦难休，鼓角频看野战稠。木客好吟新乐府，扶南原是古诸侯。奇兵出没相思寨，明月笙歌独脚楼。便上奇云亭上望，离人多少轸乡愁。""惊心齐指乱峰闲，十去征夫九不还。黑日暗霾人鲊瓮，阴风寒彻鬼门关。髑髅一夜游魂泣，石乳千秋怨血斑。指点苍鹧啼碎后，蛮烟蛇雾有无间。""李白岩边急乱流，昔时骚客此勾留。风前单舸蘅芜怨，天末夫君翡翠愁。坡老旧维藤县舫，谪仙曾作夜郎游。如今香草悲迟暮，凄断哀猿咽上头。""绝顶河山旧有缘，闲云鸟迹荡无边。蘅皋荔浦骚人赋，莲荡松杉小有天。香冢土花沉玉笛，蛮溪阴雨暗铜船。时丰共唱升平乐，竞渡铙歌会五年。""流落人间不易才，甘心蛇口事堪哀。无家张俭褰裳去，有恨灵均茧足来。百粤已从鸣铗老，诸蛮留取著书才。天南法物飘零尽，不见当年绿绮台。"沉雄顿挫，绮丽芊绵，洵南中之秀也。

狼　巾

山舟学士旧藏虫窠一枚，云："太翁莨林编修公，以围棋决赌，得之严氏者。严自何处来，未晓也。"其色枣赤，状之大小长短亦绝似，不镂自雕，如细目之网，缘督为经，又若小口之囊。一面附着树枝处，痕深陷而直，贯彻上下，以是知为虫所结也。少宗伯金海住先生_甡曾有诗咏之。学士和诗云："此虫真合号雕虫，蠹化犹惊织作工。袜雀结房嫌致密，簿蚕成茧欠玲珑。谁绹越客千丝网，疑堕仙樵一剪风。六十余年遗蜕在，那堪重问主人翁。"学士殁后，是物为张岐山少尉问莱乞去,携入川中矣。许周生驾部宗彦云:"是物名狼巾。"不知何据。

乐　氏　枣

《群芳谱》:山东新城有乐氏枣,丰肌细核,多膏肥美,旧传乐毅自燕携来之种,亦曰"毅氏枣"。见《太平寰宇记》。以对"哀家梨",甚工也。

嫁　娶

胡安定公云:"娶妇当不如吾家,嫁女当胜于吾家。"程子云:"世人多谨于择婿,而忽于择妇。其实婿易见而妇难知,所关甚重,岂可忽哉!"《袁氏世范》云:"有男虽欲择妇,有女虽欲择婿,又须自量我家子女。我子庸痴愚下,若娶美妇,岂但不和,或有他事。我女丑拙狠妒,若嫁佳婿,万一不和,卒为所弃。凡夫妇因非偶而不和者,皆父母不审之罪也。"此可为嫁娶之法。

惜　阴

黄山谷与驹父尺牍云:"尺璧之阴,当以三分之一治家,以其一读书,以其一为棋酒,公私皆办矣。"此犹自暇逸之论。明莲池师《竹窗二笔》云:"古谓大禹圣人惜寸阴,至于众人当惜分阴,而佛言'人命在于呼吸',夫分阴之中,有多少呼吸,则我辈何止当惜分阴,一刹那、一弹指之阴,皆当惜也。"又伊庵权禅师每日至晚,必流涕曰:"今日又只恁地空过,未知来日工夫何如。"励精若此,阅之竦然。

操　北　音

钟仪曰:"乐操土风,不忘旧也。"吴越王作乡里之音,而长老尽欢,亦是此意。今南人喜操北音,世族之子弟尤甚。随园老人《厄言》一首云:"卫侯效夷言,取笑自弥牟。南人操北音,之推代含羞。缘何婆人子,谰语偏咿嚘。好学垤泽呼,不待楚人咻。满口杂夷夏,唇齿皆王侯。未登拗项桥,先为反舌鸠。终竟神不王,改字难改喉。大言虽炎炎,闻者摇其头。侯音玄女笑,蛮语参军愁。何不操土风,高师一楚囚。"读此诗,亦当失笑而结舌矣。按《抱朴子·讥惑篇》云:"有转易其声以效北语,既不能似,可耻可笑!所谓不得邯郸之步,而有匍匐之嗤者。"则此陋习,由来已久。

无 题 诗

有人以无题诗,上下平韵三十首示余。阅之,对仗工整,设色绮丽,而七宝楼台,拆无片段。遂朗诵一过,即行缴还。又有人以《真娘墓》一首示余,其词云:"儿家生小住金闾,却把金阊作故乡。马足残花怜薄命,牛毛细雨送斜阳。碧苔多处生红豆,青冢旁边种白杨。一寸鞋尖一寸草,禁烟时节土犹香。"雒诵回环,击节靡已。一友见而谓余曰:"二君诗,子何轩轾之甚?"余答曰:"此梅禹金旧例也。宣城邱华林尝赋梅花诗百首示禹金,禹金但为句读而已。一日闽人林初文以一绝句示梅云:'不待东风不待潮,渡江十里九停桡。不知今夜秦淮水,流到扬州第几桥?'梅击节叹赏,逐字圈赞。邱见之愠曰:'林诗二十八字,正得二十八圈。吾诗二千八百字,至少岂不值得二十八圈乎?'闻者传以为笑。"

下 体

男子下体曰阳具,曰人道,夫人知之也。亦曰马藏,见《三昧经》。亦曰烛营,见《淮南子·精神训》。亦曰余窍,见《列子·仲尼篇》。亦曰秽穴,见《列子·仲尼篇注》。亦曰势峰,见《瑜珈师地论》。亦曰睾丸,见《素问经》。

张　南　山

张南山_{维屏}，番禺人，道光壬午进士，湖南知县，现官司马，工古文。恽子居称其文为岭南柳仲涂。尤留心于国朝人物，所撰《诗人征略》一书，于尚论中寓阐幽意。又有《听松庐诗草》十一卷，其咏史乐府，另为一卷，直登西涯之堂，而入铁崖之室。其他五言，如《落叶》云："有时兼雨点，无处着烟痕。"《松滋城外》云："江抱孤城曲，天围大野圆。"《浮湘》云："雾因衡岳重，月到洞庭多。"《汉阳晚眺》云："西风吹汉水，秋色满江城。"《思归》云："霜浓枫叶醉，水活荻苗肥。"七言如《独坐》云："纵无清露蝉终洁，果有名花蝶易痴。"《感秋》云："名心淡似秋云影，客梦清于古井波。"《北程纪游》云："如何东下钱唐水，不入南条《禹贡篇》。"《下第遣怀》云："恋岫云容多黯淡，送春天气易悲凉。"《楚中怀古》云："臣里梦魂春树外，君山眉黛夕阳中。"《西栽晓行》云："一村晓雾白成海，万顷春苗绿到天。"《闲居杂诗》云："但留玉在何愁璞，莫待桐焦始辨琴。"《柳色》云："雾影迷离天远近，烟痕狼藉水西东。"《城南野望》云："绕篱水暖芦根活，穿树风柔麦气和。"《百花坟》云："莺花黄土埋香骨，盘敦青楼享盛名。"

公　孙

震泽任中甫_{兆麟}《读经杂说》云："《豳风》：'公孙硕肤。'孙当作如字，公为季历孙，周南文王子，亦称公族公姓也。"其说不知何本。

避　讳

福大将军威震中外，属吏有犯其祖父讳及本身名者，必当面申饬。故其时禀启，改康为泰，改安为宁。按寇莱公作相，诸司公移，讳其名，改为准。又汴京旧有平准务，因蔡京父名，改为平货务，官私公移避京名，如京东、京西，改畿左、畿右，则此风由来久矣。

行　路　歌

"别人骑马我骑驴,仔细思量我不如。回头只一看,又有挑脚汉。"言虽俚浅,足以醒世。

砅

杜工部有赠表侄王砅诗。砅,音厉,《说文》引《论语》曰:"深则砅。"谓履石而渡也。

缺　文　衍　文

《论语·尧曰篇》曰:"予小子履。"上当有"汤"字。《孟子》第五篇下"伊尹曰",曰字衍。

返　魂　梅

真州城东十余里准提庵,有古梅一株,大可蔽牛,五干并出,相传为宋时物。康熙中,树忽死,垂四十年复活,枝干益繁,花时光照一院,阮芸台协揆题其名曰"返魂梅"。

赠　酒　资

沈荪町先生,名景良,字敬履,北郭高士也。与陈丈二西灿、奚丈铁生冈交最密。所居土垣,围荒畦数棱,艺花莳菊,瓦屋二椽,萧然四壁。尝雨中著书,以伞缚椅后,坐其下,盖避屋漏也。工诗,老年诗本为人窃去,殁后,其人攘为己作,刊之。有知之者哗于众,其人遂并板毁之,故其诗不传。鲍渌饮《咏物诗存》刻其《夕阳》二律。先生好饮,窘于杖头。黄小松司马自济宁归,赠以酒资。赋即事诗一绝云:"故人归访故山栖,怪我葫芦久不提。笑赠青蚨三百片,晚来依旧醉如泥。"其风趣如此。何春渚先生琪曾为之作传。

丧　服

大祥后为禫服,或曰三月,或曰一月。又丧服计闰不计闰,向未知确义。震泽任中甫为之说云:"《士虞礼》:'中月而禫。'郑康成据中一以上释之,谓中间一月,王肃据文王受命惟中身释之。"愚谓中月当如《学记》中年义,《杂记》:"期之丧,十五月而禫。"汪苕文曰:"主二十七月者,据间传中月而禫之文也。主二十五月者,据《三年问》二十五月而毕之文也。主三十六月者,据《丧服四制》三年而祥之文也。"惟郑氏得其中,故历代因之。且《三年问》、《丧服四制》二篇,朱子所定,《仪礼》删之,不可为典要。朱子答胡伯量曰:"中月而禫,郑注《虞礼》为是。"《穀梁传》谓:"丧不数闰。"《公羊传》谓:"丧数闰。"《郑志》谓:"丧以月数者计闰,以年数者不计闰。"是三年与期不计闰,大功以下计闰也。何休云:"闰为死月数,非死月不数。"盖闰附前月,死之月不可移而下,是父母死于闰月,未尝不数,若闰当除丧之月,则亦不数,此又不可不知也。

诗　与　景　合

余尝暮游湖上,水色山光,深浅一碧,红霞如火,岸桃俱作白色,欲写之,苦无好句。偶读孙子潇太史诗云:"水含山色难为翠,花近霞光不敢红。"适与景合,真诗中画也。又尝夜登吴山,风月清皎,烟雾空濛,颇惬游骋。今读屠修伯大使乘《吴山夜眺》句云:"江湖两面共明月,楼阁半空横断烟。"亦恍如置身其间。

铭

铭之为体,于诗词外另具笔墨。冬心先生以古胜,板桥居士以峭胜,频罗老人以趣胜,各臻其妙。余未窥涯涘,间亦效颦,兹荟其记忆者备录之。自用砚铭:"石友石友,与尔南北走,伴我诗,伴我酒,画蚓涂鸦不我丑,告汝黑面知,共我白头守。"葫芦座铭:"丰下锐上,两轮相荡,是之谓依样。"方镜铭:"辉光刚健,圭棱四见,照来谁有如田面?"独眼砚铭:"有文字缘,有文字祸,尔具只眼,可能觑破。"象牙算盘铭:"劈二五偶,分上下床,焚身而犹近于贿,是真没齿不忘。"竹臂搁铭:"有未干之墨,无停缀之文,倚左右手惟此君,吾将为尔策汗简之勋。"棋奁铭:"知其白,守其黑,便便于腹了了胸,旁观不若尔能嘿。"枕铭:"甜乡醉乡温柔乡,三者之梦孰短长,仙人与我炊黄粱。"鸦片烟枪铭,为雷君少石浼作:"可以助茗战,可以却酒兵,可以破睡壁,可以攻愁城,故杀敌致果而以枪为名。"又为陆琴台作:"苍筤尺八匀而坚,可吸瑶草呼秋烟,谁其主者餐霞仙。"雁足镫铭:"距非鸡,掌非凫,独立一足秋风孤,假之光明玉雪铺,不以为传书之使,而命为守更之奴。"笔饮铭:"拜管城封,锡汤沐邑,给以短假得休息,若夫润泽之,无有枯渴笔。"笔床铭:"贪墨者败,藏锋者待,中书之君甚矣惫,偃之息之将汝赖。"茶船铭:"酒有舟,饮防溺也。茶有舟,水防厄也。君子于此有戒心焉,匪徒以惧执热也。"阳羡砂壶铭:"上如斗,下如卣,鳌其足,螭其首,可以酌玉川之茶,可以斟金谷之酒。"眼镜铭:"读万卷书,行万里路,有耀自他,我得其助。"锡暖酒壶铭,为沈吉人作:"先锡以汤泉,后锡以酒泉,惟醉翁中和其天。"砂印色盒铭:"居图书府,成印信功,宠以白沙之筑,锡以紫泥之封。"梅花帐额铭:"学林和靖,以梅为妻。学赵师雄,以梅为姬。梅兮梅兮,吾亦与尔同梦兮。"又有友人买一竹丝镜奁,制作精雅,乞余为铭。余曰:"不若直书渔洋山人句'浦里青荷中妇镜,江干黄竹女儿箱',为天然赞语也。"

不　好　玩　物

　　吕蒙正为相,有以古鉴献者,云:"能照二百里。"公曰:"吾面不过楪子大,安用照二百里为?"又有以古砚求售者,云:"一呵即润,无烦注水也。"公曰:"就使一日能呵一担水,亦止直十文钱而已。"此与东坡驳古墨同一谐谑。玩物之戒,直令卖骨董者神丧气沮。

县 令 念 佛

《楼攻愧集》七十九卷：“前辈有为县令者，公退，以贯珠诵佛。其叔父见之云：‘汝欲为佛耶？’曰：‘然。’叔曰：‘汝既做了知县，尚想做佛耶？’言造业之多也。其人悚然。”余谓此犹有悔过之意，若今之县令，并不肯手捻贯珠，闲中忏悔矣。

醋 瓶 画 匣

程子曰：“贵姓子弟，于饮食玩好之物，直是一生将身服事不懈，如管城之陈醋瓶，洛中之史画匣是也。”噫！今之世家子弟，其不为醋瓶画匣鲜矣！然摴蒲六博之好，倡楼妓馆之游，往往破家荡产，又岂止瓶匣而已哉！

识 字

读书必须识字，今人口习授受，漫不经心，《说文》、《玉篇》等书束之高阁矣。朱子云：“读书须精韵学，要熟反切，莫从俗读半边字，不辨形声。”呜呼！读半边字之诀，千百年不失其传，而字学之不讲也久矣。皇甫湜与李生第二书曰：“书字未识偏旁，高谈稷契。读书未知句度，下视服郑。”此时之大病，所当嫉者。又李济翁《师资录》云：“谚曰：‘学识何如观点书。’点书之难，不惟句度义理，兼须知字之正音借音。”斯言是矣。

四 忌 铭

江邦申《耳目日书·四忌铭》云：“著书忌早，处事忌扰，立朝忌巧，居室忌好。”旨哉斯言！

段　拂

段拂,字去尘,米元章之婿也。元章有洁癖,见其名字喜曰:"既拂矣,又去尘,真吾婿也。"以子妻之。拂南渡后,仕至参知政事,相攸之法甚奇。

欲　富　贵

明释袾宏《直道录》云:"宣圣儒之宗主,所当朝夕礼拜而供养者,乃舍之而事文昌。六经《论》、《孟》,所当朝夕信受而奉持者,乃舍之而诵《准提咒》。事文昌,持《准提》,非不善也,而其心则在富贵。夫富贵在天,圣有谟训,文昌、《准提》何与哉?"又梁次公云:"欲富者,贫相也;欲贵者,贱相也;急欲富贵者,夭相也。"见《樗斋漫录》,此言最砭人。

桐花阁词

岭南多诗人,而词家绝少。嘉应吴石华广文兰修著《桐花阁词》,郭频伽先生以为跌宕而婉,绮丽而不缛,有少游之神韵,而运以梅溪、竹山之清真者也。《黄金缕》云:"柳丝细腻烟如织,病过花朝,又是逢寒食。多少春怀抛不得,都来压损眉峰窄。　　可怜生抱伤心癖,一味多愁,只恐非长策。葬罢落花无气力,小阑干外斜阳碧。"《减兰·过秦淮》云:"春衫乍换,几日江头风力软。眉月三分,又听箫声过白门。　　红楼十里,柳絮濛濛飞不起。莫问南朝,燕子桃花旧板桥。"余酷爱诵之。

缓　葬

杭人缓葬之弊,昔人以为起于南宋,谓欲返骨汴梁,故设为权厝之计。而实不尽然。缓葬者，惑于风水之说也。司马温公著《葬论》，剀切详明，因节录之。论曰："葬者，藏也。孝子不忍亲之暴露，故敛而藏之。赍送不必厚，厚者有损无益，古人论之详矣。今人葬不厚于古，而拘于阴阳禁忌，则甚焉。古人卜宅卜日，盖谋人事之便耳。今之葬书，相山川冈畎之形势，考岁月日时之干支，以为子孙贵贱、贫富、寿夭、贤愚，皆系于此，非此地此时不可葬也。举世信之，久而不葬。问之，曰：'岁月未利也。'曰：'未有吉地也。'曰：'游宦未归也。'曰：'贫无以办具也。'夫人所贵于身后有子孙者，为能藏其形骸也。其所为乃如是，曷若无子孙者，死于道路，犹有仁者见而瘗之耶！古葬期远不过七月，今令王公以下三月而葬，礼未葬不变服，食粥居庐，哀亲之无所归也。今人背违礼法，未葬除服，从宦四方，食稻衣锦，于心安乎？人之贵贱、贫富、寿夭系于天，贤愚系于人，于葬何预？就使皆如葬师之言，人子当哀穷之际，何忍暴露其亲，自营福利耶？昔吾诸祖之葬也，家贫不能具棺椁，自太尉公下始有之，然金银珠玉之物，未尝锱铢入圹。将葬太尉公，族人皆曰：'葬不询阴阳，此必不可。'吾兄伯康无如之何，乃曰：'安得良葬师而询之？'金曰：'近村张生，良师也。'兄乃招张生许以钱二万，曰：'汝能用吾言，吾畀尔，不则将求他师。'张曰：'唯命是听。'于是兄以己意处岁月日时及圹之浅深广狭，皆取便于事者，使张以葬书缘饰之，曰：'大古。'以示族人，族人无违议者。今吾兄年七十九，以列卿致仕。吾年六十六，忝备侍从。宗族之从仕者二十三人，视他人之谨用葬书，未必胜吾家也。前年吾妻死，棺成而殓，装办而行，圹成而葬，未尝一言及阴阳，迄今无他故。余尝疾阴阳家立邪说以惑众，为世患，为谏官时，乞奏禁天下葬书，当时执政莫以为意，今著兹论云云。"又仪封张孝先先生，亲丧不可久停说云："古者三月而葬，谓死者入土为安，非为子孙之福荫也。近世惑风水之说，有停至数年、数十年者，水火盗贼，皆足为虑，而彼漠然弗恤也。夫求忠臣必于孝子之门，未有不孝而能忠者。今宜酌为定例，童生生员亲丧未葬者，不准应试；举人进士亲丧未葬者，不准入官。凡考试铨选，俱令地方官具印结，邻里具甘结，方为合例。庶停丧之风，可少息矣。"余尝作缓葬说云："杭人之死其亲，以卜风水者居多，而杭人之世其家，以长富贵者绝少，人亦可憬然悟其所自，而幡然改其所为。乃方且群有词曰：'某家乏嗣，某墓之失穴也；某氏式微，某坟之失向也。'于是待地之谋日益坚，缓葬之心日益固，地师淫瞽煽惑之术日益多，而不知百族之子孙，方奢望于世间，群姓之祖宗，久环泣于地下也。悲夫！或曰：'择地之说，富家有之，编氓竿户，何亦浮攒浅厝之累累也？'曰：'是亦富家害之也。富家挟重资以求善地，而地蛇山蠹，百出其术以相欺，遂使尺土寸田，槁壤珍如拱璧，彼贫户者其有买山之资耶？且习见夫士大夫之矜式乡里者，犹山积其祖若父弟若兄之枢，比比而不葬也，以为吾侪之诎于力而格于势者，固无责焉耳也。'然则富家者自处于忍人逆子之数，而绝人以仁人孝子之路者也。乡之善人有集腋以营义冢者，彼富家且色喜而捐资焉，是亦知死者之以入土为安也。而独于其父母则异之，彼岂不曰：'吾将有待耶？'人生百年，寿无金石，汝待时，时不待汝，汝子汝孙幸而贤，干汝蛊，不幸而不贤，行败汝家。向之权厝于低垣浅屋中者，假而暴露榛莽矣，假而蹂躏狐兔矣，假而受劫水火刀兵矣。人但知慎重之谋长，而不知迁延之祸烈也。吁，可畏哉！究之其故何也？曰：'缓葬之弊起，由族葬之礼废。族葬之礼废，由睦族之谊亡也。'曷言族葬废而缓葬兴也？古者葬不择地，《周礼》：'墓大夫掌邦墓地域为之图，令民族葬，昭穆为左右。'晋有九京，汉有北邙，凡国冢墓皆萃焉。后世择地之术起，于是人卜一丘，丘卜一穴，穴卜一两棺，虽有高陵平原，延袤数亩，而为彼术所弃者，仅立之石，树之木以观美焉耳。地愈占则愈尽，人愈亡则愈多，无怪售地之价日益昂，求地之事日益难也。曷言睦族亡而族葬废也？假如父母既殁，兄弟数人，或独断以主谋，或和衷以共事，准古制逾月三月之条，循圣人称家有无之训，奉而祔之祖茔，至不难也。乃今昆季之雍睦者寡矣，其亲既死，相视不谋窆岁者无论，有矫矫者出，不徇群议，独任巨艰，亦云善矣。然而既葬之后，或数年或数十年，举家平平无恙，尚翕然无异词。若夫科第之盛衰判焉，家业之菀枯分焉，寿数之修短异焉，则举而归咎当年营墓之人，曰：'职是故也。'其更不肖者，至窃疑其弟若兄之自谋福荫，而移祸他人也者。呜呼，此等逆亿之心，施之行道且不忍，而忍施之手足耶？

是真可为痛哭，可为流涕者矣。然则堪舆不足凭乎？非也。白鹤之示灵也，青鸟之集异也，乌在其不足凭也？顾不观从来之得善地者乎？有得之神灵者焉，有得之梦寐者焉，有得之不得已而迁葬者焉，究之阴德耳。呜所以致地之由者，在此不在彼也。然则若何？曰："生养死葬，人子事也。卜其兆，无石无水焉足矣。启其穴，无风无蚁焉足矣。营其圹，以坚以固焉足矣。度其地，容拜容奠焉足矣。循分以尽礼，留余以予人，竭力以安亲，修德以俟命。夫人苟夙夜扪心，俯仰无愧，果足以载福致祥，而祖父之魂魄既安，有不阴祐其云礽者，吾不信也。无希冀之妄念，无侵夺之阴谋，而溟漠之中有不隐报夫忠厚者，吾更不信也。彼溪刻其心，儇薄其行，龙断其才力心思，而欲以朽骨卜佳城，为后来者富贵寿考之左券，而造物乃如其意以予之者，吾尤不信也。'"

魏　　野

宋山人魏野隐居陕州，寇莱公访之，谢以诗云："昼睡方浓向竹斋，柴门日午尚慵开。惊回一觉游仙梦，村里传呼宰相来。"逸则逸矣，而未高也。故其侍寇公《游陕郊寺》诗云："愿得常加红袖拂，也应胜似碧纱笼。"则其处烟霞而不忘轩冕可知。申和孟涵光隐居广羊山中，有达官自京师寄书，申报以诗云："日日秋阴命笋舆，故人天上落双鱼。荷花未老新醪熟，为道无闲作报书。"简傲似更出魏上。

吹　皂　荚

闺中女儿以笔管吸皂荚水，吹五色泡为戏，此事未有人咏者。叶雨辀先生以宿赋《钗头凤》一阕云："春归闷，眠难稳，闲来吹个团团晕。虚空界，圆光蔼，窗边才过，又飞帘外，快快快。　　朱唇吮，香泉润，笑拈湘管郎肩喷。风前摆，儿曹待，明珠无数，霎时何在，再再再。"雨辀先生，先君同年友也，著有《洗心书屋诗余》。《醉春风·无题》云："偷眼窥人俊，私语从他问，点头绝不一沉吟，肯肯肯。明月怀中，明珠掌上,十分圆稳。　　来去何凭准? 好梦难重省,收灯挨过又清明,等等等。燕子谁家,柳花无定,一天春恨。"《一剪梅·卢沟道中》云:"城角拖云淡不收,天做新秋,人做新愁。一官了我十年游,来也卢沟,去也卢沟。　　晚店琵琶拨不休,曲似凉州,泪似江州。长空瑟瑟思悠悠,月挂眉头,人挂心头。"

绍　　兴

绍兴酒各省通行,吾乡之呼之者,直曰绍兴,而不系酒字。以人而比,则昌黎、少陵;以物而比,则陑麋、朱提。俱以地名,可谓大矣。

馄饨汤注砚

《清异录》:"金陵士大夫家,饼可映字,馄饨汤可注砚。"饼固宜以薄为主,若汤可注砚,则其乏味可知。今京师致美斋清汤馄饨,是其遗制。

王澹音

娄县杨子扻室人王澹音韫徽,紫宇观察之女也。著《环青阁诗稿》,古风极佳,不能备录。近体如《荆州道中怀古》云:"千古词章开屈宋,三分事业创孙刘。"《秋风》云:"莼乡归兴输张翰,茅屋悲歌感杜陵。"《秋叶》云:"寒蝉抱处栖难稳,老蠹书成字半欹。"《病中述怀》云:"愁如碧草逢春长,身似黄杨厄闰频。"颇见风骨。

孟子逸句

《扬子》载:"孟子云:'夫有意而不至者有之矣,未有无意而至者矣。'"王仲任曰:"《孟子》性善篇云:'人性皆善,及其不善,物乱之也。'"又:"人之所知,不如人之所不知,信矣。"见梁武帝《答臣下神灭

论》。"君王无好智，君王无好勇，勇智之过，生平患祸所遵，正当仁义
为本。"见萧子良《与孔中丞书》。按《汉书·艺文志》曰："《孟子》十一
篇。"又应仲远曰："孟子绝粮于邹薛，作中外书十一篇。"今所存止七
篇，或有散佚，亦未可知，然语气多不类。

素　泪　江　山

乾隆己卯春，江西丰溪浯村，山水暴涨，堤决，获石碑，泥滓模糊，
濯藓花读之，有"素泪江山"四字，笔力遒古似率更，无题署。先是村
多练姓，明副都御史子宁裔也。按《明纪》，子宁江西新淦人，淦距丰
不越境，或缘瓜蔓钞，避难而徙于斯，未可知也。此碑必其遗迹。或
云祠额，或云墓碣，莫可考究，详见丰溪徐白舫编修谦《悟雪楼诗初
集》。先生诗多五言律，《春晚舟望》云："斜帘花外市，远火雨中楼。"
《夜待霞塘渡》云："路古石棱瘦，月高人影微。"《过友山居》云："云亲
常入闼，鹤傲不迎人。"《夜雨》云："暗泉趋沼合，斜雨逼灯昏。"《地僻》
云："雨微蕉独觉，风远竹先声。"《快心》云："深莳合溪色，远风迟雁
声。"《晚步郭外》云："未月水先白，无风松自寒。"《秋旅》云："蝉去有
余响，松高无静柯。"《山中夜寂》云："风声移水近，月势趁云飞。"《舟
行暴风》云："风骄驱峡走，龙怒挟江飞。"《入仙岩寺》云："花对佛微
笑，云随人入来。"

岳　忠　武　砚

砚色紫，体方而长，背镌"持坚守白，不磷不淄"八字，无款。又镌
曰："枋得家藏岳忠武墨迹，与铭字相若，此盖忠武故物也，枋得记。"
又曰："岳忠武端州石砚，向为君直同年所藏，咸淳九年十二月十有三
日，寄赠天祥，铭之曰：'砚虽非铁磨难穿，心虽非石如其坚，守之弗失
道自全。'"八字行书，谢真书，文草书，皆遒古。呜呼！三公者后先死
南宋，毅然克践所言矣。复有小方印，曰"宋氏珍藏"。朱竹垞题识
曰："康熙壬子二月四日，朱彝尊观于西陂主人斋中。"西陂者，宋牧仲

牵居也。另一行云：“雍正八年夏六月十有九日，良常王澍拜观，道光元年，东阳令陈海楼履和于都门市上得之。”

异　产

产之异者，禽兽妖怪夜叉，肉球肉带，种种不一。大抵皆由邪气所感。最奇者，《续太平广记》载：“万历丁未，吴县石湖民陈妻许氏，怀妊过期不产。一日请治平僧诵经祈佑，其夕腹痛急，忽产下一胞，剖而视之，乃一秤银铜法马子也，权之重十两，背有铸成字样，为‘万历二十二年置’七字，邻里传玩之。”此物入胎，其理殊不可解。又载：“徐州吴氏，产子五十四日，小儿忽呕出三角物，洗之得大钱七十二文，轮郭周正，皆有年号。”更奇。

楚　姑

楚姑，义帝女也。帝为项羽所弑，姑年十四，遂自杀。楚人立祠以祀，在盱眙县署后山，相传即姑葬处，见县志。

怙　恶

王处仲误食厕枣，是小世面。王介甫误食钓饵，是大奸回。其怙恶之心，即小可见。

张　胡　子

《频罗庵集杂言》云：“洿池之鱼，得寸水而不死；江湖之鱼，逃不过张胡子。”有以张胡子问者，余无以应。或曰网也。询无出处，则亦臆揣之词。偶阅《太平广记》，言“张胡子者，渔人。一日，于江头网得大鱼，腹有朱书云：‘九登龙门山，三饮太湖水，毕竟不成龙，命尽张胡子。’”始知其来历。又小说载：“杨寿子者，渔人。宋淳熙中，于南城县章山支港网一大鱼，重百斤，额有红字云：‘三度入潮门，四度当大水，下梢却逢杨寿子。’”与此事绝相类。

侵 宅 诗

宋杨尚书玢，致仕归，旧宅为邻里侵占，子弟以状白公。公批纸尾云：“四邻侵我我从伊，毕竟须思未有时。试上含光殿基望，秋风衰草正离离。”子弟不敢复言。又杨尚书翥住宅旁地，为人所占一二尺。或以告公，公作诗云：“余地无多莫较量，一条分作两家墙。普天之下皆王土，再过些儿也不妨。”其人愧服。二杨之度相似，可以风矣。

潮 州 乐 府

粤俗以潮州为最坏，黄霁青太守作乐府十首，一曰《翻金罐》，戒迁葬也：潮俗溺于风水，妄思趋吉避凶，既葬其亲，复出诸土，水之火之兵之，瘗骨以坛，名曰金罐，易其处曰翻，甚有屡迁而卒暴露者，是宜戒也。“翻金罐，何其愚！风水不知有与无，尔祖尔父生何辜，死后竁壤不得安其居。百镒延堪舆，千金买山地，抔土犹未干，掉头旋复弃，发丘斫棺析骸骨，何异狐埋更狐搰，子孙忍为盗贼行，富贵焉能界凶悖。美哉金罐藏诸幽，夜来鬼哭声啾啾，牛眠吉壤如可求，又有觊觎人巧偷。潮民往往有以吉地盗换埋骨者。”二曰《螟蛉子》，斥乱宗也：潮俗人家以丁多为强，乞养他人子，非独单门然也。其有貌为鞠育，包藏祸心者，更多故矣。异姓乱宗，显有功令，是宜斥也。“螟蛉子，多奚为？曰以保族撑门楣。老无儿，嗣厥后，吁可怪，九子母，伤人抵罪李代桃，平时豢养同豕牢，给资行商涉洪涛，割蜜饲蜡酬其劳。性命谬相托，恩义良已薄，一朝反唇乃交恶，此孽由来君自作。凡讼养子不肖者称螟蛉。”三曰《女儿布》，伤乖离也：潮俗嫁女，以葛布办装，称家多寡。其极精细者，名女儿布，所以遗稿砧者。婚姻道衰，夫妇相弃，布乎布乎，非以结绸缪者乎？是可伤也。“女儿布，产棉阳，采葛澡丝凝雪霜，细如鲛绡薄蝉翼，非烟非雾含风凉。富家嫁女多越好，贫家嫁女一匹少，为郎制衣稳称身，服之无斁期偕老。可怜一朝恩义疏，夫弃妇兮妇背夫，犹是箱中一匹布，谁道新人不如故?"四曰《打怨家》，惩械斗也：潮俗强悍，负气轻生，小不相能，动辄斗杀，名曰打怨家。非条教所禁，口舌所谕，势已积重，官则权轻，威克允济，区区补救奚为乎？是宜何如惩也！"打怨家，有何怨？有怨何不诉官衙？睊睊辄尔兵相加，壮丁在前老弱后，藤牌鸟枪卒然凑。今日斗，明日斗，彼洞胸，此绝腽，一哄纷纷如怒兽。杀人者谁莫穷究，官来弹压空寨逃，祠堂屋宇点火烧，出此下策真无聊。亦有调停两和怿，反复无常旋构隙，小惩大戒终何益？呜乎！安得十万糗粱三千兵，制事许以便宜行，三月以往可使蛮村慑伏民无争。"五曰《买输服》，哀被诬也：潮俗非命死者，其家每置凶徒于不问，辄指告懦而富者，为索钱计。欲壑既满，大仇亦忘，否则剔蹶不已。出钱者命为买输服。弱肉强食，倾家有之。为问司谳而保富者谁欤？是可哀也。"买输服，鬼头银。锱铢积累多艰辛，乃甘跪献控诉斗杀之家人。杀人是甲不是乙，甲乃穷子乙富室，择肥而噬奇货居，一棺肯盖千金躯。悭囊破，出无奈，强者欢娱弱者贺。岸上饿虎饱，水中饥鲸馋，可怜有冤屈曲不自直，口中石阙碑长衔。"六曰《宰白鸭》，悯顶凶也：潮俗杀人，真犯辄匿不出，而被诬者又恇怯，不自申理，率买无业愚氓送官顶替，贪利者罹法网焉，名曰宰白鸭，是可悯也。"宰白鸭，鸭羽何襟裰？出生入死鸭不知，鸭不知，竟尔宰，累累死囚又何辜，甘伏笼中延颈待。杀人者死无所冤，有口不肯波澜翻，爰书已定如铁坚，由来只为香灯钱。顶凶类多孤子，所得身价，彼谓之香灯钱，以死后旁人为之接嗣，继续香火也。官避处分图结案，明知非辜莫区判，街头血溅三尺刀，哀哉性命轻于毛。劝君牍尾慎画押，就中亦有能言鸭。"七曰《速吊放》，恶掳赎也：潮俗不逞之徒，每结党掳人，关禁索贿，甚有凌虐至死者。被害诉牒，必吁曰速吊放。以人为货，甚于盗贼，是可恶也，而能惩之者谁也？"速吊放，情词哀！叩头向县官，火急乡间来。老爹如不来，阿总亦可使。潮俗称官为老爹，皂役曰阿总。速吊则生迟则死，赎还者多，吊放者少，忍气复吞声，群凶婪肚饱，穷鱼脱网鸷鸟嬉，不加诛殛官何为？试看被掳人，鸠形鹄面生理摧，虎狼之穴木鹅积成堆。掳人者每以坚木凿两穴，钳其足，名曰木鹅。"八曰《阿官崽》，讽游冶也：潮俗富家子弟习于浮薄，好弄斗靡，争妍取怜，恬不为怪。土人目之为阿官崽。俗以物之小者曰崽；阿官者，少不更事之谓，是可讽也。"阿官崽，荒于嬉，赵先生，难为师。搔头弄姿兀自喜，柳巷穿来又花市。千金结交游侠儿，六篷密昵婵娟子。香囊紫，袴褶红，金环饰耳摇玲珑，危哉呼娘复呼妹，潮俗小名率以某娘某妹相呼,若忘其为男也。好色寡人防抱背。"九曰《打花会》,儆赌博也:潮俗赌风莫盛于花会,厉禁虽严,旋革旋复。盖诱以厚利,趋之者多,往往败家丧身,曾莫之悔,是宜儆也。"打花会,花门三十六,三日又翻覆,空花待从何处捉,一钱之利十倍三,奸巧设饵愚夫贪,一人偶得众人慕,坑尽长平那复悟。夜乞梦,朝求神,神肯佑汝,梦若告汝,不知厂中饥死多少人。初一起,三十止,送汝棺材一张纸。打花会者,写此投厂,并按日存记厂中所开名目,故谚有纸棺材之语,谓好之者,必自毙也。"十曰《罂粟瘴》,叹鸦片也:向由西洋来,本取罂粟花脂熬膏而成。近日内地亦有种以射利者,流毒日广,有识者目为罂粟瘴,是可叹也。"罂粟瘴,难医治,黄茅青草众避之。中此毒者甘如饴,床头荧荧一灯小,竹筒呼吸连昏晓,渴可代饮饥可饱,块土价值数万钱,终岁但供一口烟,久之黧黑耸两肩。眼垂泪,鼻出涕,一息奄奄死相继。呜乎! 田中罂粟尚可拔,番舶来时那得遍!"采风者可以观矣。

湖　胶

太湖冰,土人谓之湖胶。其中洪波之凝者,如银山,如玉柱,名曰冰梗。湖冻之夜,常有红灯千百,聚散冰上,洵奇景也! 包山蔡芟城九龄有诗纪其事。

秦　桧　镬

吾杭藩署之东偏,有射堂三楹,庭坎古铁镬一,广上锐下,口径四尺,深可二尺余,向有盖,今亡,传是秦会之铸以烹人者。烹人之说,不见纪载。嗟乎! 下流归天下之恶,况桧之蛇蝎其心,虎狼其性者哉? 不必为之辩也。

重建始兴文庙碑记

先君向不喜作诗古文词,凡有乞为者,辄命壬代构。惟《始兴文庙碑记》，是手定之稿，无集可归，敬为录而存之。其文云："原夫文运出于天，文才产于地，文学成于人。朝廷崇儒重道，胥郡县而立之学，而诞敷之教，有盛有衰，岂钟毓之偶偏欤？抑师儒之不讲欤？将所以妥神灵而肃庙貌者，相度失其宜欤？未可知也。始兴县学，宋嘉定朝创建于白石冈，一时人文蔚起，谭焕、刘藻诸公，后先炳美。迨元天历中，一迁郭头，再迁县西。前明嘉靖己丑，知县钟世彦迁于东门街。万历中，知县蒋时谐复迁于县西。万历辛亥，知县杨大顺精堪舆学，仍迁白石冈宋旧学地，立癸山丁向。自是而后，迨我国朝，登科甲者十有七人。至乾隆辛丑，知县卫克堉误听形家者言，拆毁旧学，更立子山午向，迄今四十余年，科第之衰，巨家之落，仕宦之寂寥，邑之人恻焉伤之！今天子御极之七年，桂林阳君耀祖来宰于斯，邑人呈请改建，因捐廉创修，延南海孝廉梁君大选格定之。卜地之吉，无过旧基，惟嫌山向有碍。且奎楼之建，与龙气乖方，难以钟灵毓秀。于是转改旧向。经始之日，浚土尺余，果得旧殿础基，前后一揆，不差累黍。噫，异矣！越一年，余承乏是邑，朔望瞻拜，见夫殿桷庑础，以次鼎新。杰阁崇祠，并皆革故。溯丁亥季冬至今，凡二十三阅月，而大工以竣。卜之天时，揆之地理，靡不宜矣。自今以往，有志之士，亦修其在人者可耳。庙成，属记于余，余不能经营其始，而乃得聿观厥成，何其幸欤！爰次颠末而书之，以志前邑侯惓惓爱士之诚，以彰乡人士殷殷崇学之笃，行以卜我国家骎骎得人之盛也。时道光九年，岁在己丑仲冬之月，知始兴县事钱唐梁祖恩谨记。时秉铎兹土者，教谕兴宁陈德香、训导香山赵允菁也，例得备书。"

家　　教

寄鱼封鲊，千古艳称。刘球之弟玭，令莆田，寄球一夏布。球即日封还，贻书戒之曰："守清白以光前人，他非所望于弟者。"又新城耿华平_{庭柏}之母徐氏寄子诗云："家内平安报汝知，田园岁入有余资。丝毫不用南中物，好做清官答圣时。"家教之正，古人不得专美于前矣。

古　砖

仁和明经赵宽夫先生坦好聚古砖，于断垣败甃间，极意搜讨，前后共得凡六十有一。为孙吴纪元者二，为两晋纪元者二十一，始吴主亮太平元年，迄晋孝武帝太元四年。为吉利语者四，曰"吉利叶宜"，曰"万岁不败"，曰"罱吉日造"，曰"六月黄吉"。为题识姓氏者六，曰"褚谒者"，曰"陈叔惟"，曰"贺信"，曰"章氏所作"，曰"章先作记"，曰"唫壁"。为古钱文者二十一，率多六朝厌胜之品。为方胜者二，为人形者四，为双鱼者一，其字有篆有隶，悉方整古劲，画亦奇愕有致。先生珍此，因自号曰保甓居士云。

友渔斋诗

嘉善黄退庵先生凯钧，霁青太守尊人也。著《友渔斋诗》。诗以清洁为主，七律最长。《花朝自营生圹》云："鹤归华表知何日，牛上荒丘会有时。"《秋郊》云："未霜高柳尚多态，将雨行云惯逆风。"《除夕》云："老仆关门先酩酊，群儿入座便团栾。"《秋热静坐》云："风高却得双桐引，池小难教一柳增。"《新秋即事》云："煮将鞭笋饶风味，采得丝莼带雨香。"《中秋对月寄安涛京师》云："始信人间有离别，不知天上可高寒。"《冬斋》云："瘦竹偎花相媚妩，痴云酿雪费商量。"《仲夏小山园遣兴》云："深林听鸟有新语，僻径敲门惟故知。"《和剑南夏日闲居韵》云："荷承疏滴圆融走，梅长新梢自在横。"《小山园看菊即事》云："风吹客鬓何妨短，霜逼花头未肯低。"《初夏园居》云："服盆兰旧香犹烈，出水荷新叶尚尖。"《消寒杂咏》云："梅蕊藏春圆似豆，霜华杀草利于镰。"《烟雨楼偶题》云："水欺沙草全平岸，柳媂春阴欲化烟。"《枕上喜晴》云："云可归山无变态，鸟先得气有欢声。"

渔洋山人诗

阮亭先生诗风流绝代,而随园之论之也,多微词。盖一则文深于情,一则才余于学,故不能十分沆瀣,其实静躁之致,迥不侔矣。至赵宫赞《谈龙录》,刻意雌黄阮翁,则又因私怨,无当公评。惟"朱贪多,王爱好"六字,恐二公亦无以辨也。

同人集姓氏

如皋冒辟疆《同人集》,自胜朝至国初名士,斯为极盛。先君宰开平,松柏司巡检冒芬,是其裔孙,特假而手抄姓氏一帙,始董其昌,终蔡启僔,共四百五十有六人。

无 题 诗

无题诗与香奁诗,界若鸿沟。李义山之诗,无题诗也;韩冬郎之诗,香奁诗也。盖无题之什,不必尽写情怀,而香奁之篇,则竟专作腻语,至闲情风怀,则指实事矣。客有以无题诗示余者,余曰:"此香奁体也。"因作无题十六首和之。其词云:"十二屏山梦不通,自将闲恨诉东风。亮无海鸟能衔石,但有杯蛇惯误弓。密意迷离猜豆蔻,孤心容易怨梧桐。金镮信息全无准,肠断零烟剩雨中。""一种缠绵百番痴,怕提前事惹相思。风怀俊似江珧柱,情味甘于蜀荔支。湘竹多愁偏忍泪,海棠无语但垂丝。落花总被封姨妒,不许金铃好护持。""徐拍红牙唱绿腰,来时玉笛去时箫。从教北里迎中妇,肯令东风锁小乔。杨柳帘栊无赖月,枇杷门巷可怜宵。何当选梦疏窗下,甲煎名香细细烧。""不愁地远恨情魔,眼底红墙即绛河。东宿是张西宿角,南山有鸟北山罗。蕊宫环珮依稀听,桂府楼台曲折多。手把芙蓉忆芳泽,不知何处托微波。""疑云认雨了无痕,多少廋词托梦魂。黄绢心思猜石碣,红绡手语报昆仑。早看玉兔开奁镜,只恐仙庬吠洞门。为告重来刘阮道，桃花零落易黄昏。""飞燕何能遇伯劳，空怀琼珮泣江皋。谁歌子夜新团扇，可有并州快剪刀？旧字乌丝藏未灭，新名碧玉记能牢。青溪白石通门路，认取他时泛小舠。""秋风吹送玉河槎，重叠红楼认欲差。愿作蟾蜍吞北斗，化为蝴蝶梦南华。九疑山曲浑无路，三折江横半是沙。空对遥天忆芳草，滩前闲杀白蘋花。""莫把无郎问小姑，陌桑曾为唱罗敷。鸳鸯自是头相责，乌鹊空怜尾毕逋。已冷情肠寒水玉，未灰心字博山炉。蛮笺百幅都题遍，脉脉愁怀诉得无？""天香飘处月娟娟，证到拈花未了禅。洛女神光离后合，嫦娥心事缺中圆。生香蕙叶因兰误，出水荷根被藕缠。安得重磨双慧剑，斩除旧业与新缘。""十分将息爱花心，春在冥濛底许寻。出谷鸟新声琐碎，听冰狐小意沉吟。将词又默三眠起，欲语还羞七纵擒。便使微风吹皱水，已看情比绿波深。""半泓清浅即蓬瀛，玉佩明珰未可凭。纵许画帘飞紫燕，那堪丛棘惹青蝇。六萌车走雷千道，三里花迷雾一层。隔水盈盈谁驾鹊？黄姑欲渡竟无能。""话到怜侬倍可怜，定情诗作断肠篇。一丸冷月狐能拜，十面罡风鸟不前。草草短缘驹易过，漫漫长恨鹊难填。空余一掬灵均泪，洒向西风黄叶天。""已向菩提证忏除，可堪绮障又萦纡。三千芥子藏愁孔，百八牟尼记恨珠。絮早沾泥难捉摸，花因堕溷太黏濡。此身总被牢笼误，惭对檐前结网蛛。""巫云只在第三峰，从此蓬山一万重。细雨阶前开芍药，轻雷塘外见芙蓉。恼公裁句诗情幻，归妹占爻易兆凶。好倩秋鸿传信息，青笺红泪一齐封。""迢迢两地已参商，况有中间鹨鸟翔。莲子倒垂愁愈结，柳枝横种恨难偿。龙飞出骨难成药，麝死留脐总抱香。一曲琵琶三弄笛，尊前争不断人肠？""回首桃源路已差，空将余恨谱红牙。多情惜别怜芳草，有泪无名哭落花。半阕新词《金缕曲》，一条心路玉钩斜。幽怀欲写终难写，惆怅江天日暮霞。"

写 榜 吏

钱文端公乾隆庚午典试江西。写榜吏陈巨儒，年七十矣，自言手写文武三十二榜，求公书以为荣。公赠诗云："桂籍凭伊腕力传，白头从事地行仙。自言作吏中书省，曾侍朱衣四十年。"至十月，复写武榜，解首唱名，则其孙腾蛟也。掀髯一笑，笔堕于地。中丞大喜，索方伯彭公家屏作诗。时蒋苕生先生在幕府，代作一绝云："榜头题处笑开眉，七十年来鬓若丝。官烛两行人第一，夜阑回忆抱孙时。"真佳话也。

字　无　对

天下之字皆有对，如大小、长短、厚薄、深浅之类，惟渴字无对。见《宋稗类钞》。

周　槐

华山槐相传为周时树，附柏而生，俗呼商柏抱周槐。一夕，雷击其半，华竹楼舅氏_{文枢}自华阴归，携其一片赠邵东篱姨丈_{广鉴}。因遍征同人咏之，此可与龙雨樵太史南山松皮并传。南山松皮者，北口外物也，太史谪戍携归者。

硕　人

《左传》："庄姜美而无子，卫人所谓赋《硕人》也。"沈彤《果堂集》云："美之说，详于次章，至无子之云，以传义考之，未有所见。窃尝反复末章，而得其说焉。夫所谓庶姜孽孽者，谓娣侄之生子，如木芽之旁出，孽孽然也。庶士有朅者，谓众子中有朅然健以武者也。言众姜多士，而庄姜之无子自见。"其说甚新。

逸　书

洪容斋《二笔》云："《说文》于述字下引《虞书》，旁述僪功，又曰怨匹，曰仇。"然则出于《虞书》，今亡矣。案旁述，方鸠，或古人通用，今其语明明在也。至下句则竟逸书矣，然亦见于《左氏桓二年传》，惟匹耦字异耳。

宋 主 荒 淫

《宣和遗事》载徽宗幸李师师家。师师，妓名也。又理宗于元夕，召妓唐安安入禁中。见《东城杂记》。孙祖荒淫，后先一辙，欲不亡得乎？

通

服虔曰："旁淫曰通。"然《墙有茨》，庶顽通于君母。《左传》："孔悝之母，与其竖浑良夫通。"是上淫亦可曰通也。齐庄公通于崔杼之妻，蔡景公为太子般娶于楚，通焉。是下淫亦可曰通也。愚按，晋祁胜与邬臧通室，此通字用得最切。

诗 品

司空图《诗品》何等超妙，随园老人仿而作《续诗品》，然只是论，非品也。郭频伽先生作《词品》，其微至处，独可步尘表圣。许玉年明府又有《画品》。

雷 异

嘉庆壬申，广东新宁某村，兄弟二人，有妹已适人，兄四十未娶。弟曰："兄不娶，将绝嗣，盍鬻弟以娶妇。"兄曰："得妇而失弟，不可以为人，不如其无妇也。"村富户闻而义之，语其兄曰："吾正需佣，今予若三十金，若弟为我佣，而当其息，弟得食，若得妇，不两利乎？他日有金，可赎也。"从之。妇归，窃疑夫故有弟，今何在也？夫泣，语以故。妇曰："得妇而失弟，不可以为人，不如其无妇也。"归谋诸父，展转得三十金,藏诸笥。既而索之,亡矣,愤而自缢。葬日,小姑哭送之,忽雷震棺开,妇活而小姑死,金掷于地。盖小姑归宁,知嫂藏金处,阴窃之,而妇不疑也。遂以棺葬小姑而以金赎其弟。事见鹤山吴鸿来孝廉_{应逵}《雁山文集》。

高　怀

方正学偕叶夷仲辈,夜登巾山绝顶,饮酒望月,剧谈千古。因曰:"昔苏子瞻与王定国诸公,登桓山,吹笛饮酒,踏月而归,以为'太白死后,三百年无此乐矣',斯又子瞻死后,三百年无此乐也。"余尝游金山,见洪稚存太史题壁诗句云:"玉带风流五百年,今朝重醉此山巅。再从以上追前辈,采石矶头李谪仙。"其高怀正复相似。

讲　易

《易·同人》曰:"伏戎于莽,升其高陵。"张邯解曰:"莽,皇帝名。升高陵,谓高陵侯子翟义也。见《王莽传》。"如此解经,可以喷饭。

圣 相 师 王

秦会之,人尊为圣相;韩平原,人尊之为师王。二名可作对。

任 忠 勇 神 道 碑

袁简斋先生《任忠勇公神道碑》起四句云:"山西出将,应运生祈父之才;巴蜀从军,从古落大星之地。"一起已将生平揭尽,是何等魄力!

朱 注 作 小 讲

曾见明人某省某科题,为"子在川上曰"一节。解元文起讲云:

"今夫天地之化,往者过,来者续,无一息之停,乃道体之本然也。然其可指而易见者,莫如川流,故夫子于此发之。"全抄朱注,一字不移,不知当时未行朱注耶?抑主司忘之耶?然以此注作讲,实属超妙。亦可谓"文章本天成,妙手偶得之"矣。

安 南 表

康熙中,安南国进贡,其表文云:"外邦之丸泥尺土,不过中国飞埃;异域之勺水蹄涔,原属天家雨露。"语极恭顺得体,且措词嫣润,中国亦无有能过之者,莫谓偏隅无才也。

丽 人 行

虞山孙子潇太史有《丽人行》一篇,不知何指,余最爱诵之。"有酒易醉花下人,有金难买花前春。美人十五瓜未破,夜夜微酣抱花卧。春风学得柳妖娆,邻家女儿羞舞腰。长安贵人初赐第,高筑层台贮小乔。绿波一朵红莲起,艳李秾桃尽休矣。啼笑俱能博主怜,彻夜欢声朝不止。天生尤物不福人,用尽黄金贵人死。贵人死,美人逃,胸前带得金错刀,和烟和月筑楼住,开窗自弄秦时箫。美人门前五陵骑,裘马翩翩称人意。使君有妇罗无夫,相逢何必还相避。君不见梁绿珠,花飞玉碎何其愚?季伦得罪金谷改,胡不善保千金躯。又不见关盼盼,红褪香消都梦幻,尚书剑舄已成尘,及早开帘召双燕。贵人之富富不如石崇,贵人之官官不如建封。生前黄金铸娇女,死后他人乐歌舞。刘伶爱酒酒为生,潘岳种花花对语。至今花不开潘岳墓前春,酒不浇刘伶坟上土"。

酒 祀 典

明袁石公宏道《觞政·八之祭》云:"饮必祭始,礼也。孔子惟酒无量,不及乱,酒之圣也。祀为饮宗。四配曰:阮嗣宗、陶渊明、王无功、邵尧夫。十哲曰：郑文渊、徐景山、嵇叔夜、刘伯伦、向子期、阮仲容、谢幼舆、孟万年、周伯年、阮宣子。而山巨源、胡母彦国、毕茂、张季鹰、何次道、李元忠、贺知章、李太白以下则祀两庑。至若仪狄、杜康、刘白堕、焦革，皆以酝法得名，无关饮徒，祀之门垣，亦犹校宫之有土主，梵宇之有伽蓝也。"愚谓以宣尼为饮宗，终觉侮圣，不若推靖节先生为尊，而诸子中再另选一人祀之，较为允协。

人 心 不 死

唐朱泚逼樊系草诏，诏成，明日仰药死。明永乐令楼琏草诏，草归，逡巡自缢死。忠义自在天壤，人心不死也。长安石工安民，不肯镌司马君实名字。九江石工仲宁，不肯镌东坡、山谷名字。公道自在天壤，人心不死也。宋周大理闻岳飞狱下而去职。明林祭酒因陆监上书而挂冠。名教自在天壤，人心不死也。司马孚因弟昭弑君而痛哭。朱全昱因弟温谋逆而大骂。名分自在天壤，人心不死也。

诗 人 工 对

滑稽，诙谐也，亦吸酒曲器也。见《清异录》。故苏颂诗曰："自知伯起难庸峭，不及淳于善滑稽。"盖庸峭训挺拔，而又为承梁小木，可见古人运典属对之工，宜荆公见银海玉楼之对而叹绝也！

党 奸 之 尤

李贽极称武后、冯道、丁谓，以曹操、司马懿为圣人。王安石力辨《剧秦美新》之为谷永作，而以扬雄为大贤。夏竦赞美李林甫相业。渔洋山人称邱某谓秦桧谋国，远胜岳忠武。本朝李穆堂力争严嵩不当入奸臣传。是皆党奸之尤者也。

厕 诗 对

魏善伯征士题范觐公中丞厕上对云："文成自古称三上，作赋而今过十年。"典雅稳切之至。

小 人

小人之称，自古有之。"小人有母，皆尝小人之食矣"。颖考叔称之于君。"愿以小人之腹，度君子之心"。阎没女宽称之于相。后乃为厮役下贱之称矣。宋钱世召《钱氏私志》载："宣和中有辽右金吾卫上将军韩王，归朝，授检校少保节度使，对中人以上说话，即称小人，中人以下称我家。每日念《天童经》数十遍，忽曰：'对天童岂可称我？'自皇天生我以下，悉改云：'皇天生小人，皇地载小人，日月照小人，北斗辅小人。'前后二十余句，凡称我者，皆改为小人。"亦未免太可笑也。

虾 蟆 给 事

宋绍兴中，大旱，禁屠宰。谏议大夫赵霈上言曰："自来屠宰，但禁猪羊而不及鹅鸭，请并禁止。"时因呼为"鹅鸭谏议"。明给事沈公，亦因天旱，上言禁捕虾蟆，汤若士目为"虾蟆给事"。人谓汤曰："得不伤轻薄乎？"汤曰："吾政欲为此公垂不朽，与鹅鸭谏议作切对耳。"上见《闲燕常谈》，下见《万历野获编》。

弟 妇

弟之妻万不可称妇。《戴记》大传曰："谓弟之妻妇者，是嫂亦可谓之母乎？"驳得最痛快。今杭人大呼弟妇，且为之谚曰："长嫂为娘。"显背礼经，可怪也。

氽

人在水上曰氽，人在水下曰汆。沈去声。此皆土人臆造之字，非有典要也。有以氽字问人者，其人不知，沉吟良久曰："据字义，或是水旁加一去字，于理为近。"座客皆称善。有顷，忽问者敛容起谢曰："怪底某前日于某寺中，见一经题曰《妙氽莲花经》也。"于是诸人均大悟而抚掌。

掇 敠

以手量物轻重曰掇敠。见《庄子》注。或曰颠笃，音义同也。今各处口谈，尚有此语。又以一心权事之是否，亦用此二字。

丁 拐 儿

衙门向呼官亲曰火腿绳子，以其高而无民，兼有朘削脂膏之意也。今易其名曰丁拐儿。叩义所在，曰："丁拐，依二四则其分为至，且居二四之左，大无外也。若离二四则么四二三，得而乘之矣。"刻酷之至。

笑柄有本

朱二泉孝廉瀚，仁和人，性蕴藉而善谐谑。一夕，京邸小饮，座皆杭人，以笑话为令。二泉有"树竿曝衣而插于木磉者，衣重风紧，屡屡吹倒。一人曰：'须用石磉，方可不动。'一人曰：'石不动乎？何以染坊元宝石，吾见其自朝动至夕也。'曰：'彼自有人脚踏故耳。'曰：'城隍山，紫阳山，每日千万人脚踏，何又不见其动也？'曰：'彼乃大而实心，故难动耳。'曰：'然则城河桥梁皆小而空心者，何亦日踏而不见其动也？'"按此俳语，亦有所本。东坡先生《艾子杂说》曰："营邱士造艾子问曰：'凡大车之下，及囊驼之项，多缀铃铎，其故何也？'艾子曰：'车驼物大且多，夜行狭路相逢，难于回避，以声相闻，使得预避耳。'营邱士曰：'佛塔之下，亦悬铃铎，岂塔亦夜行而使相避耶？'艾子曰：'君不通乃至如此！凡鸟鹊多托高以巢，粪秽狼藉，故塔铃所以警鸟鹊也。'营邱士曰：'鹰鹞之尾，亦设小铃，安有鸟鹊巢其尾乎？'艾子大笑曰：'怪哉！子之不通也。夫鹰隼击物，或入林中而绊足绦线，偶为木之所绾，则振羽之际，铃声可寻而索也。'营邱士曰：'吾尝见挽郎秉铎而歌，虽不究其理，今乃知恐为木枝所绾而便于寻索也。但不知挽郎之足者，用皮乎？用线乎？'艾子愠而答曰：'挽郎乃死者之导也，为死人生前好诘难，故鼓铎以乐其尸耳。'"与此戏语正相类。

代 写 书

代巾帼写家书，虐政也。余幼时曾为一亲串写寄夫书，口授云："孖儿们俱利腮，_{犹言解事也。}新买小丫头倒是个活脚蟾儿，作事且是溜瞁。_{犹言快。}惟雇工某人系原来头。_{初次也。}周身僵爬儿风。_{左右不是也。}"余曰："可改窜乎？"曰："依我写。"于是只好连篇别字，信手涂抹。近阅吕居仁《轩渠》载二则，极相似，录之以并作一笑。"陈氏寓严州，诸子宦游未归，有族侄大琮过之，婶令作寄子书。因口授云：'孩儿耍劣奶子，又阗阗霍霍地，且买一柄小剪子来，要剪脚上骨出_{上声}。儿胅_{音胖}。肵_{音支}。儿也。'大琮不能下笔。"又"京师有营妇，其夫出戍，以数十钱请一教学秀才，写书寄夫云：'窟赖儿娘，传语窟赖儿爷，窟赖儿自爷去后，直是忔_{音忤}。憎，每日恨_{入声}。特特地笑，勃腾腾地跳，天色汪_去囊，不要吃温吞蠖脱底物事。'秀才沉思久之，以钱还云：'你且别倩人写去。'"盖二子不肯写者，生恐落笔别字，不若余之无耻也。

治 眼 齿

宋张文潜曰："目有病当存之，齿有病当劳之。治目当如治民，治齿当如治军。治民当如曹参之治齐，治军当如商鞅之治秦。"

奚　铁　生

　　奚铁生征君冈，号蒙泉外史，杭之仁和人也。工画山水花卉，兼善大隶，精篆刻，诗才清绝，俱为画所掩。与山舟学士善，里中凡有求学士书扇者，则一面必征君画也。于余家为群纪交，先伯叔祖先大父并相结契，昕夕过从。先生性嗜酒，而尤喜剧谈，半酣以往，或多所白眼者，故人恒忌之。晚年遭回禄境，三子先公殁，遂无嗣，以兄子伯玉茂才润为嗣。殁后十余年，其友顾西梅先生洛为之追摹遗像，极其神似。装册征诗，余附七古一篇。伯玉曰："是诗可以为先子小传。"遂录而存之："蒙泉先生老故乡，在昔为我大父行。大父之殁岁癸丑，又十载后公云亡。其时壬也尚童稚，未获杖屦亲辉光。公之风流及文采，我父诏我言之详。先生之貌清且雅，寒如秋水和春阳。先生之品峻且洁，皎如孤鹤云中翔。先生之诗妙天趣，冬心樊榭有瓣香。先生之画擅众美，衣钵徐立山华秋岳兼陈玉几方环山。先生铁笔恣奇古，后先丁叟砚林伯仲黄小松。先生大隶脱凡近，上法汉魏兼宗唐。先生酒怀更磊落，一饮往往倾百觞。泉明歌啸伯伦哭，嗣宗潇洒元龙狂。从来名宿主多寿，矧有闲福供徜徉。何期反遭造物妒，揭来变局成沧桑。某年吾郡染喉疾，城闉市舍俱罹殃。先生三子并蔚起，凤毛麟角森光芒。一时玉树共摧折，西河老泪空盈眶。继以娇女亦兰萎，遗书莫授悲中郎。逾年又被祝融虐，烬化签轴兼缥缃。移家方遂卜居愿，又悲老母终萱堂。呜乎人生匪金石，那禁连恸摧肝肠。一朝泪尽骨髓竭，公亦相继归北邙。其才何丰遇何啬，此意吾亦疑穹苍。公殁距今廿余载，墓门草宿松杉长。虎头居士公老友，追思遗像摹形相。公之嗣子竹林彦，谨守此册池新装。携册示我索我咏，展视佳什纷琳琅。赢庵谏庵伯祖旋园接山叔祖两老人，其上各有留题章。六七年来并殂谢，对此那不心尽伤！请识所闻具如右，作歌继事书其旁。歌成我尚有余感，祖庭追忆空彷徨。"伯玉年逾四十，犹困一衿，现就幕广东。

些

楚词些字,沈存中以为梵语萨婆诃三合之音。夫其时佛教未入中国,岂梵音先及荆楚耶?且"母也天只,不谅人只",《鄘风》也。"椒聊且,远条且",《唐风》也。"俟我于著乎而,充耳以素乎而","既曰归止,曷又怀止",《齐风》也。各各不同,又将何解?盖列国并有方音,此是其卒语之词耳。

路 化 王

许亭史孝廉心坦,仁和人,官庆元学博,性嗜饮而好诙谐。一日,座中忽举问曰:"戏剧中八大王,余尝考之,已得其人。昨阅《五虎平西》小说,有所谓路化王者,称李国舅,云是李太后之弟,自民间访来者,其人有可考否?"一客曰:"先生亦太好古矣!此不过因狄太后有侄封王,故设言此人以作陪衬耳,何足深究耶?"余并《五虎平西》小说亦未之见,更不敢置喙。后阅宋魏泰《东轩笔录》,首一条即记云:"李太后始入掖庭,才十余岁,惟一弟七龄,太后临别,手结刻丝鞶囊与之,拊背泣曰:'汝虽沦落颠沛,不可失此囊,异时我若遭遇,必访汝,以此为物色也。'后其弟佣于凿纸钱家,然常以囊悬胸臆,未尝斯须去身也。一日,苦下痢,势将不救,为纸家弃于道左。有入内院子者,见而收养之,怪其衣服百结,而胸带鞶囊,问之,具以告。院子怃然惊异,盖尝奉太后旨令物色访其弟也。遂解其囊,入示太后,具道本末。是时太后封宸妃,真宗已生仁宗矣。闻之悲喜,遂以其事白真宗,遂官之为右班殿直郎,即李用和也。及仁宗立,召用和擢以显官,后至殿前都指挥使,领节钺,赠陇西郡王,世所谓李国舅者是也。"据此,则其人并非杜撰。

物 性 之 异

石入水则沉,而泗滨有浮水之磬,材木入水则浮,而南海有沉水之乌木。水类出水即死，风类入水即死，而鹅凫龟蟹则出入于水而皆不死。牛顺风而行速，马逆风而行速，皆物性之异也。

阳　明

阳明之学，誉之者半，毁之者亦半。甚有丑诋之比于王安石者，此则太过。然愚谓公亦有自取之处。公尝诋朱子，以为"祸不下于洪水猛兽"，今天下皆紫阳之徒也，无怪千夫之集指矣。

问家乡诗

陶渊明《问来使》诗云："尔从山中来，早晚发天目。我屋南窗下，今生几丛菊？"王摩诘诗云："君自故乡来，应知故乡事，来日绮窗前，寒梅着花未？"王荆公诗云："道人北山来，问松我东冈，举手指屋脊，云今如许长。"三诗机轴相同，而各有意致。

糖　霜

糖霜之名，唐以前无所见。古人只有饧，乃煎米蘖而成者，见《三礼》注。宋玉《招魂》："腼鳖炮羔，有蔗浆些。"是以浆代糖用也。《后汉书·显宗纪》："以糖作狻猊，曰糖狻。"此熬糖为膏耳。《吴志》："孙皓使中藏吏取交州所献甘蔗饧。"则稍炼矣。至唐太宗遣使至摩竭陀国取熬糖法，诏扬州取蔗作瀋，如其剂，色味愈西域远甚。然只是今沙糖樀之技。惟坡公过金山寺，作诗送遂宁僧图宝云："涪江与中泠，共此一味水。冰盘荐琥珀，何似糖霜美？"又山谷在戎州作颂，答梓州雍熙长老寄糖霜诗云："远寄糖霜知有味，胜于崔子水晶盐。正宗扫地从谁说，我舌犹能及鼻尖。"糖霜之见于文字者，惟此二诗。然苏所咏者，尚红糖霜。而黄所赋者，始是白糖霜也。宋遂宁王灼有《糖霜谱》："大历中，有邹和尚者，来小溪之伞山，结茅以居，跨白驴，须盐米薪菜之属，即书寸纸，系钱驴背，负之市。人知为邹也，取平直挂物于鞍，纵驴归。一日，驴犯山下黄氏蔗苗，黄诉于邹。邹曰：'汝未知以蔗糖为霜，利可十倍，吾语汝以塞责可乎？'试之果然，自是流传其法。邹末年走通泉县灵鹫山龛中，其徒追及之，但见一文殊石像，始知菩萨化身，而白驴乃狮子也。"

诗 书 次 序

变风终以周公，变雅终以召公，周开王化之始，召赞王化之成，思之深，故望之切也。《毛诗》终《商颂》，《尚书》终《秦誓》，商以启周之先，秦以继周之后，其旨微，故其文显也。

武 后

则天朝，张、薛承辟阳之宠，右补阙朱敬则上书切谏，中有"陛下内宠，已有薛怀义、张易之、昌宗，固应足矣。近闻尚食奉御柳模，自言子良宾，洁白美须眉；左监门卫长史侯祥，自云阳道壮伟，过于薛怀义，专欲自进，堪充宸内供奉。无礼无义，益于朝听"云云。则天劳之曰："非卿直言，朕不知此。"赐彩百段。其言虽出忠悃，然秽语竟入奏章，可乎？

读 书

宋裴恽诗，有太康字。宣宗曰："太康失邦，何以此谓我？"宰执奏："晋平帝改元太康。"曰："天子须博览，不然几错罪恽。"由是耽味经史，中夜不休，宫中目上为老博士，见宋令狐澄《大中遗事》。太祖尝谓赵普曰："卿苦不读书，今文臣角立，隽轨高驾，卿得毋愧乎？"普由是手不释卷，见宋释文莹《玉壶清话》。见古君臣交相责难，真如师友切磋。又《涑水记闻》："太祖尝谓秦王侍讲曰：'帝王之子，当务读经书，知治乱之大体，不必学作文章，无益也。'"至哉斯言！隋帝李主，是为殷鉴。若唐文皇之圣学渊深，宏文肃括，则天纵之姿，又当别论也。

卷六

圣　人

《左传》:"御叔曰:'焉用圣人。'"杜注云:"武仲多知,时人谓之圣。"看圣字,身分本不高,疏证极其明白。而何休乃曰:"《春秋》之志,非圣人谁能修之?"言夫子圣人,乃能修之。御叔谓臧武仲为圣人,是非独孔子,其言殊属梦呓。郑《箴膏肓》以为"武仲者,述圣人之道,鲁人称之曰圣。"武仲述圣,亦复何据。陆稼书先生《三鱼堂剩言》云:"此圣字,与《周礼》知仁圣义忠和《尚书》惟狂克念作圣,睿作圣,诗人之齐圣,皇父孔圣,诸圣字一例看。"又先大父《左通补释》云:"《抱朴子·辨问篇》云:'善围棋之无比者,曰棋圣,严子卿、马绥明有棋圣之名焉。善史书之绝时者,曰书圣,卫协、张墨有书圣之名焉。善刻削之尤巧者,曰木圣。张衡、马忠有木圣之名焉。'又《乡饮酒义》云:'俎豆有数曰圣。'足知圣为通誉,可旁证也。"似较郑说,于义为长。

分　字

曲阜孔谷园先生以书名家,殁后所存墨迹,子侄分藏之。其远族人无所得,乃从本家乞得一巨幅,碎裁而均分其字。焚琴斫杖,情属可嗤,然考米襄阳《志林》所载:"有人收得虞世南与圆机书一纸,剪开字字卖之,至辇卿二字,得麻一斗;鹤口二字,得铜砚一枚;房邺二字,得芋千头。"则古人已先有为之者矣。

端　砚

端砚之辨最难,非生长斯土悉心穷究者,不能知也。嘉应吴石华

学博兰修从事于斯,著《说研》六则,兹并节录之:

水岩,亦名老坑,明万历后所开,内分四洞,曰大西洞,曰小西洞,曰正洞,曰东洞。按赵希鹄《洞天清录》:"下岩有旧坑无新坑,上中二岩则皆分新旧。"此宋所称旧坑也。陈子升《砚书》:"明成弘间,端石有老坑之名,即宣德朝天诸岩之石,水岩开于近日。"此明季所称老坑也。高兆《端溪砚考》:"正洞、东西洞,土人皆名老坑。"景日昣《砚坑述》:"老坑有中洞、东洞、西洞之分。"此康熙后所称老坑也。

周氏《砚坑志》:"治平坑,土人又称岩子坑。"据此,则岩仔坑又即宋之下岩也。宋下岩塞自崇观前,今水岩开自万历后,地越四五里,作谱者混而一之矣。

水岩大西洞,犹宋之下岩北壁,皆称绝品。次小西洞,次正洞,东洞为下。《广语》云:"东洞尤美。"《端溪砚考》云:"正洞为上,东洞次之,西洞又次之。"皆不足据。

端石之美五:一青花,欲细不欲粗,欲活不欲枯,欲沉不欲露,欲晕不欲结,如淄尘翳于明镜,如墨潘着于湿纸,斯绝品矣。一鱼脑,白如晴云,吹之欲散,松如团絮,触之欲起者,是无上品。亦名鱼脑冻。冻者,水肪之所凝也。白而嫩者次之,灰与红下矣。一蕉白,如蕉叶初展,含露欲滴者上也。素洁次之,黄而焦蓝而灰下矣。一天青,如秋雨乍晴,蔚蓝无际者上也。阴而晦下矣。青花者,石之荣。鱼脑、蕉白者,石之髓。天青者,石之肉。荣无质,必傅他质而著之,傅于天青者上品,傅于鱼脑、蕉白者无上上品,惟大西洞有之。一曰冰纹冻,白晕纵横,有痕无迹,罥如蛛网,轻若藕丝,是谓异品,亦出大西洞。他洞白纹如线,适损毫墨,虽曰冰纹,非所尚矣。

唐询《砚录》云:"眼生墨池外者曰高眼,内曰低眼,高眼尤尚,以不为墨掩,常可睹也。"按砚心必不宜有眼,水岩石眼外层有淡墨晕,眼嵌石中,其圆如珠,初磨见淡墨圆晕,即眼皮也。愈磨愈大,层亦愈多,睛见而眼适中矣。再磨则睛去,愈磨愈小,层亦愈少,皮见而眼去矣。故宜眼处见睛而止,不宜眼处见皮而止,毋再磨也。

石工治砚成,锻以火,傅以蜡,饰外而戕其中,甚矣其害也。凡砚积墨之下,其石易泐,正由火攻伤其水质耳。

宋、明俱有砚贡,我朝悉除去之。每岁端午,督抚但以端砚九方,随葵扇、葛布、香珠进之,皆新坑纯净之石。嘉庆中,用麻子坑,近用茶坑。其第四则形容石质妙处,不减毛西河《观石二录》。

瓜　子　梦

无锡邹子度忠倚幼祈梦于忠肃祠,梦公倚其身,授瓜子一握,数之,得五十四枚,因名忠倚。后闲居,其夫人戏以瓜子排作"状元"二字,壬辰会试,中式五十四名,殿试一甲第一,遂符梦兆。

鼎　甲　同　榜

顺治戊子,顺天乡试第四名张永祺,壬辰榜眼。第五名戴王纶,乙未榜眼。第八名熊伯龙,己丑榜眼。一榜三榜眼,奇矣!后熊典试浙江,一榜得三状元,乙未央大成,甲辰严我斯,庚戌蔡启僔,更奇!

半　边　红

康熙时,吴逆叛兵逼建城,镇帅怯欲降。其属张游击者,请战,数却贼。张好着羊绒绛袍,单马入阵,战酣,辄袒露半袖,军中因号曰"半边红"。镇帅忌之,诬陷以死,一军皆哭。后人吊以诗云:"楚歌千古怨兰丛,汉将空余一骑雄。何事茅檐诸父老,负暄闲说半边红。"

唐子畏墓诗

商丘宋牧仲先生牵抚江苏时,曾为唐六如修墓。韩文懿公题诗云:"在昔唐衢尝恸哭,只今宋玉与招魂。"用典恰切。

陈恪勤诗

陈恪勤公^{鹏年}文章事业,彪炳一代,而诗极潇洒。绝句云:"隔帘幽韵上焦桐,一曲湘灵奏未终。略记年时春雨后,海棠初试小熏笼。"抑何旖旎也!

河豚赝本

米元章好摹易他人字画。杨次翁守丹阳,元章过郡,杨作羹以饭之,曰:"今日为君作河豚。"元章遂疑而不食。次翁笑曰:"其实他鱼,公可无疑,此赝本耳。"其诙谐特妙。

目　　出

《左传》:"苟偃瘅疽,生疡于头,及著雍,病目出。"钱唐汪季怀^瑜曰:"《灵枢经·寒热病篇》云:'足太阳有通项入于脑者,正属目本,名曰眼系。疡生而伤其脉络,目无所系而突出矣。'"

琵琶亭

九江浔阳江琵琶亭,题咏甚多。乾隆中,唐蜗寄^英榷九江,置纸笔于亭上,令过客赋诗,开列姓名,交关吏投进。唐读其诗,分高下以酬之,投赠无虚日,坐是亏累,变产以偿,怡然绝不介意。去官后,过客思之,为建白太傅祠,肖唐像祀其旁。

司成受拜

新进士受鼎甲拜,戒不得动。相传头动则害状元,左右手动则伤榜探。嘉庆辛未,天门蒋丹林副宪^{祥墀}为祭酒,一甲一名为蒋笙陔修撰，即祭酒子也。有朝士赠以诗云："回忆趋庭学礼时，国恩家庆喜难支。阿翁不敢掀髯笑，怪底郎君起跪迟。"父子行此大典，一时传为佳话。

牡 丹 鹦 鹉

粤东黎美周客扬州郑氏影园，与词人即席分赋《黄牡丹》七律十章，已糊名殿最，钱虞山拔美周第一。郑氏以书报曰："君已录牡丹状头矣。"以二金罍赉之。后美周过吴下，人皆呼牡丹状元。其诗有曰："月华醮露扶仙掌，粉汗更衣染御香。"又曰："燕衔落蕊成金屋，凤蚀残钗化宝胎。"皆丽句也。时邝湛若亦赋《赤鹦鹉》七律十章，有句云："舞爱玉环低翠袖，歌怜樊素啭朱樱。"又曰："飞琼阆苑乘朱雾，小玉璇宫化紫烟。"一时传诵，有黎牡丹、邝鹦鹉之称。

到

广东顺德人谓欺曰到。案《史记》"张仪曰：'不如出兵以到之。'"《索隐》曰："到，欺也。"犹俗云"张到"，谓张网得禽兽也。到，得也。张仪善欺人，故谓欺人曰"张到"也。

两 相 对 联

桐城张文和公七十寿辰，高宗赐对联云："潞国晚年犹矍铄，吕端大事不糊涂。"常州程文恭公薨，赐对云："执笏无惭真宰相，盖棺还是老书生。"可谓备极荣哀矣。

先 臣 告 养

乾隆中，先文庄公乞假养亲，赐"莱衣昼永"四字扁额。又赐诗云："翻祝还朝晚，卿家庆更深。"天语肫挚，可谓极矣。又嵇文恭赠对联云："花宴琼林，温仲舒由大魁秉政；堂开昼锦，王文献以宰相养亲。"亦堂皇有体。

唐 公 韵 事

吴县城西北有桃花坞，旧志称为宋章粢别业，唐解元寅筑居于此，有梦墨亭，有祠祀六如居士及祝京兆、文待诏。天启中，杨端孝大漈改为准提庵。国初，宋中丞荦重加修葺，增建才子亭，百年以来，隤废靡遗。嘉庆六年，善化唐陶山观察仲冕知吴县事，因拓庵东别室，移祀唐、祝、文三君像，颜其室曰桃花仙馆。且访得六如居士墓，在胥门外横塘王家村，封植而题识焉。并赋七律八首云："绮罗弦管总成尘，一种才华阅世新。纵酒地为浇酒地，看花人是种花人。可怜谢客无遗宅，何必逋仙有后身。燕麦兔葵芟剔尽，绛桃依旧占芳春。""第一风流自爱名，佯狂独得圣之清。奏书不逐严夫子，挝鼓真同祢正平。半偈悟禅空电逝，小楼读画尚花明。饶他文酒求余韵，三百年来识此生。""吾宗衢后数尤奇，牢落悲深旷代知。司马青衫同洒泪，尚书红杏旧题词。谓商丘宋中丞。衔碑土近要离冢，拾翠人归短簿祠。千古英豪齐下马，况传华胄备官司。""荒烟蔓草剩寒灯，仙馆重开问寺僧。五十步分樵采路，三千界埽辟支乘。乞花好句留楹帖，近得居士真迹一联，刻之祠楹。梦墨遗编付剡藤。表墓式闾吾岂敢，名流好事写韩陵。""白玉楼成隔两尘，水村山郭几番新。未知若个眠云处，想见当年荷锸人。兰若旧藏题后碣，菰芦雅称梦中身。横塘十里秋声馆，合与芳园一例春。""荒丘冥漠不书名，访到山桥涧水清。指点青磷孤月出，侵寻黄壤乱云半。一坏马鬣新封大，三尺鸡碑小记明。过客莫歌蒿里曲，早临兜率悟无生。""菱芡重重鼎俎奇，横阡设祭暮鸦知。《唐风》剩有毛苌传，楚些曾无宋玉词。崇祯甲申，毛子晋尝封表之，置墓田丙舍，纪以碑，今荡然无存，惜商丘中丞时未曾议及。地以沧桑沉断础，人于伏腊走丛祠。秋来雁税从新占，凭仗村翁社媪司。""文人慧业照元灯，墓碑仍题明唐解元。烟穗前生记老僧。花坞吟樽延客赏，石湖钓艇许吾乘。城开更注千年漆，松茂长擎百尺藤。疑冢却嫌铜雀妓，空教卖履望西陵。"事既风流，诗尤隽雅，可谓韵矣。

指　　爪

唐开元钱以面有半月痕者为贵。相传铸钱时呈样，贵妃指甲误触其模，冶吏不敢擅易，此半月痕即贵妃爪印也。又禾中檇李有半月痕，相传是西施爪印。二美人俱以指爪传，甚奇。

粤　　歌

粤俗好歌，凡歌以不露题中一字，语多双关而中有挂折者为善。挂折者，挂一人名于中，字相连而意不相连者也。歌辞不必全雅，平仄不必全叶，以俚言土音衬之，唱一句，或延半刻，曼节长声，自回自复，词必极艳，情必极至，使人喜悦悲酸而不能已已，乃为极善。长者名"摸鱼歌"，三弦合之，盖太蔟调也。其短调踏歌者，不用弦索，往往引物连类，委曲譬喻，多如子夜竹枝，如曰："中间日出四边雨，记得有情人在心。"曰："一树石榴全着雨，谁怜粒粒泪珠红。"曰："妹相思，不作风流到几时，只见风吹花落地，那见风吹花上枝。"《蜘蛛曲》曰："天旱蜘蛛结夜网，想晴只在暗中丝。"又曰："妹相思，蜘蛛结网恨无丝，花不年年在树上，娘不年年作女儿。"《素馨曲》曰："素馨棚下梳横髻，只为贪花不上头，十月大禾未入米，问娘花浪几时收？"梳横髻者，未笄也。宜笄不笄，是犹不肯在花棚上也。十月熟者名大禾，岁晏而米不入，花浪不收，是过时无实也。此刺游女，亦以喻士之不及时修德，流荡而至老也。有曰："官人骑马到林池，斩竿筋竹织筒箕，筒箕载绿豆，绿豆喂相思，相思有翼飞开去，只剩空笼挂树枝。"刺负恩也。有曰："一更鸡啼鸡拍翼，二更鸡啼鸡拍胸，三更鸡啼郎去广，鸡冠沾得泪花红。"有云："岁晚天寒郎未回，厨中烟冷雪成堆，竹篙烧火长长炭，炭到天明半作灰。"有曰："柚子批皮瓤有心，小时则剧到如今，头发条条梳到尾，鸳鸯怎得不相寻。"有云："大头竹笋作三桠，敢好后生无置家，敢好早禾无入米，敢好攀枝无晾花。敢好，言如此好也。"诸如此类,情深词艳,深得风人之遗。又粤西峒女亦喜踏歌,其歌皆七言,或二三句,或十余句不等。如云:"黄蜂细小螫人痛,油麻细小炒仁香。"又云:"行路思娘留半路,睡也思娘留半床。"又云:"与娘同行江边路,却滴江水上娘身,滴水一身娘未怪,要凭江水作媒人。"布格命意,另是一种,以此推之,则苗人跳月之歌,当亦有可观,惜无人译之者。

射　　潮

廉州海中,常有浪三口连珠而起,声若雷轰,名三口浪。相传旧有九口,马伏波射减其六,屈翁山先生有射潮歌云:"后羿射日落其九,伏波射潮减六口,海水至今不敢骄,三口连珠若雷吼。"人知钱王射潮,而伏波射潮,罕有知者。

媒　　竹

赌妇潭在广东龙门县蓼溪水口。相传有二童男女戏赌,各持竹一片,从上流掷下,云:"两竹相合,即成夫妇。"俄而果合,遂谐伉俪,故名潭曰"赌妇潭",潭上竹曰"媒竹"。翁山有诗云:"两边生竹合无痕,生竹能成夫妇恩。潭上至今媒竹美,枝枝慈孝更多孙。"媒竹二字甚新。

迷　　坑

广东广宁县北五十里,有圆岭山,多坑,凡九十有九,坑坑相似,失道必三日乃出。采笋者一一识其处,称曰"迷坑"。山歌云:"莫采广宁圆岭笋,迷人九十九条坑。"其山横亘十五里。

祥　酒　帘

长白祥药圃鼎,乾隆丙戌进士,由工部主事累官至布政使。尝作

《酒帘》诗云:"送客船停枫叶岸,寻春人指杏花楼。"都下盛传,呼为"祥酒帘"。

绿 郎 红 娘

广东女子,多有犯绿郎以死,男子多有犯红娘以死者。谚曰:"女忌绿郎,男忌红娘。"翁山屈氏解之曰:"咸之象,二少憧憧,则朋从其思,少女之思往,则绿郎之朋来,少男之思往,则红娘之朋来。皆婚姻不及其时,情欲之感所致也。"

集 诗 袭 诗

鲁哀公诔孔子曰"昊天不吊",《节南山》诗句也;"不慭遗一老",《十月之交》诗句也;"嬛嬛在疚",《闵予小子》诗句也,说见《路史发挥》五,此当是集诗之祖。又"毋逝我梁"四句,《谷风》、《小弁》凡两见,可见诗人亦相蹈习,则曹孟德之"呦呦鹿鸣"四句,其生吞活剥,有以借口矣。

隋　　镜

友人得隋宫镜,索诗,余赋二绝云:"六代繁华影事徂,菱花薜晕总模糊。不知大业深宫里,曾见君王好颈无?""当年粉黛此泥沙,尚指团栾说帝家。便使隋堤明月在,可能还照玉钩斜?"

蝇　　异

嘉靖间,御史三水何维柏按闽,疏论严嵩被逮。闽人哀号攀送,有无数小蝇,朋飞薨薨,如泣如诉,止于舆,止于桎梏,止于校人之衣,出郭十余里,乃散。抵京入狱,蝇集如前。见屈翁山《广东新语》。夫以蝇之可恶,诗人讥之,而示异如此,可见嵩之谗谮,并蝇不若矣。

小　峨　嵋

钱唐杨西明_{星耀}于市购得一石,高尺有半,径倍之,质白而润且坚,起二十四峰,形如束笋,丘壑毕具。识者曰:"此蜀产雪精石也。"盖峨嵋之积雪凝结而成,因名之曰"小峨嵋"。杨君有诗答王淑亭云:"我欲游五岳,欲去不去心忡忡。虽无负郭之田石尤妇,却有奇书万卷诗千筒。手植海棠二十载,年来作花百万娇春红。疏花细草各有态,纸窗竹屋交相通。往往梦游峨嵋与天姥,焉能舍却布被陟险支枯筇。峨嵋之神嘉余颇懒散,特遣一峰缩入长房之壶中。壶中灵气不可测,幻出二十四朵青芙蓉。昨在西蜀今吴东,欲与鹫岭争雌雄。山神或恐两损失,不如及早归弘农。主人得之大欢喜,置之广径傍古松。恍疑来自龙王宫,水气沁入云濛濛。又疑三代以前古积雪,虽有扶桑烈日炼不融。遍身苔藓青三冬,独有一峰不染如秃翁。其余众峰环抱如屏风,一峰蜿蜒起伏如游龙,一峰微露圭角无寻踪,疑是排衙石,罗列埋荒丛。又疑吼山观鱼之奇境,中央临水万顷涵清空。此乃峨嵋分支排衙吼山之变态,奇妙只可归天工。云间王子亦好事,走马出郭远过从,相与合掌各拜倒,自谓如此奇石真难逢。明日寄诗烦奚童,磊磊落落兴颇浓。我岂海岳君坡公,君家飞泉之石我昔寓目殊玲珑。_{淑亭有英石,名飞泉,余昔赋诗}自昔宋人宝燕石,只可譬之绿珠归石崇。世俗茫然不顾等蒿蓬,石兮石兮吾将与汝成始终。"诗颇恣横。

二　刘　妃　图

宋高宗有二刘妃图,潘悦题诗云:"秋风落尽故宫槐,江上芙蓉并蒂开。留得君王不归去,凤皇山下起楼台。"语含讽刺,而诗特清婉。

没　字　碑

谢太傅墓碑无字,伟绩丰功不胜记也。秦太师墓碑无字,秽德丑行不屑书也。桧死，诏撰神道碑，士大夫无一执笔者，见俞德邻《佩韦斋集》及彭大翼《山堂肆考》。同一事而相隔天渊若此。又秦桧墓地，今俗名狗葬村。

集 庆 寺

寺在灵隐寺之东，宋理宗阎贵妃香火院也。初建时，贵妃父良臣欲伐材灵隐，以供屋材。僧元肇，号淮海，作诗曰："不为栽松种茯苓，只缘山色四时青。老僧不许移松去，留与西湖作画屏。"诗彻于上，遂命勿伐。寺自宋至本朝，香火极盛，与云林相埒。相传二十八诸天首中，各有宝珠一粒，乾隆中，为一海宁人取去，自是山门顿衰，今惟断垣四面，古佛一龛而已。

十 五 魁 巷

十五魁巷，宋名石乌龟巷，旧有宝奎寺，宋相乔行简故第，后舍为寺。乔自嘉熙末拜平章军国重事，年已八帙，治第作上梁文云："有园有沼，聊为卒岁之谋；无子无孙，尽是他人之物。"见《齐东野语》。

梦 中 反 切

唐张镒为工部尚书，奏事称旨，代宗面许宰相，累旬无耗。忽夜梦有人云："任调拜相。"寤而寻绎不解。外甥李通礼贺曰："舅作相矣。任调反语是饶甜，饶甜无逾甘草，独为珍药。珍药反语即舅名氏也。"俄而白麻果下。见薛用弱《集异记》。此等圆梦，真是匪夷所思。

一 把 雪 一 把 连

韩世忠在军中，独骑驰马，使一把雪，执信字旗。一把雪者，趫捷善走之人也。见蕲王神道碑。一把连，明宫中近御太监，凡入侍则抹布小刀，一一佩带，以备上用，名一把连。见叶某《明宫词注》。

软　玉　珪

　　李鹿苹协揆旧藏软玉珪一事，可以屈伸，如玳瑁明角者然。协揆开府粤东，一夕，署不戒于火，珍宝悉为煨烬，此珪匆促取出，因触物碰去一角。尝考《杜阳杂编》：“唐代宗于兴庆宫复壁，得软玉鞭。盖天宝中异国所献，光可鉴物，屈之则头尾相就，舒之则劲直如绳，虽以斧锧锻斫，终不伤缺。”据此，则触物而碎者，尚非宝物也。

奸　雄　喜　怒

　　秦桧子熺，状元及第，李文肃贺以启云：“一经教子，素钦丞相之贤；累月笞儿，敢起邻翁之羡。”桧大喜。见杨囷道云庄《四六余话》。汪彦章贺以启云：“三年而奉诏策，固南宫进士之所同；一举而首儒科，盖东阁郎君之未有。”桧父子大怒。彦章自此得罪，羁置湖湘。见沈作喆《寓简》。同一颂扬，而言对仗，则汪尤胜于李也。奸雄喜怒，其不可测如此。

妒　女　泉

　　刘氏妒妇津，人人知之。唐张泌《妆楼记》云：“并州有妒女泉，妇人靓妆彩服至其地，必兴云雨，云是介之推妹。”则真无稽之谈矣。

三　敬　仲

　　齐高傒，谥敬仲；公子完，谥敬仲；管夷吾，谥敬仲。三人同谥，盖皆小心谨慎，不矜才使气者。然而卒成伯业，九合一匡。诸葛自比管仲，其《出师表》云：“先帝以臣谨慎，故托臣以大事。”盖古来成大事者，未有不本于谨慎者也。

公 在 乾 侯

左氏解经,惟"郑伯克段于鄢"数语,如老吏断狱,字字风霜。其他则长于叙事,而略于诠义。至公在乾侯两传,尤属差谬。昭公由齐而居郓,郓溃而适乾侯。郓,鲁地也。于郓言居者,明不安其居也,此逼君之势也。乾侯,非鲁地也,于乾侯言在者,明以为如不在也,此无君之心也。谁尸其位,谁夺其权,一字之诛,严于斧钺。而左氏乃曲为之解,一则曰"非公且征过也",再则曰"言不能外内也",三则曰"言不能外内又不能用其人也"。于鲁侯苛三尺之条,为季孙开一面之网,长乱蔑伦,孰大如是? 且安见三十二年之公在乾侯,为不能外内。三十三年之公在乾侯,为不能用其人乎? 然则左氏之说,第回护其所作之传而已,乌足以言解经也哉?

生 圹 死 轩

古今人多有营生圹者,余曰可对"死轩"。宋毕少董,名良史,名所居之室曰"死轩",以所服用皆上古圹中之物也。见《研北杂志》。

古 今 异 俗

成化《杭州府志》言:"杭城余杭门在北,不得出居人之槽。"今则移而至于候潮门矣。又言:"居人多于天竺祈梦,求功名者尤甚。"今则移而至于于忠肃庙矣。案余杭门即武林门也。

铁 枪

王彦章,号王铁枪,今其迹犹存。又《旧五代史·王敬荛传》:"能用铁枪,重三十斤。"是另一王铁枪也。《宋史纪事》:"李全能运铁枪,号李铁枪。"嘉庆中,阮芸台协揆抚浙时,海氛不靖,有张永祥者,英勇过人，号张铁枪。协揆之治盗也，多资其力。后屠琴坞太守倅宰仪征，协揆以此人荐之。故太守之缉捕，有声于江南。

诗　冢

陶篁村先生自订诗稿毕，其不入选者，以石匣藏而瘗之，名曰"诗冢"，索人题咏。山舟学士有句云："未必见投皆苦海，公然藏拙亦名山。"

以　宋　比　周

陈孚《勿轩集》："周东迁而夫子出，宋南渡而文公生，世运升降之会，三纲五常之道所寄也。"香山黄宗大畿论学云："前之三代，由夏历殷而文成于周。后之三代，由汉历唐而文成于宋。"名理醇粹，周宋其齐轨乎？方正学诗云："前宋文章配两周。"以宋比周，三公之见略同。

黎　女

黎人妇女，面涅花卉虫蛾之属，号"绣面女"。其绣面非以为美，凡黎女将欲字人，各谅己妍媸而择配，心各悦服。男始为女文面，一如其祖所刺之式，毫不敢讹，自谓死后恐祖宗不识也。又先受聘则绣手，临嫁先一夕乃绣面，其花样皆男家所与，以为记号，使之不得再嫁，古所谓"雕题"是也。

厨　娘

廖莹中《江行杂录》言："京都中下户，生女长成，随其姿质，教以技艺，名目不一，有所谓身边人、本事人、供过人、针线人、堂前人、剧杂人、拆洗人、琴童、棋童、厨娘等级。就中厨娘最为下色，然非极富贵家不可用，盖以其靡费也。"大约此风后来不行于浙江，而行于江南。明季冒辟疆大宴天下名士于水绘园，先期延一有名厨娘至，问所需，曰："席有三等，主人将何等之从？"问其所以异，曰："席之上者，须羊五百只，中席三百只，下席一百只，他物称是。"主人曰："上太费，下太简，中可也。"如言，备物以待，顾观其如何处分。及期，厨娘至，从者以百十计，己则珠围翠绕，高座指挥，诸人奔走刀砧，悉仰颐气。先取三百之羊，每只割下唇肉一片备用，余皆弃置。叩之，曰："羊之美全萃于此，其他腥臊不足用也。"闻者错愕，其奢滥如此！

骨　董　鬼

凡作骨董之业，吾杭人目之为鬼，以其将赝作真，化贱为贵，而又依权附势，必凭借乎贵人。盖以鬼蜮之谋，行其鬼狐之技者也。姑就其大者言之：宋徽宗立花石纲，而以朱勔统之，凡民间之一草一石，悉辇归内府。故江南士庶，以家藏异物为不祥。见《宋稗类钞》。则朱勔者，道君之鬼也。高宗好搜访古玩，恨未辨真伪。毕少董良史载古器书画赴行在，帝大悦，月给俸二百千，后权知东明县，又搜求古书画载赴行在，人呼为毕骨董。见《三朝北盟会编》。则良史者，思陵之鬼也。贾相当轴，收古铜器法宝，所鉴画有悦生堂小印，皆谭玉辨验。见《三朝野史》。其书籍则门客廖莹中为之刊校。见《癸辛杂识》及《居易录》。案鬻书者，人亦目之为鬼，则谭、廖二公者，秋壑之鬼也。韩侂胄建阅古堂于临安，其图书皆向若水所定。若水即以兰亭殉葬者也。见《癸辛杂识》及《砚北杂志》。则若水者，平原之鬼也。严世蕃建听雨楼于京师半截胡同，藏弃珍玩书画，其门下汤勤实鉴别之，即戏剧所谓汤裱褙者是。则汤勤者，东楼之鬼也。其他比比，指不胜屈。此辈炫人，往往创为不经之论，而言彝器则必商、周，言砖瓦则必秦、汉，言字画则必晋、唐，丧志耗财，莫此为甚，谓之曰鬼，其实并鬼不若也。或曰若辈所售，皆前代手笔及丘垅中物，非人器也，鬼器也，故谓之鬼，于义亦通。

虫　达　印

昨岁游湖上，汪小米携示小玉印一方，上镌"虫达"二字，云："一扬州人藏之，寄索题咏者。"案虫达系汉高功臣，亦封列侯，然《汉书》一见而外，他无可考。自来名士巨公，其手泽流传，或赝或真，业已充栋。因寻此极闲极冷之人，造为古迹以诱重价，使人谅其万万无作伪之理，而不知其正以作伪也。山鬼伎俩，一何可笑！

高　颖　楼

忆在塾时，钱清高颖楼先生^第以自挽诗及告存诗寄征先君题咏，盖仿随园老人例也。业师何星桥夫子^烺谓余曰："颖楼殆将死矣。"余作而对曰："此等风流，本不可有二，矧文人游戏，厥事正多，何必此作印板文字，以唐突先辈耶？若竟以此卜修短，或恐未必然。"夫子曰："子未读《礼》乎？《王制》云：'八十月告存。'简斋先生年臻耄耋，故用此二字。今颖楼年未盈四十，而亦为此，是赵孟矣，其能久乎？"俄而果卒。

相　似

曹孟德之横槊江上，似温太真之击楫中流，颇有义勇气。韩平原之定议伐金，似周公瑾之力排降魏，颇有英雄气。秦缪丑之自操笺奏，似陆忠宣之手缮章疏，颇有忠荩气。贾秋壑之幅巾鹤氅，似诸葛公之羽扇纶巾，颇有潇洒气。桓元子之挂袍石上，似羊太傅之流涕山头，颇有名贵气。严介溪之读书山堂，似范文正之断齑僧寺，颇有苦节气。王介甫之囚垢诗书，似朱晦翁之寝馈章句，颇有道学气。马贵阳之半壁笙歌，似文信国之故乡声伎，颇有豪迈气。然而非其人，则谬以千里矣。

加　高

今杭俗饮于酒肆，令当垆换酒，率曰加高。案耐得翁《都城纪胜》，酒楼名为山一山二山三，牌额写过山，谓酒力高远也。

问　宅　诗

余因先人官事，羁滞岭南，梦绕家山，益生惘怅。故乡人之流寓于此者，酒边谈次，以余住宅为问。因成七绝答之云："花市营边井字楼，竹竿长巷巷西头。到门却请君回首，湖上青山点点秋。""当日先臣绿野堂，<small>文庄既贵，始卜居于此。</small>而今零落剩荒庄。试从和合桥头望，望见侬家薜荔墙。<small>宅中墙四面皆薜荔，近更蔓延，垂出墙外。</small>""木瓜香过木樨生，<small>堂前后有木瓜树一株，老桂七株，皆百余年物也。</small>花草平泉旧有名。闲说玉山堂外事，对门有客泪柴荆。<small>玉山草堂，顾瑛读书处也。余家为顾且庵侍御旧宅，今其裔孙适安先生，尚住对门。</small>""酒社诗坛迹已虚，当年裙屐乐何如？瓶花紫竹都无恙，几个儿孙读旧书。<small>余家书屋，颜曰两般秋雨盦。先高伯祖茇林编修尝偕陈太仆句山、厉征君樊榭、吴尺凫焯、丁龙泓敬、金寿门农诸先生，月课诗社，不则集瓶花斋或紫竹山房。瓶花斋，尺凫先生斋名。紫竹山房，句山先生斋名也。</small>""花记签名树记牌，云林片石薜痕埋。<small>山舟学士性极爱花，凡兰菊诸品，悉手自标题，以待来年识认。所居曰假山馆，其山乃一张姓名手所堆者。</small>至今门外行人过，犹指襄阳宝晋斋。""海棠庭院极清幽，我祖当年著作楼。插架尚余残稿在，何人更续鲁春秋？<small>先祖夬庵府君著《左通》一书，未竟而殁。共分八门，今所刊者，《补释》一门耳。</small>""青青三径最情牵，北辙南帆绝可怜。为语故乡知己道，江湖憔悴十三年。""屋后犹余圃一区，有松有竹有枌榆。这回归卧柴门去，添种梅花一百株。"

乡　试　命　题

吾浙乡试，例不出《大学》题，以其不利也，广东亦然。或有犯者，非贡院被火，则主司有祸，而尤忌圣经一章，其理有不可解者。

曾　　点

《檀弓》："季武子之丧，曾点倚其门而歌。"曾点系圣门高弟，岂无故而发此狂兴,必当时居丧无哀戚之容,治丧多僭越之礼,故为此讽谕,亦主文谲谏之流也。王青萝云:"孔门多乐道,然颜子之乐实,曾点之乐虚。"可谓名言。

仆　碑

仆韩愈淮西碑,而用段文昌,韩遂以仆碑得名。仆郑械南园碑,而用陆务观,郑反以仆碑免祸。人之有幸有不幸,亦文之有幸有不幸也。案《南园记》,韩本以属杨万里,许以掖垣。万里曰:"官可弃,记不可作。"韩恚,杨遂卧家十五年。见《余冬序录》。据此,则杨之高见,胜陆远矣。

招　牌　对

纪文达公尝集京师招牌,为对甚夥。如诚意高香,细心坚烛,学经蒙并授。店槽道俱全。之类,俱极工整。案《老学庵笔记》载:"临安扁榜对,有'干湿脚气四斤丸,偏正头风一字散';'三朝御裹陈忠翊,四代儒医陆大丞';'东京石朝议女婿乐驻泊药铺,西蜀费先生弟子寇保义卦肆'。"可谓无独有偶。

西　江　古　迹

都督阎公婿《滕王阁序》,是其宿构,得王子安作,遂匿而不出,可见古人服善。意其文亦佳作也,惜稿不传。浔阳江琵琶一曲,千古艳称,然此妇姓名莫考。蒋苕生太史《四弦秋》传奇以为花退红,想亦寓言十九。余过西江作二绝云:"落霞孤鹜叹奇才,紫盖青旗暗夺胎,可惜当年佳婿稿,不曾留付后人来。""夜半琵琶发曼声,青衫有客泪纵横。空江一个商人妇,传到而今没姓名。"

称　　寿

世之称寿者,率以十为数,至吾杭有以九为数者。岭南及江西宁都,则以十之一为数。魏禧谓:"前之十年,必加一而成。后之十年,必从一而生。此大《易》贞元之义也,于礼为宜。"

桃　金　娘

桃金娘,粤中草花也。花似梅而微锐,色似桃而倍赤,中茎纯紫,丝缀深黄,八九月实熟,青绀若牛乳状,味甘,可养血。粤歌曰:"携手南山阳,采花香满筐。妾爱留求子,郎爱桃金娘。"案留求子,即使君子也。

书　　地

今人诗文酬答,于名上书地,往往好用古称,此大谬也。屈翁山《广东新语》一则云:"近人称广东为岭南,考唐分天下为十道,其曰岭南道,合粤东西及安南国而言。宋则分广东为广南东路,广西为广南西路,今概曰岭南,则未知其为东乎?为西乎?且昭代亦分广东为岭南三道矣,专言岭而不及海焉。廉、雷二州为海北道,琼州为海南道矣,专言海而不及岭焉。今徒曰岭南,则一分巡使者所辖已耳。且广东之地,天下尝以岭海兼称,今言岭则遗海,言海则遗岭,将称陶唐之南交乎?周之南粤乎?汉之南越乎?吴晋之交广乎?是皆非今日四封之所至也。凡为书必明乎书法,生乎唐则书岭南,生乎宋则书广南东路,生乎昭代则书广东,此著述之体也。尊制正名,以合乎国史,道端在是。"此言可以为法。

女　　侯

汉阴安侯,高帝伯兄妻,丘嫂也。临光侯,樊伉母吕媭也。妇人封侯,始见于此。

九 折 臂

《左传》曰:"三折肱知为良医。"《楚词·惜诵章》:"九折臂而成医兮。"盖文异而义则同也。

少 君

《左传》:"从我而朝少君。"外祖汪秋御先生绳祖曰:"少君即小君,犹小卿为少卿,昭三十。小寝为少寝哀廿六。之类。"杜氏世族谱以少君为南子号,非也。案蒯聩有杀母之心,故辄有拒父之事,亦业报也。

丁 鹤 年

弘治中,四川周洪谟,泊舟邗江,夜梦一人曰:"吾子前身也,姓丁,号友鹤山人,家维扬。"后周官南京翰林,以诗寄扬州太守王恕曰:"生死轮回事杳冥,前身幻出鹤仙灵。当年一觉扬州梦,华表归来又姓丁。"王得诗,集耆老问之,方知丁鹤年即友鹤山人,元末隐居,建文时没于成都,王以此复周。见《尧山堂外纪》。夫从来前身之说,或由自悟,或由人指点,未有以己告己者,岂佛家所谓身外身耶?

县 郡

《汉书·地理志》:"始皇变封建而为郡县。"顾氏《日知录》历引《左传》、《国策》、《史记》以驳之,为郡县不始于始皇。不知当时诸侯私立郡县,大国有之,小国则否。至胥天下而为郡县,何尝不始于始皇?不过其名不自秦始耳。不然,班氏岂未读古书者耶?春秋县大而郡小,上大夫受县,下大夫受郡是也。战国郡大而县小,魏惠王后七年,上郡十五县是也。见《大事记》。又《逸周书·作雒篇》:"千里百县,县有四郡。"据此,则郡县之名,自周初已然矣。

老　　伯

今人于父执,率称老伯。舅氏华春涛先生岑松则必比较年齿,长于父者曰老伯,少于父者曰老叔,截然不可紊也。昔米元章与人一帖云:"承借剩员,其人不名,自称曰张大伯,是何老物,辄欲为人父之兄,若为大叔,犹之可也。"记此以博一哂。

左 氏 错 简

《左僖二十五年传》:"赵衰为原大夫,狐溱为温大夫。卫人平莒于我。十二月,盟于洮,修卫文公之好,且及莒平也。晋侯问原守于寺人勃鞮,对曰:'昔赵衰以壶飧从径,馁而弗食。'故使处原。"晋侯以下二十八字,当在卫人"平莒于我"之前,其曰"故使处原",正说赵衰当为原大夫之由也,错简在下耳。见高邮王伯申师《经义述闻》。

左 氏 创 解

《桓五年传》:"王亦能军。"杜注:"虽身败军伤,犹殿而不奔,故言能军。"师解曰:"王已伤矣,尚安能殿,亦当为不字,形相似而误,言王之余师,不复能成军耳。"《宣十二年传》:"晋之余师不能军。"正与此同。若作亦字,于上下文义皆隔阂矣。

《庄十四年传》:"寡人出,伯父无里言。"杜注:"里言,无纳我之言。"师述庭训曰:"里言,谓不通内言于外也。"《襄二十六年传》:"卫献公使让太叔文子曰:'寡人淹恤在外,二三子皆使寡人朝夕闻卫国之言,吾子独不在寡人,寡人怨矣。'对曰:'臣不能贰,通外内之言以事君,臣之罪也。'"不通内外之言,即所谓无里言。

《僖九年传》:"以是藐诸孤。"杜注曰:"言其幼稚与诸子县藐。"顾宁人《杜解补正》曰:"藐,小也。"惠定宇补注曰:"吕忱《字林》曰:'藐,小儿笑也。'"师解之曰:"杜以藐为县藐,诸为诸子,以是县藐诸子,孤斯为不词矣。《文选·寡妇赋》：'孤女藐焉始孩。'李善注：'《广雅》：藐，小也；孩，小儿笑也。'"俗本脱一"孩"字，惠遂以藐为小儿笑，其失甚矣。顾训藐为小，是也，但未解诸字。今案，诸即者字也，诸、者古字通。《郊特牲》曰："不知神之所在，于彼乎？于此乎？或诸远人乎？"或诸，即或者。《尔雅》释鱼："前弇诸果，后弇诸猎。"诸，亦者也。藐诸孤，犹言赢者阳耳。《周语》："此赢者，阳也。"

　　《僖三十二年传》："必死是间，余收尔骨焉。"杜注："以其深险故。"师解之曰："此非传意也，必死是间，余收尔骨者，言汝必在此间战死，不可在他处，死有定所，乃可收尔骨也。"《公羊传》："百里子与蹇叔子哭而送其子，戒之曰：'尔即死必于殽之嵚岩，吾将尸尔焉。'"《吕氏春秋·悔过篇》："蹇叔谓其子曰：'女死不于南方之岸，必于北方之岸，为吾尸汝之易。'"皆其证也。《宣十二年传》："逢大夫指木谓其二子曰：'尸汝于是。'"事与相类。

　　《宣十一年传》："诸侯县公皆庆寡人。"杜注："楚大夫县尹皆僭称公。"师解之曰："县公，犹县尹，与公侯之公不同，如谓楚僭称王，其臣僭称公，则楚贵官无如令尹司马，何皆不僭，而僭者反在县大夫乎？《襄二十五年传》：'齐棠公之妻。'杜注：'棠公，齐棠邑大夫。'齐县大夫亦称公，则非僭可知也。不然则公尊于侯，齐君但称侯，而臣乃僭公乎？"

　　《成三年传》："荀䓨之在楚也，郑商人有将置诸褚中以出。"注疏不言褚为何物。师解曰："褚，装衣也。《玉篇》。褚，衣之囊也。《说文系传》。褚，囊也。《集韵》。《襄三十年传》：'取我衣冠而褚之。'注曰：'褚，畜也。'《吕氏春秋·乐成篇》作'子产贮之褚'。可装衣，亦可装物。《说文》：'䄺，𢎥也。'又曰：'𢎥，载米䄺也。'《系传》曰：'䄺，囊也。'《庄子·至乐篇》：'褚，小者不可以怀大。'贾子《春秋篇》曰：'囊漏贮中。'《通俗文》曰：'装衣曰袊。'则褚、袊、贮、䄺，并字异义同。褚可装物，亦可装人，故商人欲置褚中以出也。哀六年《公羊传》：'陈乞以巨囊载公子阳生。'事与此类。"

　　《成十六年传》："韩之战，惠公不振旅。箕之役，先轸不反命。邲之师，荀伯不复从。"杜注："林父奔走不复故道。"《释文》："从，徐子容反，或如字。"师述庭训曰："杜言'不复故道'，故徐读为踪迹之踪，若读如字，则不复从之下，须加故道二字，义始明白。且林父兵败而归，未必不由故道也。从，盖徒字之误，邲之败，舟中之指可掬，则徒众之不反者多矣。故曰不复徒，三句相对为文，《晋语》作'邲之役，三军不整旅'，亦指徒众而言。"

此以上七则，并详《经义述闻》，窃爱其创解，谨节录而恭识之。

梅　花　诗

山谷云："欧阳公极赏林和靖梅花诗：'疏影横斜水清浅，暗香浮动月黄昏。'"而不知和靖别有一联云："雪后园林才半树，水边篱落忽横枝。"似胜前句。不知文忠何以弃此赏彼，文章大概亦如女色，好恶止系于人。说见《苕溪渔隐丛话》。细玩二联，各有妙处，然今人但脍炙前二句，而不及后二句，何也？

咏　盐　诗

曾见《咏盐》诗二句云："调成天上中和鼎，煮出人间富贵家。"甚新，惜不知为何人所作。

胎　生

世传鹤胎生，其实鹤有卵，非胎生也。惟鸬鹚却是胎生，见《抱朴子》及《本草》。

秋　香

唐解元窃婢秋香事，小说家多艳称之。案南京旧院妓，有秋香，后从良，有旧相识求见，以扇画柳题诗拒之云："昔日章台舞细腰，任君攀折旧枝条。如今写入丹青里，不许东风再动摇。"见梅禹金《青泥莲花记》。祝枝山有题秋香便面诗云："晃玉摇银小扇图,五云楼阁女仙居。行间著过秋香字,知是成都薛校书。"是盖又一秋香也。

苗夫人王夫人

唐张泌《妆楼记》云："苗夫人,其父太师,其舅张河东,其夫张延赏,其子弘靖,其婿韦皋。"妇人之贵,无如此者。然碧鹳郎君,延赏不识,而夫人独识之。则其卓鉴,又有夐绝千古者,非寻常巾帼可比也。又元载败事,其妻王夫人博闻强记,朝廷欲令为宫中女史。夫人曰:"十六年太原节度使女,二十年宰相妻,谁能更记得长信昭阳之事。"主司上闻,俄亦赐死。其气节亦高出乃夫上矣。

蔡氏两状元

蔡宗伯升元,传胪诗云："入对彤廷策万言,句胪高唱帝临轩。君恩独被臣家渥,十二年间两状元。"盖一谓蔡公启僔也,一时传诵焉。

摸龙阿太

仁和姚少宰三辰之祖业医,尝采药堕溪,手摸石,滑而蠕动,负姚上,两目如灯,照见须角,委姚地上,腾云去,始知为龙也。手触涎处,香累月不散,以手撮药,病立愈。人呼之谓"摸龙阿太"。

人隔天河

乾隆己未朝考诗题"赋得因风想玉珂"。袁简斋先生句云："声疑来禁苑,人似隔天河。"阅卷者以语涉不庄,将摈之。尹文端公力争曰:"此人肯用心思,必年少有才者。"于是众议始定。先生馆选后,乞假归娶。朝士赠诗络绎。毗陵程文恭公景伊一绝曰:"金灯花下沸笙

歌,宝帐流香散绮罗。此日黄姑逢织女,漫云人似隔天河。"盖调
之也。

洗 福 禄

常州风俗,腊月二十六日浴,曰洗福禄。二十七日浴,曰洗啾唧。
啾唧,即祓除之意也。

响 铃 坟

嘉禾梅里,俗传南宋王妃时云卿墓,人上其冢,有铃声,名响铃
坟。赵味辛司马_{怀玉}有诗云:"纨扇珠襦一夕捐,松楸今属野人田。可
怜委骨埋香日,已是残山剩水年。""玉钩一样怨秋萤,此地犹传有响
铃。绝胜寒琼拾幽草,西陵夜夜哭冬青。"

温 铜 刀

漆其鞞以铜饰之,铜其茎以银镂之,茎得周尺七寸六分弱,身长
三其茎而微不逮焉。冬月握茎不寒,故名温铜。传为明戎政尚书陆
公_{完学}遗物,思陵赐也。汝南许大令_{元基}藏之。

蝴 蝶 会

今同人携酒一壶,肴二碟酾饮,名之曰蝴蝶会。匪仅谐声,亦以
象形也。颇雅,可入吟咏。

朱 锦 山

锦山,乌程人,能陈二十四种乐器于前,以手口及头足动之,皆中
节。又能奏各种曲,间以拇战等声,亦臻其妙。自言尝给事故相邸

中,败后辞去,复还吴中,以素业糊口云。近广东亦有所谓锣鼓三者,正与之相类。

李 笠 翁 墓

笠翁晚年,卜筑于杭州云居山东麓,缘山构屋,名曰层园。卒,葬于方家峪九曜山之阳。钱唐令梁允植题其碣曰:"湖上笠翁之墓。"日久就圮,仁和赵宽夫坦命守冢人沈德昭修筑之,复树故碣,且俾为券藏于家,可谓风雅好事者矣。

燕 台 小 乐 府

京师奢靡,甲于天下,而诈伪亦甲于天下。余尝作燕台小乐府五首,《梨园伶》云:"软红十丈春风酣,不重美女重美男。宛转歌喉袅金缕,美男妆成如美女。楼台十二醉春风,过午花梢日影红。此际香车来巷陌,此时脆管出帘栊。帘栊掩映娇妆束,场屋频频滚弦索。须臾花枝照眼明,飞上九天歌一声。歌声未罢欢声满,就中谁得秋波转?曲罢翩然下坐旁,犹留粉晕与脂香。凭将眉语通心语,好把歌场换酒场。酒楼携得人如玉,自占藏春最高阁。闲泛鹅儿弄斝尊,不容鹦母窥帘幕。承颜伺色最聪明,射覆藏钩靡不精。欲即偏离抛又近,情无情处动人情。情多不及黄金贵,几束吴绫谋一醉。梦里温柔镜里人,甘心竟为他憔悴。憔悴青衫兴已阑,一鞭又跨别人鞍。试看花底秦宫活,谁念车傍范叔寒。"《赝骨董》云:"世间何者为古物?尺五青天一明月。世间何者为真灵?日星河岳贤圣经。彼食肉者何伧父,以假作真新作古。遂使市井售利徒,穷极妆点相欺诬。先秦铜鼎汉玉斝,阿房宫砖未央瓦,李斯古篆右军书,戴嵩老牛韩干马。湘帘棐几清绝尘,一一帖妥而横陈。若者商周若虞夏,平视群材高索价。吁嗟乎我生已后三千年,眼光那及前人前。矧乃宝物出非偶,鬼护神呵妖魅守。书言用器惟求新,当王者贵物最珍。羲皇以前瓦与石,纵在人间何足惜。君不见贫儿乞食善解嘲,原宪之杖颜回瓢。又不见奇珍从古无世寿,玉玺而今已非旧。"《跑热车》云:"雷声毳毳长安街,九逵大路扬尘霾。忽然到眼疾如驶,奇肱之车飞而来。车中之人美如玉,锦带吴钩新结束。车傍之仆秀且明,窄襟秃袖双貂缨。执鞭者如齐越石,意气骄人殊自得。此时可有阛门妻,窥见夫郎好颜色。试问轮蹄为底忙,来从何处去何方? 却离罗绮开筵地,会向氍毹选色场。色围香阵销魂剧,镇日笙歌喧不绝。锦上繁花火里蛾,此车亦复因人热。热场热客自营营,冷眼看他襭襫行。直为炎官效奔走,非关汗马博功名。缁尘我亦驱驰客,敝车代步聊栖息。相看肥马气扬扬,自笑蹇驴行得得。若风从,若云从,骈而先者毛羽丰,真不愧车如流水马如龙。为鸡口,为牛后,跂而及者牛马走,未免叹车如鸡栖马如狗。"《花局子》云:"李桃应候开无差,烘而出之名唐花。先时者珍后时宝,开在当时转如草。挽回造化信有之,斫削元气良由斯。同根相煎何太急,阿奴火攻出下策。不须剪彩方隋宫,不须羯鼓挝春风。顷刻千红兼万紫,云罗霞锦开重重。京师女儿美如玉,最妙芳龄十五六。眼波秋水黛春山,灼灼花枝鲜耀目。颇闻罗帐夜横陈,暖炕熏笼熨体频。人亦如花娇养法,蕊珠烘透十分春。容颜转眼浑非旧,玉骨香桃可怜瘦。自是英华早发舒,面痕容易观何皱。矧兹弱植力无多,雨妒霜欺可奈何。纵有十重金步障,难留隔岁玉枝柯。世人看花惜花少,花若有知应亦恼。不若移根冷处栽,自开自落年年好。岂知好景发年年,争得非时竞逞妍。若使名花都有寿,何人肯费买春钱?"《八角鼓》云:"十棒花奴罢歌舞,新声乃有八角鼓。一木一扇一氍毹,演说亡是兼子虚。虚中生实无生有,别是人间一谈薮。操成北地土风音,生就东风滑稽口。有时按曲苏昆生,有时说书柳敬亭,有时郝隆作蛮语,有时公冶通鸟声。有时双盘旋空际,公孙大娘舞剑器;有时累丸掷空中,痀偻丈人承蜩功。须臾座中响弦索,引上雏儿一双玉。不习梨园旧谱声,自调菊部新翻曲。曲边人物尽风流,燕样身材莺样喉。入局先输钱买笑,当筵又费锦缠头。眼波眉语通消息,别有温柔描不得。巧谑新谐倍有情,秾歌艳舞都无色。由来此戏五方同,不及京师技最工。此辈亦须官样好,马伶无怪客严公。"

管　杏　花

史文靖公馆课庶常，以春日即事命题。管水初清诗中一联云："两三点雨逢寒食，廿四番风到杏花。"史公击节，人因呼之曰"管杏花"。

铁　马

檐铁曰"铁马"，向不解马字之义，偶阅唐冯贽《南部烟花记》："临池观竹既枯，后每思其响，帝为作薄玉龙数十片，以缕线悬于檐外，夜中因风相击，听之与竹无异。民间效之，不敢用龙，以什骏代，故曰马也。"

家　书　署　姓

山舟学士尝见诸城刘文清相国与其父文正公家书，末署款云"男刘墉百拜"。赵味辛司马曾见明王文成与父太宰公书，名上亦书姓。盖当时风尚使然，今若效之，便哗然矣。

马　闸　子

今人以皮为交床，名马闸子，官长多以自随，以便于取挈也。按唐明皇作逍遥座，远行携之，如折叠椅，盖即此物之权舆乎？

阳　明　之　学

王文成公功业彪炳，卓然为一代之冠，惟以良知揭天下，稍累高明。而议者极意诋诃，至谓有明之天下，不亡于流贼，而亡于阳明。是何言欤？黄梨洲云："今之敢于骂象山、阳明者，以晦翁为之主，是犹豪奴之慢宾客,猎犬之逐行人。"斯言真刻酷矣。

笙磬同音

沈无咎,字子慕,乌程人,少工诗,性疏傲,尝以鬻鱼为业。所居有渔庄亩许,得鱼则跣足入市,所需值不二言。又善结彩珠为灯,挟灯赴广陵求售。一日,过某商门,商素闻其名,还其灯,以白金一镒为赠。无咎大怒,委金于地曰:"若较价值,吾不怪。牧猪奴何知,而令我受腥膻物耶?"毁其灯,不顾而去。客武进,一时士夫多与之交,其诗名《梦花集》。女子汤朝,武进吕氏侍儿也,字蕉云,亦能诗,见无咎诗而好之,因题四律以示无咎,遂聘为妻。于是朝诗益进,遂以所酬唱者合刻之,名曰《笙磬同音》。

活孟子

明陈白沙以学为粤倡,其学一宗濂洛。姜进士麟者,始见白沙,曰:"吾阅人多矣,如陈先生者,耳目口鼻人也,所以视听言动,殆非人也。"人问之,辄曰"活孟子,活孟子"云。白沙初应聘至省,观者数千万人,图其貌者以百数计,市井妇孺皆称为陈道统。入京,授翰林院检讨,以养母还山不仕。宪庙升遐,哀诏至,先生赋诗云:"三旬白布裹乌纱,六载君恩许卧家。"家居尝戴玉台巾,_{玉台,山名,巾象之也。}扶青玉杖,插花帽檐,往来山水之间。有诗云:"惟有白头溪里影,至今犹带玉台巾。"又云:"拄地撑天吾亦有,一茎青玉过眉长。"又云:"两鬓馨香齐插了,赛兰花间木犀花。"其风流如此。白沙弟子百余六人,以林缉熙_光为最。白沙殁后,湛文简露祀之于衡山岳麓精舍,其后文简卒,因以配享焉。

不倒翁

赵云松观察作不倒翁诗,欲用"黄胖春游"四字,而未得其对。明日方浴,忽忆"白题胡舞",真绝对也。喜而一跃,浴盆顿破。

不　能　诗

世传曾子固不能诗,非不能也,不过稍逊于文耳。唐张道古,名眱,博学善古文,读书万卷,而不好为诗。曾在张楚梦座上,时久旱,忽大雨,众宾咏之,道古最后方成绝句曰:"亢旸今已久,喜雨自云倾。一点不斜去,极多时下成。"此则真不能诗者矣。事见唐张骘《耳目记》。

六　和　塔

吾杭江干开化寺塔,曰六和塔。开宝三年,智觉禅师延寿,始于钱氏南果园开山建塔,后废。宋绍兴二十六年,僧智昙重建。案《四朝闻见录》:"卫泾,字清叔,自金幕奉召,而不入国门,翱翔于江上六合塔。"又宋《艺圃集》:"李沇有《六合塔》诗。"然则和者,合之转音,今北人口音,呼合如和字。俗传六和塔,系元僧杨琏真伽哀宋陵骨而成,实非也。哀骨之塔曰镇南塔,俗呼一瓶塔,又曰白塔。吴僧《白塔寺》诗,所谓"到江吴地尽,隔岸越山多",即此是也。案《清江集·穆陵行》云:"江头白塔今不见。"则镇南塔自明初已划去之矣。又《江月松风集·白塔》诗:"宋宫传自唐朝寺,白塔崔嵬寝殿前。"则在大内是又一白塔也。

姬姜被难

宋共姬待姆不至而死于火,楚贞姜待符不至而死于水,妇人之义,守礼大于避害,二夫人之事相同,皆能人之所难能者也。后之议者,谓其知守经而不知达权,误矣。

名之显晦不同

郭翼《雪履斋笔记》:"张俊有爱姬张秾,乃钱唐妓,颇涉书史。拓皋之役,俊发书嘱以家事,姬引霍去病、赵云以坚其心。俊以其书缴奏,上亲书奖谕。"张、韩皆中兴名将,皆有奇女子,又皆出微贱,亦奇矣! 施彦执《北窗炙輠》:"钱唐两处士,林和靖居孤山,徐冲晦居万松岭,夹湖相望。徐之孙忉犹守故庐,语人曰:'先祖有言,子孙世世勿离钱唐,永无兵燹。'"先生名奭,赐号冲晦。今人但知林和靖,而不及冲晦,盛称梁红玉,而不及张秾,亦有幸有不幸也。

王 坟 豆

九曜山下有隙地焉,相传是明昌化伯邵林墓域。林为孝惠太后之父,旧称邵皇亲坟,杭人讹为邵王坟。其地产蚕豆甚佳,俗呼"王坟豆",此可与"东陵瓜"同作邵氏典故。

鹧 鸪 米

渔洋山人《居易录》:"弋阳汪少宰伟赴一中官请,设饭止半盂,而香滑异常。问米所从出,云:'四川以岁例进贡者,米生于鹧鸪尾,尾止二粒,取出放去,来年则更取之。'"其事甚异。先伯祖谏庵先生有《鹧鸪米歌》云:"鹧鸪鹧鸪吾问尔,尔何不学雄鸡自断尾? 胡为苦唤行不得,犹护尾中二粒米。鹧鸪向我鸣钩辀,请对以臆知是不? 白鹭缞,青凤裘,鹤氅翠翎雄雉头,征取羽毛助文采,山林搜捕遭危殆。可怜更有触网罗,燔炙煎烹调鼎鼐。岂若米自尾中生,不劳播谷频催耕。各以两粒充玉食,香净突过长腰粳。但使年年来去无羁缚,予尾翛翛予亦乐。"

讳

书传之论讳,然亦有不可通者。先伯祖有《与卢抱经学士论讳书》及《书讳辩后》二篇,极赅博精核,爰敬录之。《书》云:"伻来辱书,是前月十日所发,毗陵至杭,仅六百里,奚迟滞如此。承示古人生不

辟名,卒哭乃讳,引据精核,先生之论详矣。然窃有疑焉。即以天子
诸侯言之,周襄王名郑,而不闻郑国改封。鲁废具敖二山,而有公孙
敖。卫襄公名恶,而其后有大夫齐恶,何以不讳?齐有昭公,而其兄
孝公名昭。宋有成公,其孙平公名成。举谥则犯名,讳名则废谥,宜
何如讳?且有子孙与其先世同名者,高圉之父名辟方,而孝王名辟
方。厉王名胡,而僖王名胡。晋惠公名夷吾,而灵公名夷皋。郑武公
名掘突,而厉公名突。蔡文侯名申,而昭侯名申杞。桓公名姑容,而
文公名益姑。莒渠丘公名朱,而犁比公名买朱鉏。若夫武王,一代之
宗也,而卫有公叔发,郑有公子发。伯禽,不祧之君也,而有柳下惠展
禽。兹舆期,莒之祖也,而后世有兹丕公及展舆、庚舆。季胜,赵之祖
也,而春秋有赵胜,战国有公子胜,平原君亦名胜。陈完,田齐之始祖
也,而陈成子有兄曰完。凡此岂得援舍故讳新之例,以为词耶?又有
以祖父之名为氏,如《杜世族谱》《郑氏族略》所载者,则祖宗之名,世
世不可复讳,亦不必入门而问矣。是皆愚昧所未解,愿先生再诲之。"
《书后》云:"《旧唐书》讥退之《讳辨》纰谬,岂以李贺父名晋肃,贺不举
进士为是耶?王观国《学林》引唐人康骈《剧谈录》曰:'元微之以明经
擢第,愿结交李贺,执贽造门,贺览刺不答,微之惭愤而退。后登要
路,因指贺祖名进,不合应进士举,遂致辗轲。'乃知毁贺者,微之也。
惟称祖讳进与言父晋肃异。然退之颇有误处。《史记·天官书》:'气
来卑而循车通。'《裴氏集解》谓'车通避汉武帝',则不讳辙之说恐非。
杜上声,度去声,杜、度二字不同音。杜度,见《晋书·卫恒传》,非杜操字伯度者
也。治天下之治,平声,非去声,且犯高宗正讳,即宪宗时高庙已祧,不
讳而讳,辨中似不宜见此字。曾子父名点,不名皙。宇文化及逆党孟
秉,《隋书·炀帝纪》《唐书·窦建德传》并作孟景,以秉与眪同音而
改之。李林甫上御定月令表,璇玑玉衡,以玑与基同音而改之,则不
讳浒势秉机之语,殊未尽然。盖唐俗重讳,自天子迄士大夫家,虽二
名嫌名亦避之,其弊至于父名乐,终身不听丝竹,不游嵩岱。父名石,
平生不用石器,遇石不践。退之此辨,殆借以讽世欤?至周密《齐东
野语》引《讳辨》云:'桓公名白,博有五皓之称。厉王名长,琴有修短
之目。不闻为布帛为布皓,肾肠为肾修。'今文无之,此乃《颜氏家

训·风操篇》语,弁阳老人误以为韩文也。"

解 经 可 噱

群儒羽翼经传,而间有极可笑者。桓六年经书"实来",杜注谓"承上五年冬州公如曹,故曰实来"。此解原属牵强,盖从阙文之说为是。而家氏铉翁引"子皮实来"、"巩伯实来"为证,以为"天王使人下聘"。毋论圣人不作此廋词隐语,且作经未成,而反引未来之传以为注解,有是理乎? 襄二年,"葬小君齐姜"。九年,"葬小君穆姜"。左氏以齐姜为成公夫人,穆姜为宣公夫人,传文甚明。公羊独疑其词曰:"齐姜与穆姜,则未知其为成夫人欤? 宣夫人欤?"而何休直以齐姜为宣夫人,疏申之云:"何氏以齐姜先薨,多是姑;穆姜后卒,理宜为妇。"夫姑后妇殁,妇先姑逝,亦修短之数,有何定例耶? 此二段解经,殊属可笑。又鲁定公母不书薨,遂引仙传,以为服五加皮致不死。羊舌大夫以盗献羊埋头事发,掘舌为证,因而得姓,可谓不经之谈。

封 神 传

《封神演义》一书,可谓诞且妄矣,然亦有所本。《旧唐书·礼乐志》引《六韬》云:"武王伐纣,雪深丈余,五车二马,行无辙迹,诣营求谒,武王怪而问焉。太公对曰:'此必五方之神来受事耳。'遂以其名召入,各以其职命焉。"案五车二马,乃四海之神祝融、句芒、颛顼、蓐收、河伯、风伯、雨师也。又《史记·封禅书》:"八神将太公以来作之。"则俗传不尽诬矣。今凡人家门户上,多贴"姜太公在此,诸神回避",亦由此也。

真 字

十三经无真字,盖正字,即古真字也。正鹄、正月、雨无正,皆是。今广东各艺招牌,如教识正银、正山水,皆不作真字,尚有古风。又经书中假字,皆作假借解,盖真假二字,古悉用诚伪也。

书 卒 异 词

凡人死曰卒,曰殁,曰疾终,曰溘逝,曰厌世,曰弃养,曰长逝,曰捐馆舍,此夫人知之也。又曰弃堂帐,颜鲁公徐府君神道碑:"夫人春秋六十有八,弃堂帐于相州之安阳。"又曰启手足,独孤及独孤公夫人韦氏墓志:"启手足之日,长幼号啕。"权德舆杜岐公志铭:"十一月辛启手足京师安仁里。"梁肃皇甫县尉志铭:"启手足于嘉兴县私第。"宋李宗谔石保吉碑:"启手足于丰义坊之私第。"又曰隐化,陈子昂为其父元敬志铭:"隐化于私宫。"又曰迁神,柳宗元崔敬志铭:"迁神于舟。"又道士卒曰解驾,见唐许长史旧馆坛碑。曰遁化,见颜鲁公李元靖先生碑。尼卒曰迁神,见李志暕唐兴圣尼法澄铭。曰迁化,见唐宣化寺尼见行塔铭。曰舍寿,见唐济度寺尼法愿志铭。僧卒曰迁形,亦曰迁化,见《唐道安禅师塔记》,及僧维新等经幢。曰示灭,见刘禹锡《牛头山融大师新塔记》。

徒 法 无 益

《周书·酒诰》曰:"群饮,汝勿佚,尽执拘以归于周,予其杀。"饮酒之禁,何至其严如此? 盖其时朝歌化纣之俗,酗酒太甚,故特设厉禁以止之,所谓刑乱国用重法也。明洪武初定例:"凡吸烟者杀无赦。"烟草本出于外域,可见当日亦以此为鸩毒,故立法如此之峻,而今则人易叶而户抗,奇矣! 窃谓鸦片之禁,近日愈严而行愈广,余谓不及十年,必至人人吸之,如水烟旱菸而后止。地日产其戕生之物,而天亦不能不伤其好生之心,哀哉!

孔 子 删 诗

阮亭司寇《池北偶谈》谓孔子正乐而并未删诗。其论云:"《论语》

一则曰'诗三百',再则曰'诵诗三百',《家语》对哀公问郊,亦曰'臣闻诵诗三百,不可以一献',知古诗本有三百,非孔氏手定也。又左氏列国卿大夫燕飨赋诗,率皆三百篇中,多在孔氏之前,其非夫子删定,了然可见。"然其说亦有未可尽通者,如《茅鸱》、《河水》、《新宫》、《辔之》、《柔矣》等篇,独非赋诗也乎? 今则全篇逸去。其他"素以为绚兮"一句,"唐棣之华"四句,见于《论语》。"兆云询多"二句,"周道挺挺"四句,"祈招之愔愔"六句,见于《左传》。"昔吾有先正"五句,见于《小戴记·缁衣篇》。"鱼在在藻"六句,见于《大戴记·用兵篇》。"国有大命"三句,见于《荀子·臣道篇》。至《南陔》等六篇,有笙无词,《貍首》亦然,则谓三百篇外绝无删动,亦未见其允当。大约或篇或章,均系旧逸。而单词骈句,尚错杂于简端。孔子定诗时,则竟删去,以成三百五篇完好之作,亦述而不作之意也。如谓古诗三千,而删存止于三百,则马迁传闻之误,前人辨之详矣,其说殊不足信。惟《墨子·公益篇》有云:"诵诗三百,弦诗三百,歌诗三百,舞诗三百。"诸子之说,固不足尽信,然凿凿言之,不知即此三百篇耶? 抑别有所谓三百者耶?

麾蚤

礼器不麾蚤,旧注训麾为快,谓祭不以蚤为快也。其说殊属晦涩。杭堇浦太史世骏《续礼记集说》引归安郑氏曰:"此言临祭之时,极其诚敬,不敢指麾,不敢搔爬,所谓手容恭也。蚤与搔,古字通耳。"似较旧说,于义为长。

韩公帕苏公笠

广东潮州妇女出行,则以皂布丈余蒙头,自首以下,双垂至膝,时或两手翕张其布以视人,状甚可怖,名曰"文公帕",昌黎遗制也。惠州嘉应妇女多戴笠,笠周围缀以绸帛,以遮风日,名曰"苏公笠",眉山遗制也。二物甚韵。

毛诗酒令

向在友人家小饮，行一酒令，须四言《毛诗》二句，合成一花，要并头、并蒂、连理，如"宜尔子孙，男子之祥"，隐宜男，此并头花也。"驾彼四牡，颜如渥丹"，隐牡丹，此并蒂花也。"不以其长，春日迟迟"，隐长春，此连理花也。此令甚新。

孟子始尊伊尹

孟子称伊尹之任，辨伊尹之志，论伊尹之出处，明伊尹之见道统，七篇之中，屡屡言之。而孔子口中，绝未论及，莘野之师，桐宫之放，事为其创，功罪俱难言之也。圣人之意深矣。

水　晶

古人之言，有未可尽信者，《格古要论》及刘贡父俱云："水晶为千年老冰。"然此物出于广东潮州，潮州乌得有冰？且有黄晶、紫晶、绿晶、茶晶、墨晶、发晶之别，其非冰也明矣。考《铁围山丛谈》载，"政和间，伊阳太和山崩，裂出水晶。"则是石中所产无疑。又案，刘贡父与一弁员同座，偶言及水晶系是何物，贡父曰："不过多年老冰耳。"冰、兵同音，盖戏语也，本不可以为据。

市 井 食 单

猪耳朵，名曰"俏冤家"；猪大肠，名曰"佛扒墙"，皆苏人市井食单名色。

殿 寺 新 名

殿名多取堂皇冠冕字样，而光武洛阳有却飞殿，见《七修类稿》。

寺名多取安禅祈福字样，而蜀中成都有相思寺，见《香祖笔记》。

念珠钟声

念珠名牟尼珠。《庶物异名疏》："梵语钵塞，此名数珠，乃引接下根，牵果修业之具也。"《瓦釜漫记》："念珠凡一百零八枚，盖取十二月，二十四气，七十二候，准一岁之义。"其曰天罡地煞者，荒唐之言也。钟声一百零八下者，亦取此义，而击之法，各处小有不同。杭州歌云："前发三十六，后发三十六，中发三十六，声急，通共一百八声息。"绍兴歌云："紧十八，慢十八，六遍凑成一百八。"台州歌云："前击七，后击八，中间十八徐徐发，更兼临后击三声，三通共成一百八。"

和尚破荤

人馈得心大师鸡子若干枚。师大吞咽，作偈曰："混沌乾坤一壳包，也无皮骨也无毛，老僧带尔西天去，免在人间受一刀。"是大慈悲，大解脱。张献忠攻渝，见破山和尚，强之食肉。师曰："公不屠城，我便开戒。"献忠允之。师乃食肉，说偈曰："酒肉穿肠过，佛在当中坐。"是大功德，大作用。若唐僧人某，"但愿鹅生四脚，鳖着两裙"，人以为俊语。又某僧劈伽蓝作薪煮狗肉，有句云："狗肉锅中还未烂，伽蓝再取一尊来。"人以为洒脱，余谓此不但魔道，直是饿鬼道、畜生道矣。

任翼圣

任翼圣宪副启运九岁读《孟子》终，饮泣不食。乃祖问其故，曰："岂有读'然而无有乎尔'二语，而不悲者乎？"后晚年学《易》，研思极虑，忽神游乾坤图内，身如委蜕。一霎，八卦划然开朗，始苏。盖如卧如死者，已旬有七日矣，奇哉！见震泽任心斋兆麟《有竹斋集》。

武弁临终诗

明杭吴东昇，武弁也，年八十卒，临终诗曰："嘱咐儿孙送我终，衣衾棺椁莫丰隆。停丧只好经旬外，出殡须行径路中。念我行藏无大过，请僧超度有何功。掘坑埋了平生事，休信山家吉与凶。"杭人奢于丧而缓于葬者，当奉此诗为玉圭金臬。

胆　异

诸物之胆，皆附肝不动。蚖蛇之胆，随日而转，分上中下三旬。熊胆随时而转，分春夏秋冬。象胆随月而转，分十二建。盖象具十二肖肉，如正月建寅，胆在其虎肉是也。

聚　珍　版

沈存中云："庆历中，有毕昇为活字版，用胶泥烧成。"武英殿聚珍版，自易铜为木之后，近闻亦多散失。顷广东新制活字版一付，以黄杨坚木为之，现已有二万余字，随时增益，大约至五六万字，可以足用。吴石华兰修、曾勉士钊两学博，仪墨农孝廉克中主司其事，将来可成一巨观也。

优　剧

宋时大内中，许优伶以时事入科诨，作为戏笑，盖兼以广察舆情也。秦桧当国，和议既成，无迎还二圣意。又桧一日于朝堂假寐，误坠其巾，都察院吴某立置曲柄荷叶托首，安于椅后，遂名曰"太师椅"。有二优因戏于上前，一人捧太师椅，安排坐位，一人盛服缓步而出，耳后带大金镮二，垂至前肩。一人问曰："汝所带是何物？"曰："此名二胜镮。"一人直前，将双镮掷诸其背，曰："汝但坐太师交椅受用足矣。

二胜之镮，丢之脑后可也。"韩侂胄当国，恃功妄作，诸事皆矫旨行之。偶值内宴，伶人王公瑾曰："今日之事，政如客人卖伞，不油里面。"史弥远当国，威福日盛，凡有夤缘者，必奔走其门。一日，伶人于上前演剧。一人扮颜夫子，喟然而叹。子贡在旁曰："子何忧之深也？"颜子曰："夫子之道，仰弥高，钻弥坚，未知何日望见，是以叹耳。"子贡曰："子误矣。今日之事，钻弥坚何益，只须钻弥远足矣。"余谓伶人之慧心壮胆，固属可嘉，而诸帝之侧闻谲谏，如聩如聋，何也？

鲜 鱼 生 葱

东坡《仇池笔记》，以徐问真啖鲜鱼生葱为异人。古人盖未知食鲊之说。所谓鲊者，特干鱼片子耳。今则南中以鲜鲊为佳品矣。至生葱之味，美实过于熟葱，北方人人啖之，南人亦十有五六，尤不足奇也。

戴 记

读《礼记》，删《丧服》，本无此法，必不得已，《檀弓》、《三年问》二篇，不可删也。

富 贵 诗

作富贵诗而用金玉珠琲字样，此大忌也。宋李既方句云："书标卷数金泥字，树记花名玉篆牌。"寒乞之相，反令人不可耐。

三 十 而 立

《一夕话》载三十而立破题云："两个十五之年，虽有椅杌而不坐焉。"又《钗钏记》传奇中亦有此科诨，而不知确有此典也。《北梦琐言》："魏博节度使韩简，性粗质，每对文士，不晓其说，心甚耻之。乃召一孝廉令讲《论语》,及讲至《为政篇》,明日,谓诸从政曰:'仆近知古人淳朴,年至三十,方能行立。'闻者无不绝倒。"但不知此公善悟,别具会心,抑孝廉口授时,即出此秘解也?

三　阵

员半千,本名余庆,师王义方谓之曰:"五百年一贤,足下当之矣。"遂改名半千。初应六科举,授武陟尉。又应岳牧举,高宗御武成殿,召诸举人亲问曰:"兵书所云天阵、地阵、人阵,各何谓也?"半千越次对曰:"臣观载籍多矣,或谓天阵,星宿孤虚也。地阵,山川向背也。人阵,偏伍弥缝也。以臣见则不然,夫师出以义,有若时雨,得天利,此天阵也。兵在足食,且耕且织,得地利,此地阵也。卒乘轻利,将帅和睦,此人阵也。去此三者,其何以战?"高宗深加嗟赏,对策上第。见唐刘肃《大唐新语》。愚谓此数语,不但词理正大,兼有以消其握奇逞谲之谋,而动其休养仁爱之念也。

急急如律令

急急如律令,道家敕语也。解之者曰:"律令,雷部之兽,其行最速,故以为比。"然宣和中,陕右人发地得一檄云:"永初二年六月丁未朔,廿日丙寅,得车骑将军幕府文书,上郡属国都尉二千石守丞廷义三水,十月丁未,到府受印,发夫讨畔羌,急急如律令。马四十匹,驴二百头,给内侍"云云。此檄梁师成得之以入石,然则急急如律令,乃汉之公移常语。张天师汉人,故沿用五字,道家得其祖述耳。

逼人太甚

卿宗与崔杼远近,如明公之于陈恒,天生此一对篡贼。卿宗与萧何远近,如明公之于曹参,天生此同时相国。此不过一时相谑之词耳。若陆机入朝,卢志问曰:"陆逊、陆抗,于君远近?"机云:"如君于卢毓、卢珽。"此则逼人太甚矣，宜其贾祸也。《南史·王俭传》，政府见一选人姓谭，戏曰："齐侯灭谭，那得有卿?"对曰："谭子奔莒，所以有仆。"可谓捷给矣。

烧　尾　宴

烧尾之义，向但知鲤鱼将化龙，过龙门，惟尾不化，天火自后烧之，乃成龙去。又一说云："烧尾者，虎豹化人，惟尾不化，必以火烧之，乃成人。"见叶梦得《石林燕语》。二说不同。又烧尾宴，《唐书》大臣拜官，献食于天子，名曰"烧尾宴"。而小说所载，乃云："凡士子初登科，及在官者迁除，朋僚慰贺，皆盛置酒馔音乐宴之，名曰烧尾宴。"二说亦不同。

挽　联

挽联不知起于何时，古但有挽词而已。即或有脍炙二句者，亦其项腹联耳。《石林燕语》载："韩康公得解，过省殿试，皆第三人，后为相四迁，皆在熙宁中。苏子容挽云：'三登庆历三人第，四入熙宁四辅中。'"此则的是挽联之体矣。

硬　记

小儿读书，勉强背诵，名曰"硬记"，亦可谓之"热记"。见叶梦得《避暑录话》。

缩　骨　痨

葛秋生姑丈以病瘵卒，身首渐小。医者云："此名缩骨痨。"其病罕闻。按宋彭乘《墨客挥犀》载："吕缙叔以知制诰知颍州，忽得疾，但缩小，临终仅如小儿。"此其是欤？

烧　香

《尚书》:"至于岱宗,柴望秩于山川。"又:"柴望大告武成。"柴虽祭名,考之礼:"焚柴泰坛。"《周礼》:"升烟燔牲首。"则是祭前燔柴升烟,皆是求神定仪,初无所谓烧香之说也。宋赵彦卫《云麓漫钞》云:"近人崇释氏,多好用香。盖西方出香,释氏动辄焚香,以示洁净,道家亦然。"今人祀社稷,祭夫子,于迎神之后,奠币之前,行三上香礼,郡邑或有之,朝廷则无是,宋时犹存古制也,今则又不然矣。

王　荆　公

公久居枢要,有谏官言:"公宅枕乾刚,貌类艺祖。"公上疏请罪云:"宅枕乾刚,乃朝廷所赐。貌类艺祖,乃父母所生。"仁庙嘉纳,此官直是没得说。夫安石弊政,何不可劾而乃言及此耶?

蔑

隐元年,"公及邾仪父盟于蔑"。惠栋《春秋左传补注》云:"蔑,本姑蔑,定十二年,败诸姑蔑是也。隐公名息姑,当时史官为之讳,犹定公名宋。《哀廿四年传》:孝、惠娶于商,不云宋也。古人舍故讳新,故哀为定讳,定不为隐讳。《汲郡古文》云:鲁隐公及邾庄公盟于姑蔑。魏史不为鲁讳,则此为隐讳明矣。"愚按此说不然,讳有改文,而无删文,况为地名,尤无笔削之理。且历考《春秋》,庄公名同,而十六年书"同盟于幽",二十七年书"同盟于幽"。僖公名申,而五年书"晋侯杀其世子申生",七年书"郑杀其大夫申侯",十六年书"戊申朔,陨石于宋五","壬申,公子季友卒","丙申,鄫季姬卒",二十一年书"楚人使宜申来献捷",二十八年书"壬申,公朝于王所"。成公名黑肱,而十年书"魏侯之弟黑背,帅师侵郑"。襄公名午,而六年书"壬午,杞伯姑容卒",十年书"甲午,遂灭逼阳",十七年书"庚午,邾子轻卒",十八年书

"楚公子午帅师伐郑",二十六年书"甲午,卫侯衍复归于卫","壬午,许男宁卒于楚",二十九年书"庚午,卫侯衍卒",三十年书"甲午,宋灾。"定公名宋,而元年书"晋人执宋仲几",四年书公会刘子、晋侯、宋公某某"于召陵",六年书"晋人执宋行人乐祁犁",十年书"宋乐大心出奔曹","宋公子地出奔陈","宋公之弟辰暨仲陀、石彄出奔陈",十一年"宋公之弟辰及仲佗、石彄、公子地自陈入于萧以叛","乐大心自曹入于萧",十四年书"卫赵阳出奔宋","齐侯、宋公会于洮","宋公之弟辰自萧来奔",十五年书"郑罕达帅师伐宋"。俱直书不讳,何独于隐而异之?若云隐为首公,亦讳始祖之意,则纪载之文,宜归一例。闵元年书"公及齐侯盟于落姑",襄六年"杞伯姑容卒",昭六年"杞伯益姑卒",哀三年"齐国夏、卫石曼姑帅师围戚"。何又不讳也?杜注云:"蔑,姑蔑,一地而二名。"何必更为穿凿耶?

卷七

古今人比拟

明穆文简孔晖以鲧比王安石，其论曰："鲧名重，安石亦名重；鲧圮族，安石亦圮族；鲧湮洎，安石亦湮洎；鲧志在平水土，而有害无利；安石志在谋富庶，而亦有害无利。"袁简斋大令以刘后主比齐桓公，其论曰："桓公，庸主也；禅，亦庸主也。然桓公虽嬖易牙、竖刁等，而独信任管仲。后主虽宠中官黄皓等，而独信任武侯。卒不使二人为群小所挠也。"先伯祖谏庵公以周宣王比唐玄宗，论曰："宣王之与玄宗，皆两截人。宣王中兴，玄宗亦中兴，而末路则皆不振。宣王《车攻》以下，皆颂扬之诗；《祈父》以下，皆讽刺之作。玄宗开元以前，姚、宋相而治；天宝以后，杨、李相而乱。盖有英武之才以创其始，而无沉厚之德以持其终也。"此等比拟，俱极贴切。

陈三元

桂林相国陈文恭公，世居横山村，筑培远堂。嘉庆丙子，相第不戒于火。五世孙喆臣守睿，癸酉解元，尝梦状元名继昌，遂改名，以庚辰领会状，年甫三十。前明正德二年，有云南按察司副使包裕游还珠岩诗刻云："岩中石合状元征，此语分明自昔闻。巢凤山钟王世则，飞鸾峰毓赵观文。应知奎聚开昌运，会见胪传现庆云。天子圣神贤哲出，庙廊继步策华勋。"后四句，陈公名字悉见，亦一奇也。相传伏波岩下，有石如砖，向离岩二尺许，谶云："岩连石出状元近。"则竟相连矣。状元夫人为李侍郎宗瀚女侄。李寄诗云："矫矫文公五世孙，南交科第夺中原。三头掌故今双绝，千佛名经有几尊？独秀高擎天极柱，一枝青出桂林村。相期位业齐王宋，培远贻谋属相门。""胪传大宋已更名,世美家声叶凤鸣。刚道珠岩浮柱合,又传石刻满城惊。七千里外荒真破,三百年前谶早成。圣代得人方共庆,肯教温饱负生平。”“剥复天心未易量,祝融荡扫亦嘉祥。重新上界神仙府,依旧平泉宰相庄。人羡唐夫年始壮,我怀君子泽弥长。泥金漫说门楣喜,白叟黄童尽若狂。”先是广西贡院前大楼久圮,形家谓宜改建,甫落成,而陈遂捷三元。制军阮宫保诗云:“文运原因天运开,一枝真自桂林来。圣朝得士三元盛,贤相传家五世才。史奏庆云合名字,人占佳气说楼台。若从师友抢魁鼎,门下门生已六回。”注,近科状元吴信中、洪莹、蒋立镛、吴其浚、陈沆及陈继昌,皆予门生门下之门生也。陈会试卷在第一房,王楷堂比部延绍所荐。荐之夜,总裁黄左田宗伯钺梦有人持阮元名帖来拜,及定元,竟以广西卷书榜,知得两元。大司农卢南石先生谓黄曰:“梦合矣。”楷堂札述其备细于阮宫保,宫保答诗云:“第一房中蓉镜开,荐贤我亦梦中来。事从天定必成瑞,喜入人心真是才。魁首早知抢桂岭,姓名端合借云台。凭君人格非常事,应有朱衣暗里回。”真一则玉堂佳话也。

思 归 诗

方坦庵宫詹诗云:“老妻书至劝归家,为数乡园乐事赊。彭泽鲤鱼无锡酒,宣州栗子霍山茶。牵萝已补床头漏,扁豆犹开屋角花。旧布衣裳新米粥,为谁留滞在天涯?”可想见其性情之恬逸矣。

土 司 妻

广西云贵多有土司,虽有降罚处分,例不革职。其废弛不法者,奏革后,择其子袭之,故俗谓土司曰“铁纱帽”。土官娶妻,以五色璎珞盛印为聘,过门时乃悬之项下,谓之“挂印夫人”。娶后,印即掌于其妻,呼为“护印夫人”,筑高楼以居之,曰“印楼”。民间税契者,例价千钱之外,另折钱一百五十文,名“印色钱”,即护印夫人之花粉钱也。

太 白 小 像

通州齐春帆进士_{元发}，官崖州牧。封翁星垣先生，迎养在署，襟怀坦荡。尝游骨董市，得竹刻李太白小像，以龛供之，旁镌小楷一联云："谢宣城何许人？只江上五言诗，令先生低首；韩荆州差解事，放阶前盈尺地，让国士扬眉。"可谓风雅好事者矣。

义 髻

天宝末，童谣云："义髻抛河内，黄裙逐水流。"因贵妃以假髻作首饰，而好服黄裙故也。见《太真外传》。假髻曰"义髻"，二字甚新。

重 拜 花 烛

冯潜斋先生_{成修}，广东人，幼牧牛，梦有持扇为障日者，扇上有"贵州学政"四字，因发奋读书。年三十四，始游庠。逾年，登贤书，联捷，点庶常，改部曹，典蜀试，又典闽试，得蓝生彩元作解首。先是为王安国尚书典试所赏，必欲中元。因与正主试不合，争之不得。尚书曰："姑置之，此人不中元，吾不信也。"阅二十年，果发解，尚书喜极，而蓝老矣。先生嗣出贵州学差，果符梦兆，旋罢归。好论文，有冯八股之目，年九十余始卒。乾隆壬寅八帙，与夫人同庚，康健无恙，届结缡周甲之期，亲友门生，骈集称庆，重行花烛交拜之礼，自署其门云："子未必肖，孙未必贤，屡忝科名，只为老年娱晚景；夫岂能刚，妻岂能顺，重烧花烛，幸邀天眷锡遐龄。"至乾隆壬子，重赴鹿鸣，洵美谈也。

振 振

螽斯振振兮，振振，多也。麟趾振振，公子振振，仁厚也。殷其雷振振，君子振振，信实也。《公羊》葵丘之会，桓公振振然，振振，矜夸也。《左传》均服振振，振振，盛也。一字五解。

祁 阳 竹 枝 词

方秋白希文，南海布衣也。《祁阳竹枝》云："鹧鸪塘下水生波，郎住塘西妾对河。恨杀两边行不得，断肠声里唤哥哥。"风致绝佳。

醋 溜 鱼

西湖醋溜鱼相传是宋五嫂遗制，近则工料简涩，直不见其佳处，然名留刀匕，四远皆知。番禺方橡坪孝廉恒泰《西湖词》云："小泊湖边五柳居，当筵举网得鲜鱼。味酸最爱银刀鲙，河鲤河鲂总不如。"读此诗，觉此鱼顿然生色。甚矣文人之笔，足以移情也。

徐 闻 县

雷州徐闻县，其始县城逼近海壖，每潮汛汹涌，闻者震恐，后徙筑县城。居民喜曰："海边潮至，庶徐徐闻乎？"因改名徐闻县。方橡坪曰："取对'陌上花开，可缓缓归矣'，可谓巧对。"

三 垂 冈

乌程严松龄进士遂成著《海珊诗钞》。《三垂冈》云："英雄立马起沙陀，奈此朱梁跋扈何。只手难扶唐社稷，连城且拥晋山河。风雪帐下奇儿在，鼓角灯前老泪多。萧瑟三垂冈畔路，至今人唱百年歌。"格高调响，逼近唐音。集中"风通花气全归枕，月转楼阴倒入池"；"雕盘大漠寒无影，冰裂黄河夜有声"；"凉笛生于无月夜，晓莺啼及未花天"，皆可传之句也。

出 关 诗

山海关诗,不难于雄壮悲凉,而难于工稳熨贴。长白贵梦萸侍郎庆句云:"群山尽作窥边势,大海能销出塞声。"笔力健举。又某公谪戍出关诗云:"马后桃花马前雪,教人那得不回头。"凄凉之语,出以蕴藉之笔,更佳。

黑 蝶

热河东砂石坂地,产黑蝶,大者五六寸,土人呼为"黑蛾",蒙古人呼为"额尔伯克伊"。

桃 源 诗

福建莆田黄桐石著《战古堂诗》。《桃源》云:"草木自生无税地,子孙长读未烧书。"极新颖。

下 第 诗

下第诗,忌牢骚怒骂。赵瓯北先生壬申下第三首之一云:"也知得失等鸿毛,舍此将何术改操?亲老河难人寿侥,时清星敢少微高。长鸣栈马还思豆,未解庖牛忍善刀。回首短檠残烛在,搬姜自笑鼠徒劳。"和平中正,宜其掇巍科,享盛名,臻耆耇者也。

太 太

汉哀帝尊祖母定陶恭王太后傅氏为帝太太后,后又尊为皇太太后,此妇人称太太之始也。古者妇人称太最重,故列侯夫人,非子复为列侯,不得称太夫人。见《汉书·文帝纪》注。今则无贵贱,皆称太太矣。太太二字，未有入诗者。近广东某洋商《黄埔竹枝词》云："丈量看到中舱货，太太今年税较多。"初不知所谓，后阅粤海关报税单，开载"某船太太一十二名，该税九十六元之数"，始知外夷因中国妇人尊称太太，故带来夷妇，皆呼太太，以示矜贵也。

诗 中 之 时

"美酒饮教微醉后，好花看及半开时"，此不可或失之时也。"绝顶楼台人散后，满场袍笏戏阑时"，此无可奈何之时也。

夫 己 氏

《左文十六年传》曰："夫己氏。"余杭邵学士晋涵解云："桓公内嬖如夫人者六人，懿公母密姬，位次在六，故以甲乙之数名之，适当己字。"然以传考之，密姬第五，非第六也，不若亭林顾氏引彼己之子作证为确。

大 连 少 连

二人见于《戴记》，少连又见《论语》，他无考焉。德清严九能元照曾购日本所刻七经，《孟子考文补遗》一书前列物茂卿序，其图记有"大连苗裔"四字，知贤泽之流传，久而远矣。

珠 江 竹 枝 词

李环浦珠，新会人，著《珠江竹枝词》二十首。录其四云："古墓为田长素馨，素馨斜外草青青。采茶人唱花田曲，舟泊桥边隔树听。""梦回斜日透窗纱，新试盘头顾渚茶。岸上不如船上乐，青山绿水是儿家。""船泊沙头莫便开，卯潮才退午潮来。请看鱼藻门前水，流到滘洲也却回。""黄木湾深粉蝶飞，白鹅潭涨锦鳞肥。今朝正好游花埭,玫瑰花开夹紫薇。"

瞽 人 填 词

陈孟周,瞽人也。闻郑板桥填词,问其调。为诵太白《菩萨蛮》、《忆秦娥》二阕,不数日即填《忆秦娥》词:"光阴泻,春风记得花开夜。花开夜,明珠双赠,相逢未嫁。　　旧时明月如钩挂,只今提起心还怕。心还怕,漏声初定,玉楼人下。"

羊 肾 羹

彭文勤《跋龙洲道人集》云:"龙洲尝在辛稼轩席上赋《羊肾羹》云:'拔毫已付管城子,烂胃曾封关内侯。死后不知身外物,也随樽俎伴风流。'"诗甚风趣。按"羊肾羹"可对"牛心炙"。

参 商

不睦曰"参商"。按《左传》:"迁阏伯于商丘,迁实沉于大夏。"一主辰星,一主参星,参辰乃星名,夏商乃地名也。故《法言》曰:"吾不睹参辰之相比也。"苏武诗云:"昔为鸳与鸯,今为参与辰。"后人有用参商者,盖错举之以成文耳。

土 炕

北人以土为床,而空其下以置火,名之曰炕,古无其制。《左传》:"寺人柳炽炭于位,将至则去之。"《新序》:"宛春谓卫灵公曰:'君衣狐裘,坐熊席,奥隅有灶。'"《汉书·苏武传》:"凿地为坎,置煴火。"是皆近之而非也。《旧唐书·辽东高丽传》:"冬月皆作长坑,下然煴火以取暖。"此则土炕之始,但炕作坑字耳。

余 椒 云

余椒云司马瀚，山阴人，官广东，由县丞历知县，有吏才，好谈诗。《即事》云："平生心力半消磨，无限烟云眼底过。昨夜月明今夜雨，来宵情事更如何？"宦海升沉，人情冷暖，盖有慨乎其言之。

闵 子 弟

闵子曰："母在一子寒，母去三子单。"二子何人，经传罕见。有人至山东，谒闵子祠，见正像傍立二主，乃闵子两弟也。一名蒙，一名革，家庙所奉，必有可据，况以卦命名，尤不谬也。

青

青与黑殊色，今北人往往谓黑为青。案《戴记·郊特牲》"或素或青，夏造殷因"，此盖青字之所昉。又《禹贡》"厥土青黎"，王肃云："青黑色。"

文 字

古人言文不言字。《左传》"于文止戈为武"，"故文反正为乏"，"于文皿虫为蛊"，"又有文在其手"，及《论语》"史阙文"，《中庸》"书同文"，并不言字也。《周易》"女子贞不字，十年乃字"，《诗》"牛羊腓字之"，《左传》"其僚无子，使字敬叔"，皆训为乳。《书·康诰》"于父不能字厥子"，《左传》"乐王鲋字而敬"，《孟子》"以大字小者"，亦取爱养之义。惟《仪礼·士冠礼》"宾字之"，《礼记·曲礼》"冠而字，笄而字"，《郊特牲》"冠而字之，敬其名也"，与文字之义稍近，然卒不以文为字也。以文为字，始于秦始皇琅玡台石刻曰："同书文字。"《说文序》云："依类象形谓之文，形声相益谓之字。文者，物象

之本。字者，孳乳而生。"《周礼》："外史掌达书名于四方。"注云："古
曰名，今曰字。"《仪礼·聘礼》注云："名书文也，今谓之字。"则字之
名，由秦而立，自汉而显也。三代以上，言文不言字。斯邈出，文降而
为字矣。三代以上，言音不言韵。禹约出，音降而为韵矣。_{李斯、程邈、周}
_{禹、沈约。}

平　山　堂

　　扬州平山堂，余曾两游。第一次尚有园亭丘壑之胜，然已太半倾
颓。二次则衰草斜阳，愈增寥寂矣。因忆陶篁邨先生有《由红桥至平
山堂》三绝云："遥闻天半起笙歌，面面雕空瞰碧波。若计扬州二分
月，红桥应占一分多。""亚字墙围万柳条，枣花帘北酒旗飘。不教尺
地清闲过，更遣长廊接画桥。""平山堂接古名蓝，太守遗踪仔细探。
山色有无何处领，一帘烟雨望江南。"想见当日文酒笙歌之盛。又平
山堂楹联："隔江诸山，在此堂下；太守之饮，与众宾欢。"伊墨卿太守_秉
_绶所题也。

江　西

　　江有南北而无东西，况豫省辖地，并在江南，西何以称焉？考六
朝以前，其称江西者，并在秦郡_{今六合}、历阳_{今和州}、庐江_{今庐州}之境。盖
大江自历阳斜北下京口，故有东西之名。《魏武帝纪》："进军屯江
西。"《吴主传》："民转相惊，自庐江、九江、蕲春、广陵户十余万，皆东
渡江。江西遂虚。"《桓伊传》："进督豫州之十二郡，扬州之江西五郡
事。"昔之所谓江西，今之所谓江北也。故晋《地理志》以"庐江、九江
自合淝以北，至寿春，皆谓之江西。"今则以饶、洪、吉诸州为江西，是
因唐贞观十年分天下为十道，其八曰江南道。开元二十年又分天下
为十五道，而江南为东西二道，江南东道理苏州，江南西道理洪州，后
人省文，但称江东、江西耳，亦犹广南东路、广南西路，今但称广东、广
西也。

五　大　夫

秦封泰山松为五大夫。桂未谷曰:"五大夫,秦爵之第九级。"《史记》"曹参由七大夫迁五大夫"是也。唐宋人诗云:"不羡五株封。"又云:"堪笑五株乔岳下,肯将直节事嬴秦。"误以松之封大夫者五株。今泰山种五松,立石曰"五大夫",沿而弗察也。

岳　庙　对

京师东岳庙对云:"云行雨施,不崇朝而遍天下;理大物博,祖阳气之发东方。"汪文端公_{由敦}所书,句则赵瓯北先生所撰也。

武　庙　对

西湖秋水观,祀武帝,在岳忠武庙之左。门对云:"德必有邻,把臂呼岳家父子;忠能择主,鼎足定汉室君臣。"缪昌期手笔也。

侍　郎　林

曲阜城东,有颜氏族葬之域,呼曰"侍郎林"。桂未谷曰:"侍郎者,石楠之转语也。"引任昉《述异记》云:"曲阜古城,有颜回墓,墓上石楠二株,可三四十围,土人云:'颜子手植之木。'"孔林植楷,千载共云;颜林树石楠,人罕知者。

亲　戚

《史记·宋世家》:"箕子,纣亲戚也。"《路史》谓"但言亲戚,则非诸父昆弟之称",而不知非也。古人称一家之人,亦曰亲戚。《韩诗外传》:"曾子曰:'亲戚既殁,虽欲孝,谁为孝。'"此以亲戚为父母也。

《左僖二十四年传》："封建亲戚以蕃屏周。"此以亲戚为伯叔子弟也。《昭二十年传》："棠君尚谓其弟员曰：'亲戚为戮，不可以莫之报也。'"此以亲戚为父兄也。《战国策》："苏秦曰：'富贵则亲戚畏惧。'"此以亲戚为妻嫂也。

馂 优 诗

梁石痴枢，顺德人，工画而懒于诗。所识孔生，拉往珠江花舫，则与优儿馂，优，衡阳人，依孔三载，至是言旋。或曰："今日之酒，不可无诗，无则不许入席。"梁曰："诗亦非难，但论工不工耳。余不工，故不作。今必欲强就，子不我工，亦不得入席。"因援笔立成四句曰："昔自衡阳来，今返衡阳去。风送衡阳舟，目断衡阳树。"于是众睊睊而俱搁笔。

撕

以手离物，俗谓之撕。撕即斯也。《说文》："斯，析也。"《释诂》："斯，离也。"《诗·陈风》："墓门有棘，斧以斯之。"笺："惟斧可以开析之。"然此犹假物以为用者。《吕览·报更篇》："赵孟见桑下饿人，与之脯一朐，曰：'斯食之。'"注："斯，析也。"此则以手离物之确证。

贼 秃

今人骂僧曰"贼秃"。按梁荀济表云："朝夕敬妖怪之胡鬼，曲躬供贪淫之贼秃。"则此语六朝已有之。

老

今人友朋相呼，称其姓而带以老字者，亦有所本。白香山诗："每被老元偷格律。"谓微之也。"试觅老刘看"，谓梦得也。又有称人字之一字而系以老者,东坡诗曰:"老可能为竹写真。"谓文与可也。

荅

古无荅字,合,即荅也。《释诂》:"合,对也。"《左宣二年传》:"对曰:非马也,其人也,既合而来奔。"杜注:"合,犹荅也。叔牂言毕,遂奔鲁。"

烈 皇 惨 诀

李自成陷京师,上命传皇太子、二皇子至。犹盛服入,上曰:"此何时而不易服乎?"亟命持敝衣来,上为解其衣换之,且手系其带告之曰:"汝今日为太子,明日为平人,在乱离中匿迹藏名,见年老者呼之以翁,少者呼之以伯叔,万一得全,报父母仇,毋忘吾今日戒也。"见王誉昌《崇祯宫祠注》。此语出自帝王之口,沉痛极矣。

一 壮

医人用艾一灼曰一壮,向以为一撞,谓其坟起如撞物然,而不知非也。《埤雅》:"壮者,以壮人为法,其言若干壮者,为壮人当以此为数准也。其余老弱羸病,量力而减之耳。"

四 壬 子 图

本朝方尔止,画四壬子图,绘陶渊明、杜子美、白乐天,自执诗卷请教,盖仿后汉赵邠卿也。邠卿图子产、叔向、晏婴、季札四人居宾位,而自画其像居主位,皆模蠡铸岛之滥觞耳。

名 姓 之 误

齐将孙膑以刑为名,非真名也。汉将黥布以刑为姓,非真姓也。

乃《姓谱》收黔为姓，而今武人有名孙再膑者，可发一笑也。

先臣先妾

人臣对君，称父曰先臣。晏婴辞齐景公更宅曰："君之先臣容焉。"称母可曰先妾。《战国策》："匡章对齐威王曰：'臣非不能更葬先妾也。'"

颜　子

《高士传》："颜回有郭外之田六十亩，以供饘粥。有郭内之圃六十亩，以供丝麻。"若是，则小康之家矣，何至箪瓢陋巷，不堪其忧耶？其说殊不足信。

大明湖趵突泉

二处皆济南胜境。刘少宣《咏湖》句云："舟行着色屏风里，人在回文锦字中。"张云庄《咏泉》诗云："平地忽堆三尺雪，四时长吼半空雷。"可想见两地光景。

先大父夬庵公传

卢抱经学士所撰，敬录于此："梁君处素，名履绳，余益友也。善读书，既撷其精，并正其误，与其兄曜北相砻错，一时有元方、季方之目。余老而衰，漫思考订群书，有所遗忘及错误，君率为余审定之。两君皆厚余，其气象，曜北侃侃然，君则闾闾然，和易近人，人尤乐亲之。曜北弃举子业，专精《史记》学。乾隆戊申，预行己酉科，君举浙江乡试，人咸意其发名成业，正未有涯也。再试南宫，不遇，归途风日燥烈，尘起涨天，热毒往往中人，然抵家犹无恙也。会葬其先考侍郎公，在山阅月余，亲程畚筑之劳维谨。茔面富春江，时当秋末，江风射人作寒。君自以素强壮，不为意，然君之受病已深矣。两害俱发，卧床未几，即失音。越日，而客传其逝。余闻而惊讶，往视之信，为之失声长恸，悲夫！广我见闻者，今少此一益友也。呜呼！君生宦家，家门鼎盛，祖则大学士文庄公，父则工部侍郎冲泉公，伯祖编修葰林公，伯父余同年友山舟侍讲。设以常人处之，不为裙屐风流，则为裘马清狂，以游戏征逐为事，不复知有文字之乐者，比比然矣。君独萧然若寒士，衣不求新，出则徒步，不以所能病人，不以所不知愧人，博学而屚守之，故名不涉于爱憎之口。自其曾大父溪父先生以来，学问文章，照耀海内。代精八法，得其片楮，珍同珙璧。君克自奋厉，继承家学，其于众经中，尤精《左氏传》，盖其舅氏元和陈君树华著有《春秋内外传考证》，君复汇辑诸家之说，而折其衷，胪为六门，先以其成者示余。余读而善之，其续纂者尚未竟也。遗草具在，捡拾而加以整比，将后之人是赖已。君诗清新越俗，有集若干卷，尝与其兄及所亲合刻《梅竹联吟》，亦可见其崖略。书法虽不名家，然端谨不苟，如其人。且通《说文》，下笔无俗字。使老其材，其成就乌能测其所至。乃年仅四十有六，而竟早世，时乾隆五十八年十一月三日也。在梁氏失一佳子弟，在宇内少一读书人，则又不独老人失一益友也，哀哉！君娶于曲阜孔氏，孔氏多学人。余友孔君继汾，为君之外舅，以君处族党间，可以无愧色矣。一子曰祖恩，孙曰绍壬，在长逝者或可无憾，而未死者乌能免于憾也。余颓唐之笔，不足为君重，但为之志其略，亦聊以抒余之哀而已。"

雌雄牝牡

雌雄属禽，牝牡属兽，然而"雄鸣求牡"，"牝鸡司晨"，禽亦可言牝牡。"雄狐绥绥"，"雌兔迷离"，兽亦可言雌雄。至《墨子·非乐》曰："雄不耕稼稿树艺，雌不纺绩织纴。"以男女为雌雄，奇文也。

点心

今以午前午后小食曰"点心"。按《唐书》"郑傪为江淮留后，家人备夫人晨馔。夫人顾其弟曰：'治妆未毕，我未及餐，尔且可点心。'"此二字见纪载之始。又宋帝谓某臣曰："朕当为卿设点心。"

朝朝寒食夜夜元宵

俗谚艳称富贵家有此二句。人俱以为歌舞繁华景象，而不知上句乃极冷淡语也。寒食一节，古无赏心乐事。豪家俾昼作夜，中宵酣戏，比晓高眠，客之至其门者，见突虚灶冷，颇有若寒食禁烟之象，故以是比之也。

序　班　诗

鸿胪寺序班一官，皆考取大宛生员为之，河间纪象庭二尹，晓岚宗伯之少子，尝为此职。有自嘲诗云："秀才每自叹途穷，一进鸿胪气便雄。金顶朝珠同太史，蟒袍补褂偕王公。螭头告示双行白，门角封皮两道红。更有待官仪注狠，坐看道府打三躬。"

象　胆　獭　肝

谚曰："人心象胆，世事獭肝。"象胆无定位，十二月分属遍体，故以比人心，言难见也。獭肝凡十二析，月腐一析，则他一析更新，循环岁更，故以比世事，言刻刻翻新也。

左　　右

人道尚右，以右为尊，故尊文曰"右文"，尊武曰"右武"，莫能尚者，曰"无出其右"，重右也。失谋曰"左计"，异端曰"左道"，降秩曰"左迁"，卑左也。然今之序官及位次，则皆尚左矣。

者　这

者回、者番、者般、者时、者边、者个，者之为言此也。今改作这字，这乃鱼战切，迎也。郭忠恕《佩觿》集云："以迎这之这，为者回之者，其顺非有如此者。"

制　义　碍　诗

不从制义入手者，诗多不工，前辈多论之者。而工制义者，又往往不工诗，盖鱼熊本难兼美。且一则妙索环中，一则神游象外，其间固微有区别也。袁简斋先生曰："老子云：'仁义者，道德之蘧庐也。可一蹴而不可久处也。'其制义之谓乎？"

西　域　诗

长洲褚筼心_{廷璋}，官侍读学士，赋西域诗八首，序云："璋备员史局，八载于兹，承修《西域图志》、《同文志》诸书，考索印证，纪圣朝之疆索，阐前代之见闻，编次之余，爰成此什，志天山南北都会城郭之大略，以补史乘所未备，且借以咏歌盛烈，窃附于江汉常武之义云。"《乌鲁木齐》云："额鲁公孙此建瓴，_{地为额鲁特公族噶尔丹多尔济之昂吉}。天戈万里下风霆。山围蒲类分西谷，_{汉蒲类国地治天山西流榆谷}。云护沙陀拱北庭。_{唐为北庭大都护府，北接沙陀突厥地}。不断角声横月白，无边草色入天青。辑怀城上_{新建城名}舒雄眺，尽把耕畴换牧坰。"《伊犂》云："人驱风雪兽驱烟，犹见乌孙立国年。_{为汉乌孙建廷处，乌孙为行国，逐水草}。海气万重吞丽水，_{伊犂河，唐时名伊丽河，亦曰伊犂水。西北流入巴尔喀什淖尔彼中海也}。山容三面负祁连。_{伊犂为计腾格里山，即古祁连山东西南三面分支环抱}。盘雕红寺朝鸣角，_{有海弩克、固尔札两庙}。散马青原夜控弦。纪绩穹碑衔落日，_{固尔札庙东建有前后勒铭伊犂碑}。英灵班鄂想回旋。_{定北将军班第、议政大臣鄂容安尽节于此}。"《雅尔》云："多逻川外夜吹芦，雄堞新城接上腴。塞月已寒三叶护，_{唐三姓}

叶护地,在北廷西北金山之西。**边风犹动五单于**。汉呼揭、车犁、乌藉、振闰、郅支五单于地。**名藩甲卷烟消漠**,西北接左哈萨大界,大兵追阿木尔撒纳入其地,哈萨克撒帐数千里因而内附。**健将弓开血洒芜**。巴图鲁侍卫奇彻布克敌制胜于此。**不是皇威宣北徼,春光谁遣遍坟垆。**"《额尔齐斯》云:"**西州直北势凭陵,瀚海迢遥过白登**。**铃泽风高奔怒马**,今烘郭图淖尔,译言铃泽。**金山雪暗下饥鹰**。今阿勒坦鄂拉,译言金山。**曾传旧壤开都伯**,旧为都尔伯特游牧处,四卫拉特之一也。都尔伯特,急读则成都伯。**仅见降王保策凌**。都尔伯特有三策凌者,首先归附,封王爵,今存。**四部虫沙成底事,好将忠谨化骁腾**。"《吹》云:"**梯空劲旅倚孱颜**,巴图鲁阿玉锡以二十五人败六千余众于格登山,在吹东境。**径出盘雕落雁间**。**波浪远翻图库水**,图斯库尔,急读则成图库,唐碎叶水也。**风云高护格登山**。**千屯此日开榆塞**,自图斯库尔北岸,傍吹河西北行五百余里,总名曰吹,今为屯种之所。**十箭当年阻玉关**,唐沙钵罗咥利失可汗分十部,部授一箭,曰十箭,居碎叶东西境。**碎叶长川流不极**,吹河为唐碎叶川。**犹悬边月照潺湲**。"《哈喇沙尔》云:"**风雨犹疑铁骑屯,至今沙戟有遗痕**。**焉耆镇启龙游远**,唐设焉耆都会府为四镇之一。**都护城悬乌垒尊**。西境为汉乌垒城,都护居于此,西域为中。**弓挂轮台飞皎月**,西有地名王古尔,汉轮台地。**剑磨蒲海射晴暾**。南有罗卜淖尔,为古蒲昌海,河源,至此潜行。**戍楼高处分襟带,山水遗经费讨论**。"《阿尔苏》云:"**天边冰雪郁嵯峨,木素峰高朔气多**。城北有木数尔岭,多冰雪,回语木数尔,冰也。**壕上射生城落雁,军前飨士帐鸣鼍**。**东萦姑墨千年碛**,阿克苏东塔里木河北岸,为古墨国地。**南走于阗一线河**。和阗河北流至此,入塔里木河。**待把方言垂竹笔**,回人用竹笔。**阿苏温宿谩承讹**。阿克苏为古温宿地。"《和阗》云:"**毗沙府号古于阗**,和阗为古于阗,唐设毗沙都督府,西倚葱岭。**葱岭千盘积翠连**。**大乘西来留法显**,《水经注》:"释法显至于阗,其国有大乘学。"**重源东下问张骞**。《汉书》:"河有两源,一出于阗。"**渔人秋采河边玉**,于阗有绿玉河、黑玉河,即今玉陇哈喇哈什诸河也。**战马春耕陇上田**。**今日六城歌舞地**,六城曰额里齐,曰玉陇哈什,曰哈喇哈什,曰齐尔拉,曰塔克,曰克勒底雅。**唐家风雨汉家烟**。"八诗风格高搴,音调圆响,洵可传之作也。

行　状

　　山舟学士遗命不作行状,极高见也。《通鉴》注云:"行状者,状其平生之行实，上之朝廷，以请谥。"今既不在谥典，何必作耶？今寻常一命之员，亦立行状，不识何所用诸？

履　　历

今之履历，古之脚色也。《通鉴》："隋虞世基掌选曹，受纳贿赂，多者超越等伦，无者注色而已。"注色者，注其入仕所历之色也。宋末参选者，具脚色状，今谓之根脚。又宋人注状，其始有并非元祐党人亲戚字样，其后有并非蔡京、童贯亲戚字样。

阮亭司寇对联

殷彦来誉庆颂王文简对联："天下文章莫大乎是，一时贤士皆从之游。"又钱亮功名世游京师，除夕以联送文简云："尚书天北斗，司寇鲁东家。"由是知名。

名 字 之 妄

士希贤圣，窃比前人，于名字中寓意，往往有之。然尊如尧舜，圣若宣尼，夫谁敢比迹哉？而梁太常丞有唐尧，汉有临武长虞舜，北魏有都督曹仲尼，唐武后时有拾遗鲁孔丘，何其狂妄若是？

谦 语 成 谶

陈桂林文恭，性谦下，尹文端居首揆，素所推仰。一日，文恭病，文端往视曰："吾辈均老，不知谁先作古人。"文恭拱手曰："还让中堂。"盖习于执谦，初不觉也。文端默然。及文恭予告归，方戒途，传闻文端骑箕之信，欲回京一吊，家人力阻，行至韩庄而薨。

相　士

先六世祖溪父公，少时诣一相士问曰："得一第乎？"答曰："不仅是，更向上。"曰："翰林乎？"曰："更向上。"曰："京堂卿贰乎？"答如前。公曰："然则作相矣。"对曰："真者不能，假者可致。"同人曰："盖协揆耳。"后以明经学博老，而以文庄贵，受大学士封。此事载阮吾山《茶余客话》。偶阅唐李固《幽闲鼓吹》，载苗晋卿落第，遇一老父，能知前事。问曰："某应举已久，有一第分乎？"曰："大有事，但更问。"苗曰："某因于穷变，然爱一郡，可得乎？"曰："更向上。"曰："廉察乎？"曰："更向上。"曰："将相乎？"曰："更向上。"苗公怒曰："将相更向上，作天子乎？"老父曰："真者即不得，假者即得。"苗公以为怪诞，后果为将相，及德宗升遐，冢宰居摄三日。二事古今绝相类。

相　门　对

相传张文端予告归里，榜门云："绿水青山，让老夫逍遥岁月；紫宸黄阁，看吾儿燮理阴阳。"此有所仿。明王文成父海，晚年偶书门联云："看儿曹整顿乾坤，任老子婆娑风月。"愚谓此皆是谢太傅对客语中化来，特不如其蕴藉耳。

毛　西　河

西河先生以腾口之辩才，而多师心之议论。尝与阎百诗辨地理，多穿凿。百诗太息曰："汪尧峰私造典礼，李天生杜撰故实，毛大可割裂经文，贻误后学不浅。"

僧　道

高宗御制诗："御史有以沙汰僧道为请者，朕谓沙汰何难，即尽去之，不过一纸之颁，天下有不奉行者乎？但今之僧道，实不比昔日之横恣，有赖于儒氏辞而辟之，盖彼教已式微矣。且借以养流民，分田授井之制，既不可行，将此数千百万无衣无食游手好闲之人，置之何处？故为诗以见意云：'颓波日下岂能回，二氏于今亦可哀。何必辟邪犹泥古，留资画景与诗材。'"大哉王言，足以遏邪说而息迂谈矣。

侯 元 经

侯元经_{嘉缯}号夷门，台州才士也。词赋敏赡，屡困场屋。年五十，官江左县丞，解饷户部，为库吏需索，不即予批回，侯大窘。时先文庄公为侍郎，见侯名，曰："夷门也。"顾司官曰："某尚书祭文，诸君谦让不下笔，盍属之。"即传至户部堂后，授笔札，不移晷，成骈体，极壮丽。某司官复进曰："此堂官祭文，诸曹司尚需一首，亦以相浼。"侯磨墨濡笔，复成四言韵文。一时堂上下称诧不已。彼管库者已袖批文，俟侯出而即付之，明日束装成行矣。

赌 空

今酒令猜枚，辄相谓曰："前后手不赌空。"按此说其来已久。元人姚文奂诗曰："剥将莲子猜拳子，玉手双开不赌空。"正谓此也。

绝 命 词

洪武中，刑部尚书杨靖，字仲宁，有才识，乃未竟其用，以冤死。临难之日，作词云："可惜跌破了照世界的轩辕镜，可惜颠折了无私曲的量天秤，可惜吹熄了一盏须弥有道灯，可惜陨碎了龙凤冠中白玉簪，三时三刻休，前世前缘定。"亦可悲矣。

金 乌 玉 兔

张衡《灵宪》："日者，太阳之精，积而成鸟，象乌，阳之类，其数奇；月，阴之精，积而成兽，象兔，阴之类，其数偶。"此分阴阳而言之。范育曰："日出于卯，卯属兔，而兔之宅乃在月中。月出于酉，酉属鸡，而鸡之宅乃在日中。"此又阴阳之精，互藏其宅也。总之，乃日月之积气，非真有乌兔耳。

爷 爷

《玉篇》"俗呼父曰爷"，《木兰诗》"不闻爷娘唤女声"，杜诗"见爷背面啼"，"爷娘妻子走相送"，俱以父为爷也。今北人呼祖为爷爷。宋燕山府永清县大佛寺内有石幢，系王士宗建，末云："亡爷爷王安，娘娘刘氏。"是称其大父、大母也。则此称自宋时已有之，然则当时北军有宗爷爷、岳爷爷之称，直以祖尊之矣。

赵 秋 谷

赵宫赞，本与阮亭有隙，罢职后，益修憾焉。尝游吴中，与吴修龄为莫逆交。一日，酒酣，语修龄曰："尔来论诗，惟位尊年高者，斯称巨手耳。"时宋商丘方巡抚吴门，闻是语，遂述于阮翁。阮翁寄诗云："尚书北阙霜侵鬓，开府江南雪满头。谁识朱颜两年少，王扬州与宋黄州。"语极蕴藉。

十 万 卷 楼

萧山王毂塍先生宗炎释褐后，遂不出山，里居数十年，闭户著书，搜藏甚富，颜其居曰"十万卷楼"。

三　字　狱

《宰辅编年录》：岳鄂王狱具，秦桧言："岳云与张宪书，其事必须有。"蕲王争曰："必须有三字，何以使人甘心？"今皆作莫须有。桧以险狠，故入人罪，必欲使爰书有据，决不以摸棱语了事也，似宜从"必须有"为是。

文　幂　酒

《知稼翁集注》："临安人，以黜卷幂酒缸。"可与"覆酱瓿"作的对。

挂　　冠

挂冠之事，清时则鸣高，衰世则避祸，往往有之。绍兴中，周大理以不肯勘问岳飞狱，挂冠而去。天启中，林祭酒以陆万名请魏忠贤从祀孔庙，挂冠而去。此等挂冠，荣于锦旋多矣。

诗　占　身　分

张南华_{鹏翮}应制赋《汤圆》句云："甘白俱能受，升沉总不惊。"度量可想。庄滋圃_{有恭}朝考《春蚕作茧》诗："经纶犹有待，吐属已非凡。"抱负可想。

药　别　名

唐进士侯宁极撰《药谱》一卷，尽出新意，改立别名，凡一百九十品。兹择其雅而趣者录之：黄芩曰"苦督邮"，石南叶曰"冷翠金刚"，沉香曰"远秀卿"，神曲曰"化米先生"，白芷曰"三闾小玉"，甘遂曰"随阳给事中"，酸枣仁曰"调睡参军"，紫苏曰"水状元"，藿香曰"玲珑霍去病"，大黄曰"无声虎"，蛇床子曰"建阳八座"，半夏曰"痰宫劈历"，艾曰"肚里屏风"，细辛曰"绿须姜"，寄生曰"混沌螟蛉"，知母曰"孝梗"，甘草曰"偷蜜珊瑚肉"，豆蔻曰"脾家瑞气"，附子曰"正坐丹砂"，生姜曰"百辣云"，枇杷叶曰"无忧扇"，皂荚曰"元房仲长统"，薄荷曰"冰侯尉"。俱有意义。德州田山姜，癖好新奇，凡病，医以方进，书俗名者不饮也。则知此书之作，千载后有知音者矣。

圆　梦

苏人于况太守庙祈梦。有二人于秋闱前诣焉，梦神各予象棋卒子一枚，醒而不解所谓。一人曰："隔河有圆梦者，君待此，吾往问焉。"至则占之者曰："卒之为言止也，非大吉兆。然象棋之卒，以渡河为贵。君之卒已渡河，今秋售后，将来可得一县令。所以不大显达者，以卒虽渡河，亦止准行一步也。彼不渡河之卒，一步不可行，其殆以诸生老乎？"已而果然。昔唐沈嶓初求县宰，梦渡江船覆，水分为二，西则清，东则浊，遂沿东而过。占之友人，贺曰："君当授浙江分水县矣。"后旬日，果应，见谢于友。友勉之曰："为政宜清，昨夜入浊，非佳。"后嶓果以滥致命。事见唐于逖《闻奇录》。此等圆梦，极有意趣。

怀　嬴

晋文公取怀嬴，于此言之，则侄妇也。于彼言之，则甥女也。名分之间，紊乱已极。较之乃翁烝齐姜，乃弟烝贾君，未达一间耳。

葡　萄

北地葡萄最美，有客问南中何以敌此。汪钝翁曰："橘柚秋黄，杨梅夏紫。"此与千里莼丝，末下盐豉，春初早韭，秋末晚菘，同一风致。

头

牛羊称若干头，而食物亦可称头。晋元帝谢赐功德净馔一头，又谢赏功德食一头。又刘孝威谢果食一头。奴亦可以称头。梁简文帝书，言安成王饷胡子一头。并见唐段公路《北户录》。

槟　榔

《南史》：刘穆之以金柈盛槟榔，宴妻兄弟。则此品六朝已尚之。《本草》："槟榔，大腹皮子也。"陶隐居曰："尖长而有紫纹者曰槟，圆而矮者曰榔。"出交州者小而味甘，出广州者大而味涩。粤人以蛎房灰染红，包浮留藤叶俗呼槟叶。食之，每一包曰一口。按梁陆倕谢安成王赐槟榔一千口，见《北户录》。则口之为称，其来已久。其食也，满口咀嚼，吐汁鲜红。丘濬《赠五羊太守》诗云："阶下腥臊堆蚬子，口中脓血吐槟榔。"此言其鲜者。干者，本地人不常食，多行于外省。京师人亦嗜此品，杂砂仁豆蔻，贮荷包中，竟日细嚼，唇摇齿转，恶状可憎。渔洋山人《调程给事》诗云："趋朝问夜未渠央，听鼓应官有底忙？行到前门门未启，轿中端坐吃槟榔。"读之失笑。然程系南海人，固无足怪。今之士大夫往往耽之。余三滞京师，两游岭海，酒酣以往，手奉难辞，间一效颦，则蹙额攒眉，苦涩难忍，而甘之如饴者，其别有肺肠耶？

文 士 浅 陋

国朝磨勘诸生诗学策内，有称唐之王阮亭，宋之白乐天，此亦可与问尧、舜一人二人者，步后尘矣。

林 抚 军 奏 疏

江苏赋税甲于天下，自元迄今，未之有改，丰年尚可支持，歉岁即形拮据。比来连年水旱,劝捐议赈,一而再三,国帑多糜,民财告匮,巡抚林公一摺,剀切敷陈,因全录之:"道光十三年十一月十三日,江苏巡抚林则徐片奏:再江苏连年灾歉,民情竭蹶异常,望岁之心,人人急切。今夏雨旸调顺,满望得一丰收,稍补从前积歉。乃自七月间江潮盛涨,沿江各县业已被水成灾。其时苏、松等属棉稻青葱,犹冀以江南之盈,补江北之绌。盖本省漕赋在江北仅十之一,而江南居十之九,故苏、松等属秋收关系尤重。惟所种俱系晚稻,成熟最迟。秋分后稻始扬花,偏值风雨阴寒,遂多秀而不实,然大概犹不失为中稔。迨九月后,仍复晴少雨多,昼则雾气迷濛,夜则霜威寒重,虽已结成颗粒,仅得半浆。乡农传说暗荒,臣犹不信,于立冬前后,亲坐小舟密往各处察看,见一穗所结,多属空稃,半浆之禾变成焦黑,实为先前所不及料。然犹盼望晴霁,庶可收晒上砻。不意十月以来,滂沱不止,迅雷闪电,昼夜数番,自江宁以至苏、松,见闻如一。臣率属虔诚礼祷,悚惧滋深,虽中间偶尔见晴,而阳光熹微,不敌连旬盛雨。在田未割之稻,难免被淹,即已割者,欲晒无从,亦多发芽霉烂。乡民烘焙,勉强试砻,而米粒已酥,上砻即碎,是以业田之户至今未得收租。臣先因钦奉谕旨,新漕提前赶办。当经钦遵严饬各属,勒令先具限结,将何日开仓,何日征完,何日兑足开行,登载结内,并声明如有逾期,愿甘参办字样呈送;如不具限状,即以才力不能胜任,立予参撤,不使恋栈贻误。各属尚皆具结遵办。然赋从租出,租未收纳,赋自何来?当此情形屡变之余,实深焦灼。又各属沙地只宜种植木棉,男妇织纺为生者十居五六,连岁棉荒歇业,生计维艰。今年早花已被风摇,而晚棉结铃尚旺,如得晴暖天气,犹可收之桑榆。乃以雨雾风霜,青苞腐脱,计收成仅只一二分。小民纺织无资,率皆停机坐食。且节候已交冬至,即赶紧种麦,犹恐过时,况又雨雪纷乘,至今未已,田皆积水,难种春花。接济无资,民情更形窘迫。此在臣奏报秋灾以后,歉象加增日甚一日之情形也。地方官以秋灾不出九月,不许妄报,原系遵守定例。然值连阴苦雨,人心难免惶惶,外县城乡不无抢掠滋闹之事。臣饬委文武大员分投弹压,现已安静。除宝山乡民因补报歉收挤至县署一案,另折奏明严拿提审外,其余情节较轻例不应奏者,亦当随案

照例惩办,以戢刁风。惟据续报歉收情形,勘明属实,不得不照续被
灾伤之例,酌请缓征。正在缮折具奏间,承准军机大臣字寄:'钦奉上
谕:"近来江苏等省几于无岁不缓,无年不赈。国家经费有常,岂容以
展缓旷典,年复一年,视为相沿成例?"并奉上谕:"该督抚等不肯为国
任怨,不以国计为亟,是国家徒有加惠之名,而百姓无受惠之实,无非
不堪官吏私充囊橐,大吏只知博取声誉",等因。钦此。'臣跪诵之下,
兢凛惭惶,莫能言状。伏念臣渥蒙恩遇,任重封圻,且居此财赋最繁
之地,乃不能修明政事,感召和甘,致地方屡有偏灾。极知经费有常,
而不得不为赈恤蠲缓之请,抚衷循省,已无时不汗背腼颜,乃蒙皇上
不加严谴,训饬周详,凡有人心,皆当如何感愧?况臣受恩深重,何敢
自昧天良?若避怨沽名,不以国计为亟,则无以仰对君父,即为覆载
之所不容。臣虽至愚,何忍出此?即如上年臣到苏之后,秋成仅六分
有余,而苏、松等四府一州于征兑新漕之外,尚带运十一年留漕二十
万石,合计米数将及一百八十万,为历来所未有之多。原因天庚正
供,不敢不竭力筹办。其辛卯年地丁,督同藩司陈銮催提严紧,亦于
奏销前扫数全完,业经专折奏蒙圣鉴在案。窃惟尽职之道,原以国计
为最先,而国计与民生,实相维系,朝廷之度支积贮,无一不出于民,
故下恤民生,正所以上筹国计,所谓民惟邦本也。本年江潮之盛涨,
系由黔、蜀、湖广、江西、安徽各省大水,并入长江,其破圩淹灌之处,
原不止上元六县,臣所请抚恤,第举其最重者而言。仰蒙皇上天恩,
准给口粮,灾黎感沦肌髓,嗣经官绅捐资抚恤,臣即复行奏请毋庸动
项,惟将所发上元、江宁、句容、江浦、仪征五县银两,留为办赈之需。
其丹徒一县,捐项已有五万余两,并足以敷赈济,当将前发之银,提回
司库。凡此稍可节省之处,均不敢轻费帑金。惟于灾分较重,又难猝
集之区,则不得不酌给例赈。臣等另折请拨之十三万两,仅分给十二
县卫军民,虽地方广而户口多,亦只得搏节动拨。此外无非倡率劝
捐,以冀随时接济。惟频年以来,屡劝捐输,即绅富之家,实亦力疲难
继。查道光三年大灾,通省捐至一百九十五万余两,至道光十一年,
灾分与前相埒,仅能捐至一百四十二万余两。其余各年捐项较绌,此
时闾阎匮乏,劝谕愈难。然睹此待哺灾黎,要不能不勉筹推解。臣与

督臣率同司、道等,各先捐廉倡导,以冀官绅富户观感乐施。凡此情形,皆人所共闻共睹。如果不肖州县捏灾冒赈,地方刁生劣监,岂肯不为举发?而绅富之家又安肯听其劝谕?捐资助赈,至再至三,且捏灾而转自捐廉,似亦无此愚拙之州县也!至展缓之举,只能缓其目前,仍须征于异日,非如蠲免之项,虑有侵吞。州县之于钱漕,未有不愿征而愿缓者,至必不得已而请缓,且年复一年,则地方凋敝情形,早已难逃圣鉴,然臣初亦不料其凋敝之一至于是!今漕务濒于决裂,时刻可虞,臣不得不将现在实情,为我皇上密陈梗概。查苏、松、常、镇、太仓四府一州之地,延袤仅五百余里,岁征地丁漕项正耗额银二百数十万两,漕白正耗米一百五十余万石,又漕赠行月南屯局恤等米三十余万石,比较浙省征粮多至一倍,较江西则三倍,较湖广且十余倍不止。在米贱之年,一百八九十万石之米即合银五百数十万两,若米少价昂,则暗增一二百万两而人不觉。况有一石之米即有一石之费,逐层推计,无非百姓脂膏。民间终岁勤劳,每亩所收除完纳钱漕外,丰年亦仅余数斗。自道光三年水灾以来,岁无上稔,十一年又经大水,民力愈见拮据。是以近年漕欠最多,州县买米垫完,留串待征,谓之漕尾,此即亏空之一端,曾经臣缕晰奏闻,然其势已不可禁止矣。臣上冬督办漕务,将新旧一并交帮,嗣因震泽县张亨衢办漕迟误,奏参革审,而漕米仍设法起运,不任短少,皆因正供紧要,办理不敢从宽也。今岁秋禾约收已逊去年,兹复节节受伤,发芽霉烂,询之老农云:现在纵能即晴赶晒糟朽之谷,比之上年每亩已少收五六斗。就苏州一府额田六百万亩计之,即已少米三百余万石。合之四府一州,短少之米有不堪设想者。民间积歉已久,盖藏本极空虚。当此秋成之时,粮价日昂,实从来所未见,来岁青黄不接,不知更当何如?小民口食无资,而欲强其完纳,即追呼敲扑,法令亦有时而穷。前此漕船临开,间有缺米,州县尚能买补。近且累中加累,告贷无门。今冬情形,不但无垫米之银,更恐无可买之米。至曩时苏、松之繁富,由于百货之流通,挹彼注兹,尚堪补救。近年以来,不独江苏屡歉,即邻近各省,亦连被偏灾,布匹丝绸销售稀少,权子母者即无可谋之利,任筋力者遂无可趁之工。故此次虽系勘不成灾,其实困苦之情,竟与全灾无异。臣惟有一面多劝捐资，妥为安抚，一面督同道府州县，将漕务设法筹办，总不使借口耽延。但本年已请缓征之处，尚不过十分中之二分有余，此外常、镇等处亦已纷纷续禀。臣复其情形略轻者，无不先行驳饬。但天时如此，日后情形如何，臣实不能预料。昼见阴霾之象，自省愆尤，宵闻风雨之声，难安枕席。并与督臣陶澍书函往复，于捐赈办漕等事，思艰图易，反复商筹，楮墨之间，不禁声泪俱下。从此即能晴霁，歉象尚不至更加，如其不然，臣惟有再行据实奏闻，仰求训示遵办。大江南北为各省通衢，且中外仕宦最多，一切实情，难瞒众人耳目。臣如捏饰，非无可以告发之人。我圣主子惠黎元，恩施无已，正恐一夫不获，是以查核务严，但民间困苦颠连，尚非语言所能尽。本年漕务自须极力督办，而睹此景象，时时恐滋事端。至京仓储蓄情形，臣本未能深悉，倘通盘筹画，有可暂纾民力之处，总求恩出自上，多宽一分追呼，即多培一分元气。天心与圣心相应，定见祥和普被，屡见绥丰，长使国计民生，悉臻饶裕。臣不胜延颈颂祷之至！"

东　　周

"吾其为东周乎？"孙履斋弈《示儿编》云："此是反辞，言必兴起西周之盛，岂肯复为东周之衰乎？"说本伊川，较旧注颇胜。

阡

阡，之若切，今人读若坎。张文潜《明道杂志》云："世传朱全忠作四镇时，一日偶出游，全忠忽指一方地曰：'此可建一神祠。'试召视地工验之。工久不至，全忠怒甚，左右皆失色。良久工至，全忠指地示之。工再拜贺曰：'此所谓乾上龙尾地，建庙固宜，然非大贵人不见此地。'全忠大喜，薄赐而遣之。工出，宾僚戏之曰：'尔若非乾上龙尾，便当坎下驴头。'"则知呼阡为坎，此音之讹，由来已久。

破　瓜

乐府："碧玉破瓜时，郎为情颠倒。"破瓜字为二八，指十六岁时也。《谈苑》载张洎诗云："功成应在破瓜年。"后洎以六十四岁卒。破瓜字亦二八也。则此二字，老少男女俱可用之。

口　采

口采，吉语也。宋高宗自建康避入浙东，至萧山，有拜于道左者。上问为谁？对曰："宗室赵不衰。"上大喜曰："符兆如此，吾无忧矣。"见《挥麈后录》。赵丞相鼎当国，有荐会稽士人钱唐休者，赵适阅边报，见其名，因不悦曰："钱唐遂休乎？"因竟弃置不用。见《鸡肋编》。中兴君相，俱沾沾于谶语之吉凶如此，无怪近日杭人，动辄须讨口采也。

偷 书 官 儿

明司礼监大藏经厂，贮列朝书籍甚富。杨新都秉钧，升庵太史挟父势，屡至阁翻书，多所攘取。其后主事李继先奉命查封，又复盗易宋刻精本。至熹庙时，已寥寥矣。尝于六月六日奏请晒晾，玉音卒问曰："嘉靖间偷书的杨姓官儿，何处人？"左右莫能对。盖上在青宫时，与闻于光庙也。

明 左 藏

有明三百年，帑藏颇盈，即闯贼出奔，犹辇大内金银数十车以去，何至末造之贫如此。王露湑誉昌《崇祯宫词注》："魏阉被谴，出都之日，自言曰：'上若此，我祸酷矣，然彼亦未为福也。'"盖籍注与厚藏之所甚密，阉不以告，而思陵忧勤十七载，竟未之知也。

避　讳

叶文敏方霭官翰林学士,修《四书讲义》,至"羔裘元冠不以吊",为圣讳,商于同僚,俱未有以对。翰林典簿穆维乾进曰:"大字当仍原字以尊经,小注改元字以避讳。"文敏问何所本?对曰:"《中庸》慎独乃原字,小注改谨字。"文敏大悟曰:"余自幼疑此,始知朱子为避讳也。"深加敬礼。

公　牍

公牍字义,有不可解者。查,浮木也。今云查理、查勘,有切实义。吊,伤也,愍也。今云吊卷、吊册,有索取意。绰,宽也。今云巡绰、查绰,有严紧义。当有所本,未之考也。嘉应杨滋圃游幕南阳,作楹帖云:"劳形于详验关咨移檄牒,寓目在钦蒙奉准据为承。"

隋　唐　演　义

《隋唐演义》,小说也,叙炀帝、明皇宫闱事甚悉,而皆有所本。其叙土木之功,御女之车,矮民王义及侯夫人自经诗词,则见于《迷楼记》。其叙杨素密谋,西苑十六院名号,美人名姓,泛舟北海遇陈后主,杨梅、玉李开花,及司马戴逼帝,朱贵儿殉节等事,并见于《海山记》。其叙宫中阅广陵图,麻叔谋开河食小儿,冢中见宋襄公,狄去邪入地穴,皇甫君击大鼠,殿脚女挽龙舟等事,并见于《开河记》。三记皆韩偓撰。其叙唐宫事,则杂采刘𫗧《隋唐嘉话》、曹邺《梅妃传》、郑处海《明皇杂录》、柳珵《常侍言旨》、郑棨《开天传信记》、王仁裕《开元天宝遗事》、无名氏《大唐传载》、李德裕《次柳氏旧闻》、史官乐史之《太真外传》、陈鸿之《长恨歌传》,复纬之以本纪、列传而成者,可谓无一字无来历矣。

言 可 樵

常熟言可樵尚焜著《雨翠山房诗钞》四卷。五言云："池平鱼意静，稻熟鸟声酣。"七言云："长风劲与松楸战，秋气逼成江海潮。"

父 母 称 呼

称父曰"爷"，曰"翁"，曰"爹"，曰"爸"，而惟闽人之称"郎罢"为最奇。称母曰"妈"，曰"姥"，曰"奶"，曰"嬭"，而惟粤人之称"阿吉"为最奇。按，满人亦呼阿吉，然彼见有翻译也。宋高宗称徽宗曰"爹爹"，见《四朝闻见录》。宋太祖称杜太后曰"娘娘"，见《铁围山丛谈》。近日杭人大族之称，大约本此。《旧唐书·王琚传》："明皇称睿宗为四哥。"明皇子棣王传，棣王称明皇为"三哥"。《四朝闻见录》：高宗称韦太后曰"大姊姊"，此则一时习惯，不可为训耳。

杀 人

尝闻先辈云："士君子无操刀杀人事，然有不手刃而甚于杀者二：一曰授徒，一曰行医。"言之凛然，不可不慎也。

函 丈 方 丈

《曲礼》："席间函丈。"函，容也，谓席间之地，可容一丈也。《孟子》："食前方丈。"谓罗列馔品，宽至一丈也。若僧舍曰"方丈"，则取维摩石室，以手板纵横量之，得十笏，名"方丈室"，与《孟子》方丈异。

无 稽 之 谈

《释文》："尧杀长子考监明。"《尸子》："舜兄狂弟傲。"《竹书纪年》："太甲杀伊尹。"《韩诗外传》："柳下惠杀身以成其信。"《淮南·人间训》："曹共公欲观晋文公骈胁,使袒而捕鱼。"《墨子·明鬼》："郑穆公见勾芒神锡寿十九。"《史通杂说》："自古刑余之人,惟以弥子瑕为始。"《风俗通》："秦穆公杀百里奚而非其罪。"《说苑·尊贤》："介之推十五相荆,仲尼使人往视。"《墨子·非儒下篇》："晏子对齐景公曰:'孔丘之荆,知白公之谋,而奉以石乞。'"《论衡·问孔篇》："孔子见阳货,汗流却走。"《癸辛杂识》："仲尼本名兵,已乃去其下二笔。"《论衡·龙虚篇》："子贡灭须为妇人。"何休《公羊注》："定姜服五加皮不死。"《颜氏家训·劝学篇》："曾子七十乃学。""齐宣王见屠羊者,哀其无罪,以豕易之。"此见《幽求子》。皆无稽之谈也。

佛　诞

《春秋》："庄七年夏四月辛卯夜,恒星不见,夜中星陨如雨。"相传是日为佛降生之日。按辛卯为四月初五日,然则初八浴佛,乃循世俗三朝洗儿之说也。

纸　褥

云南腾越州,善制纸褥,一床可用六七年,坚滑驯软,无其匹也。广东始兴清化山人,亦能作之,然不如滇制。洞庭蔡洗凡廷栋为余言。又贵州出纸砚,先伯祖谏庵公有一方,用之历年,余曾见之,可入水涤,亦一奇也。

女　娲

金桧门宗伯奉命祭古帝陵,归奏："女娲圣皇,乃陵殿塑女像,村妇咸往祈祀,殊骇见闻,请有司更正。"奉旨照所请行。后数年,中州人至京,好事者问之,曰:"像虽议改,尚未举行,缘彼处香火之盛,皆由女像,故可耸动妇女,庙祝以为奇货,即地方官吏亦有裨焉。若更易男像,恐香火顿衰。"于冰璜云:"何不另立男像,而以原像为帝后,其香税不更盛耶?"事见阮吾山《茶余客话》。调停之论,实足解颐。然考女娲氏,《三坟》以为伏羲后。卢仝与马异结交诗,以为伏羲妇。《风俗通》以为伏羲妹。而《路史》称为皇母。《易系疏》引《世纪》称曰女皇。《外纪》称曰女帝。《淮南·览冥》注称曰阴帝。《须弥四域经》称为宝吉祥菩萨。《列子》注云:"女娲,古天子。"《山海经》注云:"女娲,古神女而帝者。"而唐人贡媚武氏,遂有吉祥御宇之语。又《论衡·顺鼓》云:"董仲舒言久雨不霁,则攻社祭女娲,俗图女娲之像作妇人形。"审是则以女娲为女,自汉已然,不自近世始也,积重难返,更之匪易矣。

败　子

今人呼不肖子曰"败子"。或曰:"败当作稗。稗,所以害苗也。"《宝积经》说:"僧之无行者,譬如田中生稗子,其形不可分别也。"此说亦通。

达语不可为训

李文饶《平泉草木记》云:"以吾平泉一草一木与人者,非吾子孙也。"欧阳公诮其庸愚。唐杜暹家藏书,每卷后题云:"清俸买来手自校,子孙读之知圣道,鬻及借人为不孝。"后人谓其所见不广。然余谓达观之见,止可自扩心胸,不可垂训子孙。三代鼎钟,皆圣贤之制,款识具在,不曰"永宝用",则曰"子子孙孙永用享",岂圣人超然远览,不能忘情于一物耶?彼李、杜二公,亦岂不知身后之保守与否不能逆料,而故作是语者,以为垂训之体,不得不然也。自庄、列之说兴,遂以天地为逆旅,形骸为外物,创浮云敝屣之谈,而不为硕果苞桑之想,是乌可以为法哉?惟向若水尽纳宝器书画于圹内,米海岳悉焚法书名绘于生前,则真不达观耳。

银　　槎

道光乙酉，胡书农学士_敬以朱碧山银槎饮客，上镌至正乙酉年造，有碧山款识，计翻花甲，第九巡矣。学士首唱咏之，诸秋士明府_{嘉乐}、庄芝阶舍人_{仲方}、吴子律_{衡照}、孙雨人_{同元}两学博、汪小米中翰_{远孙}暨家大人，皆有和作。因考王阮亭、朱竹垞皆有《碧山银槎歌》，诗序注中，言之甚详，系元至正壬寅年所造。朱以锻银出名，所造固不止一槎也。今阅《茶余客话》云："见一槎杯，首有'岳寿无疆'四字，左朱华玉造，右至正乙酉年，底镌'槎杯'二字。杯尾诗云：'欲造明河隔上阑，时人浪说贯银湾。如何不觅天孙锦，只带支机片石还。'图书'碧山'二字。"此槎本孙北海所藏，后归宋玉叔。施愚山、曹实庵各赋长歌。玉叔没，流落至京。高江村复于市上得之，亦赋长歌纪事，所谓"二十年中有聚散，宋孙墓木拱可悲"。此杯后归陆费丹叔_墀，是又一银槎也。按碧山特一寻常银工，当日与陆子纲治玉，濮仲谦治竹，归懋德治锡，吕爱山治金，王小溪治玛瑙，蒋抱云治铜，时大彬治砂，江千里治嵌漆，屈尚钧治图章，顾青娘治砚，李马勋治扇齐名。而手泽留传，代有题咏，何其幸欤？

定风螺蜈蚣剑

孙雨人学博，家藏右旋定风螺一枚，又旧剑一柄，其鞘系蜈蚣巨壳所为，百足之痕，犹隐隐焉。二物皆质库中满出者。

耳　　诵

凡读书聪敏者，曰"过目成诵"。唐宋若昭《牛应贞传》云："少而聪颖，经耳必诵。"耳诵甚新，可与耳学作证。应贞，牛肃女，年十三，一夜梦中读《左传》三十卷，醒而成诵，亦一奇也。

樱 桃 青 衣

汤玉茗《邯郸梦》，全组织唐李泌《枕中记》而成；而岂知《枕中记》又与任蕃《梦游录》中樱桃青衣一则形影相似。一曰开元，一曰天宝，不知孰相沿袭也？

圣 榖 篇 语

国朝《岭南文钞》张南山《圣榖篇》语云："果中有核，肉中有骨，言中有物。"三语括尽要旨，修辞家宜奉为玉圭金臬。

杨 诇 庵

其论二苏文云："东坡得浩然之气，颍滨得粹然之气。"句山先生以为名论。

米 价

《愧郯录》："温公曰：'太平兴国时，米一斗十余钱。'"此其至贱者也。《明史·李橪传》："永宁宣抚奢崇明反，攻贵阳，官廪告竭，米升直二十金。"此其至贵者也。

东 坡 行 二

世称东坡为长公，而实则行二也。公字和仲，序次显然。黄涪翁《题李氏园》诗云："题诗未有惊人句，会唤谪仙苏二来。"欧阳公《苏明允墓志》云："生三子，曰景早卒。"公又字子平，见《文丹渊集》。

测 字

崇祯末年，流寇信急，上日夜忧勤。一夕，遣内臣易服出禁，探听民间消息，遇一测字者，因举一"友"字询之。问："何占？"曰："国事。"曰："不佳，反贼早出头了。"急改口曰："非此'友'字，乃'有无'之'有'。"曰："更不佳，大明已去其半矣。"又改口曰："非也，'申酉'之'酉'耳。"曰："愈不佳，天子为至尊，至尊已斩头截脚。"内臣咋舌而还。又南昌张曼胥_储，大学士张位之弟，医卜堪舆风鉴之术，靡不通晓。万历间游辽东，归语人云："吾观王气在辽左，又观人家葬地，三十年后，皆当大富贵。闾巷儿童走卒，往往多王侯将相，天下其多事乎？"人以为狂，既而果一一皆验。乃知真龙之兴，非偶然也。

朝 鲜 诗

康熙十七年，命一等侍卫狼曈，颁孝昭皇后尊谥于朝鲜。因令采东国诗归奏。副行孙致弥遂撰《朝鲜采风录》，诗多近体，渔洋山人采之，不下数十首。余于其中爱三人焉，因节录之。金净《江南春思》云："江南残梦日恹恹，愁逐年华日日添。双燕来时春欲暮，杏花微雨下重帘。"郑知常《醉后》云："桃花红雨燕呢喃，绕屋春山间翠岚，一顶乌纱慵不整，醉眠花坞梦江南。"李植《泊汉江》云："春风急水下轻舠，朝发骊阳暮汉江。篙子熟眠双橹静，青山无数过船窗。"虽中华能为诗者，何以过此。

惊 燕

凡画轴装裱既成，以纸二条附于上，若垂带然，名曰"惊燕"。其纸条古人不粘，因恐燕泥点污，故使因风飞动以恐之也。见高江村《天禄识余》。

赊　抵　折

无钱取物曰"赊",以物质物曰"抵",买物减价曰"折"。《周礼·地官·司市》:"以泉府同货而敛赊。"注云:"无货则赊贳而予之。"此赊字之始也。又《泉府》:"买者各从其抵。"此抵字之始也。《尚书》:"关石和钧。"注:"关者,谓彼此通同而无折阅。"此折字之始也。

诗　魔

"先后笋争滕薛长,往来鸥背晋秦盟。"句纤已极,然犹有巧思。偶阅宋人诗,有云:"岭松立雪周官束,坞竹藏云商易深。"求新至此,真魔道矣。

须　臾

《仪礼·聘礼》:"通宾辞曰:'寡君有不腆之酒,请吾子与寡君须臾焉。'"注:"须臾,言不敢久。"古者,乐不逾辰,燕不移漏。其解颇协。而《丹铅录》云:"须,待也。《左传》'寡君须矣'是也。臾者,从申,从乙。乙,屈也,犹今人言恭俟屈降也。"其说未免牵强。

怅　怀　词

余中年丧偶,不欲再娶,因于粤中置一妾,张姓,顺德人。貌端雅,性亦柔顺,以故三载以来,上下帷阃俱无闲言。先君弃世,余以官事留逗穗城,眷属先归,因命其侍太夫人启行,亦唯唯无异词。会当改岁,乞赋归宁。余以新年而兼将远离,勉从所请。孰意杯酒之间,密谋起矣。太夫人定于上元次日起身,届期仆婢在舟,行李在道,车马在门,母来送行,坚辞不去,再三谕之,遂剪发自誓,余不得已遣之。酒阑灯灺,未免有情,因赋《怅怀词》四章云:"红销翠歇惹愁多,闷倚阑干唤奈何。月在雨前微有晕，风行水上易生波。椰儿酒熟迷么妹，楝子花开逞孟婆。十二金铃齐坠地，晓来飞报有鹦哥。""桃花流水碧沉沉，知比愁深比恨深。齿溅青梅太酸楚，手拈红豆费沉吟。剖脾已见蜂腰断，到骨空将雀脑寻。卿是张星侬是角，迢迢银汉两般心。""飞燕生生避伯劳，非关撇李又寻桃。可怜明月新团扇，断送春风快剪刀。衔木鹊巢欹不稳，罥花蛛网湿难牢。尊前莫唱章台柳，容易星星感鬓毛。""悔将花网一分宽，鸠鸟飞来祟合欢。强弩末难穿鲁缟，空箱秋忍弃齐纨。茶丁绿比莲心苦，梅子黄嫌枣树酸。闻说蓬山今不远，教人何处觅青鸾。"

一　丁

《谈征》云："《唐书》：挽两石弓，不如识一丁字。"按《续世说》："此乃个字，盖丁与个似，误传写也。"其说颇得。

厘　毫　丝　忽

厘，《易纬通卦验》谓："马尾也，十马尾为一分。"毫，孟康注《汉书》曰："兔毫也，十毫为厘。"忽，《孙子算术》曰："蚕丝也，蚕所吐丝为一忽。"

大　太

此二字，广东始兴人呼之互易。如称太阳曰大阳，太爷曰大爷。大兄大弟，反曰太兄太弟。若欲称大人大老爷，视其所书，则必曰太人太老爷，百口谕之，终不可破。因录《东谷所见》一则，以资笑柄：一主一仆行役，忽登一山，穹碑大书"大行山"三字。主欣然曰："今日得见太行山。"仆笑曰："官人不识字，只有大行山，安得太行山？"主叱之，仆曰："官人试问此间土人，若是太行山，某罚一贯；若是大行山，官人赏一贯。"主人笑而许之。至一村学，老儒出接，主具述其事。老儒笑曰："主当赏仆矣，此只是大行山。"主不得已，退而赏之。仆即欣然沾饮，而主意卒不能平。复见老儒曰："将谓公土居，又有书可证，何亦如蠢仆之言耶?"老儒大笑曰："公可谓不晓事，一贯钱细事耳，好教此辈永不识是太行山。"老儒之言，颇有意味，盖有真是非，遇无识者，正不必与之辨也。《山海经》："太行山一名五行山。"《列子》作大行山，则二字本当如字读。此仆之考核，胜乃主多多矣。

题 驿 诗

"帆力劈开千顷浪，马蹄踏破五陵青。浮名浮利过于酒，醉得人间死不醒。"此题驿亭诗也，读之使人豪气顿消。

称 名

林穆庵明伦云："孔子之语门人亦曰丘，韩子之答后进亦曰愈，足见圣贤真挚。"

命名双声叠韵

钱竹汀宫詹云："古人以二字命名者，多取双声叠韵，与夷犁、来涛涂、弥明、弥牟、灭明、由余、余姚，皆双声也。龙降、台骀、钼吾、围龟、且居、髡顽、州仇、魁垒，皆叠韵也。"

四 书 令

忆少时集驾部许周生先生宅，为长夜之饮。席间举四子书为令，以两句凑成古人姓名，而此二字只许书中一见者："曹交问曰，植其杖而云曹植。""爰及姜女，曲肱而枕之姜肱。""孟子自范之齐，以追蠡范蠡。""会计当而已矣，反其旄倪计倪。""昔者公刘好货，晨门曰刘晨。""井上有李，文理密察李密。""而在萧墙之内也，公孙衍萧衍。"诸如此类。

又集四声句，"何以报德"，"康子馈药"，"天下大悦"，"君子上达"，"兄弟既翕"，"妻子好合"，"兵刃既接"，"能者在职"，诸人苦思，仅得八句耳。

晋 文 公 梦

城濮文公之梦，子犯解得极巧。而《潜夫·梦列篇》云："晋文梦楚子伏己而盬其脑，是大恶也。及战，乃大胜。此极反之梦也。"又《说文》梦字系传，王符曰："梦寐征怪，所以警人，晋文梦伏己盬脑，以其有文德之教，能自警戒，故能败楚。"此说极其迂阔。

宋 孝 宗

光尧内禅，寿皇穷天下之养以奉，经营德寿宫，数倍大内，巧丽无匹。宫内设立小市，因不免有私酿者。右正言袁孚奏北内私酤，光尧大怒。帝谓袁曰："昨太上怒甚。宫中夜宴，太上遣赐酒一壶，御笔亲书'德寿私酒'四字。"因寝其奏，事见《桯史》。又当时征敛无节，装载者必须夤缘宫掖字样，乃可以免。辛稼轩云："曾见粪船旗号。"见《宋稗类钞》。于此见高宗之庇护，而孝宗之体贴入微也。乃其后不得于其子妇，"天寒，官家且饮酒"一语，恶妇口吻，千载犹堪切齿矣。

异 才 戾 气

吕不韦以阳翟大贾，而文学如此渊博，石季伦以江洋大盗，而诗笔如此奇丽。同一富贵，而卒归乌有，此天生一种异才，亦天生一种戾气也。

大 行

宫车晏驾曰"大行"。大行者，不返之词也。宋理宗之丧，湖州教官刘亿读祝,行字作去声,以为“大行受大名,细行受细名者,谥法也。天子新崩,尚未有谥,故且称大行皇帝也”。其说于义亦通,见《癸辛杂识》。

汲冢书

《汲冢书》出魏安厘王墓中,共七十五篇,其言大率与经史相反,“益干启位,启杀之”。“太甲杀伊尹”。“夏历多于殷”。安得此无稽之谈。至谓“文王杀季历”,则以大圣人而诬以弑父弑君,是诚何心哉?此种书惜出秦火之后。

酒 卢

《前汉·食货志》:“作酒一均,开卢以卖。”臣瓒注:“卢,酒瓮。”非也。卢者,卖酒之处,累土所筑,形如锻卢,所以温酒者。文君当卢,黄公酒卢是也。且开卢以卖,其文甚明,即今店家热拆零沽酒耳。

化 鹤

丁令威化鹤,见干宝《搜神记》,此人人知之也。又《神仙传》:“苏仙公,桂阳人,升云而去,后有白鹤来止郡城楼,人或弹之,以爪书曰:‘城郭是,人民非,三百甲子一来归。我是苏君,弹我何为?’”故黄涪翁次韵苏翰林出游诗云:“人间化鹤三千岁,海上看羊十九年。”并用苏家典故也。

子 呼 公

晁错父呼子为公,陆贾呼子为公,蔡京呼子为公。蔡犹带呼,晁、陆则专呼也。

酒 价 酒 味

唐人白乐天诗:"共把十千沽斗酒。"李白诗:"金尊斗酒沽十千。"王维诗:"新丰美酒斗十千。"许浑诗:"十千沽酒留君醉。"一斗酒卖十千钱,价乃昂贵若是。惟少陵诗:"速令相就饮一斗,恰有三百青铜钱。"此则近理。按唐《食货志》云:"德宗建中三年,禁民酤,以佐军费,置肆酿酒,斛收值三千。"又杨松玠《谈薮》载,北齐卢思道常云:"长安酒贱,斗价三百。"此皆可证也。汉酒价每斗一千。《典论》曰:"孝灵帝末年,有司涸酒,一斗直千文。"较之唐且三倍有奇矣。或曰:"唐人好饮甜酒。"引子美诗曰"人生几何春与夏,不放醇酒如蜜甜",退之诗曰"一尊春酒甘若饴,丈人此乐无人知"为证。不知以酒比饴蜜者,谓其醇耳,非谓甜也。白公诗曰:"甘露太甜非正味,醴泉虽洁不芳馨。"又曰:"户大嫌甜酒,才高笑小诗。"又曰:"瓮揭开时香酷烈,瓶封贮后味甘辛。"然则不好甜酒之证明矣。借曰好之,亦非大户可知,古今口味,岂有异嗜哉。

二 形 二 声

一身具二形者,俗呼阴阳人。晋《五行志》谓之"人疴"。《遗教经》谓之"半变"。佛书谓之"博叉牟释迦"。一人具二声者,古谓之"译",今俗呼"通事",南蕃海舶谓之"唐帕",西方蛮瑶谓之"蒲叉"。

精 灵

宋盛大监勋,绍兴初知襄阳府,治有一楼,为公退时燕息之所。大监常独居楼上,命一老兵守其下,卧榻前置大浴斛,取汉江水满注其中,日易新水。老兵久而疑之,隙壁梯而窃视,乃一大鲤鱼,金鳞赪鬣,游泳斛中,如觉有人注目窥者,凝然久之。老兵惊惧趋下。自是撤斛不复取水。见宋郭象《睽车志》。宋杨戬为节度使,署后一楼,戬屏左右,独处其上。一日,有偷儿昼伏其室之梁间,见浴盆中有一金色大虾蟆,奋迅而戏,转瞬不见,而杨已偃息在床。偷儿惊坠于地,杨若预见之者,掷一银球与之,似嘱其勿泄。自杨公去任后,始敢稍稍言之。见《宋稗类钞》。宋米海岳知无为军,晨兴,呼谯门鼓吏,问夜来三更,何以不闻鼓声,对曰:"中夜有巨白蛇缠绕其鼓,故不敢击。"米额之,叱吏去,不复问。人于是皆疑其为蟒精。见《襄阳志林》。钱武肃王宫中,一日有人见一甚巨蜥蜴,金睛闪烁,伏于油缸之上吸油,大惧而退。次日,王谓宫人曰:"吾昨夜三更,梦有人请食麻膏过饱。"宫中人有泄昨言于上者,亦额之而不责也。见《鹤林玉露》。盖转轮中有所谓星精僧者,并皆有之,此其精类也。阿麐大鼠,禄山猪龙,岂妄纪哉?

王　介

宋王介,性轻率,喜怒易形于色,与人鲜有合者,而独与荆公友善。工诗,除湖州知府。一日,谒荆公,荆公口占一绝赠之曰:"吴兴太守美如何? 太守诗才未足多。遥想郡人迎下担,白蘋一夜起苍波。"盖以其性易触怒,亦以规劝之也。介得诗,悻悻而去。和云:"吴兴太守美如何? 太守从来恶祝鮀。生若不为上柱国,死时犹合署阎罗。"明日盛气而诵于荆公。荆公笑曰:"阎罗现缺,请速赴任。"不意以荆公之刚愎躁率,而居然犹有过之者。

互 用 典 故

李湜撰东林寺舍利碑云:"庞统以才高位下,遂滞题舆;陈蕃以德峻名沉,初膺展骥。"展骥是庞统事,题舆是陈蕃事,而乃颠倒用之,其误耶,抑两典并用,故以为文之错综耶?

经 语 诙 谐

闲谈以经语诙谐,亦是侮圣人之言,然有足以捧腹者。戚友家有素事，余吊后，适坐帐房，司帐者时不在，有姚姓老翁，取酒独饮，误斟于几，仓猝间取几上谢帖巽之。俗以纸御水曰巽。司帐者来，问曰："是谁手闲，糟塌一张谢帖？"旁有一人曰："尧老而舜摄也。"又有兄弟二人双生，其友人某往往误认。一日，遇其兄，遽呼之曰："二老。"旁有知之者曰："渠大老也。"其人曰："总是一般的。二老者，天下之大老也。"又有一商家子举殡，车马引导之盛，穷极侈靡，有述之者曰："今日某家丧事，从未见有如是之阔者。"杭俗以盛为阔。座中一人曰："此所谓吁嗟阔兮，不我活兮是也。"

安　　吉

湖州以南宋潘丙之乱，改名安吉。潘安、丙吉，仍寓人名，此史相之狡狯也，与子瞻儋州，子由雷州，鲁直黄州，同一心智。

卑之无甚高论

"卑之无甚高论"，今人以为所论甚卑，非也。汉《张释之传》："释之朝毕，因前言便宜事。文帝曰：'卑之，无甚高论，令今可行也。'张因陈秦汉间得失，文帝称善。"盖文帝惧释之言三皇五帝之事，无益于时，故使卑其语而勿烦高论，自当分作两句读。今人连读之，故失古人言下之意也。

望　　帝

杜鹃，向以为蜀帝之魂，非也。《华阳国志·蜀志》云："蚕丛鱼凫之后，有王曰杜宇，称帝曰望帝，更名蒲卑，自以功德高于诸王。会有水灾，其相开明，决玉垒山以除水害。帝遂委以政事，禅位于开明，乃升西山隐居焉。时适二月，子规鸣，蜀人悲之，闻杜鹃之声，则曰望帝也。"然则因鸟思帝，非帝之化鸟矣。

卷八

太字通世

太、世二字，大约古人有时而通。明堂世室，《公羊》、《穀梁》俱作大室。卫大叔仪，《公羊》作世叔。齐乐大心，作乐世心。郑子大叔，《论语》作世叔。天子之子曰大子，而《春秋》传曰"会王世子于首止"。诸侯之子曰世子，而申生、子华、终生等，并称大子。

忽亲

今俗乘凶纳妇，名曰"忽亲"，又曰"拜材头"。古者居父母丧而婚娶，见于经传者，惟宣公元年三月"遂以夫人妇姜至自齐"一事，所谓不待贬绝而自见也。《旧唐书·张茂宗传》：德宗曰："如今人家有借吉为婚嫁者。"谏官蒋乂曰："人家有不甚知礼教者，或女居父母服，借吉就亲。"男子借吉婚娶，从古未闻。宋时民庶之家，祖父母、父母老疾，无人侍奉，子孙居丧，听尊长自陈，验实，方许婚娶，未有居然冒丧易吉而婚娶者，此俗不可不禁也。

阴寿

阴寿者，生忌也。阴而系之以寿，寿而冠之以阴，奇文也。人以喜丧为对，工切无比。杭人以福寿备而死者，俗呼喜丧。阴寿之说，各省不行，而吾杭为甚。二十年前，不过营斋营奠，至亲素服展拜而已。近则笙歌宴席，无异称觞，子若孙者，彩衣将事，忍乎？

首　阳　山

《诗·唐风》："首阳之巅。"《论语》："饿于首阳之下。"马融曰："首阳山在蒲阪河曲之中。"一曰首山。《左传》："宣子田于首山。"《寰宇记》云："首阳，即雷首之南阜，或称首山。"《汉·地理志》："蒲反有首山。"《郊祀志》："黄帝采首山铜。"一曰独头山。《水经注》："阚骃曰：'首阳山一名独头山，夷、齐所隐也。'"一曰襄山。《穆天子传》云："东巡自河首襄山。"一名薄山。《穆天子传》："登薄山置轹之隥。"一名尧山。《水经注》云："雷首山，临大河北去蒲阪三十里，俗亦谓之尧山也。"一名中条山。《元和志》云："雷首，一名中条，在河东县南十五里，永乐县北三十里。"一名陑山。汤伐桀，升自陑。注："在河曲南。"《寰宇记》云："尧山，即雷首山。山有九名，亦即陑山。"一名历山，一名甘枣山，一名渠猪山。并见《括地志》。总名之曰雷首山。《禹贡》曰："壶口雷首。"是山西起雷首，东至吴坂，长亘数百里，故随地异名也。

左　传　对

先大父好读《左传》，山舟学士集句手书以赐云："行道有福，能勤有继；居安思危，在约思纯。"

佘　太　君

小说称杨老令婆曰"佘太君"，不知何本。按毕尚书沅《关中金石记》云："杨业妻，乃折德扆之女，世以为折太君。"

戒　杀　生

戒杀，亦善事也。虔奉之固不必，痛辟之亦不可。裴晋公曰："鸡猪鱼蒜,逢着便吃。生老病死,时至即行。"此妙法也。又某相国问僧曰:"戒杀如何?"曰:"不杀是慈悲,杀是解脱。"曰:"然则尽食无害乎?"曰:"食是相公的禄,不食是相公的福。"此妙解也。经言"菩萨元制食三净肉,谓不见为我杀,不闻为我杀,不疑为我杀,复益之以自死鸟残,为五净肉",是佛亦未尝食素也。然必穷极珍异,变法烹炮,则固不可。袁简斋《随园食单》云:"钩刀取生鸡之肝,烧地炙热鹅之掌,至为惨毒,物为人用,使之死可也,使之求死不得,不可也。"至哉言乎!

山　魁　僬　侥

张船山太守有二仆,一曰刘升,甚长,名之曰山魁;一曰张芳,甚矮,名之曰僬侥。太守作诗合咏之云:"一僮短小如僬侥,一奴长细如山魁。奴能抄书僮识字,一屋高低有奇致。先生或赋诗,僬侥磨墨亦若有所思,诗成弃其草,山魁缮写偷作床头稿。先生燕居常闭门,僬侥侍立如无人。先生出游行颇速,山魁一过市人缩。先生醉后山魁扶,僬侥趦趄犹提壶。先生贫极僬侥瘦,山魁摇摇如学究。僬侥喜,山魁愁,笑啼幻作双狝猴。山魁立,僬侥坐,俯仰云泥人两个。山魁一嗽僬侥惊,忽如天半闻雷声。僬侥一怒山魁伏,左右如葵卫其足。吁嗟乎!先生无聊只好奇,僬侥山魁亦颇落落无威仪。无威仪,先生怒,山魁文,僬侥趣。"诗谑而隽。

愿　为　人　妇

船山先生诗才超妙,性格风流,四海骚人,靡不倾仰。秀水金筠泉^{孝继}忽告其所亲,愿化作绝代丽姝,为船山执箕帚。又无锡马云题^灿赠诗云:"我愿来生作君妇,只愁清不到梅花。"以船山夫人有"修到人间才子妇,不辞清瘦似梅花"之句也。其倾倒之心,爱才而兼种情,可谓至矣。先生戏成二律以谢云:"飞来绮语太缠绵,不独青娥爱少年。人尽愿为夫子妾,天教多结再生缘。累他名士皆求死,引我痴情欲放颠。为告山妻须料理，典衣早蓄买花钱。""名流争现女郎身，一笑残冬四座春。击壁此时无妒妇，倾城他日尽诗人。只愁隔世红裙小，未免先生白发新。宋玉年来伤积毁，登墙何事苦窥臣。"亦词坛一则雅谑也。

蔗　虫

蔗虫性凉，吾杭极贵，出痘险者，赖以助浆，然不可多得也。广东潮州，蔗田接壤，蔗虫往往有之，形似蚕蛹而小，味极甘美，居人每炙以佐酒。姚秋芷丈承宪尝赋二律咏之。其次首云："蕴隆连日赋虫虫，浊念寒浆解热中。佳境不须疑有蛊，庶生原可庆斯螽。凡草植之则正生，此嫡出也。甘蔗以斜生，所谓庶出也。吕惠卿对宋仁宗语。似谁折节吟腰细，笑彼衔花蜜口空。毕竟冰心难共语，一樽愁绝对蛮风。"状物极工。

徐中山女

中山第三女，名妙秀。当靖难时，金川门失守，宫中火起，传言驾崩。女愤痛曰："当御正殿以俟之，奈何出此？"高见卓论，此与姚少师之姊同为一时奇女。

野　合

男女私奔名曰"野合"。高江村《天禄识余》云："女子七七四十九而阴绝，男子八八六十四而阳绝，过此为婚，则为野合。"此又一说也。

寓　钱

寓钱，纸钱也。寓者，谓寄形象于纸也。见唐唐临《冥报录》。

步

《周书》:"王朝步自周。"黄公绍曰:"步,辇也。人荷不驾马也。"殆即后世轿之权舆。

三 苏 祠 对

闽有三苏祠,其联云:"一门父子三词客,千古文章八大家。"长泰戴方伯燨手笔。见周栎园先生《闽小纪》。

腹 葬

猺黎,生婺岭以北,椰瓢蔽体,父母过五十,则烹而食之,云葬于腹中,谓之得所。见陆次云《峒溪纤志》。此较之天葬、火葬、鸟葬、水葬,尤为蔑伦绝理,真禽兽之不若矣!

鬼 畏 桃

殡除桃茢,门设桃符,相传桃可辟鬼。按《淮南·诠言训》:"羿死于桃棓。"注:"棓,大杖,以桃木为之,以击杀羿,由是以来,鬼畏桃也。"

方 夫 人 诗 卷

山舟学士,嘉庆丁卯重赴鹿鸣,赋纪恩诗四章,一时和者不下百余人。学士品题,以芷斋方夫人为最。夫人时年八十,手书和章,笔力苍劲,出入南宫,宜其福与慧兼,为吾杭闺秀弁冕。是卷,学士殁后年余,先君于故纸中捡得之,亟装裱以供珍玩。后吾妹右纫适方芑堂明府懋嗣令郎,实夫人之从孙妇也,遂以此卷媵之。诗云:"公堂济济

肃冠裳，白发当筵倍有光。蕊榜曾占芝草秀，宫袍重染桂枝香。但论
才望无前辈，若在朝班亦首行。共道凤皇将九子，晚晴颜色似朝阳。"
"前贤也复遇宾兴，主眷如斯得未曾。挥翰玉堂干气象，感恩金阙梦
觚棱。公答客诗云："他生愿作衔环雀，飞上觚棱高处来。"春风语吉看重听，冬集书
存有凤征。公有前丁卯题名录诗。天子知公文福大，头衔仍赐一条冰。"
"四诗清越戛瑶瑛，才算升平雅颂声。有识尽能知姓氏，重公原不为
科名。已传凤诏倾当世，定说龙门与后生。最是老怀欣阿买，得随杖
履拜恩荣。"犹子懋嗣，今科中式。三篇真不愧作手。

蜕 岩 词

夏日访姚丈秋芷于羊城寓舍，适逢其启箧曝书，手诗余一帙示
余曰："余不工此，而子嗜之笃，盍举以赠。"余欣然受赐，归而读
之，抄录未精，而校雠甚核，丹黄点笔，意义灿然。首颜曰《蜕岩
词》，署曰"河东张翥仲举填"。亟观跋尾，则樊榭老人手笔也。跋
云："蜕岩，河东人，幼从父官于杭，与贞居子张伯雨俱学于仇山村
先生之门。故诗文俱有源本，而词笔亦复俊雅不凡，足继白石、梅
溪、草窗、玉田之后。惜山村、伯雨诗集仅存，而词止三数阕，使人
有零珠断璧之恨，不若《蜕岩词》二卷一百二十余首之完好无恙也。
是本为余友金君绘卣钞于龚田居侍御家，余从绘卣令子以宁借钞，
遂得充几席研玩之娱。侍御所藏，异书甚多。生平清介自处，罢官
后绝不竿牍当事，贫至食粥，闻其身后书籍大半散佚矣，为之累叹。
雍正改元十月二十三日，樊榭生厉鹗书后。"又二行云："近得张外
史《贞居词》一卷，又校定《蜕岩词》讹字，消遣余春，殊不冷落。"第
一卷内《水龙吟·咏西池败荷》一阕，尾亦有二跋。词云："水宫仙子
归来，为谁独立西风背。凌波梦断，可怜零落一奁环珮。雨叶敲寒，
露房倒影，秋声惊碎。问西亭翠被，将愁何处？空留得余香在。
最爱双飞白鹭，镇相依蓼边蘋外，舞衫歌扇，有人绣出水情云态。
西子湖边，越娘舟上，忆曾同采。甚人今以上四十字，龚氏原钞本缺。未
老，花应依旧约明年。"再跋云："此词前段妙绝，后段不全，令人闷

恨不已。”又跋云：“雍正甲辰，在赵谷林小山堂得李西涯南词本校添，为之大快。”其他佳词，不及备录，此本未知已付梓与否，当携归以俟好事者之采摭焉。

知训见字

古人于知字，往往作见字解。《左传》：“晋侯闻之，而后喜可知也。”注云：“喜见于颜色。”《吕氏春秋》：“文侯不悦，知于颜色。”注：“知，犹见也。”《淮南·修务训》：“奉一爵酒，不知于色。”亦作见字解。

程　少　山

程少山晋，杭之名诸生也。连试秋闱，不售，遂囊笔遨游。始而江西，继而广东，名公钜卿，争迎倒屣。余在家，初未识面，至粤中，始得订交，深相结契。雅善作书，行楷篆隶，靡不精妙。尤工铁笔，尝为余作七十二鸳鸯楼印一方，章法匀整，笔意遒媚，边跋古雅，直造山堂、小松之室。诗词多不自收拾，曾为余书聚头扇，因录存数首。《莫愁湖》云：“春愁乡思两模糊，怕忆家山好画图。刚把西湖抛撇了，又教侬见莫愁湖。”“幼妇新词四壁收，至今争说旧风流。美人不是无情物，未必当时竟莫愁。”《无题》云：“卍字栏杆亚字墙，玉梅花下小兰房。金镮低扣声先透。银烛轻摇影故藏。入座渐闻香子细，隔帘徐听佩丁当。等闲未肯轻相见，半是销磨杜牧狂。”“沉沉良夜解明珰，细数闲愁睡不遑。惯作长吁眉锁黛，时闻小语口生香。银釭焰冷还相对，铁马声凄更自伤。知道夜深寒气重，褪将半臂却分郎。”亦可以见一斑矣。

觱　栗

《说文》：“觱，羌人吹角也。”其声悲栗，故名觱栗。冬月寒气骤发，其声似之。《豳风》：“一之日觱发，二之日栗烈。”注：“觱发，风寒也。栗烈,气寒也。"《吴下田家志》引谚云:"三九二十七,篱头吹觱栗。"正谓风吹篱落,声似觱栗,与诗意合。田家之歌咏,可以上媲风骚矣。

袍

《逸雅》:"袍,丈夫着,下至跗者也。"《事物纪原》以为"始于宇文护",《困学纪闻》以为"始于隋大业",皆非也。汉《舆服志》:"周公抱成王燕居,故以袍。"《物原》:"傅说作袍。"《古今注》:"袍者,有虞氏即有之。"则其制由来远矣。

尖　头　靴

《释名》:"靴,本武服,赵武灵王所制,常短靿,以黄皮为之,后渐以长靿。"唐马周以麻为之,杀其靿,加以毡。开元中,裴叔通以羊毛为之。《笔谈》曰:"北齐全用长靿靴。"《续事始》曰:"故事,皮靴不许着入殿省,马周加饰,乃许也。"周煇《北辕录》:"淳熙中,张子政往贺金国生辰,其俗无贵贱,皆着尖头靴。"又,钉靴见《明史·礼志》:"百官入朝遇雨,皆蹑钉靴,声彻殿陛。太祖令为软底皮鞋,冒于靴外,出朝则释之。"

频　罗　庵　诗

山舟学士以书名海内,而诗为所掩。然一篇之成,名流脍炙,隽词独绝,逸趣横生。洪稚存太史评其诗如"山半钟鱼,响参天籁"是也。公尝曰:"吾已为人役书,那堪更为人役诗。"因不常作。公又自言:"吾诗无所师承。"而许周生驾部独谓其瓣香丹渊,学士亦以为知言也。

云　贞　寄　外　书

毛云贞,楚人,夫戍伊犁。毛以书寄至山东道上,有人拆而阅之,

遂流传其稿，洋洋数千言，词意条鬯，神情凄惋，真好家书也。是书缪
莲仙先生^艮曾刻入《文章游戏》中。近广东有人于随笔诗话中采列，点
窜涂改，全不成文，后之读者，宜从缪本为是。

河 东 山 西

河东、山西，一地也。唐京师在关中，而其东则河，故曰河东。元
京师在蓟门，而其西则山，故曰山西。各就畿甸所近言之也。

双　　声

《南史》"既佳光景，当得剧棋"一语，四双声，以今音考之，"光景"
二字不协，"景"字须作"耿"字音方合。然考隋避"丙"字，以"景"字代
之，则音又不同，究未知"景"字六朝作何音也。

黄 雀 银 鱼

《明史》言"桂文襄^萼在位，有素丝之节"。按文襄当轴，其故人自
家遣仆人至京，道地送黄雀银鱼二坛，其实中皆黄白镪也。桂谓仆人
曰："此地不好，传语而主，南京去罢。"不日，除南京大理寺卿。故时
有句云："若非黄雀银鱼力，安得南京大理卿。"审是，则史言不实矣。

土 馒 头

古语云："纵有千年铁门槛，终须一个土馒头。"谓坟也。近有人
又有句云："城外多少土馒头，城中尽是馒头馅。"更警动。

罢 官 诗

王笠舫大令^{衍梅}罢官后，赠李芸甫水部句云："春在花光浓淡里，

官如山色有无中。"读之失笑。严少峰太守罢守杭州,许周生驾部宴之于孤山苏公祠,赠长律一首,句云:"无端冷暖天难测,如此湖山感易生。"读之发慨。

馌 妇 吟 诗

东坡闻新会有仙,访之。至古博里,遇村妇肩馌具,蓬发短衣,胸露两乳,口占诗曰:"蓬发星星两乳乌,朝朝担饭去寻夫。"妇应声曰:"是非只为多开口,记得朝廷贬汝无?"言讫不见,见《考甄志》。

百 花 冢

广东番禺白云山,有百花冢。明季有彭梦阳者,眷一妓,曰张乔。乔殁后,埋香于此,诸名士各执一花,环植其墓,因谓之曰"百花冢"。今已颓圮,有钟君者,纠同志重修之。

翰 苑 吏

前明翰林院有孔目吏,每学士制草出,必据案细读,疑误辄告。刘嗣明尝作皇子剃胎发文,内用"克长克君"之语,吏持以请。嗣明曰:"此言堪为长,堪为君,真善颂也。"吏曰:"内中读文书不如是,最以语忌为嫌,既克长,又克君,殆不可用也。"刘乃悚然易之。此吏可谓深识体裁者矣。

西 施 封 神

萧山土地祠为西施,阎百诗有诗纪之,见《潜丘札记》。又毛西河《九怀词》载:"宋淳熙中,敕封西施为土谷神,曰苎萝村土地先施娘娘。"

朝 儛

陈士元《孟子杂记》:"转附朝儛,朝当读如朝夕之朝。卫有朝歌,齐有朝儛,皆以俗好嬉游,故名其地。"其说甚新。

郭 汾 阳

郭子仪封汾阳王,而郭淮亦封汾阳子,是古今有两郭汾阳矣。然以令公之勋,空前绝后,则伯济之迹,不足言也。

通 文

李太白寻常谈论,俱成文理,此其天才隽逸,岂人所能及者。今有人信口谈吐,好为藻饰,而又钩辀格磔,舌本连蜷,使听者倦而思卧,无怪宋义康王云:"身不读书,毋庸以才语相对也。"

家 弟 家 孙

今人于尊者言家,于卑者不言家。晋戴逯呼戴逵曰"家弟",班固书集称孙曰"家孙",则知古人反不拘此。又谢安石谓王献之曰:"君书何如家尊?"谓其父右军也。则称人之父,亦可曰"家尊"。

李 东 白

京山李东白,以能诗名,《黄鹤楼》七律最佳。后舟过云梦,吟诗,拍手一笑,跃入水死。见渔洋《香祖笔记》。何姓名踪迹,俱与太白相类耶?

物　理

物理之精微，多有不可解者。石脾入水则干，出水则湿。独活有风不动，无风则动。南倭海蚌泪着色，昼隐夜显。沃山石滴水着色，夜隐昼显。禾结实于野，而粟缺于仓。蚕珥丝于室，而弦绝于户。狐夜察蚊蚋，而昼不辨山岳。龙目眣诸物，而力能破金石。他如雪至洁也，而有蛆。银至坚也，而有蚁。火至热也，而有鼠。冰至寒也，而有蚕。虹听以掌，鳖孕以目，水母目虾，琐珙腹蟹，蚁以倒行，蝇以仰栖，荸荠化铜，胡桃断铁，翡翠屑金，羚羊破钻，角遇甘草而坚，牙遇木贼而软，水之冷而有温泉，火之炎而有寒焰，橘逾淮而为枳，樟过赣而化榕，蜒蚰至弱而杀蜈蚣，鼺鼠至小而制癫象，诸如此类，不可枚举，则穷理之功难矣。

举 皋 陶

吕望举于钓，夫人知之。《后汉书》冯衍《显志赋》："皋陶钓于雷泽兮，得虞舜而后亲。"则亦举于钓也。

冥　婚

今俗男女已聘未婚而死者，女或抱主成亲，男或迎枢归葬，此虽俗情，亦有礼意。宋康誉之《昨梦录》云："北俗，男女年当嫁娶，未婚而死者，两家命媒互求之，谓之鬼媒人。"则真奇闻矣。然《周礼·地官》媒氏禁嫁殇者，则冥婚之说，似古已有之。

名 字 通 用

甲第，贵宅也，科目也。蒲卢，蒲苇也，蜾也，《夏小正》："十月，元雉入于淮为蜃。"注："蜃，蒲卢也。"果裸也。禁中，大内也，囹圄也。阑干，廊蔽也，眼眬也，夜深也。图书，经史也，印章也。玉版，笺也，帖也，笋也。葳蕤，花也，锁也。鸱夷，盛物器也，河豚也。黄门，奄人也，给事也。貂珰，贵戚也。近侍也。典刑，老成人也，大辟也。飞廉，人名也，兽名也。管仲，人名也，药名也。皋陶，人名也，古木也。《考工记》："𣝔人为皋陶。"郑司农注："古木也。"阃内，闺门也，国门也。摴蒱，博具也，海蜇也。苜蓿，马刍也，训士，官禄也。缁衣，僧号也，《诗》、《礼》，篇名也。王孙，芳草也，蟋蟀也。杜鹃，花名也，鸟名也。龙钟，竹也，老态也。芙蓉，水花也，木花也，山峰也，剑也，面也，镜也，帐也。琅玕，美石也，竹也。船，舟也，衣领也。三尺，剑也，刑法也。玳瑁，美石也，龟甲也。玉環，贵妃名也，唐睿宗所御琵琶名也。夜光，萤火也，珠也，璧也，月也，酒杯也。玉楼，仙人所居也，两肩也。胸蠡腮润，蚯蚓也，汉县名也。丹书，刑书也，誓书也。屠苏，庵也，酒也。五经，圣籍也，酒器也。大有，卦名也，丰年也。玉堂，嬖幸之舍也，翰林也。夕阳，山西也，斜日也。郎中，官名也，医士也。五更，养老名也，谯鼓也。庶子，官名也，支子也。庸峭，耸拔也，承梁小木也。小蛮，美人名也，酒榼也。一流，人品也，银数也。律令，国法也，咒语也。枇杷，果名也，农器也。金井，井栏也，梧桐叶上花纹也。秋水，剑也，眼也。绣球，狮卵也，花名也。满天星，花名也，爆竹也。过山龙，吸酒器也，山轿也。虞美人，花名也，人名也，词牌名也。元宵，节名也，汤团也。九华，山也，塔也，灯也。牙签，剔齿也，书签也。参差，不齐也，笙也。消息，《周易》卦气也，花名也，词牌名也。鱼目，假珠也，汉武马名也。

十　二　时

　　古无十二时之说。《洪范》言岁月日而不言时。《周礼》冯相氏言岁月日辰而不言时。古所谓时者，三时四时，皆指春夏秋冬也。后世历法渐密，于是乎日分为时。《左传》卜楚邱曰："日之数十，故有十时。"杜注则以为十二时。虽不立干支之名目，然其曰夜半者，即今之所谓子也；鸡鸣者，丑也；平旦者，寅也；日出者，卯也；食时者，辰也；禺中者，巳也；日中者，午也；日昳者，未也；哺时者，申也；日入者，酉也；黄昏者，戌也；人定者，亥也。日分为时，始见于此。后世一日分十二时，每时又分为二，曰初曰正，而选择家以子初为壬时，丑初为癸时，寅初为艮时，卯初为甲时，辰初为乙时，巳初为巽时，午初为丙时，未初为丁时，申初为坤时，酉初为庚时，戌初为辛时，亥初为乾时，即今《宪书》所谓"寅申巳亥月，宜用甲丙庚壬时，子午卯酉月，宜用艮巽坤乾时，辰戌丑未月，宜用癸乙丁辛时"是也。钱辛楣曰："都门法源寺，见辽舍利函后题甲时。"又戒坛寺辽法禅师碑后题乾时。又辽石幢二，一题庚时，一题坤时。盖金辽石刻，多用斯为记也。

薜　荔

薜荔，蔓生墙垣，俗名巴山虎，山谷间多有之。《楚词·山鬼》云"被薜荔兮带女萝"是也。梵言薜荔，犹此言饿鬼，出《大藏》服字函。渔洋山人《香祖笔记》载之。因思薜荔所结之果，俗呼鬼莲蓬，杭人取其子，沁作凉菜，名"目连豆腐"，皆有所本也。

侏　儒

人之形貌，由于天赋。晏子不满七尺，而为齐相。裴公不满七尺，而为唐相。夫何害焉？然古人往往贵长而贱短，《诗》曰："颀而长兮。"又曰："硕人颀颀。"邹忌八尺而自娱，曹交九尺而自负。至臧武仲则鲁人有侏儒之诮。侏儒，本训短柱，《广雅》作株檽，即棁也。故以况短人。《初学记·人部下》引《占梦书》曰："凡梦侏儒事不成，举事中止后无名，百姓所笑人所轻。"矮子之为人姗笑如此，可怪也。

对　联

尝见有人写对句云："拳石画临黄子久，胆瓶花插紫丁香。"爱其工巧，不知为何人之句。频罗老人尝集苏句，屡喜书之："独携天上小团月茶也，自拨床头一瓮云酒也。"

妯　　娌

娣姒，《广雅》始作妯娌。《方言》作筑娌。郭璞曰："关东兄弟妇相呼曰筑里。"

妻 作 夫 志 铭

妻作夫志铭，古今止一见。高文虎《蓼花洲闲录》载云："熙宁末，洛中有人耕于凤凰山下，获石碣，方广二尺余，乃妇人撰夫志铭。其文曰：'君姓曹氏，名裎，字礼夫，世为洛阳人。三十岁，两举不第，卒于长安道中。朝廷卿大夫乡关故老闻之，莫不哀其孝友睦姻，笃行能文，何其夭之如此也。惟余闻之，独不然。乃慰其母曰："家有南亩，足以养其亲。室有遗文，足以教其子。凡累乎阴阳之间者，生死数不可逃，夫何悲喜之有哉？"丙子年三月十八日卒，以其年十月十五日葬于凤凰山之原。余姓周氏，君妻也。归君室八载，生子一人，尚幼，以其恩义之不可忘，故为铭焉。铭曰：其生也天，其死也天，苟达此理，哀哉何言！其生也浮，其死也休，终何为哉，慰母之忧。'妇人而能文达理如此，亦所罕见。"按此志洪容斋《五笔》亦载之，而较此为略，岂传闻异词耶？

帐

今谓簿籍曰"帐目"。按《汉武帝纪》："明堂朝诸侯受郡国计。"注：颜师古曰："计，若今诸州之计帐。"则此字之来已古。然韵书只训帱训帷，而无以簿籍为义者，俗作账，非。

葵 扇

广东新会县出葵扇。葵，非蕉也。骚人诗词，往往俱赋蕉扇，其实蕉不可以为扇，故并无是物。且古人亦止言蒲葵，不知何以讹为蕉耳。

柴　窑

"雨过天青云破处，者般颜色作将来。"想见当日出样之巧。陆鲁望诗："九秋风露越窑开，夺得千峰翠色来。"此尚在柴窑之先，不知何时所作。渔洋山人言："曾见一贵人买一柴窑碗，其色正碧，流光四溢。"余昔见何梦华丈为芸台宫保办贡，得柴窑一片，镶作墨床，色亦葱倩可爱，而光采殊晦，或尚是均窑混真，然价已二十金矣。

诗　评

洪稚存太史作诗评，共一百余人，每人系以八字。中惟孙渊如先生独加"少日"二字，曰："孙观察星衍，少日诗，如天仙化人，足不履地。"岂以晚年癖耽金石，有伤风雅耶？

咏旗亭画壁诗

田大令溥句云："地当梅市宜浮白，诗入梨园亦汗青。"对仗工切。

秩

王制九十日有秩，故以九十为九秩。据此，亦止九十可称，余不当通用也。然《容斋随笔》云："十年为一秩。"白公诗云："已开第七秩，饱食仍安眠。"又云："年开第七秩，屈指几多人？"盖秩有次序之义，故借作十字用也。今人曰七袠八袠，又改秩为袠。袠，书衣也，并未有作十字解者，不知何以传讹也。或曰："唐《萧至忠传》'官袠益轻'，杜少陵赋'六官咸袠'，本秩序之秩，误从衣从失，今之讹亦由此来耳。"

任城太白酒楼诗

任城太白酒楼诗，多矣。余最爱大兴舒铁云先生七古一篇云："结客须结贺知章，相士须相郭汾阳。此时当浮三大白，天地中间一酒国。公不必饮酒楼上眠，楼不必因公被酒传。但道公曾饮此地，至今往往有酒气。七尺之躯百尺楼，出亦愁，入亦愁，作诗尚有杜工部，上书安得韩荆州？除非天津桥南董糟邱，为公屈注庐山瀑，横卷沧海流。汉江三百绿鸭头，黄河之水天上不再收。感公痛饮日，惜公狂吟身，读公古乐府，知公谪仙人。一斗亦醉一石醉，万古长愁无价卖。海上钓鳌鳌无竿，江上骑鲸鲸无鞍。身不愿封万户侯，但愿一脱千金裘，飞上凤皇台，踢翻鹦鹉洲。沉香亭，花见羞，夜郎国，鬼与谋，须臾汤泉火城貉一邱，惟有青莲花开千秋。我欲醉折花枝当酒筹，而乃眼前突兀见此楼。"奇气郁勃，读之可下酒一斗。

砚　瓦

《演繁露》："唐以前无石砚，多用瓦砚。"今天下通用石，而犹概言砚瓦也。一说唐用凤池砚，中凹如瓦，故曰砚瓦。米元章云："唐凤池砚中凹受墨，故用笔一援，墨饱而笔锋已圆，作书无不如志。今砚面平正，一经蘸墨，笔锋或扁或侧，此其所以不如古制也。"是非精于书者，不能知之。

太　公

孟子曰："若太公望。"是太公名望也。《史记·齐世家》云："吕尚者，东海上人，其先祖尝为四岳，佐禹平水土有功，封于吕，尚其苗裔，本姓姜氏，从其封姓，故曰吕尚。"是又名尚也。《索隐》引谯周曰："姓姜名牙，炎帝之裔，伯夷之后。"是又名牙也。《路史·炎帝纪》云："吕渭，字子牙。"是又名渭也。《太平御览·鳞介部》七引《符子》曰："太公涓,钓于隐溪。"是又名涓也。一人五名,将何适之从？以臆断之,望是其名,子牙是其字,尚是其官名,所谓师尚父是。渭,则以得太公于渭阳,因以名渭附会。涓,则又渭字之讹也。

行 酒 之 法

行酒以碧筒为最雅,鞋杯则俗矣。虢国夫人以鹿肠悬于梁间,结其两头,实酒其中,欲饮则去其结,而以口就吸之,虽豪而实不韵。金章宗以软金叶,薄如冬瓜片,制为酒器,令饮者愈吸愈不尽,名曰"醉如泥",但究不知其制若何。宋杨某谄事卞绘,令其妻以两手捧酒,就其口饮之,名曰"白玉莲花盏",抑何无耻！

邓 会

吾杭学使者去任后,例于西湖设长生禄位,门弟子春秋瓣香,名曰某会,而其始则权舆于邓会也。聊城邓东长宗伯钟岳督学浙江,山舟学士于其岁试,补博士弟子员。去后,因纠集同门创为此举,迄今几及八十年,香火不衰,春秋来者,皆本人之孙曾辈矣。邓公督学江左时,有童生,年四十余,视其卷,署祖名可法。询之,真阁部孙也。盖督师赴扬,寄孥白下,有孕妾,沧桑后生一子,延史氏之脉,因家焉。阅其文,疵颣百出。公曰："是不可以文论。"录之邑庠,而刻石署壁以记其事。

伏 波

今人但知马援为伏波将军,不知汉武帝时,路博德讨南越,封伏波将军,又《三国志》魏将夏侯惇亦封伏波将军。

寿 堂

今人于父母诞辰,铺陈庆祝之地,名曰"寿堂",大不可也。陆士衡《挽歌》云："寿堂延魍魉。"注："寿堂，祭祀之所也。"又和靖先生《寿堂》诗曰："湖外青山对结庐，坟前修竹亦萧疏。茂陵他日求遗稿，犹喜曾无封禅书。"读此可知矣。

姬

叶石林《燕语》曰："妇人无名，以姓为名。"如王姬、伯姬，皆姓也。后世不知，遂以姬为通称，甚至虞美人亦称虞姬。然按左氏太伯、虞仲，太王之昭也，虞独非姬姓乎？美人，虞国之后，独不得称姬乎？惟后人以为姬妾之姬，则失其初耳。

马精化蚕

干宝《搜神记》谓"马皮卷女而化为蚕"。其说不经。然马之与蚕，两相感召，古者后妃享先蚕天驷也。又蚕神曰"马头娘"。又《周礼》："禁原蚕者，恐伤马也。"又僵蚕擦马齿，马即不食。又蚕蛹治马瘟。其理不可解。马精化蚕，或者有之。而干宝之说，则与槃弧娶颛顼女生男为犬戎，一例荒唐也。

白发

《说郛》载有人咏镊鬓云："劝君莫镊鬓毛斑，鬓到斑时也自难。多少朱门年少客，被风吹上北邙山。"较坡翁白发诗尤为婉挚。又"公道世间惟白发，贵人头上不曾饶"，别有感慨。袁简斋大令诗云："美人自古如名将，不许人间见白头。"此另是一副议论。文人之笔，何所不可。

苏小小

苏小小有二人，皆钱唐名倡。一南齐人，人人所知也。一宋人，见《武林纪事》。明郎仁宝《七修类稿》述其事云：“苏小小，钱唐名倡也。容俊丽，工诗词。姊名盼奴，与太学生赵不敏款洽二年。赵益贫，盼奴周之，使笃于业，遂捷南省，得官授襄阳府司户。盼奴未能落籍，不能偕行。赵赴官三载卒，有禄俸余资，嘱其弟赵院判分作二分，一以与弟，一致盼奴。且言盼奴妹小小，可谋致之，佳偶也。院判如言，至钱唐。有宗人为杭倅，托召盼奴，而盼奴已一月前没矣。小小亦为於潜官绢事，系厅监。倅遂呼小小诘之曰：‘於潜官绢，汝诱商人百匹，何以偿之？’小小曰：‘此亡姊盼奴事，乞赐周旋，非惟小小感生成之德，盼奴泉下亦不忘也。’倅喜其言婉顺，因问：‘汝识襄阳赵司户耶？’小小曰：‘赵司户未仕之日，盼奴周给，后授官去久，盼奴想念，因是致疾不起。’倅曰：‘赵司户亦谢世矣，遣人附一缄及余物一箧，外有伊弟院判寄汝一缄。’乃拆书，惟一诗云：‘昔时名妓镇东吴，不恋黄金只好书。试问钱唐苏小小，风流还似大苏无？’小小默然。倅令和之，和云：‘君住襄阳妾住吴，无情人寄有情书。当年若也来相访，还有於潜绢事无？’倅乃尽以所寄与之，力主命小小归院判，偕老焉。”元遗山《虞美人》词云：“槐阴别院宜清昼，人坐春风秀，美人图子阿谁留？都是宣和名笔内家收。莺莺燕燕分飞后，粉淡梨花瘦，只除苏小不风流，斜插一枝萱草凤钗头。”此赵氏之苏小小也。《春渚纪闻》载：“南齐苏小小墓，在钱唐县廨舍后。”县原在钱唐门边，去西泠桥不远。而元人张光弼诗：“香骨沉埋县治前，西陵魂梦隔风烟。好花好月年年在，潮落潮生最可怜。”注：“坟在嘉兴县前。”此必宋小小坟耳。院判吴人，安知不住嘉兴耶？竹垞老人力辨小小坟在秀州，以钱唐之墓为妆点，若知此条，则杭嘉各得其一，何必蹈争墩之习耶？

邱　嫂

《楚元王传》：“高祖过邱嫂餐，闻戛羹声。”张晏曰：“邱者，大也，长嫂之称也。”应劭曰：“邱者，嫂之姓也。”孟康曰：“西方呼亡婿曰邱婿。邱者，空也，言兄已亡，空有嫂也。”三说似张为长。

吴　日　章

《七修类稿》："吴日章，成化时澉浦军人，恒以诗句断人祸福。有县佐问之，批曰：'癸巳年，喜连连，正月十五打秋千。'至期缢死。有书手方六七岁，其父以命问之。批曰：'袖中一管羊毫笔，写得杭城神鬼惊。'后乃擅名书手。一举人问之，批曰：'人间金榜出，天上玉楼成。'后会试放榜之次日病卒。"陶篁村《全浙诗话》引某书亦载此人，但吴作胡，判一人云："一双紫燕落池塘，红粉佳人绕画梁。"后二子戏于池边，同时溺死，其妻悲愤自缢。又判一人云："待等明年五月五，枯竹丛中苦又苦。"果以次年端午日山行，竹根刺足，坠崖而死。术亦神矣哉！

进士不读史记

宋荔裳方伯在塾读书时，有岸然而来者，则一老甲榜也。问小儿读何书？以《史记》对。问何人所作？曰："太史公。"问史公是何科进士？曰："汉太史，非今进士也。"遂取书阅之，不数行，辄弃去，曰："亦不见佳，读之何益？"乃昂然而出。此事王新城尚书《香祖笔记》中载之。夫方伯非妄语者也，尚书非妄记者也，世果有如是之甲榜耶？异矣！

口　语　成　谶

金主亮制尖靴，极长，取于便镫，足底处不及指，时谓之"不到头"。又制短鞭，时谓之"没下稍"。宣和间，妇人鞋底以二色帛合成之，名曰"错到底"；理宗朝宫人梳髻，曰"快上马"，曰"不走落"，后俱成谶，皆服妖也。

虎　狼

人之刚烈过分者，固猝不可近，然尚有可解。而阴柔者遇之，则有死无生。夫虎性至刚烈也，然历观类书所载，义虎救人之事，不一而足，而狼则从无闻焉。此虎所以或有比大人君子之时，而狼则亘古得小人之目也。

后　身

轮回之说，释氏乐道，而儒者勿言。然古今记载，往往有之。如周穆王为丹朱后身，韦皋为诸葛后身，王曾为曾子后身，苏轼为邹阳后身，王十朋为严伯威后身，张方平为琅玡寺僧后身，岳武穆、张睢阳为张桓侯后身，宋高宗为钱武肃后身，赵鼎为李德裕后身，南唐后主为钱俶后身，真西山为草庵和尚后身，史弥远为觉阇黎后身，胡濙为天池僧后身，常遇春为关壮缪后身，王阳明为天台僧后身，史阁部为文信国后身，则再来之说，或亦有之，未可以为尽渺茫也。

同　气　之　异

伍员、伍尚之各行其志，孔明、子瑾之各事其主，皆并行而不悖也。而文文溪璧则异是。信国之忠义，照曜天壤，为之弟者，不死犹可也，从而仕元，无耻甚矣。当时讥以诗云："江南见说好溪山，兄也难时弟也难。可惜梅花各心事，南枝向暖北枝寒。"其实兄难而弟不难也。

阿　蛮

杨妃小字，外传及诸书皆曰玉环，而唐狄昌诗云："马嵬烟柳正依依，又见銮舆幸蜀归。地下阿蛮应有语，这回休更怨杨妃。"似妃又小字阿蛮，然遍考他书，未有见者。且阿蛮、杨妃并用，文法亦似重叠。若以蛮、瞒音近，明皇小字阿瞒，则本朝天子，臣下不应如此轻薄，姑存之以待博识者。

妒　律

尝见《妒律》一书，题广野居士述，不知何人。虽属游戏，亦颇组织，因全录之以资笑剧。

名例。一，凡妇梳头临镜，骂言从镜中见夫与婢目挑，遂生嗔毒骂，并及丈夫者，拟坐以断罪不以律例，杖七十，徒一年半。判曰：迷网沉沦，闻蚁声而惊梦；疑团莫解，饮弓影而成疴。是以披画图而含哀，询洛神而赴水，群狐满腹，载鬼一车。以莫须有之情，比将毋同之律，罪由自召，人亦何尤。一，凡妇允夫宿妾，日间反覆议明，及至更深，犹复令妾针线，若或忘之者，拟坐以公事应行稽程律，笞二十，迟至三更者，加一等。判曰：春秋盟会，成事定于一言；战国纵横，趋向决于片语。乃尔拘牵薄务，似存退悔之心；演习虚文，无非出纳之吝。虽曰健忘，当不至此。爰引律法，犹觉从宽。一，夫与婢有染，妻乃去婢小衣，以秦椒等辛辣之物，纳入婢女私处。比照以秽污入人口律，加等发黑龙江给披甲为奴。判曰：豆蔻犹含，殊苦盐梅之味；牡丹初放，何堪姜桂之投。即蛇蝎以为心，无此毒也；本豺狼而成性，岂其然乎？按律无可援引，加等从严究拟。

吏部。一，凡妇见夫外入，故拈针线，兀坐不语，及再三询之，一推而起，拟坐以无故不朝参公座律，杖八十，徒二年。判曰：慵拈倦绣，只念远人；默坐低头，为怀游子。未有室家静好，琴瑟和谐，见良人而转嗔，闻温言而添恨者也。妇德无极，女怨无终。律以朝参，正斯壸范。一，凡妇有病在床，沉沉药饵，仍令腹婢稽查丈夫与姜偶语等情，拟坐以纳交近侍官员律，杖一百，流三千里。判曰：珠沉玉碎，肯使鸾镜尘埋；柳折花残，不许莺簧舌啭。即曰关心者乱，奚须壁后置人；若云在家必闻，夫岂沙中偶语。今乃展转反侧，殊多密探之烦；而迷梦沉吟，只凛他山之虑。官箴有玷，自当屏绝于遐荒；壸范斯惩，勿致悍成于跋扈。一，凡妇每见人之内眷，必苦劝不可令夫纳妾，娓娓不倦，拟坐以同僚代判文案律，杖八十，徒二年。判曰：画楼秘阁，共谈阃内之私；密室柔情，细诉胸中之垒。联床握手，附耳订谋，岂诚永漏话长，只为深闺计远。老珰衣钵，官家勿使空闲；少妇传灯，阿郎决难二色。比目何堪瘤赘，并头那许骈枝。第彼妇各具肺肠，漫劳人别参帷幄。家有制度，事属越疱；自谋已非，代人难恕。

户部。一，凡妇每同婢妾触牌点韵，嘻笑一堂，忽闻主人声息，悉皆屏去，拟坐以脱漏户口律，杖六十，徒一年。判曰：紫罽平铺，象牌齐翻玉笋；霞笺试展，班管漫捺瑶词。乃老子兴复不浅，而群芳吹散因何。是岂楚卒闻歌，竞解中宵之甲；抑亦苏生挟策，惟深兼并之防。罪坐发纵，奔逸免究。一，凡妇值夫偶宿妾室，便僵卧不起，只推有病，及再三安慰，不觉盈盈泪下，拟坐以户役不均律，杖八十，徒二年。判曰：自是桃贪结子，故寻树底留红；原非浪逐痴儿，疑作花间恋蝶。不知樛木下逮，方可螽斯衍庆。尔乃鸟啼残梦，怜春色之将阑；花扰独愁，恨秋梧之早落。犹然心怀固宠，念旧爱而情伤；志切专房，分新恩而肠断。菀枯顿异，徒杖有归。一，凡妇容夫纳妾，限夫往妾所，止以一更为率，迟归则怨望詈骂，拟坐以丁夫差遣不平律，杖六十。判曰：命将出师，最忌从中掣肘；济人利物，应须忘分推心。如其箝制刻期，恐致工多限促；必欲束缚计晷，定然此怨彼嗟。苟发纵之不公，当援律而予杖。一，凡妇无子，畏人清议，阳为娶妾，私禁冷室，不令丈夫见面，拟坐以田地荒芜律，杖七十，徒一年半。判曰：历岁深耕，既无薄获，憎人多口，爰挟阴谋。纵不学司马公，夫人饰之入院；何至如白太傅，内子不使进帏。鸦过长门，梦断朝阳日影；鱼封永巷，魂消巫峡云踪。女有罪而幽囚，郎何辜而乏后。荒我田畴，律难轻贷。一，凡妇见妾生子，故将家业施舍僧尼，搬运母家，并与出嫁女狼藉无度，拟坐以盗卖田宅律，杖八十，徒二年。判曰：珠非蚌出，奚怜金穴铜山；篡自我操，即欲沙挥泥洒。绮纨蔽野，翠玉成尘。神诞佛生，结福缘于渺渺；老妪少妇，填溪壑于年年。甘心若敖之鬼，宁惜叔孙之儿。恶其纵恣，律以攘窃。一，凡妇闻亲戚朋友娶妾，即行毒骂，并自咒以及丈夫，拟坐以把持行市律，杖八十，徒二年。判曰：城门失火，未尝殃及池鱼；滕国防危，便尔忧先筑薛。含沙射影，足征鬼域之衷；打草惊蛇，预作绸缪之计。罪状似难比拟，情形那可姑容。律以把持，实为允协。一，凡妇无子，恐夫买妾，强立己侄，或抱螟蛉，拟坐以斩人宗祀律,杖一百,刺配宁古塔,绝产没官。父母兄弟不行解劝,连坐。判曰:妒蚌难胎,久虑蛾眉之入室;牝狐幻术,阴营螺负之良图。乃欲代马以牛,更恐以武继李。科其罪状,投豺虎而谁怜;揆厥私衷,馁祖宗而莫顾。拟减等于大辟,宏施法外之仁;籍绝产而入官,讵资异姓之孽。在昔设谋决计,事虽首自妖姬;然而党恶模棱,罚难逭于丑类。祸因滋蔓,连坐非苛。一,凡妇归宁父母,必将丈夫爱妾,挈之同往,拟坐以拐带人口律,杖七十,徒一年半。判曰:情怀水火,原非兰茝之和;意介干戈,素乏埙篪之雅。携手同归,是何心也;与子偕往,保无他乎。察其略取之情,治彼杖徒之罪。一,凡妇与夫议明,或三六九,或二八日,分润于妾,乃至期龃龉,不令夫往,拟坐以收支留难律,笞五十,再犯者加一等,三次者杖六十,徒一年。判曰:三分有二,宜加服事之诚;取二用三,古有贪残之戒。尔乃渝盟割地,辄怀犹豫之衷;役志侵渔,渐现饕餮之态。当与不与,律固有条,初犯从轻,再犯加等。一,凡妇故令陋婢,强夫枕席,以塞娶妾之念,拟坐以良贱为婚律,主婚者杖七十,徒一年半。判曰:锦衾璀璨,自宜软玉温香;绣帐氤氲,可无秾桃翠柳。虽实命不同,允共葑菲薄采;而承恩非貌,奚堪魑魅偕欢。因浊酒粗布之谣,岂丑妻恶妾之解。进以匪匹,实为乱群,责有攸归,谁职其咎?一,凡妇使婢年已长大,不令蓄发,恐丈夫有见猎之喜。拟坐以嫁娶失时律,杖七十,徒一年半。判曰:芳草无情,随春来而渐茂;绿杨何意,因时至而垂丝。恶竹笋之冲檐,删其凤羽;嗔蔷薇之逾架,翦彼蓬心。自崔夫人不许丽服,而袁绍妻遂使髡头。乃虞掷果而禁投桃,未咏摽梅而歌冰泮。不疑他意,只问失时。

　　礼部。一,凡妇年已衰迈,犹然脂粉翠钿以固宠幸,拟坐以服饰违式律,笞五十,逐出免供。判曰:翠鬟香云,艳质曾邀帝宠;柳眉桃靥,娇姿准拟人看。不知出塞明妃,颜华已非旧日;抱疴婕好,形容顿异当时。乞怜未必希恩,掩袖殊令憎恶。态固难堪,情犹可悯。一,凡妇蓄妾,原非得已,乃自夸贤德,冀人赞美,拟坐以现任官辄自立碑律,杖一百,徒三年。判曰:膏雨和风,令望应流于万里;深仁厚泽,芳誉自播于千年。故口碑载道,逢人惟说岘山;而尸祝由心,至今咏思棠芾。何乃事因情近,名与实违,诩向人言,攘为己德。苟传闻不察,几欲勒之贞珉；久假不归，竟尔厕于贤哲。盗名有禁，功令宜遵。一，凡妇暗令腹婢，借名骂奴仆，因及夫妾，并有子之妾，拟坐以公差人员役欺凌长官律，杖六十，徒一年，主妇辨非主使，记过一次。判曰：浪蝶狂蜂，奚顾新蓓嫩蕊；暴风骤雨，那管细果花胎。犹如狐假虎威，岂惜鼠投器忌。虽护身有符，苟犯法无赦。主妇记过，牙爪必惩。一，凡妇买妾入门，必使魇镇，或挂己裤于门首，或置棒槌于门限内，种种不一，拟坐以禁止师巫邪说律，杖一百，流三千里。判曰：玉颜未入，轮回九转之肠；象管初吹，声断百年之梦。不用千金买赋，阴求片铁铸符。一纸砾书，宜投蛛网；数行秘箓，忽坠迷途。性情制以鹦哥，精爽摄为虎伥。是盖幻而无迹，即或杀之泯踪者也。淫觋邪巫，痛惩远屏。一，凡妇因夫买妾，便设经堂，修斋礼忏，惟同僧尼往来，拟坐以左道惑众律，杖一百，流三千里。判曰：杨柳新栽，昨夜几番风雨；荼蘼初架，晓来无数葛藤。蛾眉入而粉黛衰，鸦鬟添而鸾镜掩。妆阁因而绣佛，琴堂用以翻经。寄怨毒于瞿昙，发幽愤于般若。淫艳姏尼，藉禅和而入室；贪痴释子，披缁戒而踵门。闺阃从此逾闲，性情由之难制。是用履霜杜渐，故为首禁严惩。一，凡妇嫉夫有妾，从旁嫁祸，造作流言，拟坐以术士妄言祸福律，杖一百，流三千里。判曰：深情厚貌，须眉误中其猜嫌；伏阱隐机，脂粉亦忘其忮忌。是以不言掩鼻，郑袖以巧爱而毙楚姬；覆被杀儿，武曌以忍心而殒唐后。临风搧毒，向影吹沙。不第谗言离间，盖实溺陷死生者也。所当满杖，远配退陬。

兵部。一，凡妇每夜卧，必将床前暗置桌椅等物，周匝布密，以防夫有他适。拟坐以假宿卫人仪杖律，杖一百，徒三年。判曰：秦王宫里，未失狐白之裘；汉后禁中，谁通赭马之迹。不虞窃符之魏姬，特恐偷香之韩寿。岂乏防意如城之谋，爰效入苙招豚之计。坐以假借，罚其愚呆。一，凡妇因夫夜起溲溺，不行通知，即疑其私婢，生嗔毒骂，拟坐以夜禁不严律，笞五十。判曰：床内青铜，原属怀奸之具；枕边玉盒，用为护身之符。乃祟垣何处飞奴，帘外勿惊人影。醒来梦话，郎已梦到高唐；醉后消魂，身遂魂游楚馆。彼固失告，此则疏防。一，凡妇使用婢女，不许面粉鬓油，止令破衣敝履，充作夜不收，打听丈夫外事，拟坐以私渡关津律，杖八十，徒二年。判曰：粉黛三千，既无藏娇之屋；金钗十二，屈为下陈之材。况罗刹夜叉，分途勾摄；而山精水怪，匿影潜窥。出入自有关防，内外岂容飞越。爱书有禁，城旦何辞。一，凡妇见夫入妾房言语，即假借公事，突入冲散，拟坐以擅闯辕门律。如止诤扰，不作嗔状，引例未减，笞五十，免供。判曰：翡翠床前，方调鹦鹉之舌；水晶帘外，忽来狮吼之声。不徒花上晒衣，未免腹中藏剑。有心心术不端，无心见识不到。一，凡妇度妾与夫正值绸缪之际，忽唤妾起，属以他事，拟坐以擅调官军律，杖一百，发边远充军。判曰：酣战方深，浪子春风一度；金牌忽召，夫人号令三申。既撤白登之围，讵有黄龙之望。骧功西徼，先轸之唾固宜；掣肘东窗，长舌之罪难贳。宥以生令，犹为宽典。

督捕。一，凡夫入妾室，妾虑主母之嗔，因而逃入妻所，妻遂闭之，不令出户，拟坐以窝隐逃人律，杖一百，流徙尚阳堡。判曰：桃源有路，本期接引渔郎；梅子多酸，未便相延洞口。效红拂之宵征，非得已也；岂文君之私奔，意何为乎？尔乃冥心已会，故托于李上蔡逐客之书；妙谛全窥，竟不学鲁男子闭户之美。汝既有意于窝逃，吾将按律而问拟。

刑部。一，凡妇见夫与妾就寝，故意不卧，隔房频问琐屑事务，拟坐以听讼应回避不回避律，笞四十。判曰：鸳梦初谐，正虑窥帘鹦唤；蝶栖未稳，何堪聒耳蛙鸣。既干回避之条，难辞挠法之谴。量从薄微，以蔽厥辜。一，凡妇设榻于自己卧房，妾侍夫寝，必抱衾裯以就，即使合欢，不令畅遂，并不得谑语一字。拟坐以不应禁而禁律，杖六十。判曰：卧榻之侧，本非鼾睡之乡；忌者之前，又岂诙谐之地。桃花三汲，犹虞浪动潜鳞；莺啭一声，更怕惊翻宿蝶。是宜通禁，允此严惩。一，凡妇因夫偶饮妓家，遂令端跪床前，自仍假寐，更余不允发放。拟坐以告状不受理律，杖一百，徒三年。判曰：蛱蝶偶入花丛，原非贪宿；蜻蜓薄游水际，未免沾濡。况风过带香，何关薄幸；而衣沾剩粉，聊以娱情。尔乃顿发娇嗔，罔顾黄金之膝；居然假寐，任凭玉漏之催。真变羊之巫可诳，而逆鳞之怒难批矣。县案过情，杖遣不枉。一，凡夫调婢，婢极力洒脱，以致颊红肉颤，妻乃不察，仍挦婢毒打。拟坐以官司故出入人罪律，杖六十，以增减轻重论。判曰：狭路相逢，几饵身于豺虎；投梭峻拒，得幸脱于鹰鹯。颤断香肌，盖为云横烟锁；红堆粉面，岂关雨后霞生。不申法于强梁，反宣威于弱质。故出故入，按律何辞。一，夫与妾寝，旦入妻房，妻乃托故启衅，需索首饰衣服。拟坐以因公科敛律，计赃从重论。赃未入手者，杖六十。判曰：终年交颈，曾无感于寸衷；一旦分甘，遂矜怀于大赍。翠环金缕，非可要挟而求；宝钿绣衣，务在随宜而锡。尔需索既出于机心，将拟罪应同于科敛。一，凡妇因夫娶妾，假病卧床，不吃茶饭，其夫委曲劝解，仍忿言诟骂。及腹婢私进饮食，则啖之，人至，辄复藏匿。拟坐以夤缘作弊律，杖一百，流三千里。判曰：银牙正辟，何心翠釜紫驼；绣户无人，辄啖金齑玉粒。若彼阴险之情，为鬼为蜮，业已觇其一斑；矧其闭藏之迹，如虺如蛇，宁能防之久后。纵兹不治，长此安穷。一，凡婢薄有姿色，见其悄悄修容，辄以诱汉痛诋，拟坐以故勘平人律，杖八十。判曰：桃花沐雨，夫岂有意呈娇；梅子含酸，遽谓揉脂献媚。必丫头尽属花面，即毒口见其蛇心。尔太多疑，罪同故勘。一，凡妇看戏，见有演及妾妓者，辄哓哓不止，并骂点戏之人，以及自己丈夫。拟坐以决罚不当律，笞五十。判曰：雅剧新声，不过逢场偶作；芳姿艳质，藉以合席同欢。事争选靡丽之情，词必出佳人之口。尔乃睹花容而色沮，闻莺啭而神伤。触目惊心，当歌疑谶。谁家薄幸，故开作俑之端；郎实猖狂，冀效跳梁之习。衾裯鼎沸，姻友波腾，鼓焰无端，笞惩有律。一，凡妇责婢，惯及下体私处，拟坐以决罚不如法，于人虚怯处非法殴打律，成伤者笞四十。判曰：前代腐刑，爰书久削；编民阉割，宪典严惩。在男子而已然，况女子乎何有？尔乃借公泄忿，声罪讨于包茅；乘兴宣威，肆戈矛于夹谷。如验有伤，按律究拟。一，凡妇值夫外出，即将夫妾，并有妊之妾阴卖，并不择人论价。迨妾知觉不从，或以烧香等事，诳骗出门。拟坐以监守自盗律，杖一百，发尚阳堡。同谋杖一百，流三千里。判曰：小往大来，本蓄分甘之怨；母以子贵，愈深固宠之忧。讵料君子之远行，恰值红颜之薄命。一副狼心辣手，早定调虎离山，拔去眼钉，推入火坑。辱当垆而不惜，虽换马亦欣然。伤情极矣，惨何如之！其最毒之元凶，固应远徙；即为从之恶党，勿令网遗。一，凡妇端坐，令夫跪受刑杖。如不依从，即号哭不已。拟坐以威势制缚人律，杖一百，徒三年。判曰：毒龙飞怒，白日晦而海水扬；乳虎横行，谷风生而狐兔伏。吼声正厉，鼻息敢舒。彼既肆无忌惮，我持律以重惩。一，凡妇多蓄婢女，每同夫对饮，不许婢立己后，恐美目之盼，向夫传情。拟坐以诱人犯法律，仗一百，流三千里。判曰：锦绣成行，勿使肉屏障后；鸳鸯罗列，莫教花阵当前。盖防对面芙蓉，密订同心之约；灯前秋水，暗邀月下之期。不知慢藏之招，实为冶容之诲。尔故陷之，罪还责尔。一，凡妇毒打婢女，其夫一言劝解，便谓私婢，愈加鞭笞。拟坐以冤屈平民为盗律，杖六十，徒一年。判曰：毒手老拳，势难坐视；缨冠披发，迹涉嫌疑。乃词以情迁，卦因变动，贪非盗璧，浪指怀春。屈法枉赃，拟徒决杖。一，凡妇不能容妾，反饰嗔作喜，以市贤名，愿称姊妹，无分大小。及妾入门，非禁即卖。拟坐以欺诈官私取财律，杖八十，徒二年。判曰：梦中之兰玉未占，被底之鸳鸯难共。琵琶隔院，声已远而莫疑；鹦鹉异笼，语屡调而勿觉。顾耳属于垣，趾不旋踵。王丞相之驱车，为凌诸婢；戚少保之肉袒，奚获二雏。尔乃蜜里藏刀，必欲花间逐蝶，狡亦甚矣，罚岂容轻。一，凡妇与夫小有间言，便呼兄唤弟，肆行强横，以压制夫妾。拟坐以假冒官兵律，杖七十，徒一年半。判曰：日丽云闲，风忽变而成飔；波恬浪静，石偶激而生澜。巧令如虎如狼，哄然吠声吠影；骇当猛鸷搏鹰，不啻群鸦噪凤。蠢兹丑类，法所必惩。孰为主谋，讯明发遣。一，凡妇举动恣肆，因夫稍违，辄指称听信婢妾之言，哭诉妯娌乡党。拟坐以越诉律，如污人名节，杖一百，发烟瘴充军。判曰：冀握大权在手，先以蜚语螫人。盖因蛊惑于心，奚啻含沙于口。不知盗嫂之事，犹可解也；至若通妹之诬，岂能堪乎？天谴难逃，王章莫贷。一，凡妇见夫有恙，便归罪婢妾，丑言播告众人。拟坐以假公营私律，杖六十，徒一年。判曰：纸帐呻吟，遽称此风之始；竹林偃仰，遂生为厉之阶。岂知闺阃之事，甚于画眉；乃以中冓之言，指为墙茨。意欲如将军体愈，因人言而驱姬；恐难同太傅暮年，以老病而放妾。假借衅端，诳诬加等。一，凡妇打骂婢妾，吼声震外，并骂及亲友者，拟坐以辱骂尊长律，无服，笞二十，有服，笞五十。期亲同胞，杖一百。伯叔师友各加一等。判曰：虎牙横噬，岂避贤豪；烈火蔓延，宁分玉石。西楚大呼，铁骑重围辟易;河东一吼,拄杖落手茫然。鱼无耳而深藏,鸟高飞而色举。此盖司晨之牝,非特门内之妖已也。就族党之尊卑,定科条之轻重,量从分别,予以自新。一,凡婢年稍大,妇恐夫沾染,即行鬻卖,另买小者供用。拟坐以略卖人口律,杖八十,徒二年。若略卖至三口以上,枷号一个月,发边卫充军,并追价入官。判曰:丝柳初垂,便关心于黄鸟;夭桃未放,早留意于游蜂。以防微杜渐之怀,作出陈易新之举。刘绿竹以植黄杨,驱修翎而蓄蚱蜢。律以略卖,允蔽厥辜。一,凡妇见婢垂髻,夫或属意,竟不谋之于夫,擅配家奴。拟坐以屏去人服食律,杖八十。判曰:桃花含蕊,何须便嫁东风;蚌孕独胎,岂遂扬辉北渚。预作纳履之猜,何其遽也;阴为掩袭之计,不亦泰乎? 拟以重杖,抑彼机心。一,凡妇知妾有妊,故使劳力以致堕胎,并令产中饮食失时。拟坐以窝弓杀伤人律,杖一百,徒三年。判曰:海棠新放,将有色而无香;豆蔻初含,幸渐开而结实。满园春色,谁是宜男? 共祝天生,若为乞巧? 甫征兰梦,旋起鸩谋。致使瓜未熟而蒂已离,木向荣而心先蠹。覆巢岂容完卵,杀母必更伤儿。讵止暗地害人,是且明欲绝后。置之徽缫,大快人心。一,凡妇因事与夫反目,即驾言宠妾,身投尼室,经宿不回。拟坐以背夫逃走律,杖一百,流三千里。判曰:久蓄疑猜,苦无半隙;稔怀怨恨,巧驾片言。禅关蓝室,允为解脱之门;妖庙淫祠,本是藏奸之薮。纵非红拂之奔,难洗缁流之辱。投之有北,永绝南还。一,凡妇抓碎丈夫面皮,并啮伤肌肤者,拟坐以妻妾殴夫律,杖一百,徒三年,愿离者听。判曰:情绪偶乖,笑裂千端锦绣;幽思乍触,怒敲七尺珊瑚。狂飙发而松柏摧,惊涛轰而兰蕙损。金闺虎坐,玉润羊眠。既昧三从,须严七出。一,凡妇特令腹婢私行窥探,互相谈论,以致妇之面色忽白忽青,微微冷笑。拟坐以窃盗不得财律,笞五十,免刺。判曰:纱窗隙底,潜聆蚁斗之声;脂粉场中,化作鸥张之态。百萤惑眼,千蛊崇心。蜀碎芙蓉,吹上桃花之面;南香含笑,如啼汉女之妆。薄笞少惩,姑免深究。一,凡妇闻妓女送夫扇巾等物,必搜寻裂碎,拟坐以毁弃器物律,准窃盗已行而不得财律,笞四十。判曰:采兰赠芍,虽属淫风;煮鹤烹琴,殊亏大雅。况适情引趣,非尽溪水之纱;贻管呈愍,误认江皋之珮。留之增为韵事,毁之自取其尤。

工部。一,凡妇置妾衾裯,床笫故令窄小,止堪一人独卧者,拟坐以造作不如法律,笞四十。判曰:花萼谊重,曾传大被之风;燕雀情深,夙着联床之美。即眉公之新式,未闻狭彼规模;非楚宫之细腰,何故减其绳尺。既稽古而无征,曷据律以示戒。一,凡妇因夫欲往妾所,乃身先诱敌,及酣战良久,已挫其锋,始令就妾。拟坐以虚费工力采取不堪用律,坐赃论罪,杖一百,徒三年。判曰:嫩柳堪折,方图良夜佳期;而老蚌馋涎,反欲争先夺食。壮哉锐进之气,此处不饶;休矣罢乏之兵,彼将何补? 罪不止于阻挠,律应坐以虚费。粤稽赃迹,虽城旦而犹轻;究厥奸谋,迅决杖以发遣。

史 阁 部 书

顺治元年六月,摄政王遣南来副将韩拱薇等,致书明大学士史可法,曰:"予向在沈阳,即知燕京物望,咸推司马。后入关破贼,得与都人士相接,识介弟于清班,曾托其手泐平安,拳致衷曲,未审以何时得达。比闻道路纷纷,多谓金陵有自立者。夫君父之仇,不共戴天,《春秋》之义,有贼不讨,则故君不得书葬,新君不得书即位,所以防乱臣贼子,法至严也。闯贼李自成称兵犯阙,荼毒君亲,中国臣民,不闻加遗一矢。平西王吴三桂界在东郵,独效包胥之哭。朝廷感其忠义,念累世之夙好,弃近日之小嫌,爰整貔貅,驱除枭獍。入京之日,首崇怀宗帝后谥号,卜葬山陵,悉如典礼。亲郡王将军以下,一仍故封,不加改削。勋戚文武诸臣,咸在朝列,恩礼有加。耕市不惊,秋毫无扰。方拟秋高气爽,遣将西征,传檄江南,连兵河朔,陈师鞠旅,戮力同心,报乃君国之仇,彰我朝廷之德。岂意南州诸君子苟安旦夕,弗审事机,聊慕虚名,顿忘实害,予甚惑之。国家之抚定燕京,乃得之于闯贼,非取之于明朝也。贼毁明朝之庙主,辱及先人,我国家不惮征缮之劳,悉索敝赋,代为雪耻。孝子仁人,当如何感恩图报。兹乃乘逆寇羁诛,王师暂息,遂欲雄据江南,坐享渔人之利。揆诸情理,岂可谓平? 将以为天堑不能飞渡,投鞭不足断流耶? 夫闯贼但为明朝崇耳,未尝得罪于我国家也。徒以薄海同仇，特申大义。今若拥号称尊，便是天有二日，俨为敌国。予将简西行之锐卒，转旆东征。且拟释彼重诛，命为前导。夫以中华全力，受困潢池，而欲以江左一隅，兼支大国，胜负之数，无待蓍龟矣。予闻君子之爱人也以德，细人则以姑息，诸君子果识时知命，笃念故主，厚爱贤王，宜劝令削号归藩，永绥福禄。朝廷当待以虞宾，统承礼物，带砺山河，位在诸王侯上，庶不负朝廷伸义讨贼，兴灭继绝之初心。至南州群彦，翻然来仪，则尔公尔侯，列爵分土，有平西王之典例在，惟执事实图利之。挽近士大夫好高树名义，而不顾国家之急，每有大事，辄同筑舍。昔宋人议论未定，兵已渡河，可为殷鉴。先生领袖名流，主持至计，必能深惟终始，宁忍随俗浮沉，取舍从违，应早审定。兵行在即，可西可东，南国安危，在此一举，愿诸君子同以讨贼为心，毋贪一身瞬息之荣，而重故国无穷之祸，为乱臣贼子所笑，余实有厚望焉！记有之，惟善人能受尽言，敬布腹心，仁闻明教，江天在望，延跂为劳，书不宣意。"可法旋答书曰："大明国督师兵部尚书兼东阁大学士史可法，顿首谨启大清国摄政王殿下：南中向接好音，法随遣使问讯吴大将军，未敢遽通左右，非委隆谊于草莽也。诚以大夫无私交，《春秋》之义。今倥偬之际，忽捧琬琰之章，真不啻从天而降也。循读再三，殷殷致意，若以逆贼尚稽天讨，烦贵国忧，法且感且愧。惧左右不察，谓南中臣民偷安江左，竟忘君父之仇，敬为贵国一详陈之：我大行皇帝敬天法祖，勤政爱民，真尧、舜之主也。以庸臣误国，致有三月十九日之事。法待罪南枢，救援莫及，师次淮上，凶问遂来，地折天崩，山枯海泣。嗟乎！人孰无君，虽肆法于市朝，以为泄泄者之戒，亦奚足谢先皇帝于地下哉？尔时南中臣民，哀恸如丧考妣，无不拊膺切齿，欲悉东南之甲，立翦凶仇。而二三老臣，谓国破君亡，宗社为重，相与迎立今上，以系中外之心。今上非他，神宗之孙，光宗犹子，而大行皇帝之兄也。名正言顺，天与人归。五月朔日，驾临南都，万姓夹道欢呼，声闻数里。群臣劝进，今上悲不自胜，让再让三，仅允监国。迨臣民伏阙屡请，始以十五日正位南都。从前凤集河清，瑞应非一，即告庙之日，紫云如盖，祝文升霄，万目共瞻，欣传盛事。大江涌出楠梓数十万章，助修宫殿，岂非天意也哉？越数日，遂命法视师江北，刻日西征。忽传我大将军吴三桂借兵贵国，破走逆贼，为我先皇帝后发丧成礼，扫清宫阙，抚辑群黎。且罢薙发之令，示不忘本朝。此等举动，振古铄今，凡为大明臣子，无不长跪北向，顶礼叩额，岂但如明谕所云感恩图报已乎？谨于八月，薄具筐篚，遣使犒师，兼欲请命鸿裁，连兵西讨。是以王师既发，复次江淮。乃承明诲，引《春秋》大义来相诘责，善哉言乎！推而言之，然此文为列国君薨，世子应立，有贼未讨，不忍死其君者立说耳。若夫天下共主，身殉社稷，青宫皇子，惨变非常，而犹拘牵不即位之文，坐昧大一统之义，中原鼎沸，仓卒出师，将何以维系人心，号召忠义？紫阳《纲目》，踵事《春秋》，其间特书，如莽移汉鼎，光武中兴；丕废山阳，昭烈践祚；怀愍亡国，晋元嗣基；徽钦蒙尘，宋高缵统。是皆于国仇未蕲之日，亟正位号，《纲目》未尝斥为自立，率皆以正统予之。甚至如玄宗幸蜀，太子即位于灵武，议者疵之，亦未尝不许以行权，幸其光复旧物也。本朝传世十六，正统相承，自治冠带之族，继绝存亡，仁恩遐被。贵国昔在先朝，凤膺封号，载在盟府，宁不闻乎？今痛心本朝之难，驱除乱逆，可谓大义复著于《春秋》矣。昔契丹和宋，止岁输以金缯。回纥助唐，原不利其土地。况贵国笃念世好，兵以义动，万代瞻仰，在此一举。若乃乘我蒙难，弃好崇仇，窥此幅员，为德不卒，是以义始而以利终，为贼人所窃笑也。贵国岂其然乎？往者先帝轸念潢池，不忍尽戮，剿抚互用，贻误至今。今上天纵英武，刻刻以复仇为念，庙堂之上，和衷体国。介胄之士，饮泣枕戈。忠义民兵，愿为国死。窃以天亡逆闯，当不越乎斯时矣。语曰：'树德务滋，除恶务尽。'今逆贼未服天诛，谍知卷土西秦，方图报复，此不独本朝不共戴天之恨，抑亦贵国除恶未尽之忧。伏乞坚同仇之谊，全始终之德，合师进讨，问罪秦中，共枭逆贼之头，以泄敷天之愤，则贵国义问，照耀千秋。本朝图报，惟力是视。从此两国世通盟好，传之无穷，不亦休乎！至于牛耳之盟，本朝使臣，久已在道，不日抵燕，奉盘盂从事矣。法北望陵庙，无涕可挥，身陷大戮，罪应万死。所以不即从先帝者，实为社稷之故。《传》曰：'竭股肱之力，继之以忠贞。'法处今日，鞠躬致命，克尽臣节，所以报也，惟殿下实昭鉴之。弘光甲申九月十五日。"按史阁部答书,用红帖写,皮面写启字,盖印即系"督师辅臣之印"六字。每页四行,连抬头共二十字。原书存内阁。摄政王书载本传,而阁部覆书不载,想当时讳之也。高宗纯皇帝圣谕云:"朕幼年即羡闻我摄政睿亲王致书明臣史可法事,而未见其文。昨辑宗室王公功绩表传,乃得读其文,所为揭大义而示正理,引《春秋》之法,斥偏安之非,旨正辞严,心实嘉之。而所云可法旋遣人报书,语多不屈,固未尝载其书语也。夫可法,明臣也,其不屈正也。不载其语,不有失忠臣之心乎?且其语不载,则后世之人,将不知其何所谓,必有疑恶其语而去之者,是大不可也。因命儒臣物色之书市及藏书家,则亦不可得。复命索之于内阁册库,乃始得焉。卒读一再,惜可法之孤忠,叹福王之不慧,有如此臣而不能信用,使权奸掣其肘,而卒致沦亡也。夫福王即信用可法,其能守长江而为南宋之偏安与否,犹未可知。而况燕雀处堂,无深谋远虑,使兵饷顿竭,忠臣流涕顿足而叹,无能为力,惟有一死以报国,不亦大可哀乎!且可法书语,初无诟谇不经之言,虽心折于睿王,而不得不强辞以辩,亦仍明臣尊明之意也。予以为不必讳,亦不可讳,故书其事如右,而可法之书,并命附录于后。夫可法即拟之文天祥,实无不可。而《明史》本传,乃称其母梦天祥而生,则出稗野之附会,失之不经矣。"恭读一过,仰见我烈祖圣度之大。

万　岁

马伏波平蛮,吏民皆伏呼万岁,此犹曰对将军而颂天子耳。吴良传注《东观记》曰:"门下掾王望诣称太守功德,掾吏皆呼万岁。"则诞妄矣。又《新序》,梁君出猎,见白雁群,公孙捷下车拂矢云云。梁君援其手上车,入庙门,呼万岁,曰:"幸哉,他人猎得禽兽,吾猎得善言也。"自称万岁,更奇。

钢

世所谓钢铁者,用铁屈盘之,乃以生铁陷其间,泥封炼之,锻令相入,谓之团钢,亦曰灌钢,此乃伪钢耳。铁之有钢也,如面中之有筋,濯尽柔面,则面筋乃见。炼钢亦然,但取精铁锻之百余火,每锻称之,一锻一轻,至累锻而斤两不减,则纯钢矣。见宋沈存中括《梦溪笔谈》。

修竹杨家

唐杨相国收,江州人,四子发、假、收、严,发以春为义,其房子以祝、以乘为名。假以夏为义,其房子以㮣为名。收以秋为义,其房子以钜、镰、镰、鉴为名。严以冬为义,其房子以注、涉、洞为名。尽有文学,登高第,人呼修竹杨家。所以别于静恭诸杨,亦犹桐树韩家也。其取子名亦有谢庄风月山水景之意。

古　字

古字不全,往往借字。如古无顺字。若,顺也。古无真字。诚,真也。古无是字。时,是也。又古未有双声,而其机已见。如不可为叵,何不为盍,如是为尔,而已为耳,之乎为诸之类。此二合之音,切字之原,与声俱生,莫知所从来也。

李　赤

李赤自比李白,后为厕神所祟而死,见《柳子厚集》。赤有十诗,在姑熟堂下,署李白名,东坡读之,以为浅陋不类太白也。

丹　青　引

杜子美《丹青引》云:"至尊含笑催赐金,圉人太仆皆惆怅。"说者曰:"帝喜霸之能写真,故催金赐之,而圉人太仆自愧叹无技以蒙恩赉耳。"宋张邦基《墨庄漫录》云:"此深讥肃宗也。考是诗始云:'先帝天马玉花骢,画工如山貌不同。是日牵来赤墀下,迥立阊阖生长风。'帝既见先帝之马，当轸羹墙之念，反含笑而赐金，曾不若圉人太仆见马能惆怅而怀先帝也。"此解新奇而有理。

莼　菜

《漫录》又载："杜子美祭房相国，九月用茶藕莼鲫之奠。晋张翰亦以秋风思莼鲈。莼生于春，至秋则不可食。何二公皆用于秋。"云云。不知莼菜春秋二生，秋莼更肥于春莼，江南人于早秋宴客，必荐此品，北产固不解也。

绣帐锦帐

司马温公娶子妇，闻其家有绣帐陪赠，毅然不许入门。王荆公嫁女于蔡卞，以锦为帐，未成礼，而华俊已闻于外。一日，神宗问介甫云："卿大儒之家，亦用锦帐嫁女，急舍之开宝寺福胜阁下为佛帐。"夫以宰相之尊，一帐之间，矜重如此。近日苏、杭嫁资縻费，帷帐至有饰以珠玉者，其他之僭侈无论已。伤哉！谁挽此颓风也。

禽兽殉难

唐明皇每大朝会，有舞象，禄山在长安见而羡之。及篡位，欲以夸诸胡，宴凝碧池，令牵象出。象见非帝，不肯拜舞，鞭之，号叫彻殿陛，遂以不食死。唐昭宗蓄一猴，善诸戏。帝爱之，名孙供奉。后全忠篡位，此猴见座上非帝，跳跃号哭，触阶而死。宋帝昺，蓄一白鹇，后见帝蹈海，遂连笼自投于海中。余谓毛羽之属，尽义者多，尽忠者少，此可以立一庙合而祭之，以愧夫天下之人面兽心者。

帝王别号

宋高宗自标其室曰"损斋"，后人以为帝王别号之始。阅《墨庄漫录》载:"宣和间,蔡宝臣致君,收南唐后主书数轴,来京师,内有发愿看经文,自称莲峰居士。"则五代已有之。

成 语 对

"刘蕡下第,我辈登科;雍齿且侯,吾属何患?"成语天然,东坡所对。见释惠洪《冷斋夜话》。

粤 僧 诗

广东海幢寺僧今种《鲁连台诗》,沈文悫收入别裁。此外,又有《约游山阴》五律一首云:"最恨秦淮柳,长条复短条,秋风吹落叶,一夜别南朝。范蠡湖边客,相将荡画桡,言寻大禹穴,直渡浙江潮。"一片神行,有不可攫拿之势。

文 人 诗

从来工制艺者,未必工诗,以心无二用也。然余谓非真文人耳。若真文人,未有不能诗者。且文人之诗,方能入细。有明至今,骚坛之卓卓者,非即台阁之铮铮者乎?熊钟陵《姑苏怀古》诗云:"旧时江水旧时潮,难怪行人说六朝。飞过夕阳鸦点点,散来秋草马萧萧。多年王气山头寂,昨夜钟声梦里消。欲问兴亡向何处,秦淮沽酒破无聊。"风流悲壮,何尝有一点学究气也。

动 物 出 土

宁波、奉化濒海一带,有业种蚶者,血肉之品,出以种植,奇矣,然犹湿生化生之物耳。至西域种羊,理尤难解。又大竹林中有物,名笋根稚子,鼹鼠之类,略似人形,烹食极其鲜美,江西饶州一路多有之。东坡有笋根稚子诗。

公　牍

孙伯纯知苏州，有不逞子弟，与人争伏字，犬当从大，因而构讼。靖康中，小民易子而食，有以肥瘠不均因而涉讼。此等公牍甚奇。

误 出 经 题

乾隆甲寅，浙江乡试，《易经》题误出"离为目为火"。宋方勺《泊宅编》载，符建中，浙江乡试，《易经》题误出"为布为金"。无独有偶如此。

饧　字

《嬾真子》载："唐人作寒食诗，欲押饧字，以无出处，遂不用。"按刘梦得不敢押糕字，人人知之。押饧字不敢者，不知何人。

押 木 字

王禹玉秋解试《瑚琏赋》："上希颜氏，愿为可铸之金；下笑宰予，耻作不雕之木。"木，端木，官韵。他卷率云"粤惟孔门，厥有端木"，并押于第二韵，此独于第六韵别意押之，无不以为奇巧。

太 公 年

太公八十遇文王，相传之说也。宋玉楚词云："太公九十乃显荣兮，仍未遇其匡合。"东方朔云："太公体仁行义，年七十二，乃设用于文武。"刚遇东方朔减了八岁，却被宋玉硬展了十年，幸而此老寿长，拚再钓鱼三千六百日可也。

里老答县官

前明慈溪令某公下车，欲厉威严，乃进里老谓之曰："汝曹知灭门刺史、破家县令乎？"有桂姓者答曰："邑士多习诗，但知岂弟君子，民之父母，他未之前闻也。"令默然。

讳

国讳，公法也；宪讳，私情也。下为上讳，下之尽礼也。上责下讳，上之不情也。宋田登作郡，自讳其名，人有触之者，即怒。于是举州皆讳灯为火。上元放花灯，吏人遂书榜揭于闹市曰："本州依例放火三日。"又宋宗室名宗汉，自恶人犯其名，谓汉曰"兵士"。其妻斋罗汉，其子授《汉书》，宫人传语曰："今日夫人供十八阿罗兵士，太保请官点兵士书。"都下哄然，传以为笑。刻意为此，必有尔许话柄。又某朝官谄事蔡京，呼之为父，合家不许犯京字，眷属犯申饬，奴婢犯棰笞，宾客犯罚酒，自犯手披其颊，其无耻乃至于此。又《宋稗类钞》载："有上官某名申，最恶人犯其名。一日，有知县进见，问曰：'某案如何矣？'曰：'业已申郡。'上官微露其意曰：'汝便不申也罢。'对曰：'此事断含糊不得，卑职申郡守不理，即申监司，申监司不理，即申台院。一次不理，申二次，二次不理，申三次。申来申去，直待申死方休。'上官虽怒之，而无如何，反笑而遣之。"惹人抢白，是亦何苦。善乎杜祁公之言曰："父母之名，耳可得而闻，口不可得而言。"则反讳在我而已，他人何预焉？公帅邠州三日，孔目吏请家讳，公曰："下官无所讳，惟讳取枉法赃。"吏悚然而退。父母之讳且不必，而况己名乎？

孪生次序

双生男女，或以后生者为长，谓受胎在前也。或以先生者为长，谓先后有序也。愚谓当以先生者为兄。夫纪年者，纪生者将来所得之年。假令二人一生于除夕亥时，一生于元旦子时，则先生者不但长一时一日，而且长一岁矣。即使将来同年月日时死，而纪寿总高一岁，乌得不为兄耶？

四　克

宋张汝弼_{大正}乡试，主司命题："平康正直，强弗友刚克，燮友柔克，沈潜刚克，高明柔克。"榜发被放。梦神人告曰："汝若再遇四克，始克有济。"自以为经中再无四克，此生科名休矣。后淳熙丁酉题云："抚于五辰，庶绩其凝，无教逸欲有邦，兢兢业业，一日二日万几。"场中同舍，有与张相识者，厉声曰："汝弼可贺，题中有四克矣。"遂获隽。

日　月　灯

王荆公在经义局，因言佛书有日月灯光明佛，灯光岂足以配日月。吕惠卿曰："日煜乎昼，月煜乎夜，灯煜乎日月所不及，其用无差别也。"公大首肯。见宋永亨《搜采异闻录》。

拾　遗　记

王子年《拾遗记》云："少昊以金德王，母曰皇娥，处璇宫而夜织，或乘桴木而昼游，经历穷桑沧茫之浦。时有神童，容貌绝俗，称为白帝之子，即太白之精，降乎水际，与皇娥宴戏，奏婧娟之乐，游漾忘归。穷桑者，西海之滨，有孤桑之树，直上千寻，叶红椹紫，万岁一实，食之后天而老。帝子与皇娥泛于海上，以桂枝为表，结薰茅为旌，刻玉为鸠，置于表端，言鸠知四时之候。故《春秋传》曰'司至'是也。今之相风，此之遗象也。帝子与皇娥并坐，抚桐峰梓瑟。皇娥倚瑟而清歌曰：'天清地旷浩茫茫，万象回薄化无方。浛天荡荡望沧沧，乘桴轻漾着日傍。当其何所至穷桑，心知和乐悦未央。'世俗谓游宴之处，为桑中也。《诗》中《卫风》云：'期我乎桑中。'盖类此也。白帝子答歌：'四维八埏渺难测，驱光逐影穷水域，璇宫夜静当轩织。桐峰文梓千寻直，伐梓作器成琴瑟。清歌流畅乐难极，沧湄海浦来栖息。'及皇娥生少昊，曰穷桑氏，亦曰桑丘。"此等事迹，原属渺茫不足信，而所写则一则淫艳浮词也。然其笔墨之间，何等空灵缥渺，自是晋人吐属。若使唐人写之，不免冗长；若使宋以后人写之，便粘皮带骨，恶状难堪矣。故前人以小说惟汉为最雅最趣，观极猥亵如《秘辛》一录可知。

尚　　主

前五代诸驸马，以尚主为苦。宋孝武朝，至有连名具冤单者，可笑也。天子之女，骄贵自不必言，然恃势凌虐，则不可也。唐宣宗选于琮为婿，连拜秘书省校书郎，右拾遗赐绯，左补阙赐紫，尚永福公主，事忽中寝。丞相上审圣旨，上曰："朕此女子近因会食一处，对朕辄折匕箸，性情如此，恐不可为士大夫妻。"许琮别尚广德公主，亦上次女也。天子之女，且不可任性，况其下者乎？

台　阁　诗

高文良公《谢恩赐花翎黄马褂》诗云："冠飘雀翠天风细，衣染鹅黄御气浓。"齐次风宗伯《观御射》诗云："容节中和天子射，弛张高下圣人弓。"何等正大。先文庄公《恭和御制行灶》诗云："依山列幔随疏密，因地为垆各浅深。穿穴不须陶冶埴，拾薪端可溉烹鬶。升烟遥结千庐白，移垒空存万突黔。莫讶风餐兼露爨，自来增减重韬钤。"当时为人所称，孰谓应制体不能工也。

奇　　逢

国初浙东乱时，诸暨陈氏女，年甫十八，为杭镇拨什库所得，鬻于银工。逼之，坚不肯从。杭人朱胆生尚御、郭宗臣创义，醵金赎难民，知女之义，赎之。方至，忽友人某赎一童子，问之，即其夫也。翼日，赎一妪至,乃其母也。继又赎一妪至,乃其姑也。有两翁觅妻,踉跄而至门,即其父及翁也。两家骨肉,一时完聚,遂合卺结装而归之。此较李笠翁《巧团圆》更奇,莫谓天下无异事也。

日月如丸如扇

《梦溪笔谈》:"或问余日月之形,如丸如扇耶? 即平圆浑圆。余曰:'如丸,以月盈亏可验也。月无光,日之曜乃光耳。光之初生,日在其傍,故光侧,而所见才如钩。日渐远则斜照,而光稍满,如弹丸,以粉涂其半。侧视之,则粉处如钩。对视之,则正圆,此有以知其如丸也。'"日月气也,有形而无质,故虽相值而不相碍,涂粉之喻,明显之至。

阳　朔　县

阮芸台协揆督粤时,有属吏欲求剧县,托宫保相知某公道地。宫保曰:"官可自择乎? 可自择,则吾舍节钺而为阳朔令矣。"某问故。公曰:"阳朔荔浦,山水奇秀,甲于寰区,吾于阅兵时经过,今犹梦寐不忘。"向以为一时戏言,而不知语有所本。五代孙光宪《北梦琐言》云:"王侍郎赞,中朝名士。有弘农杨蘧者,曾到岭外,见阳朔荔浦山水,谈不容口。一日,不觉从容形于言曰:'侍郎曾见阳朔荔浦山水乎?'公曰:'某未曾打人,唇绽齿落,何由而见?'因之大笑。后杨宰求选彼邑,挈家南去,亦州县官中一高士也。"乃知才人吐属,真无一字无来历者。

典　故　歧　出

阁黎饭后钟事及御沟流红叶事,屡见纪载,而各异其人,究不知当以何为据。

历代笔记小说大观总目

贾氏谭录·涑水记闻　［宋］张洎 司马光 撰　孔一 王根林 校点

南部新书·茅亭客话　［宋］钱易 黄休复 撰　尚成 李梦生 校点

杨文公谈苑·后山谈丛　［宋］杨亿口述、黄鉴笔录、宋庠整理　陈
　　师道 撰　李裕民 李伟国 校点

归田录（外五种）　［宋］欧阳修 等撰　韩谷 等校点

春明退朝录（外四种）　［宋］宋敏求 等撰　尚成 等校点

青琐高议　［宋］刘斧 撰　施林良 校点

渑水燕谈录·西塘集耆旧续闻　［宋］王辟之 陈鹄 撰　韩谷 郑世刚
　　校点

梦溪笔谈　［宋］沈括 撰　施适 校点

麈史·侯鲭录　［宋］王得臣 赵令畤 撰　俞宗宪 傅成 校点

湘山野录 续录·玉壶清话　［宋］文莹 撰　黄益元 校点

青箱杂记·春渚纪闻　［宋］吴处厚 何薳 撰　尚成 钟振振 校点

邵氏闻见录·邵氏闻见后录　［宋］邵伯温 邵博 撰　王根林 校点

冷斋夜话·梁溪漫志　［宋］惠洪 费衮 撰　李保民 金圆 校点

容斋随笔　［宋］洪迈 撰　穆公 校点

萍洲可谈·老学庵笔记　［宋］朱彧 陆游 撰　李伟国 高克勤 校点

石林燕语·避暑录话　［宋］叶梦得 撰　田松青 徐时仪 校点

东轩笔录·嫩真子录　［宋］魏泰 马永卿 撰　田松青 校点

中吴纪闻·曲洧旧闻　［宋］龚明之 朱弁 撰　孙菊园 王根林 校点

铁围山丛谈·独醒杂志　［宋］蔡絛 曾敏行 撰　李梦生 朱杰人 校点

挥麈录　［宋］王明清 撰　田松青 校点

投辖录·玉照新志　［宋］王明清 撰　朱菊如 汪新森 校点

鸡肋编·贵耳集　［宋］庄绰 张端义 撰　李保民 校点

宾退录·却扫编　［宋］赵与时 徐度 撰　傅成 尚成 校点

桯史·默记　［宋］岳珂 王铚 撰　黄益元 孔一 校点

燕翼诒谋录·墨庄漫录　［宋］王栐 张邦基 撰　孔一 丁如明 校点

枫窗小牍·清波杂志　［宋］袁褧 周辉 撰　尚成 秦克 校点

四朝闻见录·随隐漫录　［宋］叶少翁 陈世崇 撰　尚成 郭明道 校点

鹤林玉露　［宋］罗大经 撰　孙雪霄 校点

困学纪闻 〔宋〕王应麟 撰　栾保群 田松青 校点

齐东野语 〔宋〕周密 撰　黄益元 校点

癸辛杂识 〔宋〕周密 撰　王根林 校点

归潜志·乐郊私语 〔金〕刘祁 〔元〕姚桐寿 撰　黄益元 李梦生
　　校点

山居新语·至正直记 〔元〕杨瑀 孔齐 撰　李梦生 庄葳 郭群一
　　校点

南村辍耕录 〔元〕陶宗仪 撰　李梦生 校点

明代

草木子(外三种) 〔明〕叶子奇 等撰　吴东昆 等校点

双槐岁钞 〔明〕黄瑜 撰　王岚 校点

菽园杂记 〔明〕陆容 撰　李健莉 校点

庚巳编·今言类编 〔明〕陆粲 郑晓 撰　马镛 杨晓波 校点

四友斋丛说 〔明〕何良俊 撰　李剑雄 校点

客座赘语 〔明〕顾起元 撰　孔一 校点

五杂组 〔明〕谢肇淛 撰　傅成 校点

万历野获编 〔明〕沈德符 撰　杨万里 校点

涌幢小品 〔明〕朱国祯 撰　王根林 校点

清代

筠廊偶笔 二笔·在园杂志 〔清〕宋荦 刘廷玑 撰　蒋文仙 吴法源
　　校点

虞初新志 〔清〕张潮 辑　王根林 校点

坚瓠集 〔清〕褚人获 辑撰　李梦生 校点

柳南随笔 续笔 〔清〕王应奎 撰　以柔 校点

子不语 〔清〕袁枚 撰　申孟 甘林 校点

阅微草堂笔记 〔清〕纪昀 撰　汪贤度 校点

茶余客话 〔清〕阮葵生 撰　李保民 校点